本文库为 2016 年度国家社科基金艺术学重大项目
"戏曲剧本创作现状、问题及对策研究"（16ZD03）阶段性成果

中外经典短剧鉴赏文库 陆军／主编

# 外国经典影视短剧鉴赏

张晓欧／著

上海人民出版社

## 图书在版编目(CIP)数据

外国经典影视短剧鉴赏/张晓欧著.—上海:上
海人民出版社,2021
(中外经典短剧鉴赏文库)
ISBN 978-7-208-17256-2

Ⅰ.①外…　Ⅱ.①张…　Ⅲ.①电影文学-鉴赏-世界
②电视文学-鉴赏-世界　Ⅳ.①I106.35

中国版本图书馆 CIP 数据核字(2021)第 148067 号

**责任编辑**　赵蔚华
**封面设计**　陈　楠

中外经典短剧鉴赏文库

**外国经典影视短剧鉴赏**

张晓欧　著

出　　版　上海人民出版社
　　　　　　(200001　上海福建中路 193 号)
发　　行　上海人民出版社发行中心
印　　刷　常熟市新骅印刷有限公司
开　　本　787×1092　1/32
印　　张　14.75
插　　页　6
字　　数　314,000
版　　次　2021 年 9 月第 1 版
印　　次　2021 年 9 月第 1 次印刷
ISBN 978-7-208-17256-2/J·615
定　　价　72.00 元

**张晓欧**

艺术学博士，上海戏剧学院副教授、硕士生导师。曾任上海歌剧院导演，北京电影学院访问学者，奥地利文化部访问学者。上海影视戏剧理论研究会理事、秘书长，中国夏衍电影学会夏衍研究委员会理事。长期从事导演教学与研究，著有《首映日——世界优秀电影短片赏析》《中国话剧演员文化研究（1907–1949）》。在国内核心期刊发表论文十余篇。荣获第三十届田汉戏剧奖论文一等奖、第三十四届田汉戏剧奖论文二等奖。主持上海市哲学社会科学规划一般课题"民国上海话剧导演艺术论"。

# 总　序

说起来，这已经是很久很久以前的事了。

打开手机备忘录，里面有这样一段文字：

忽发奇想：编一套"中外经典短剧鉴赏文库"，内容包括《中国经典民间小戏曲鉴赏》《中国经典折子戏鉴赏》《中国古代经典短剧鉴赏》《中国当代小戏曲精品鉴赏》《中国当代新编折子戏鉴赏》《中国现代独幕剧精品鉴赏》《中国当代独幕剧精品鉴赏》《中国当代戏剧小品精品鉴赏》《外国经典独幕剧鉴赏》《外国经典影视短剧鉴赏》等多种；每册不超过 20 万字，小开本，装帧要精美……

2007 年 12 月 23 日凌晨 3 点随记

遗憾的是，因忙于琐事，这段文字竟一直未能从手机上走下来，化为实际的举措。所幸，创意，原来也是有生命的。这么多年，这个记在备忘录里的构想会时不时地冒出来，像儿时在乡间小河里玩水，那些调皮的小"穿条鱼"游过来轻轻地在你腿上刺一下，咬几口，提醒你该上岸了一样。直到 2016 年 7 月，本人主持的 2016 年度国家社科基金艺术学重大项目"戏曲剧本创作现状、问题及对策研究"（16ZD03）正式立项，遂决定将《中外经典短剧鉴赏文库》列为该项目的阶段性研究成果，这一计划才正式开始实施。三年以后，在朋友们的鼎力支持下，这个想法开始得以生根发芽，逐一结果实来。

何谓短剧？我曾在《编剧理论与技法》一书中采用大量经典短剧进行教学分析，指出短剧是相对大戏而言的一种戏剧体裁，它包括了"三小"（小型话剧、小型戏曲与戏剧小品）。而在本套鉴赏集中，除了"三小"之外，还收录了经典折子戏与影视短剧精品，以期尽可能全面地囊括古今中外有一定代表性的短剧文本，并附上专家们独到的鉴赏与分析。我希望，从某种程度上说，这样的努力也算是填补了国内在短剧鉴赏文学上的一块空白。

浩瀚剧海，又为何单独挑出短剧来鉴赏？就我而言，答案有二：

其一，源于我对短剧之于剧本创作与研究的重要性的认知。

在我看来，一个精彩的短剧，事实上包含了大型剧本所具备的一切艺术要素，兼具思想性、艺术性与观赏性，真可谓"麻雀虽小，五脏俱全"。她既短小精悍，又耐人寻味；虽然仅几千或上万字，但结构起承转合，故事跌宕起伏，人物生动丰满，情节新鲜别致，这些无一不考验着剧作者的扎实功底。莫里哀、契诃夫、斯特林堡、尤金·奥尼尔、田汉、熊佛西、丁西林……海内外卓越的戏剧家们的职业生涯中，几乎没有不涉及这一文学形式的。再者，春秋时期的《优孟衣冠》，汉代的《东海黄公》，唐代的《踏摇娘》，明清的折子戏，17世纪以来的独幕剧，乃至当代的戏剧小品以及微电影等，林林总总，都为戏剧影视文学的宝库增添了无穷的艺术趣味和深刻的人文内涵。因而从短剧出发，学习了编剧艺术，大可起到管中窥豹乃至事半功倍的效用。

普希金曾言："独幕剧是'戏剧研究的实验室'。"曹禺则道：

"小剧本是文艺武库中的小兵器。"短剧不仅在戏剧影视发展史上占据了重要的地位，也是剧作家们通往戏剧殿堂的必经之路，更是人类文化积累的宝贵财富。对于短剧这种文学体裁，戏剧影视工作者们再重视也不为过。

其二，源于对短剧之于我个人成长与发展所产生的影响的感悟。

我曾在多个场合说过，我走上戏剧之路，是因了短剧的感召。少年时受胞兄在部队服役期间创作的那些具有短剧范型的演唱作品的影响，开始涂鸦；20 世纪 70 年代在公社机关做临时秘书时被送戏下乡的上海歌剧院演出的小歌剧所感染，学写短剧；大学毕业后发表的第一个剧本《定心丸》，在《解放日报》连载，虽然逾万字，但也属短剧；更不要说以"编剧理论著作"条目入编《中国大百科全书》（第三版）的拙著《编剧理论与技法》，40 余万字的阐述，也大都以短剧为研究对象。尤其值得一提的是，我读大二时在上戏学报《戏剧艺术》上发表的第一篇分析"重场戏"写作技巧的小论文《怎样写好一场戏》，以及参加工作后撰写的第一篇探讨剧作构思要领的创作札记《小戏要有绝招》，成了我三十多年后创立的"百·千·万字剧"编剧工作坊（2017 年获上海市教学成果奖特等奖，2018 年获国家教学成果奖二等奖）最原始、最本真、最直接的创意种子："绝招"说，是百字剧的核心基因；"重场戏"说，则是千字剧的根本依据。

因此，说短剧哺育了我、成就了我，也一点不为过。

需要说明的是，在编选本套图书的过程中，每个单本的编者都依据了自己独特的品位，花了大量的时间浸入剧海，一一选出短剧佳作。他们锁定的有些作品未见得是大众最耳熟能详的，也不完全依照剧作者的知名度（被忽略的剧作家一向是我特别关注的一个群落），或许也并不拘泥于传统的四平八稳的评判标准，而是更注重编著者自己对短剧作品质量与风格的个人喜好。因此，可以说这一套"中外经典短剧鉴赏文库"中的一些作品，是很有可能让国内读者感到耳目一新的。相信在拓宽戏剧影视爱好者们的视野、打开戏剧影视工作者们的思路的同时，能在一定程度上启迪当代中国的剧作者们站在前人的肩膀上，跳出藩篱，创作出属于自己的别具一格的、经得起时间考验的短剧乃至长剧作品。

剧海无涯书做舟。作为长期耕耘在戏剧创作、教学与研究园地里的一个老农，我能做的，也仅能寄希望于以此类方式来略微推动一点戏剧影视艺术事业的发展进程，将更多的后来者领入这一散发无穷魅力，又并非完全无径可循的领域，这便是我创意并主持编纂"中外经典短剧鉴赏文库"的初衷吧！

愿这几本小册子能在读者诸君精彩而又漫长的读书生涯中占据一两个时辰，倘或因此而让更多年轻的朋友爱上短剧、创作短剧、研究短剧，那便是属于我们这些编纂者额外的收获了。

是为序。

陆军

2019 年 8 月 30 日

（作者为上海戏剧学院二级教授，博士生导师）

# 目　录

# 一、悬念的旅程

# 聊天（*Talk*）

瑞典·1997

鲁卡斯·穆迪森（Lukas Moodysson）/ 编剧、导演

斯特恩·里吉格林（Sten Ljunggren）、赛西莉娅·佛罗迪（Cecilia Frode）/ 演员

14 分钟 / 悬念

1999 年葡萄牙阿尔加维（Algarve）国际电影节最佳短片提名

## 1. 公交车上　白天

喧闹的公交车上，人们自顾自交谈着。

贝格按照往常时间乘坐这趟公交车，上车后就近找了个空位子坐下，旁边坐着一位年轻女孩，车行半路贝格没话找话和她聊天。

贝　格：嘿! 夏天就要来了，很好。

女孩看着窗外，不愿意理睬这位秃顶的中年男人。贝格并不在意，他瞥了一眼女孩手上的书，继续聊。

贝　格：那是英语书吗?

女孩敷衍地笑了一笑，再次望向窗外。

贝　格：（进一步寻找话题）你放学了? ……我现在去上班，

沃尔沃，我在沃尔沃上班。……很不错的工作，我很喜欢。

## 2. 沃尔沃工厂　白天

贝格来到了工厂标准化车间，工人们各自忙碌着。贝格没有更换工作服，他仍然穿着自己的夹克衫，提着一个白色的塑料袋，他在车间里漫无目的地晃悠。他走到一位工人的身边，认真地看着他的操作，看了一会便动手示范应该怎么去操纵，工人生气地放下手中的工具。

工　人：（很不礼貌地对他说）请走开。

贝格咧嘴笑了笑，拍拍工人的肩膀，慢悠悠地离开了。

## 3. 工厂餐厅　白天

贝格来到了公司的餐厅，餐厅里空无一人，他站在窗边向厨房张望。这时从里面走出一位身穿白色工作服的女员工，手里拎着一桶热水，正在为开餐做准备。

贝　格：（热情地）嘿，是不是太早了？

女员工头也没抬理也不理贝格，将手头的活儿干完又转身进了厨房。

女员工：（边走边冲着里面大喊）恩斯特！过来！

一位个子不高的男员工，满脸嫌弃不紧不慢地从厨房里走出来。

贝　格：（热情地打招呼）你好！我是不是来得太早了？现在还只有 9∶30，但是我想……

恩斯特：（冰冷地）你不知道回家吗？

贝　格：（试探地）我能不能喝一杯？我用水瓶把咖啡带过来了。

恩斯特：贝加，你不能每天都这样下去，你已经不在这里工作了。……（恩斯特冰冷略带鄙视的口吻）你难道白天就没有别的事情可以做了吗？你难道就没有其他的爱好了？

贝　格：贝格！

恩斯特：什么？

贝　格：（气愤地）我不是贝加，是贝格！

恩斯特：我知道了……贝格！我要去干事了。

说完恩斯特便头也不回地走进了厨房。


## 4. 贝格家厨房　白天

贝格回到家中独自坐在厨房的小桌前，水池里堆满了没有洗的锅碗瓢盆。他用手擦拭着桌上吃剩下的食物残渣。他想了想然后从橱柜里拿出一本厚厚的电话本，他戴上眼镜仔细地翻阅着电话本，随后拨通了一个号码。

贝　格：真的……真的很抱歉，我肯定是打错号码了，真是对不起。我有没有打搅你？你是在做什么事情吗？也许我们可以随便谈谈，我们……不，但是……喂？

对方挂断了电话。贝格又寻找了一个新的号码，再次拨通电话。

贝　格：喂……我是电话公司的……我们在做一个小小的测试，看你的电话运行状况是否良好？……是吗？很好……再见！

贝格挂断电话。他迟疑了一会，翻了两页电话簿选择了另一个号码。

贝　格：嘿，是路易斯吗？我有没有吵到你？也许你很忙？
　　　　（语无伦次地）今天天气真好，是吗。……不，这不
　　　　是开玩笑。……是的，我是贝格·安德森。不，（急
　　　　切地）我只是想我们能聊一会儿，我们也许可以出
　　　　来走走。但是……我去你那里，我们一起睡觉，你
　　　　听到了吗？我们可以一起睡觉……

贝格语无伦次情绪有些激动，就在这时突然门铃响了起来，
贝格惊讶地看向门口，下意识地挂断了电话。


5. 贝格家门口　白天

贝格来到门口，透过猫眼向门外观看，他迟疑了一下随即打
开房门。门外站着一位年轻的女孩，金色头发一身印度的服装，
手里拿着厚厚的一本书。

女　孩：（举起书介绍）嘿，我不知道您是不是熟悉这本书？
　　　　它改变了我的生活，也能改变您的。

贝　格：嗯……我不知道……

女　孩：我想给每个人一次机会来阅读这本书，您对人生的
　　　　大问题有没有兴趣？

贝　格：（没缓过神来）是的……不是……我不知道。

女　孩：也许我们可以一起探讨一下，如果你愿意，我们可
　　　　以聊一下。

贝　格：聊天？（突然来了兴趣）

**女　孩：**是的，关于这本书……关于生活。

**贝　格：**（一口答应）好……为什么不呢？（热情地）请进。

贝格将门打开，请传教女孩进屋。


## 6. 贝格家客厅　白天

两人坐在沙发上，交谈了起来。

**女　孩：**（热情地）我们生活的这个世界，有很多人感觉自己
　　　　过得很空虚，因此错过了很多……

**贝　格：**（打断地）抱歉，我忘了，我应该煮些咖啡。

**女　孩：**不，谢谢了，不必了。

**贝　格：**但是我们应该喝些咖啡。

**女　孩：**不，谢谢了，我不喝咖啡的，真的。

**贝　格：**哦，我知道了。

**女　孩：**（继续热情地介绍）我们活在一个充满压力的世界，
　　　　每天忙忙碌碌……

**贝　格：**（想了想）喝茶？

**女　孩：**（没反应过来）对不起？

**贝　格：**茶？也许你喝茶？

**女　孩：**（礼貌回绝）谢谢了，不必。

**贝　格：**（热情过了头有些不知所措）不，我只是想……我还
　　　　没有泡茶。

**女　孩：**没关系。

**贝　格：**（热情地）对不起，我刚才没想到。我不知道您想吃
　　　　些什么，三明治可以吗？

女　孩：不，谢谢了。

贝　格：（歉意地）您一定要原谅我什么也拿不出来，我没有时间去商店，我刚刚上班回来。

女　孩：你有没有感觉你的生活……

贝　格：（打断了女孩的话）沃尔沃！（自我介绍）我在沃尔沃工作。

女　孩：您是否感觉您的生活很和谐？

贝　格：（犹豫了片刻）是的……不。（掩饰地）这些什么信仰之类的东西并不适合我……我们能不能谈点别的？或者……我们看电视？我不知道现在在演什么，但是肯定有节目看。（指着电视机，有些语无伦次）虽然现在不是很好，以后会好的，色彩有时候有点怪，通常是在你刚打开的时候，但是看了一会儿之后会好些，也许是显像管太旧了。哈哈哈哈哈……不……（突然沮丧起来）我在说一些废话，我不在沃尔沃工作。（情绪有些低落）……我没有在那里工作了。

女　孩：（一下子有些不知所措）哦，我不会再让您烦心了，我要走了。

女孩说完便从沙发上起身想走。

贝　格：（恳求地）别，别走。请坐……坐，坐。

女孩只好又坐下。

贝　格：（解释说）您没有烦我，有时候我想我应该买个新的，但是太贵了，我很喜欢看电视，所以我想应该值得……我有时候太惯着我自己了。

女孩很无奈不知该说些什么，尴尬地笑着。

贝　格：（倾诉地）很少有人来看我，我的哥哥来看过我几
　　　　次，但是8年前他去世了，所以这里很安静。当然
　　　　我很孤独……他的心脏……

女　孩：对不起。

贝　格：我的哥哥……他的心脏出了毛病。

女　孩：（安慰地）听到这个我很难过。

贝　格：和你聊天我很开心。

女　孩：（敷衍地）我也有这种感觉，但是我必须要走了。

女孩再一次起身准备离开，突然间，贝格发疯似的将她推回
了沙发。

贝　格：（嘶吼着）你坐在这里和我聊天！你坐着！

女孩被贝格的举动吓得不知所措，瘫软在沙发上，嘴里念念
有词。

女　孩：兔子克里莎拉……兔子克里莎拉……兔子罗摩，兔
　　　　子罗摩。

贝　格：（解释地）抱歉……我不是……我不知道为什么，我
　　　　不想这么激动，我有很多的想法……你知道我的意
　　　　思吗？

女　孩：（恐惧地）我可以走了吗？

贝　格：（缓和地）您当然可以走，真的很抱歉，我不知道，
　　　　为什么会这样，您当然可以走。

话音未落，女孩拿起茶几上的书起身要离开，贝格却一把抢
过女孩手中的书。

贝　格：等等！你能不能和我谈谈兔子克里莎拉？

女　孩：（女孩充满恐惧急切想要离开，听贝格这么一说，她有些迫不得已，语气颤抖地）……欢迎您看看这个。

贝　格：（接过书假装认真地翻阅）真的是一本很有意思的书，（尽力保持平静的语气）这……很多很漂亮的图片。

女　孩：您可以任何时候来。

贝　格：（努力地）我会的……我肯定会的。这是您的圣经，可以这么说吗？

女　孩：当然，基本上可以这么说。

贝　格：（其实并不喜欢）真有趣，有意思。

女孩背上书包，又一次准备离开。

贝　格：等等，等等，我想问您……等等！

贝格情绪又开始激动起来，他看着准备离开的女孩，一把抓住了女孩的书包，女孩害怕地挣扎了起来。

女　孩：（害怕地）走，让我走！

贝　格：（怒吼地）你给我待在这里！

女　孩：（反抗地）不要！

女孩急切想出门，贝格死命抓住她的胳膊，两人撕扯起来。突然贝格松开了手，女孩重重地摔倒在地上，一旁的花盆从茶几上掉落，正巧砸在女孩的头部，鲜血瞬间流了下来。贝格吓得愣住了。

贝　格：对不起，我不是那个意思。

贝格手忙脚乱地将女孩抱到了床上，就像对待亲人那样为她盖好毯子，整理一下头发，安稳平静地坐在她身边。

贝　格：（语气平静又温和）您需要休息一下，您的感觉会要好
　　　　些，您不要担心，一切都会好起来的，这里……（看
　　　　着电视机）您眼中的明星很快就会出来了，我想我们
　　　　可以看看，如果您喜欢的话，其实有时候很不错的。


7. 贝格家客厅　晚上

　　电视机里，一位歌星正在欢快地唱着歌曲，贝格坐在沙发上，
一旁的女孩盖着被子仿佛熟睡一般。

贝　格：（温柔地）非常的棒，对吗？她的声音真像她人一样
　　　　的美，是吗？您怎么样了？感觉好些了吗？很好。
　　　　是的，我也爱你。

　　节目继续着，黑暗中电视机的光愈发刺眼。

# 上帝没有愈合人类的孤独

## ——《聊天》读解

鲁卡斯·穆迪森（Lukas Moodysson）的出现似乎结束了英格玛·伯格曼一统瑞典电影天下的局面，1998年他的第一部长片电影《同窗的爱》（*Show Me Love*）一上映便造成了轰动，不仅掀起了瑞典电影的热潮，而且在全世界都有了追随者。人们称赞这位诗人和小说家出身的导演是继瑞典电影大师英格玛·伯格曼之后最受瞩目的电影导演。一时间鲁卡斯·穆迪森的身价暴涨，连伯格曼本人对这位后起之秀的才华也十分肯定，称他为"年轻的大师"，认为《同窗的爱》是一部"杰作"，并亲笔书信给这位年轻人。人们相信穆迪森的出现，可以带着瑞典电影人走出大师英格玛·伯格曼的阴影，并且开拓一个新的电影时代。

穆迪森在很多问题上的思考都超出了当下年轻的电影人，虽然他也拍了两部深奥难懂、匪夷所思的实验电影《心洞》（*A Hole in My Heart*）和《梦修罗》（*Container*），但他一直关注时代、关注现实生活，如讲述俄罗斯少女苦难无望生活的《永远的莉莉亚》（*Lilya Forever*）中，将少女的纯真与残酷的生活，美好的理想与冰冷的现实并置其中。以纽约夫妻和菲佣之间的生活琐碎的故事，来展现全球一体化现象的《猛犸象》(*Mammoth*) 以及表现移民旧金山的中国青年，游走在传统与现代观念之间的《同一屋檐下》(*Under One Roof*) 等。穆迪森的调控技巧和冷静的处理方式，使得他的作品一直和电影潮流唱反调，在传统技巧的呈现方式上也常常表现出格格不入的态度，他鄙视"道格玛95运动"的十条宣言，认为它们是老调重弹，没有新意。

短片《聊天》(*Talk*) 是一部现代社会的悲剧，它极端地反映了现代人的空虚、孤独与无奈。导演清晰地剥离都市人的精神苦痛以及现代社会的残酷，他把埋藏在人类社会中的污泥不留情地挖掘了出来，在那里我们看到了人类的弱点。

短片讲述的是没有亲人，也没有朋友的贝格早已被沃尔沃公司辞退，他丢了工作，但还坚持每天乘公交车去"上班"，并抓住一切机会与人交谈。乘公交时故意和邻座搭讪，在车间里闲晃时与工人搭话，但都遭到了冷遇。在餐厅受到服务员一番揶揄后，无地自容，他大发脾气抱怨对方念错了他的名字。

这一段落表现了贝格的受挫，一个不受欢迎的人，同时也表现了他对与人沟通的渴望。

贝格回到家非常沮丧，他想与人交谈的渴望逐渐发展到了疯狂的地步。短片中设置了一个很有意思的细节，就是贝格翻开电话簿给陌生人打电话，很好地诠释了贝格内心的渴望。"对不起，打错了！""我只是想查查你的电话是否好用？""我们聊一聊吧""你一个人在家吗？我可以到你家来住……"，贝格迫不及待地向对方表达，结果是可想而知的，他遭到了拒绝。贝格没有家庭，没有子女，没有朋友，没有一切的社交活动，他已经到了皮肤松垮、大腹便便的年纪，还是孤独一人地生活，他就像一团被波浪抛出去的污泥一样被世界给遗弃了。

故事发展到这，都还是在铺垫和交代规定情境，着墨不多但清晰明了。突然一阵门铃响起，贝格自己也不敢相信，居然还有人敲他的门。这是一个转折，来访者这个人物的设置很特别，是一位传教的女孩。

当代社会，世界在发展，瑞典人对宗教也在发生着变化，尽管教堂里的宗教活动还很活跃，但信徒数量逐年在减少，快速的生活节奏和个人的处境，让瑞典人对世界有了新的认识，随着时间的推移，他们不再以教会为信仰导向。短片中设置这样一个身份的访客，很说明瑞典的现实问题。

此时，贝格和来访者之间将会怎么发展，剧情将朝什么方向走，成了一个悬念。

传教者被热情地请进了屋子，贝格非常开心。传教者敲门的目的是为了宣扬信仰可以让人的精神不空虚，一种让心灵得到自由和谐的生存方式。这些对贝格来说根本不重要，他没有信仰也不准备接受，最重要的是终于来了一个人。他兴奋地想为她做点事情，问她是否要喝咖啡，是否要喝茶，是否想吃饭或一起看电视？他努力维护着自己编造的谎言，告诉传教女孩自己在沃尔沃公司上班等等，他兴奋地向她倾诉。

传教女孩意识到在这里不会有什么收获，起身告辞，贝格惊慌失措甚至有些粗暴地挽留她，这时候的节奏开始发生变化。他告诉她自己早已不在沃尔沃上班，八年前哥哥心脏病去世后，就再也没有人关心过他，也再没人敲过他的门，他感到非常孤独。

悬念的设置此时已达到了高潮，接下去的剧情发生急转，传教女孩并不想听他的故事，仍然执意要离开，贝格突然暴躁起来，野蛮而非理性地强行阻止女孩出门，慌乱之中将她摔倒在地，女孩头部被花盆砸到致死。

整个这场戏导演处理得干净利落。如果故事到此结束的话，似乎还缺少了什么，出人意料的是影片的结尾。陷入精神污泥中的贝格将尸体放到自己的床上，盖好被子，安安静静地坐在床边，打开电视机，一边看他喜欢的电视节目一边为她讲解，就像所有幸福家庭一样享受着安逸美好的时光。

《聊天》是一部深刻的社会悲剧，它的悲剧性并非是最后的意外凶杀，而是表现了处在现在社会中人的精神困惑，一个人的孤独、绝望，和对与人交流的渴望。贝格的出发点并无恶意，只因他太孤独、太空虚、太想与人交流了。

无论如何不能简单地把贝格杀人的动机归结为他的行为变态，他试着友好地接触，只要对方肯付出一点时间，如果传教女孩肯多听一听他的倾诉，如果餐厅服务员没有带着侮辱性的口吻拒绝他，他也不会走到这样一个癫狂的地步。女孩的死是一个意外，并非贝格所愿，当传教女孩被他强行要求坐下和他聊天而哭泣的时候，他试图缓和自己的情绪，他并不想伤害她，他甚至要求她谈谈他丝毫不感兴趣的教义，只是为了能多和她聊一会。

贝格杀人后的一系列行为所表现出来的冷酷与残忍，是导演鲁卡斯对人类孤独的极端想象，它表现了现代社会中，人与人之间正在降低和消逝的关爱与友善，人的自私自利，以及对他人的排斥与漠不关心都是凝结贝格悲剧的原因所在。如果你不是一个离群索居拒绝与人交往安心修行的人，又不生活在互联网的空间，只需敲敲键盘就可以找到聊天者的话，对一个已经遭到社会遗弃的人，又无亲戚又没朋友的人来说，想找一个耐心的倾听者可能真的会很困难，因为没有人愿意把自己的时间无缘无故地分配给你。渴望聚集、渴望融入、渴望被接受是贝格生活的唯一，这比他活着本身要困难得多。

如何才能像传教女孩所说的生活在一个充满活力的世界，而不会感觉到空虚？贝格的一切极端行为，都只为了想要找个人聊聊，贝格也许没有错，错就错在上帝没有愈合人类的孤独。

鲁卡斯·穆迪森对待《聊天》这样特殊的题材，所表现出来的冷静与老辣，是令人震惊的，他敏锐的洞察力在他多部电影中都清晰地显现。

# 十分钟后（*Ten Minutes After*）

匈牙利·2002

伊斯特凡·萨博（Istvan Szabo）/ 编剧、导演

伊迪库·本萨吉（Ildikó Bánsági）、戈博·马特（Gábor Máté）/
演员

10 分钟 / 悬念

## 1. 家中　黄昏

嘀嗒嘀嗒嘀嗒……挂在墙上的时钟一刻也不停地摆动着，发
出机械的声音。妻子正在餐厅里准备晚餐，一旁的电视机里正在
播放一段语言教学节目，妻子将一盏烛台放置到餐桌上，点上蜡
烛，她一边干活一边跟着电视节目学习发音。"我的祖母在市场上
买了鱼。我的祖母在市场上买了鱼。"

她陆续将香槟放上餐桌，看了一眼自己的手表，又抬头望了
一眼墙上的时钟，深吸了一口气。

妻　子：哦，蛋糕！

她急忙跑向厨房，从冰箱里拿出了之前就准备好的蛋糕，小
心翼翼地将蛋糕摆放到餐桌上。接着，从餐厅的角落拿出一台 DV

机，将它正对餐桌摆放好。一切准备就绪后，她走到电视机前，播放了一盘录像带，那是她和丈夫结婚多年以来的幸福时刻，在录像里两人幸福又甜蜜。

这时，一阵急促的门铃响起，妻子面带笑容，整理了一下头发，一路小跑着去开门。


## 2. 走廊　黄昏

妻子打开房门，丈夫和两名同事出现在了门口，丈夫醉醺醺浑身酒气。

**男同事：**（略带歉意地解释道）刚才开派对。

**女同事：**（附和着）大家都过得很开心。

妻子迟疑了一下，礼貌地邀请两位同事屋里坐。女同事急忙拒绝，边说边往楼下走，男同事紧跟，临走还不忘恭维一句"我喜欢你的发型"。与同事寒暄后，妻子和丈夫一起进了屋子。

**妻　子：**（对着烂醉的丈夫）嗨，你喝酒了吗？

**丈　夫：**（摇摇晃晃，眼神迷离）啤酒！

**妻　子：**（疑惑地）啤酒？你从不喝啤酒的。

**丈　夫：**（强调）我要啤酒！

**妻　子：**我们没有啤酒。里面有香槟。

**丈　夫：**里面？（说着便摇摇晃晃地走进厨房打开冰箱，妻子紧随其后。）


## 3. 家中　黄昏

**丈　夫：**（执着地问）啤酒在哪里？

妻　子：那里没有啤酒。

丈夫又走到冰箱后面胡乱地翻着地上一堆的瓶瓶罐罐，依然没有找到他想要的啤酒。

妻　子：（有些疑惑地）发生什么事了？你很少喝酒的。（她跟着醉醺醺的丈夫一路来到了餐厅）

丈　夫：（固执地）啤酒在哪里？（说着便一个踉跄摔倒在了地上）

妻　子：（着急地）那里没有啤酒。起来，你得吃点东西。

丈　夫：（大叫着）啤酒。

妻　子：（慌乱地扶着他）我给你弄晚餐，你得吃点东西。

丈　夫：（发现）蛋糕？

丈夫看到了桌子上的蛋糕，想也没想一把抓了上去，他发怒似的毁掉了它，蛋糕破破烂烂摔得到处都是。

妻　子：（惊讶地愣住了）为什么？为什么？

妻子一边用柔和的声音质问着丈夫，还不忘用餐巾擦拭着丈夫的手。烂醉的丈夫瘫坐在凳子上，他厌烦地抽出双手，愤怒地挣脱了。

丈　夫：（发疯地吼叫）别管我！别碰我！

丈夫将餐桌上摆放着的刀叉用力摔到地上，发出清脆的声音，他用充满愤恨的眼神注视着妻子，妻子迷茫又恐惧，她转过身停顿了几秒，缓和一下情绪，慢慢将散落在地上的餐具捡了起来。

妻　子：（难过地）你为什么这样？为什么？（一边安慰丈夫）躺下来，来吧，没事的。来吧，你很快就可以冷静下来了。你得睡一会儿。

她一路扶着摇摇晃晃的丈夫走进卧室，在床边坐下。

妻　子：把脚给我。（妻子将丈夫的鞋子脱下，拿来枕头让丈
　　　　夫躺在床上，安抚地）……来吧。躺下来，睡吧。

丈夫突然像发疯了似的，一边吼叫一边从床上挣扎起来。

丈　夫：我不会躺下来。

妻　子：躺下来吧！

丈　夫：不……不……

妻　子：躺下来吧！躺下来！

丈　夫：我不会躺下来。

两人在床上来来回回挣扎了一会儿，妻子拗不过丈夫，又被
他从床上拽了起来。突然丈夫发疯似的。

丈　夫：我不会和你一起躺下来，让我走！（他发疯似的掐住
　　　　了妻子的脖子）让我走！别管我！你听到没有？

情急之下妻子扇了丈夫一个耳光，丈夫这才松开手停了下来。
两人沉默。

妻　子：（痛苦地）很抱歉。

丈　夫：（痛苦地）我受够了，我受够了，你听到了没有？

妻子受不了丈夫的吼叫离开了床边，她在前面跑着，丈夫在
后面追，两人就这样围着餐桌追逐着，凳子、餐具、蛋糕散落一
地。妻子随手捡起一把餐刀，丈夫仍在后面紧追不舍。

丈　夫：我受够了，你听到了没有？（边跑边大声喊叫着）

妻　子：（害怕地）别打我！别打我！

追逐中，妻子手中的刀刺向了丈夫，丈夫瞬间倒地。妻子惊
恐万分，刀掉在了地上，她蹲下来拍打着丈夫的脸颊呼喊他。

妻　子：你怎么了？……嘉波，怎么了？

她俯下身子，耳朵靠近丈夫心脏的位置听了一会儿，随后颤抖着从地上爬了起来，气喘吁吁地拨通了电话。

妻　子：（声音颤抖）哈喽，请快来，这里发生了严重意外，我想我用刀刺伤了我丈夫，他现在躺在地上，我不知道他有没有呼吸。艾斯坦街四号，嘉波大夫。我？妻子……本人……我得挂了。

妻子挂断电话，呆呆地看着倒在血泊中的丈夫，室内一片狼藉。

她拿起桌上的遥控器想把电视关掉却始终关不掉，反而将电视的声音越调越大。楼下传来救护车鸣笛的声音，妻子扔下手中的遥控器奔向门口，她打开房门，紧张地等着救护人员上楼。


4. 走廊　黄昏

妻　子：请帮忙！请帮忙！请帮忙！（她冲着楼下说）

转身小跑回到了餐厅小声地抽泣着，救护人员随即上楼走进了房间。


5. 家中　黄昏

妻　子：他在这里，他在这里。请帮忙。

她将救护人员指引到室内。他们给丈夫注射了药品，抬上担架。

妻　子：他会没事的，是吗？（救护人员将丈夫抬下楼，妻子紧随其后）……他需要多一张毛毯，外面很冷。

她从沙发上拿起一条毛毯，边走边为丈夫盖上，妻子跟随着救护人员下了楼。

6. 楼下　黄昏

一辆警车到达楼下，从车上下来两位警察。

医　生：（对警察）他被刺了，很严重，我们要把他送到医院。

警　察：谁干的？在哪里？

医　生：（指着妻子）就是这位女士。

妻子正准备跟随上救护车，两位警察把她拦了下来。

警　察：女士，请等等。……伤者是谁？你跟他有什么关
　　　　系？……来吧，请跟我们一起上去。

妻　子：我得陪着我的丈夫，我得跟着他。

警察拦住了想要上车的妻子，救护车远去，随即他们左右一
边一个驾着妻子上了楼。


7. 家中　黄昏

警　察：事情在哪里发生的？请指示。进去吧。

妻子哭泣着被两位警察架着走进了餐厅。

妻　子：（抗拒地）不。

警　察：进去吧！请说出确实的位置，到那边去，来吧！

电视机里依旧播放着语言教学的节目，大理石的架子上，整
齐地摆放着妻子和丈夫甜蜜的照片，阳光透过玻璃洒进房间，挂
在墙上的钟依旧不停歇地摆动着。

嘀嗒嘀嗒嘀嗒……距离刚才发生的事只过了十分钟。

# 残酷的时间

## ——《十分钟后》读解

一天之中有二十四小时，一小时有六十分钟，这是常识，十分钟可能什么都不是，也可能是历史终结或生离死别的关键时刻，这也是常识，但却未必人人有这样的思考与关照。匈牙利导演伊斯特凡·萨博（Istvan Szabo）用《十分钟后》（*Ten Minutes After*）这部短片残酷而真实地令观众直面时间。

故事开始得平静而沉稳，甚至有些俗套。挂在墙上的钟，钟摆单调的节奏，指针指向黄昏时分，镜头摇过房间，从陈设看，这是一个还算殷实的中产阶级家庭。餐桌前，妻子准备了香槟、美食，在等待丈夫归来。门铃响起，丈夫出现，身后跟着两个同事，他们略带歉意地表示，今天大家太开心了，其中一位甚至还礼貌地赞美了女主人的发型。丈夫身着西装，但摇摇晃晃，显然已经喝得神志不清。他翻箱倒柜地找啤酒，甚至跌倒在地。妻子无论怎样也不能让他安静下来。最后，他开始摔盘子，掀翻了蛋糕，甚至卡住妻子的脖颈。失控之下妻子拿着餐刀，不想刺进了扑上来的丈夫的腹部。影片结尾，救护车拉走了生死未卜的丈夫，两名警察抓住了意外行凶的妻子，而她显然还无法从噩梦中清醒。

镜头又回到墙上的挂钟，此时，观众恍然大悟，刚刚看到的这一切，就发生在十分钟内。

《十分钟后》全片依靠一个镜头完成，这种无剪辑的镜头语言，无限接近生活本身，冷静、客观，导演仿佛一个旁观者，将现实中的悲剧展示给人们。

虽然是一个长镜头，但包含的信息却异常丰富。除去通过房间陈设来交代这个家庭所处的社会阶层，还巧妙地为最后的结局打下一个个伏笔。如妻子在等待丈夫时的紧张，既透露出两人的感情，又似乎表示他们的关系出现了裂痕。丈夫明知道今天是个重要日子，却在外面喝得烂醉回家，并在争执中喊了一句"我受够了"。又如妻子在等待中忽然想起什么跑到厨房，从冰箱里拿出蛋糕，蛋糕边放了一柄餐刀；妻子在桌前摆放了一个摄像机，显然是为了记录下这次晚餐，而她在录像机上快进的带子里，我们瞥见他们从婚礼到不同年份纪念活动的情景。这一切都为强调十分钟后，妻子从深爱丈夫的女人成为刺杀丈夫的凶手，这巨大的反差以及偶然的细节却造成猝然而轻易的崩溃。

长镜头的使用，使得观众所见与故事发生从时间上讲，完全重叠，试想，如果同一情节，但采用常规的镜头语言，那种身临其境的感受势必大打折扣。

无论是长片还是短片，所有表现手段，说到底还是为创作者表达对世界、人生的态度服务的。对于芸芸众生，十分钟有时会具有令人不可思议，但却只能无奈接受的意义。《十分钟后》除了通过极其直观的计时工具——钟表来强化时间的不可逆转与无情，还通过了房间内正在播放的电视节目来加以渲染。在妻子等待丈夫回家、做烛光晚餐准备的时候，电视上一直播放着一段语言教学节目，单调、机械、重复，当十分钟后，戏剧性的冲突已将两人的生活摧毁，镜头从电视机前掠过，男教师还是教着同一句话。命运的无常，生活的脆弱，令人唏嘘。导演仿佛在通过这一切提醒观众：谁也不能逃脱时间的咒语。

不管你怎么看，所谓的历史，其实也是由无数个偶然瞬间累积而成，短片所展示的这幕琐碎的生活戏剧，又何尝不是人性挣扎的提炼与白描！中国古人对着河水慨叹："逝者如斯夫，不舍昼夜！"一切的惋惜、破坏、伤痛，无非是时间长河上的浪花而已。

伊斯特凡·萨博是匈牙利国宝级的人物，20世纪60年代匈牙利崛起的最有创意的新锐导演，从20世纪60年代创作的第一部电影开始，他几乎得到了世界所有重要电影节的奖项，1979年以《信任》（*Bizalom*）赢得1980年柏林影展最佳导演奖，1981年《靡菲斯特》（*Mephisto*）赢得奥斯卡最佳外语片奖及戛纳电影节最佳编剧奖，1985年《雷德尔上校》（*Oberst Redl*）赢得戛纳电影节评奖，1992年《甜蜜艾玛，亲爱宝贝》（*Dear Emma, Sweet Böbe*）获得柏林电影节评审团特别奖，1999年《阳光情人》（*Sunshine*）获得欧洲电影节最佳编剧奖等，萨博大大小小收获了六十多个奖项。他的很多作品都成为电影史上的经典之作，至今为人所不及。有人说和萨博合作就有可能出人头地，此话不假，被他捧红的影星也数不胜数，美国女演员安妮特·贝宁（Annette Bening）就因出演伊斯特凡·萨博导演的电影《成为朱莉娅》（*Being Julia*）片中的女主角而获得77届奥斯卡最佳女主角的提名。萨博有着非凡的创造力、深刻的思想内涵和丰富多彩的表现力，这些都是他成为20世纪80年代欧洲电影的新神话的原因。

# 最后的农场（*The Last Farm*）

## 冰岛·2004

鲁纳·鲁纳森（Rúnar Rúnarsson）/编剧、导演

乔西格伯乔森（Jón Sigurbjörnsson）/演员

17 分钟 / 悬念

2005 奥斯卡最佳真人短片提名

## 1. 小镇的海边　白天

　　一望无际的海洋，微风掠过海面很是平静。一座座小小的岛屿屹立其中，看似层层叠叠的山峦。天空被厚厚的云层遮住，天地昏暗，只有远处隐露出点点粉色光芒才有了点希望，但很快又被淹没，于是整个世界便都笼罩在灰蓝色调中。

　　远处农场老人正吃力地砍着木头，声音在山间回荡，老人的身后停了一辆红色小型卡车。

## 2. 小镇的草地　白天

　　卡车行驶在早已泛黄的草地上，沿着泥泞的小路行驶艰难，强烈的颠簸差点让车上较长的几根木头掉落下来。卡车就这样一

路颠簸着开往远山脚下的农场。

3. **农场木屋旁　白天**

　　老人从卡车上下来，花白的胡子和头发，身上毛衣旧得像穿了很多年，衣角断裂开悬挂在腰部。他走路已不再麻利，但却非常娴熟地操作着卡车，老人按下操作开关，卡车后斗慢慢升起，车身逐渐倾倒，长长短短的木头从上面滑落下来。

　　老人似乎有着超强的体力，他在房前支起工作台，娴熟地拿起工具锯着木头，很快一根木头被锯成若干段。

4. **木屋内　白天**

　　老人在炉灶前搅拌着锅里的食物。面前的墙上挂着各种锅具和厨具，室内的摆设和装饰都很简朴，但充满温馨。

　　收音机正播放着天气预报："西转西北风，4级。阴天，中等浪高。温度零度。西转西北风，3级。近来有暴风雪。北纬66.4度，西纬15度位置移动。4级的西转西北风，陡然来临。能见度4千米的温度是4摄氏度……"

　　老人坐在餐桌前，独自吃着面包和煮好的食物，身后墙上的几幅画尤为醒目。突然电话铃声响起，老人愣了愣，没有起身的意思，电话铃声不断，老人无奈叹了口气拿起了电话。

5. **窗前　白天**

　　**老　人**：这里是漠拉农场。你好，莉莉亚，你不应该在吃饭
　　　　　　　的时候打电话来。我想你从小被教育得很清楚那件

事了。西风一直在刮着，但今晚会转向。约恩明天会送邮件和食品来。……养老院也不会因为那些宣传册的漂亮照片就成了好地方的。……不，她不在，她睡午觉去了。……不，她一点都没病。事实上，她现在感觉好多了，身体棒着呢。……在我们离开之前有一两件事要做。……看你自己了。莉莉亚，我希望你周末后再来。……听着，小鲁尔塔在电话旁吗？他和爸爸在一起，明白了。……我会转告她的。问大家好。……讲清楚了，你过周末再来，好吗？……好，亲爱的，再见。（老人手撑着窗台，边打电话边看着窗外）

## 6. 木屋内　夜晚

天色渐暗，荒野中只有老人的小农场还孤零零地亮着灯。

老人脱下他浅棕色的毛衣露出白色长袖 T 恤。他拉上窗帘慢慢走到床边，凝视着床上的妻子，她花白的头发，双目紧闭，满脸的慈祥。老人坐在床边久久凝视，表情有些悲伤。

他侧身躺在妻子身旁，关上了床头灯，黑暗中他撑着额头看着天花板，不断地叹息，妻子安然地没有一点反应。

## 7. 农场木屋旁　白天

第二天老人继续整理那些木头，屋前杂草堆上凌乱地摆放着木条和木板，他想将脚下的木头扔到另一侧，有些力不从心，这样的劳作让他十分费劲。但他没有停歇，扔掉一块长的木条，身体跟着跟跄了一下险些摔倒，他扶住身边的草堆，倚靠着不停地喘着粗气。

老人在木板前精细地打磨边框，木板的形状显现，是一个棺材。这时，远处一辆小汽车沿着那条泥泞的路朝农场开过来，老人见状立刻将棺材从板车上卸下来用草垛掩藏上。

小汽车穿过泥泞的道路停在了屋前，邮递员约恩从驾驶座上跳下来，手捧一箱卷纸。

约　恩：真是好天气啊。（用手肘关上了车门，向老人打着招呼。）

约恩绕过汽车捧着箱子走向正在干活的老人。

约　恩：这是我最后一次给你和葛洛娅送东西了。

他走到老人的工作台前将东西放在脚边，环顾了一下四周。（老人抬头看了他一眼，继续手上的工作。）

约　恩：你要用木栅堵住窗户吗？（不解地问）

老　人：像这回事吗？（并没有停下手中的工作，答非所问地）

约　恩：我也在为冬天做准备，我已经把小屋的窗户封好了，最后两只迷途羊羔也抓回来了。

老　人：（随口答道）我觉得他们想逃出屠宰场。

约　恩：（从箱子里拿出养老院的小册子）你和葛洛娅开始奢侈了啊！

老　人：（转移焦点）我想让你帮我个忙。

约　恩：（羡慕地）搬到有人的地方肯定不错。

老　人：（将一封信递给约恩）你能不能把这封信寄给我的莉莉亚？

约　恩：（接过信，看了看）没问题。

老　　人：周末之前可以寄出吗？

约　　恩：我想可以。……我说，葛洛娅能给我泡杯咖啡吗？

老　　人：（愣了一下）什么？

约　　恩：葛洛娅能泡杯新鲜的咖啡吗？

老　　人：（支支吾吾地）咖啡？实际上我忙到现在都没空喝
　　　　　　咖啡了。

约　　恩：拜托，就一杯嘛。

老　　人：（果断拒绝）不行，她正在午睡呢。

约　　恩：（他疑惑地看了看他们的房子，有些失望）哦，好吧。

　　约恩开着他的汽车走了，老人目送着他离开，若有所思地打
开那本小册子翻了翻。

　　随后老人拿起铁锹费力地挖着地，将夹杂着石头的泥土一次
一次地抛向卡车后座，地上已经刨出了一个又长又深的坑，人站
在里面只露出了半个身子。

　　老人吃力地挥着铁锹，终于忍受不住，费力地撑着土坑的边
缘不停喘着粗气。

　　远处一片安静的海洋。


8. 山间路上　白天

　　蜿蜒曲折的山脉之间一辆汽车正在行驶。


9. 汽车内　白天

　　车后座坐着一个扎着马尾辫的小女孩。

　　小　女　孩：（很焦急）到了吗？

莉 莉 亚：很快，亲爱的。

小 女 孩：（追问）有多快？

莉 莉 亚：一个小时左右。

驾驶座上一位中年男子开着车，他是莉莉亚的丈夫，这是老人的女儿、女婿和外孙女一家，他们正朝着农场方向开去。

莉 莉 亚：（转过头，问了身后的小女孩）你想喝什么吗？

小女孩摇了摇头。


10. **农场卫生间　白天**

老人赤裸着上身在卫生间清洗头发和脸部，他没有其他多余的装饰，右手无名指上的一枚戒指显得尤其突出。卫生间摆放着各种各样洗漱用品，墙上挂着一幅装饰画。

老人拿着毛巾擦拭着刚刚洗好的脸部和头发，他认真地在镜中端详着自己，注视很久，若有所思。


11. **山间路上　白天**

汽车依旧在蜿蜒的山间行驶着。


12. **汽车内　白天**

莉 莉 亚：我正在给爸妈打电话，让他们知道我就要到了。

中年男子：无线电都坏了，手机能管用吗？

莉 莉 亚：如果我们不期而至，妈妈会不高兴的。（依旧不放
　　　　　弃地拨打着手机）另外，我想爸爸会很高兴，有
　　　　　人会帮他提行李。

## 13. 农场屋内　白天

老人换上了干净整齐的黑色西装，打了个领带。旁边棺材里躺着老人的妻子，她枕着白色枕头，盖着白色铺盖，看起来十分安详，老人把《圣经》放在妻子胸前。电话铃突然响起，老人丝毫没有想去接的意思。他从上衣口袋里掏出一支口红，轻轻地在妻子嘴唇上涂抹，他抚摸一下妻子的脸颊做最后告别。

电话铃声仍在继续。


## 14. 木屋旁的草地　白天

屋前的草地上铺着一根根的木棍，老人推着棺材从木棍上移动，一点点地移向土坑处。他将绳子的一端套在自己身上，另一端固定着棺材，他费劲地将妻子的棺材放进土坑，看到棺材安稳地落下，老人松了一口气。

他环顾四周。远处的天空泛着紫色，阳光若隐若现，看起来安静、浪漫。群山绵延起伏，海洋依旧。远处小轿车在曲折的小路上行驶着。

老人慢慢躺在棺材旁，平静地看着天空。片刻，他牵动事前准备好的可以启动卡车的绳子，向下用力一拉，卡车后斗开始倾斜，一车的土瞬间倾倒下来。此时女儿一家也赶到了农场。

十字架安静矗立，与田野、山峰、天空融为了一体。

# 最后的爱情

## ——《最后的农场》读解

短片《最后的农场》以独特的视角讲述了发生在农场里的一个关于生命和爱的故事。全片基本上是一个老人的独角戏，贯穿始终的行动是"埋葬"。埋葬老人刚刚去世的妻子，他精心策划了一场特殊的葬礼，亲手给妻子订制了棺材，最后在暴风雨到来之前，将自己和妻子一起埋葬了。

片中设置了很多悬念，老人特殊的"策划"是逐渐显现的。导演利用主人公为行动目的所组织的一系列动作、空间要素、人物的表演等综合在一起，逐渐揭露真相。短片一开头就交代了天气的变化，冰岛的冬天，一个即将废弃的偏远的农庄，暴风雨即将来袭，这是贯穿始终的信息，也暗示某种事件即将发生，同时也增强了压迫感。

老人独自一人做着木工活，天是阴郁的，大全景的景别让人物变得渺小，有强烈的孤独感。夜晚他独自吃晚饭，身边一台收音机，里面传递着关于所处的位置、环境、天气等重要的信息，这些信息都起着暗示和铺垫的作用。这时电话铃响起是女儿打来的，女儿和老人的对话中，交代了女儿关心父母，劝他们老夫妻离开农场去养老院生活，但老人认为"养老院也不会因为那些宣传册的漂亮照片就成了好地方的"，来表明自己的态度。

接下去老人妻子的形象第一次出现，他在电话里告诉女儿她妈妈很好，在睡午觉，一点都没病，身体很棒……临挂电话还不忘嘱咐女儿"我希望你周末后再来"。这都为后面的剧情做了很好地铺垫，可以说短片在叙事上设计得很严谨，一环扣一环，表面上看老人劳动、吃饭、打电话等这些都是很日常的生活，但却始终隐藏着不安，观众并没有从累积的信息中理出故事线来。直到天黑以后，老人躺在床上准备睡觉，身边出现了妻子的镜头，她面色苍白，安详地躺在老人身边，老人对她注视很久，黑暗中陷入了沉思长长地叹气，这才让观众有了一些猜想，老人的妻子是不是已经去世。

第二天老人继续干活，棺材的形状清晰可见，这个物件证明了之前的猜想，也清楚了老人一系列的行为。这时邮递员来了，老人并没有告诉他自己的妻子去世的事实，而是把棺材遮掩起来，他不愿意让别人知道这件事。他将写给女儿的信交给邮递员，并嘱咐一定要周末寄出，显然他也并没有告诉他的女儿，她的妈妈已经去世，反而让她"过周末再来"。故事发展到这里已很清晰，事实上老人早已将一切安排好了，他在给女儿的信里说出了一切，但并不想让她提前知道自己的计划。

片中两次电话的设计非常巧妙，一次在老人吃饭时。另一次是影片最后，女儿在去往父母家的路上打来的，她从小被教育来见父母，必须提前打电话。此时，棺材已做好，老人换了一身西装，他把《圣经》放在妻子的胸前，从西装口袋里掏出一支口红，温柔地给妻子涂抹，他表情平静，充满爱意地抚摸着妻子的脸颊。此时女儿一家正赶往农场的路上，电话铃声不断地响起，在那样的情境下这声音听上去像丧钟一样。

片中的镜头参与了叙事，采用大量的全景和远景镜头，很好地将失去亲人悲痛的心情与荒野的山村、孤零零的农场、冷冰的群山、阴郁的天空等的环境融为一体。

老人推着棺材艰难前行，手中攥着绳索，吃力地把棺材放入墓穴中。他静静地看着棺材，叹息着又看了看远方。清晨的海边，天空中阳光若隐若现，破旧的房屋在远处静默伫立，群山围绕，老人环顾着四周熟悉的景象，表情凝重。

导演以中、全景将老人对这世界最后的告别尽情表现，灰暗的色调，富有浓重情感的音乐以及演员细致入微的表演，表现了孤独的老人超越世界、超越尘世的爱情，与山川、土地、蓝天完全融为一体。老人的表情平静、超然，让人感动不已。

老人不紧不慢做好一切，天气变得更加恶劣，他也躺在了棺材旁，拉动事前准备好的可以牵动卡车启动的绳索，一卡车的土倒塌了下来，老人用自己的方式与这个世界做最后的告别。随着汽车升降机的低声轻响，泥土缓缓散落下来，将他和妻子一起埋葬，而此时女儿的车也赶到了农场。

短片围绕人的死亡而展开，但对于失去亲人的悲痛表现得却非常节制，正是这样的节制，在最后揭露真相后，才让人感到震撼。一直有一种力量在支撑老人在寒风中劳动，在逝去的妻子身旁安睡，不惧那些埋葬自己的泥土等，那种力量是爱，是对妻子的爱，对这片土地的爱，这种爱是一种永恒的爱。

短片同时也透露出一个世界性的话题——老年问题。片中的老夫妻显然已在破旧的农场生活多年，这个维度较高的地方，显然有些与世隔绝，唯一能和外界保持联系的就是家里的收音机、电话机和偶尔送来日用品和信件的邮递员，女儿已有自己的家庭，虽然对父母也很关心，但显然相互间走动的并不密切，并没有真正地站在老人家立场想问题，只是一厢情愿地希望他们离开这个破旧的农场住进养老院，那将会省去很多的担心，也不会为即将到来的暴风雨和寒冬忙碌，但对老夫妻来说，这片土地有很多割舍不掉的情感和记忆，那是养老院给不了他们的。所以当妻子离世后，老人会做出这样的选择也就不足为奇了。

短片最让人品味的是叙事上精巧的悬念铺设与声画、动作的选择和演员表演完美地结合在一起，导演游刃有余地讲述，把握得恰到好处。直到影片的最后一刻恍然大悟时，才意识到短片开始时对环境交代的镜头有多重要。

片中的每一幅画面色彩都很灰暗，没有蓝天也没有鲜花，只有压抑和惴惴不安，山、天空、云彩、房屋、木材、广播、衣物的色彩以及人的面孔无一不是如此，貌似这样一种色彩应该与爱情无关，但就是那种山雨欲来的气息，压抑的色调以及潮湿的氛围才符合《最后的农场》的基调，才能体现得出主人公的心态，也才会酿造出如此震撼的爱情来。

# 等待下一个（*J'attendrai le suivant*）

## 法国·2002

菲利普·奥亨迪（Philippe Orreindy）、托马斯·戈丁（Thomas Gaudin）/ 编剧

菲利普·奥亨迪（Philippe Orreindy）/ 导演

苏菲·福特（Sophie Forte）、托马斯·戈丁（Thomas Gaudin）/ 演员

4 分钟 / 悬念

2003 年奥斯卡最佳真人短片提名

2004 年欧洲电影奖（European Film Awards）最佳短片

2004 年法国恺撒奖（César Awards）最佳短片

### 1. 街边　夜晚

冬夜，在繁华的巴黎都市街头，一位衣着过时、相貌平平的女士行走着，表情落寞。

### 2. 地铁站内　夜晚

她从室外走进了地铁站，站在扶梯上下行周围是一对对甜蜜的情侣，她不禁投去了羡慕的目光，显然这样的幸福并不属于她，

作为一个单身的女性，只能等待下一辆地铁，然后独自回家。


3. 地铁上　夜晚

　　地铁里的人们就像往常一样熙熙攘攘又互不相干，一个高个子的年轻男子却打破了这一切。

　　**征婚男子**：女士们、先生们晚上好，打扰你们了，我知道你
　　　　　　　　们很累。恕我给你们介绍自己，我叫安东尼，29
　　　　　　　　岁，别担心，我不是来要钱的，我来是因为我在
　　　　　　　　杂志里看到说法国现在有 500 万的单身女性，她
　　　　　　　　们在哪儿？

　　这位男子的言论显然引起了大家的注意，有的人已经开始发笑，女子羞涩地低下了头。

　　**征婚男子**：我已经单身三年了，但是我已经受够了在收音机前
　　　　　　　　花掉一整个晚上，或是在电视机前看那些乏味的节
　　　　　　　　目，这不是我想要的生活！我试过上网，但那也使
　　　　　　　　我无比煎熬。我是一个计算机科学家，收入可观，
　　　　　　　　每月有 2600 欧元，我很爱运动，而且烧得一手好菜。

　　地铁上发出哄笑，他们都觉得这位男子的演讲简直是天方夜谭。而女子不禁向这位男子投去笑意，她觉得他说出了所有单身者的心声，这其中也包括了她自己。

　　**征婚男子**：你们随便笑吧，但是我相信爱情！我想要追寻一
　　　　　　　　位女士，或者说一位年轻的女士，年龄在 18 到 55
　　　　　　　　岁之间，那些还没有约会对象并且愿意和一个人
　　　　　　　　瞬间建立起情感关系的女士，如果有哪位感兴趣，

可以在下一站下车，我会和她在站台上会合。

一位已婚男子说：下车吧，女士们！我已经过了五年的痛苦婚姻生活了，如果你喜欢的话，我可以把她的电话号码给你，她是一个发型师，打给她吧，看她什么反应，但你待会儿可别抱怨啊。

征婚男子：先生，你可真是太好心了。但我可高攀不起你的妻子，除非你问过她。

已婚男子：她肯定会答应的，她要的只是钱而已，你不是有很多钱吗？

征婚男子：老兄，我追求的是真爱，而不是市场上的便宜货！

已婚男子：你真是自寻烦恼！你就是在这地铁里浪费时间。

征婚男子：请原谅我，这位先生，可是谁又不想获得真爱呢！

已婚男子：（鄙视地）真是白痴！

征婚男子：是……是……年轻的女士们，如果你们其中有人想分享我的爱情观，就请下车吧。

征婚男子所说的爱情观显然与女子所想的不谋而合。这位女士显然心动了，此时车门发出了将要关闭的信号，她已全然不在意其他人的目光，向着征婚男子报以期待的眼神和微笑，像要奔向幸福一般地踏着警报声下了地铁，她带着笑容热切回首期盼着这一次站台约会。然而回报她却是关闭的车门，还有透过车窗看着她的征婚男子。

征婚男子：小姐，我只是在开玩笑……


4. 地铁站台　夜晚

征婚男子的画外音：希望你们喜欢这个节目，哪怕最小的贡

○39

献，我们也要感谢！

地铁快速离去，站台上只剩下了她一个人，好像刚才的热闹哄笑都与她毫不相干。女士的笑容逐渐消失，想着自己刚才错过的到底是幸福，还是一个笑话，她的表情变得更加落寞……

# 毁灭性的娱乐

## ——《等待下一个》读解

短片《等待下一个》(*J'attendrai le suivant*) 犹如一场戏剧游戏，导演用短短四分钟的时间制造了一个关于爱的谎言。四分钟后，埋下的炸弹重磅爆炸，冰冷而残酷的事实直刺骨髓：你不能怨巴黎太浪漫，也不能怨爱情太残酷，一切都只是一场游戏。

短片讲述的是一位衣着过时、长相平平的大龄单身女子，在繁华的都市街头，看着身边经过一对对幸福甜蜜的情侣羡慕不已，难以排除心中的寂寞。当她走进地铁车厢，一位中年男子也同时出现，他公开在车厢里发表征婚演说，推销自己。

男子爱情至上的婚姻观引起女子兴趣和共鸣，所以当男子宣布"如果有谁愿意和我分享爱情，那你就下车吧。"话音刚落，车进站，开门。女子兴奋地跑下了车，可迎接她的并不是什么幸福的牵手，而是男子站在车厢里对着她说的一句"我是在开玩笑"！车门关，地铁载着征婚男子离开了车站，月台上女子看着远去的列车，目瞪口呆……

一个悬念又耐人寻味的小故事。地铁征婚并不稀奇，很多人喜欢以出奇的方法推销自己，有人不求完美结局，只求众人关注，总之什么样的心理都有。短片中一个单身女子，一个征婚的男子，观众非常期待两人的关系发展以及故事的结局朝哪个方向走。如果男子一开始就提出"谁愿意牵手就在下一站下车"，这个问题可能就没有那么刺激，结尾也没有那么残酷了。男子提出——地铁到站——女子下车——揭露谜底，这一切几乎都在一瞬间发生，着实有些让人应接不暇，喘不过气来。特别是女子下车后，望着远去的列车，一脸的失落、无辜和受伤的表情，与这个特写画面同时传来的是车厢里男子"希望你们喜欢这个节目，哪怕最小的贡献，我们也要感谢！"的画外音，使故事的结局显得更加凄惨。这可能是一个正在进行的电视节目，一种以不惜伤害他人而提高收视率的电视节目，编导们处心积虑地设计情节制造意外，玩弄观众的情感和眼泪，只是为了提高收视率。不过也可能征婚男子为掩盖自己的失约而找到的一个借口，为的是等待下一个的出现。总之，什么结果都可能有，导演并没有给出具体答案。

短片中埋藏的那些"超额"的思想性，显示出创作者对人生、理想的悲观主义倾向，《等待下一个》是一个极端的故事，它暗示和提醒着人们正在沦丧的道德中自娱自乐，在丧失的希望中无动于衷地舞蹈，它敲碎了人们之间勉强维持的互相信任的脆弱桥梁。

片中征婚男子与车厢里另一已婚男子间的争论，既透露出人们不同的婚姻观和爱情观，又为短片撒了很多轻松的调料，这种"障眼法"也是好莱坞经典电影的最爱。

与那种导演消失在镜头后面的影片不同，短片《等待下一个》处处留有导演的痕迹，风格化倾向比较明显。以"建立秩序"——"粉碎秩序"的叙事方式，为观众打开具有多种可能性的窗，这种

"留白"刺激了观众大脑皮层的活动，让短片变得更加耐人寻味。

短片基本是以旁观者的视角客观镜头为主予以展现的，不带有任何主观的倾向性。男子行云流水般演说他的征婚词，除了招来已婚男子关于现实主义和理想主义的争论外，没有引起太多旁观者的态度，更多乘客只是看看热闹，从他们的表情上也没有看到更多的意外和吃惊，也许巴黎这座城市对爱的宽容足以容纳任何非常的行为，唯有单身女子例外，摄影机以平视的视角将这一切尽收眼底。

华灯初上。是娱乐太没有底线，抑或是女人太认真？

# 在黑暗中（*Dans l'Obscurité*）

法国 · 2007

让·皮埃尔－达内（Jean-Pierre Dardenne）/ 编剧

让·皮埃尔－达内（Jean-Pierre Dardenne）、吕克·达内（Luc Dardenne）/ 导演

艾米莉·德奎恩（Émilie Dequenne）、杰里米·塞戈德（Jérémie Segard）/ 演员

3 分钟 / 悬念

## 1. 电影院内　白天 / 昏暗

黑暗中，只听到一声声的枪响。

有一双手在地上轻轻缓缓地向前爬行，那是一个男子的手，忽明忽暗的微弱灯光，看不清他的面孔，只见他一头银灰色的头发、一件运动开衫和一条简单的裤子。

随着男孩子爬行过的空间和环境，大致可以看出这是一家电影院，电影正在放映，不断传来鸟鸣和铃铛声。男孩像猫一样在红色的座位间挪动着身体。影院里并没有那么多的观众，很多座椅上都还空着的。

男孩悄悄地爬行着穿过数个座椅后突然停下，他小心翼翼地拨开放在空位上的一间棕黄色外套，外套下面是一个黑色的小皮包。

　　空座位的旁边坐着一位身穿吊带牛仔裙的女子，男孩的动作格外的缓慢，他一点点地打开皮包的拉链，然后将手伸了进去。就在这时传来女孩的抽泣声，这声抽泣打断了男孩的行动，他突然缩回已经伸进皮包中的手。

　　女子对这一切并没有察觉，她正在专心致志地看着电影，并且已经泪流满面。她慢慢用手拭去脸上的泪水，然后将手伸向旁边的皮包，显然是想拿手帕之类的东西，在做这动作时眼睛也丝毫没有离开过银幕。

　　可是女子摸到的并不是皮包，而是在皮包上的那只手，男孩满脸惊讶和恐惧，生怕惊扰到女子，不敢有一丝动作和反应，奇怪的是女子握着小偷的手并没有觉得不对劲，依旧沉浸在电影故事之中。

　　女孩将小偷的手缓缓拉起，放到自己满是泪水的脸颊边。

　　又是一片黑暗，传来的是影片中一阵阵的铃铛声。

# 三分钟力量

## ——《在黑暗中》读解

　　三分钟的短片《在黑暗中》(*Dans l'Obscurité*)，达内兄弟导演用一个长镜头，表现了一个深刻的、耐人寻味的小故事，令人叫绝地揭示了电影艺术的力量。

　　黑暗中，一双手在向前爬行。这是一个年轻的男子，他像猫一般挪动着身体，在电影院的座位间。空间忽明忽暗，伴随着电影的声音。他爬到一个女孩身边，拿开放在空位上的衣服，拉开女孩背包的拉链，忽然，女孩抽泣着，泪流满面，她伸手向包，显然是想拿手帕之类的东西，不想却摸到了小偷的手，女孩并没有惊叫或者恐惧，而是将小偷的手缓缓拉起，放到自己满是泪水的脸颊边。影片戛然而止。

　　在众多向电影致敬的短片中，比利时著名的兄弟导演让·皮埃尔-达内（Jean-Pierre Dardenne）、吕克·达内（Luc Dardenne）的这部作品巧妙又不失蕴藉，称得上匠心独运。20世纪70年代以激进的纪录片创作者身份入行的达内兄弟，拍摄了大量的纪录片，在介入剧情片后一以贯之地保持了写实主义的拍摄风格，核心题材也都是现实主义，为了呈现真实生活，他们冷静地躲在摄像机后面，以不被察觉的姿态"记录"生活。往往他们的作品会留给观众很大的空白点，让观者尽可能地想象与思考。

在结构上，短片与中国古典诗歌中的绝句非常相似，绝句只有寥寥四句，但却通过起承转合这样几个环节，呈现了跌宕起伏、短小精悍的艺术效果。

我们来看这个长镜头：起——一双手在黑暗中爬行，几步后，镜头慢慢上摇到男孩子的脸，他随即在椅子尽头转弯。镜头隔着一排椅子横移，椅背和空隙中一明一暗看到男子的脸。这时观众大约已经猜测出他的身份与任务；承——女子的半身，男子的手小心翼翼拉开拉链的动作。行窃的暴露；转——小偷正欲得逞，女子目不转睛盯着屏幕啜泣的特写，被惊动的男子迅速停手，女子的手从包中把男子的手拉起，放在了自己的脸上。这实在是个出乎人意料的情节；合——一段令人忧伤的钢琴音乐响起，影片在无穷的冲击力下干干净净地结束。

短片《在黑暗中》的妙处还不只体现在结构上，除了小偷和女观众，它最重要的角色其实是贯穿全片的"声音"——一部电影。在影片结束时有这样一行字幕：画外音为罗伯特·布列松（Robert Bresson）的电影《巴尔塔扎尔的遭遇》（*Au Hasard Balthazar*）。

这句提示非常重要，这是一部1966年的电影，讲述的是小毛驴巴尔塔扎尔的一生，它不停地被转卖，更换新主人，有被宠爱的时候，也有被虐待的遭遇。影片的结尾，它被人用来在边境走私时，巡逻队的子弹结束了它的生命。牧羊人赶着羊群近乎漠然地靠近了它，而后又散去。短片《在黑暗中》自始至终的画外音便是枪声、羊群的铃铛声、鸟鸣，如此感伤的氛围，沉浸其中的女观众自然要落泪了。

达内兄弟一直主张："电影的实质是记录，摆脱了记录也就摆脱了电影。"在这部短片中，长镜头如实地记录下黑暗的三分钟里影院中发生的一幕，不着痕迹。布列松杰作《巴尔塔扎尔的遭遇》的声音和电影院环境虚实结合，而电影院中明暗光的变化，更加深了悬念感。

在时间的选择上，作者也动了一番脑筋，将电影院内故事的发生锁定在四十年前，无论是小偷与女观众的发式、还是条绒外套、牛仔裙、背包的拉链都带有怀旧味道。如果细心观看，还会发现，女观众的手上没有戒指，显然未婚，她身边的椅子空着，当她在电影中看到了自己的悲伤，虚弱无助的心灵需要慰藉之时，一只手，一个拥抱，哪怕是一只小偷的手，片刻的亲近亦是难得的温情。

电影使人原谅了一切，电影使人忘记了一切，甚至善与恶。达内兄弟在黑暗中为人们造了一座寻梦园。

# 调音师（*L'accordeur*）

## 法国·2011

奥利维尔·特雷内（Olivier Treiner）/ 编剧、导演

格雷戈瓦·勒普兰斯-林盖（Danièle Lebrun）/ 演员

13 分钟 / 悬念

## 1. 老妇人家中　晚上

昏暗的房间，一架三角钢琴正在弹奏着抒情的乐曲。

旁边沙发上一位老人低头坐着，一动不动。阿德里安穿着短裤赤裸着上身弹奏着钢琴，他的身后站着一个黑色的身影。

**阿德里安**（画外音）：我很少在公众面前演奏，除非是特殊场合或观众。就比如今晚，这个男人我不认识，我甚至看不见他。我是个盲人，再说也不是为他演奏，而是为我身后的人。

## 2. 剧院　晚上

舞台上一架钢琴，聚光灯下阿德里安身着演出服从舞台侧幕缓缓走出，向台下鞠躬示意。

**阿德里安**（画外音）：去年我还被视作一个天才，自认为前途无量。十五年！我所有的努力都是为了实现一个目标——伯恩斯坦音乐大赛。

舞台上阿德里安调整钢琴座椅的高度，用手帕擦拭键盘，一切准备就绪。他静坐在那，所有人都在等待他的演奏，突然间空气静止了……莫名的紧张感让他额头出汗呼吸急促起来。

**阿德里安**（画外音）：……我失败了。


### 3. 阿德里安的房间　白天

阿德里安躺在床上枕着印有黑白琴键图案的枕头，满脸沮丧。床头柜上凌乱地堆放着药品和一个金鱼缸，金鱼在狭小的空间里游来游去。阿德里安的身后，一个女人穿上衣服收拾好行李，走出了房间。

**阿德里安**（画外音）：从那天起，我的世界崩塌了。被失败所纠缠，坠入了无底的深渊。


### 4. 餐厅　白天

**阿德里安**（画外音）：我撑了下来，成了一名钢琴调音师。

咖啡馆里，阿德里安戴着墨镜，一个体形肥硕的男人走了过来，坐在了他的对面。服务员走过来将食物放到了桌上。

**阿德里安**：（称赞地）看这服务生多有个性。

**经　　理**：我们被偷窥者、暴露狂包围着，昨天就聊了两个小时，看她给我发了什么照片。（他将手机上的照片递给阿德里安看。）

阿德里安：我还想吃饭呢。（拿起桌子上的糖吃了一口）

经　　理：成熟一些吧！把糖当饭吃吗？我才懒得管你，噎死你吧！（没好气地）我不是来看你那可怕的吃相的，我想知道为什么你的订单一周竟然增加了一倍？

阿德里安：（不紧不慢地）这是大家对我工作的肯定，很吃惊吗？

经　　理：有点。

阿德里安：（反问）有人投诉了吗？

经　　理：还没有。

阿德里安：（揶揄地）难道你会因为我给你带来太多收益而开除我？

经　　理：（反驳地）胡扯！今早我收到一通电话，指明找盲人调音师服务。你是不是有什么瞒着我的？

阿德里安慢悠悠地喝了一口咖啡，用手帕擦了擦一下嘴角。

阿德里安：（悠悠地）当莫卧儿王朝的皇帝沙贾汗的妻子去世后……

经　　理：（没好气地）哦，不，我没时间听你鬼扯。

阿德里安：（自信地继续说下去）莫卧儿王朝的皇帝沙贾汗的妻子去世后他痛苦万分，他下令召见当时最伟大的建筑师。建筑师来到了他的面前，"你结婚了吗？"皇帝问。"是的，我的陛下。""你爱你的妻子吗？""胜过万物，她是我的生命之光。""很好，那我下令处死她，这样你就能感受到我的痛苦了，这样你才能为我的妻子建造世上最美丽、最奢华的陵墓。"皇帝下令赐死了建筑师的妻子，于是建筑师建造了泰姬陵。……人们认为失去会让我们变得更加感性。

经　　理：（赞赏地）你真有才，混蛋。

阿德里安：（他摘下墨镜，瞳孔发白没有光彩。）所以我决定做一个盲人。

经　　理：（惊讶地）这是什么？

阿德里安：定制的隐形眼镜……我下午约了一个顾客。

经　　理：我的天呐。

阿德里安：（自信地）他们都认为我的其他感官会更发达，听觉更是无与伦比。一个盲人调音师，他们肯定会向朋友们去推荐的。

经　　理：（关心地）别吃糖了。

阿德里安：（答非所问，继续讲述）这样有很多好处，小费会更多，人们更友善，戒备也会减少。（意味深长地）我可以知道他们不为人知的另一面。


5. 女人家中客厅　白天

阿德里安正在调试着钢琴，一位妙龄少女走了过来。

女　　人：如果我在这儿练习，会不会打搅到您工作？

阿德里安：请随意。

女人看了一眼阿德里安的手杖，毫无防备地脱下了衣服，伴随着阿德里安的钢琴声，跳起了舞。

6. 餐厅　白天

　　经　　理：（兴奋又好奇地）你真是个偷窥狂。

　　阿德里安：（已从悲伤中彻底走出，冷静地讲述）自从音乐大
　　　　　　　赛后我再也没有弹过钢琴。在盲人面前人们不需
　　　　　　　要感到羞愧不安，他们会馈赠更多……或者更好，
　　　　　　　我不知道，我需要这些。

　　经　　理：（有些担心地）那如果你出了什么事，我也逃不了
　　　　　　　干系。

　　阿德里安：（故意地）你不是说过还没有人投诉吗？你想炒我
　　　　　　　鱿鱼？

　　经　　理：（示意他摘下眼镜）别逼我。让我再看看。

　　阿德里安摘下了他的眼镜，经理凑过来仔细端详，赞叹地打
了一个响指。

　　经　　理：这得适应很久吧？

　　阿德里安：还好。

　　经理仍然一脸迷惑，这时服务员走过来把账单扔到了餐桌上。

　　阿德里安：你还是不能接受，对吧？那我们来做个小小的实
　　　　　　　验，看我的。

　　他拿起了账单。

　　阿德里安：（故意地）服务员，我好像少了一张钱……不是这
　　　　　　　张，它们大小不一样……难道我是盲人你就想骗
　　　　　　　我吗？我要投诉，我要和你主管谈一谈。

　　服　务　员：（紧张地）不要，我赔给你，好吧。

　　阿德里安：（装作妥协地）那就这样吧。

## 7. 马路上　白天

阿德里安戴墨镜拄着手杖，一副盲人模样走在街上。十字路口，阿德里安对着身边等信号灯的老太太说："需要我扶您过马路吗，夫人？"老太太被他吓了一跳，一脸疑惑地打量着他。信号灯由红变绿，阿德里安脸上露出得意的笑容，从容地走过路口。

## 8. 女人家中客厅　白天

轻快的钢琴声再次响起，阿德里安装作盲人模样，坐在钢琴边弹奏，女人穿着内衣伴随着琴声翩翩起舞。一段音乐演奏完毕，女人来到他的身边，轻轻地吻了一下他的脸颊，阿德里安满脸的享受。

## 9. 老妇人家门口　晚上

阿德里安如往常一样上门调试钢琴，他走到一间房门前按响了门铃，走廊昏暗，他下意识地整理了一下衣服再次按响门铃，仍然没人开门。他从袋子里拿出笔记本确认了信息，又按了一次。

**老 妇 人：**（房间里传来老妇人的声音）是谁？

**阿德里安：**调音师，夫人。

**老 妇 人：**（意外地）谁？

**阿德里安：**（再次强调）我是钢琴调音师。

**老 妇 人：**我丈夫不在家，请改天再来吧。

**阿德里安：**我给钢琴调音不需要您的丈夫在场。

**老 妇 人：**（仍旧不愿意开门）这不重要，如果您愿意，你可以多收些出访费。

**阿德里安：**（强调的口吻）我是盲人，来到您家是很不容易的，你们没有提前取消这次预约，至少能开门解释一下吧。

他再次按响了门铃，门缓慢地打开，一位老妇人站在门口上下打量着他。

**老 妇 人：**（没有要请他进来的意思，敷衍地说）对不起，我没有准备。我没料想到您的来访，我丈夫事先没告诉我。

就在这时，隔壁邻居打开房门，一位老太太探出头好奇地看了看他们，随即把门关上。

**老 妇 人：**（停顿了一下，有些无奈地）来吧，请进。

阿德里安跟随她走进了门。


10. **老妇人家中　晚上**

**阿德里安：**（询问道）钢琴在哪？

**老 妇 人：**我带您过去吧。

老妇人关上大门，阿德里安扶着墙壁缓慢地走着。他拐弯走进房间，突然被什么东西绊倒，重重地摔在了地上。

**老 妇 人：**（有些吃惊地）不，小心！

阿德里安躺在地上惊慌失措。

**阿德里安：**这是什么？

**老 妇 人：**等等，这边走，把手给我，我没想到你会走这边。（掩饰地）我们正在装修，我打翻了一罐……油漆。您现在明白为什么我不希望您进来了吧。

## 11. 老妇人家中　晚上

昏暗的房间里，一个白发老人端坐在沙发上，他的脑袋被几根钉子刺穿，鲜血直流。

**老妇人**：这儿，您请坐。

老妇人脱下阿德里安的外套，将他按坐到琴凳边，阿德里安忍不住往死者的方向看去。

**老妇人**：（有些生硬、冰冷的）您听到我说话了吗？

**阿德里安**：（有些惊慌）什么？

**老妇人**：您不能这个样子待着，把衣服给我吧，我去拿我丈夫的衣服给您穿。

**阿德里安**：谢谢。

**老妇人**：（故意打消他的顾虑）别担心，我会转过身去的，不会看您的。

阿德里安脱下领带、衣服和裤子，然而老妇人并没有回避，而是站在他眼前直直地望着他，等到他脱完了所有的衣服，老妇人上前摘下了他的眼镜。

**老妇人**：（故意地）你的眼镜也沾到了油漆。

阿德里安知道老妇人在对面盯着自己，他赤裸着上身，只穿了一条短裤，他感到异常的恐惧，他不清楚旁边死去的老人是怎么回事，也不知道老妇人会对自己怎么样，他用沾满鲜血的双手机械地调试着钢琴。


## 12. 老妇人家中　晚上

**阿德里安**（画外音）：（他在劝诫自己）冷静些，她没有任何理由怀疑，你表现得非常自然，真该得那该死的奥斯卡奖。……沙发上的家伙是谁？她丈夫？她不是说会把她丈夫的衣服拿过来给我吗？为什么还不回来？她在洗你的衣服？这很好。重新穿上衣服，为她调好该死的钢琴，然后离开。希望她洗的时候记得掏空口袋。……天哪，我的笔记本！如果我是盲人，为什么还需要一本笔记本呢，妈的！

这时身后传来了妇人的脚步声。

**阿德里安**（画外音）：她回来了。你不能转身！你看不见，你没有任何理由回头，说点什么吧，说点什么吧，赶快说点什么，妈的！

阿德里安开始弹奏起来，那是舒曼的音乐，琴声悠扬平静。而在阿德里安身后，老妇人正用枪指着他的后背。

**阿德里安**（画外音）：我是盲人，我不可能知道谁在我背后策划着什么，既然我什么都不知道，我就应该放轻松，我应该继续演奏，自我开始演奏，她就一直没动过，在我演奏期间她不能杀我，在我演奏期间她不能杀我……

# 坍塌的泰姬陵

## ——《调音师》读解

　　莫卧儿王朝的国王沙·贾汗想给王后建造一个独一无二的陵墓，他找来了最好的建筑师，为了使他更加专注和敏感，国王杀了他的妻子，最后建筑师终于完成了泰姬陵这一世界奇观。——这就是短片中调音师给自己寻找到的用来逃避世界的信条，因为他坚信失去会使人更敏感。于是，他决定让自己变成"瞎子"。走进黑暗的世界。

　　短片《调音师》(L'accordeur) 是在悬念和迷雾中开始的。当浪漫的音乐从演奏者的指间划过，我们没有从那优美的旋律中看到美丽的田园风光，而是在弥漫着死亡味道的画面中感受到了紧张和恐怖。沙发上满身鲜血的男子，恐惧、无助的演奏者以及身后随时夺命的凶手，伴随着这些画面，我们听到了演奏者的画外音：

　　　　我很少在公众面前演奏，除非是特殊场合或观众。就比如今晚，这个男人我不认识，我甚至看不见他。我是个盲人，再说也不是为他演奏，而是为我身后的人。

所有这些都与舒曼那浪漫的音符相距甚远。这是一场面对死亡的演奏，充满了悬念与危机，就像河床上的沙石，沐浴着阳光却面临着随时被海浪卷走的危险。

　　一个奋斗了十五年的演奏员，在一次伯恩斯坦钢琴大赛上表现失利，受到致命的打击，他几乎失去一切。他没有从跌倒处再爬起来，再也没有登台演奏过，他错失了成名的机会，他成了一名普通的调音师。他发现人们往往认为盲人的耳朵会比常人更加敏感，并且对弱者会表现得更加慷慨和尊重，于是他戴上了隐形眼镜就伪装成盲人给人调试钢琴。客户越来越多，预约调琴的订单也在一个月内猛增，他在"黑暗"的世界中重新拾回了自信。公司老板很纳闷，气势汹汹地找到他，他用建造泰姬陵这个强有力的证据说服了他，于是他成了一名"盲人调音师"。

　　他沉浸在"扮演"中，以一个盲者身份进入到对他不设防他人世界里，他沉醉于隐形眼镜背后的窥视中，享受他人所不知的秘密，他们在他面前脱衣换裤、沉思、舞蹈。他自得其乐于这种"发现"，享受"可视的失明"带给他的快乐，他把人们对一个盲者表现出来的特别的尊重与关心当作是自己的成功，沉醉在看得见光明的瞎子给人造成先知感错觉的小把戏中。与其说调音师失败的悲伤已经被时间愈合，不如说他学会了逃避现实、逃避人生，他乐得自己继续失明下去，他不敢面对这个世界，宁愿生活在黑暗中。

　　这一天，他如约而至按响顾客的门铃，上门准备为钢琴调音，门内女主人找了各种理由拒绝他，但调音师执着地坚持以及邻居疑惑的开门巡视，使得女主人不得不打开了房门。一个端庄、优雅、冷漠、高傲的老年女性，从她举止衣着和房间的摆设来看，这是一个受过教育、见过世面的人，可没想到的是他迈进的是一个还没有来得及清理的凶杀现场。

死者坐在沙发上，从年龄上看应该是女主人的丈夫，我们并不知道她为什么杀死他，家里正在装修，地上的油漆是她用来掩盖血迹而泼洒的。调音师一不留神摔倒了混杂着油漆的血泊中，他惊慌失措地爬起来，一身血迹。女主人临危不乱、镇定自如地让他脱掉沾满"油漆"的外套，她怀疑地保持着警觉地看着调音师那双隐藏在隐形眼镜后面的眼睛。他慌里慌张按照女主人的指示脱掉了外衣裤，内心不断地告诫自己：我是一个盲人，我什么都看不见。他一边用沾满血迹的双手调试着钢琴，一边不时地窥视一下沙发上的死者。他忽然想起被女主人拿去的衣服口袋里装着自己记满日程的笔记本，顿时惊慌失措，猜想女主人可能对他有所怀疑，他努力使自己的心跳像调试过的琴音那样的准确和正常。正在这时脚步声响起，女主人出现在了他的身后，举起了射钉枪，而此时调音师极力地让自己保持平静，他相信音乐可以改变一切，为了身后那个人，他像被审判般郑重地弹了起来，这是他比赛失利后的第一次演奏。舒曼，为了身后这个人再次响起。于是出现了开头的那一幕。

> "……我是瞎子，不知道身后发生的事情，既然不知道，就应该放松，我必须继续弹琴，我开始弹琴后她就没有动过，我弹琴的时候她不能杀我，我弹琴的时候她不能杀我……"

短片《调音师》是一个悲剧。造成悲剧的原因是复杂和多方面的，不仅仅是我们看到的一个在自己编造的谎言中命悬一线的悲剧性情节，还有调音师自身的理想主义和完美主义以及他因失败而产生的对社会的恐惧、对现实生活的逃避以及对未来缺乏信心和勇气的能量等。这个世界给予每个人的路都不是一帆风顺的，但是失败了的他却宁愿缩在黑暗中，也没有勇气面对现实。

片子拍得很唯美，从容的叙述汇总时时刻刻让人担忧主人公的命运，导演运用了倒叙手法，首尾相连，精巧的构思，给人无限遐想。短片悬念设置得新颖、惊奇，极端而又残酷，情节安排也丝丝入扣，简单清晰，没有一点闲笔。如首尾处调音师在射钉枪随时夺命的情境下弹奏，给影片增加很多悬念、恐惧和神秘色彩。调音师"失明"的过程是通过向老板解释"为什么大家都打电话来找盲人调音师"时予以表现的，那貌似强劲的例证，却是一场作茧自缚的游戏。

短片的剪辑手法非常高超，精炼、清晰而富有创意。如开头时调音师在弹琴时的一组镜头，跳动的琴键、死者近景、光着双腿只穿了袜子踩踏板，赤裸上身穿短裤坐在琴凳上的特写，凝重的表情及身后的黑衣人，很快将观众带入到了充满悬疑的恐怖气氛中；在黑暗中的射钉枪声巧妙地转到调音师登台比赛的现场，而那个在黑暗中发出的声效，引人回味深思，比赛时万分紧张的双手落在黑白键盘上，在钢琴发出的第一个音符中，又切到躺在床上无比沮丧的调音师俯视的中景画面，省去了累赘啰唆的叙事过程；餐厅里调音师向上司讲述自己扮演"盲人"的经历，导演则用交叉蒙太奇的方式，将几个时空串联在了一起等，加快了节奏，看起来也别有味道。此外，对比、分割画面的剪辑手法使短片充满了压抑，像似一种从凝固中爆发出来的感伤。

贯穿始终的画外音是调音师的内心独白，对短片的叙事起到很大作用，特别是男演员忧郁的声音，和着舒曼优美的音乐，给观众以听觉上的满足。

按正常逻辑看影片的结尾似乎不合乎情理，调音师明明看见了凶杀现场，知道自己身处险境为什么不反抗？为什么还要继续装瞎？为什么会认为"我弹琴的时候她不能杀我？"……音乐在片中有不寻常的作用，前面侧重表现音乐如何"毁"了一个人，后面则表现如何想利用音乐来感化一个人，导演强化了音乐的力量。调音师相信音乐是可以拯救一切，可以感化随时都能夺他性命的凶手，可惜命运都不是事先设计好了的，他终究没能在谎言中建造起自己的泰姬陵。

舒曼，只为身后一人演奏。

# 黑暗之光（*Light of Darkness*）

美国·1998

迈克·卡吉尔（Michael Cargile）/ 编剧、导演

查瑞·劳森（Cheryl Lawson）、乔格瑞·斯特姆（Gregory Storm）/ 演员

9 分钟 / 悬念

1998 年哈特兰（Heartland）电影节水晶心奖

1999 年撒瓦纳（Savannah）影视作品展最佳导演奖

## 1. 郊外的路　夜晚

郊外黑暗的小路上，一个女人驾驶着轿车疾驰着。车灯只能照亮前方的一小段路，远处即是无尽的黑暗。道路两旁的树林荒凉幽静，女人发现自己的汽油所剩不多显得有点焦虑。她缓慢往前行驶，窄窄的路让她有点分不清方向，她打开无线通信但没有信号，她用力旋转按钮进行调试，只有刺耳的信号声。

女人小心地转动着方向盘沿着弯曲的小路行驶，终于汽油耗尽，车停在了路上。女人无奈地摇下车窗，把外套枕在头下休息，万籁俱寂，皓月当空，女人就这样睡着了。

不知过了多久，一个瘸腿的黑人男子跟跄着从远处走来，女人似乎听见了异常的脚步声清醒了过来，环顾了四周却没有发现什么，猛然抬头，她从后视镜里发现了车后的男子，女人迅速趴在副驾驶上隐藏自己，她转动后视镜想要确认自己有没有看错，可什么都没发现，女人放松了警惕慢慢坐起来，就在这一瞬间，男子突然出现在车窗外并挥舞着手指，示意着什么。

女人慌张地驱赶着男人，可男人却将手伸进车窗的缝隙中，企图打开车门。女人大惊失色，下意识地转动车钥匙想要启动汽车，可汽车早已没油，女人迅速地摇上车窗，男人的手指被窗户挤压，疼痛地对女人挥舞着。

**女人：**（大叫）没有钱，去那边。走开，我要叫警察了。

男人听罢表情变得愤怒而不解，他拉紧了外套慢慢离开了。

女人长叹一口气将车窗上锁，靠在靠背上，心神不安地环顾着四周。忽然间男子扑向了车窗用力拍打着车子的引擎盖。

**女人：**（恐惧地）走开！走开！

女人害怕地尖叫着，男人从车前来到驾驶位的车门旁，用脚猛踢车门，女人惊慌地逃到副驾驶位上。

**女人：**（恳求地）拜托，别打了，我什么都没带。

男人脸趴在车窗上表情暴怒而歇斯底里，他愤怒的气息带出的水汽模糊了车窗，他又迅速擦掉，循环往复。两人就这样僵持着。

没过多久男人无奈地离开，看他渐渐地走远，女人松了一口气，没想到男人抱了一块大石块气势汹汹折返而来。

**女人：**（惊恐地）不，别过来！别过来！

女人大叫着，男人越逼越近用石块猛砸车窗，玻璃碎渣四处飞溅。男子解锁车门钻进了车里，不料一只眼睛被女人的高跟鞋踢个正着，但男子并没有作罢，抓住女人的双腿把她从车里拖出来，女人抓住方向盘、门把手努力反抗，但最终还是被拉出了汽车。

与此同时一束强光从远处照来，是飞驰而来的火车一头撞向了停在铁轨上的汽车，顶着汽车滑行几十米。

女人惊讶地望着眼前的一切，回过头望向躺在地上的精疲力竭的男人，涕泪交集。

# 弥天晨雾漏晨光

## ——《黑暗之光》读解

　　《黑暗之光》（*Light of Darkness*）是一部简洁凝练的悬念短片。故事很简单，它讲述的是一位女子独自驾车在夜晚的荒野中行驶，行至黑暗处汽油耗尽，女子关掉车灯在车厢里睡觉等待天明。这时田地里突然出现了一位诡异的黑衣男子，他在车前停下脚步徘徊巡视，女子发现车外有人，害怕地藏在座椅下。突然男子扒车窗向内张望，黑色皮肤，一张丑陋又阴森的面孔，他看见车内的女子后咿咿呀呀一番，原来他是一个哑巴，女子吓得大叫，喝令他离开。

　　故事就在这紧张的气氛中展开，男子消失了瞬间，又再次出现在车前，这一次他发疯似的敲打汽车，围着汽车又喊又叫并试图打开车门，女子惊恐万分地缩在车厢内不知所措。男子见门打不开，转身从不远处搬了一块大石头，砸碎车窗，随即打开了车门，女子哭喊无力，终被男人抓住双脚扯出车外，任凭怎么挣扎也无济于事。女子被强行拖至几米远，与此同时，伴随着强烈的鸣叫声，一束强光照射过来，一辆火车已经行至眼前，火车撞上了女子驾驶的轿车，拖出去很远才停了下来，轿车支离破碎。黑衣男子这时才松开手，瘫倒在地上。女子看到这一幕惨烈的撞击后才恍然大悟，明白了男子的好意，感动地痛哭起来，这一切都发生在一瞬之间。

短片《黑暗之光》没有人物背景交代，也没有地域特点的营造，只是发生在白人女子和黑人男子之间的小情节。利用了人性弱点构成了短片的情节，直接表达了关于种族歧视以及人类所共有的本性问题，比如黑人的地位、白人对黑人的态度、女性对陌生男子的不信任等。其核心不外乎文学、戏剧所遵循的常规，这也是大众艺术常常用来贩卖的一种情绪。

短片营造的是一种错位的假象，它具备了恐怖电影惯常使用的一些元素，荒野、夜晚、单身女子、汽车没油、黑衣男子、恐怖音乐、丑陋的面孔及带有侵犯性的行为等，这些元素组合在一起营造出了一种恐怖的悬念，导演费尽心思地制造意境，引导观众向故事的另一个方向思考，为结尾的意外做足文章。

短片以女子的主观镜头与客观视角交替出现的，短片开头便落入恐惧的氛围中，荒野，道路两侧树影婆娑，目光所及一片黑暗，油箱仪表盘指针指向最后一格，女子脸部不安的表情，打开收音机，却只传来"吱啦啦"的响声，这一系列的铺垫，加上富有节奏感的恐怖音乐，使短片一开始便笼罩着一种不安的情绪。车熄火停了下来，一个仰视的客观镜头，以荒草为前景，汽车置于不远处的黑暗中，画外传来汽车发动机枯竭的声音，这样的镜头给人以错觉，就像某人在窥视，客观上提高了悬念。

短片后部分男子再次出现时表现疯狂，他急迫地想打开车门，女子越来越惶恐，镜头中看到女子身体被拉出车外，双手紧紧拉住方向盘的特写，再一个悬空的拉扯动作，女子双手拉车门的特写，然后落地，被拖拉……这一系列动作蒙太奇的连接加快了影片的节奏，让观众的"阅读"心理更加紧张和迫不及待。恐怖性的好奇心理和暴力的动作性画面给人以紧张、焦虑和恐惧之感，使短片达到了悬念的高潮。

短片的质感是黑色，黑夜中除了车灯照亮的部分以外，任何人为的物体，黑暗的车厢，时隐时现的黑皮肤男子，女子主观镜头看到的黑暗处，从头至尾黑色饱和度给人压抑和恐怖氛围。短片中的善良是以邪恶的姿态出现的。

《黑暗之光》延续了悬念短片创作的常规，观众看着不陌生，但结尾处的突转则跳出了单纯对技艺追求的游戏规则，使短片的主题有了新意，并制造了一个小小的温暖，给人以弥天黑雾漏晨光的希望。

# 二、喜剧的游戏

# 扒手莫扎特（*The Mozart of Pickpockets*）

法国·2006

菲利普·波利特-威拉德（Philippe Pollet-Villard）/ 编剧、导演

马特欧·拉兹乌克-萨法迪（Matteo Razzouki-Safardi）、菲利普·波利特-威拉德（Philippe Pollet-Villard）、理查德·莫尔戈夫（Richard Morgiève）/ 演员

31分钟 / 喜剧

2007年克莱蒙费朗国际短片电影节（Clermont-Ferrand）最佳短片

2008年奥斯卡最佳真人短片奖

2008年恺撒电影节（César Awards）最佳短片

## 1. 街上　白天

天气看不出来有要晴的意思，街上熙熙攘攘，整个世界都很匆忙。理查德和菲利普站在一家商铺的防盗门前四处张望，除了他们自己不时地四目相对，并没有谁在意他们。

一家商铺的门前挤满抢购商品的顾客，有三个人徘徊在人群中左顾右盼，他们对商品并不感兴趣，只是对身边这群顾客和这些人身上的钱包感兴趣。

扒手A、B、C是三个西班牙人，他们娴熟敏捷的动作顺利"光顾"了一个又一个正在忙于抢购商品的顾客。但当他们瞄准了一个看起来应该比较柔弱的妇女想要上手时，扒手A被发现了。这个妇女玩命地撕扯着扒手A的衣服，试图要找回她所丢失的物品，她坚定地认为她面前的这个人偷了她的东西。扒手A不示弱地挣脱着，并在此时展示了他的一项绝活——贼喊捉贼。

扒　手　A：站住，她在掏我的包。

妇　　　女：我没有。

围观女人：（试图拨打报警电话）我要叫警察了！

扒　手　A：（理直气壮地）你愿意就把所有的警察都叫来，反
　　　　　　正他们都不会来，有本事就叫啊！

现场一片混乱，周围的人被这场闹剧搞得不知所措，不清楚到底谁是贼。

须臾，理查德和菲利普闪现到了人群中，他们出现的总是很及时。菲利普熟练地亮出警官证并在人群中晃了一眼。

菲　利　普：警察！怎么回事？

扒　手　A：（告状地）她叫我小偷，她的手在我的口袋里，疯
　　　　　　女人。

菲　利　普：（对大家）没事没事，我们知道这个人。（不容置
　　　　　　疑地）没事了，我说我们知道这个人。

菲利普看了扒手A一眼，然后轻松地向众人解释。这种说服力显然很奏效，人群的骚动逐渐得到了控制，妇女停止了撕扯，而扒手A也识趣地停止了挣脱。

作为警察搭档的理查德坚决执行命令，用手铐把扒手A铐了

起来。

菲 利 普：理查德，给他戴手铐。（转身对妇女）他偷了什
么吗？

妇 女：我想没有。

菲 利 普：（负责任的）检查一下。

妇 女：（翻着自己带有夹层的挎包）没有，东西都在
这儿。

菲 利 普：仔细检查。

妇 女：（自信地）都在这儿，我知道怎么防着小偷。

菲 利 普：（礼貌地）很好，那恭喜你了！

妇 女：（对着扒手 A）你这个小偷！无赖！

妇女把包挎到了身后冲着扒手 A 大喊道，像个胜利者。菲利
普刻意地想把围观的众人疏散。

菲 利 普：（劝解周围的人）好了，散了散了。

但此时躲藏在妇女身后的扒手 B 敏捷地把钱包从妇女的挎包
了偷了出去，然后溜之大吉。菲利普和理查德则押解着扒手 A 离
开案发现场。

妇 女：（追喊着）离我们远点，你这个小偷。

妇女和围观者没有要散去的意思，还在不依不饶地唾骂着。


## 2. 街角　白天

理查德、菲利普、扒手 A、B、C 迅速地走到了一个街角，几
个人快速扫了四周确定没人后，理查德迅速地给扒手 A 打开了手
铐，接着鱼贯进入了一家旅馆。

3. 旅馆　白天

菲利普和理查德是这里的常驻客人。男营业员看了一眼菲利普、理查德身后跟着的三个西班牙人。

**男营业员**：他们去哪?

**菲 利 普**：（故意重复地）他们去哪儿? ……我们很快就下来，他们是来巴黎玩的表兄，很快就下来。

男营业员很无奈的样子，但他没有能力阻止这五个人上楼。

菲利普与理查德转身上楼，扒手 A、B、C 礼貌似地给男营业员打个招呼也紧跟着上楼去了。


4. 房间　白天

到了房间，扒手 A、B、C 将今天收获的一大堆的钱包、现金等物品摊在桌子上，用西班牙语嘟嘟囔囔地说着，他们在谈论如何分赃。而菲利普和理查德却只能坐在一旁渴望地看着。不一会儿三个西班牙人就将赃物分为两类，一类是现金以及首饰，这类东西分给了他们自己。一类是身份证，分给了眼前的这两个"警察"。

**菲 利 普**：（不解）就这些? 就给我们这些?

**扒 手 C**：说好这样分的啊。

**理 查 德**：（不耐烦）我们又倒霉了!

**扒 手 C**：（大吼）你说什么?

**菲 利 普**：（争辩地）问题是身份证不好卖，我们没法靠这个过日子。

**理 查 德**：（抓狂）混蛋，又来了!

**菲 利 普**：别急，理查德。（对扒手 C）麦克斯，我真不敢相信，你不能那么说，我们真的很冒险。

理 查 德：（激动）如果我们扮演警察被查到，要关 5 年，还会在警局挨揍！

扒 手 C：（不以为然）那换个工作啊，可惜你其他什么也不会，你还会什么？（反问道）我们可怜你，你看起来像警察才让你做警察的，可你连警察都演不像，这简单得就像木偶戏，谁能查到。明天下午 3:00 在索道见，（阴阳怪气地）现在照顾好你的女朋友，他这几天看起来很怪啊。

扒手 C 拿起钱示意其他两个西班牙老乡出门。菲利普猜出了他口中说的那个女朋友指的是理查德，于是又气愤又尴尬。

菲 利 普：天啊，你真烦，非常烦。

扒 手 C：（故意调侃）你女朋友。

菲利普关上了门回头看到，一脸忧伤的理查德还坐在椅子上。

理 查 德：（询问）他对你说什么了？他对你说什么了？

菲 利 普：（没好气地）明天下午 3:00 在索道见。

理 查 德：他说我有点像同性恋是吗？

菲 利 普：（打消他的念头）别乱想了，他们说我们像警察。

理 查 德：（委屈地）是的，但他也叫我同性恋。

菲 利 普：（装作很不可侵犯的）如果他有一点暗示你是同性恋，我就揍他，你觉得我会让他这么说？

理 查 德：（无奈）算了。

菲利普无心再和理查德讨论同性恋这个话题，他将桌上一堆身份证整理好，随手扔进了抽屉里。

5. 街上　白天

　　第二天理查德和菲利普如约到了索道，等待扒手 A、B、C 的出现，他们故意装作很悠闲的样子。街上人车川流。

　　一个乞丐样子的小男孩在他们身边走来走去，理查德和菲利普并没有在意。

　　理　查　德：（吃着面包，气呼呼地）我受不了的一件事就是迟
　　　　　　　　　到，他们把我们当垃圾看，还不准时。

　　菲　利　普：（理查德使了个眼色）看，他们来了。

　　扒手 A、B、C，就像三只被绳子串成串的蚂蚱一样，整齐地从理查德和菲利普身边走过，菲利普瞬间像打了鸡血一样斗志昂扬，从理查德手里掰了一块面包塞进嘴里。

　　他们来到了一家商铺的门口，熟练地开始了他们的操作，但这次他们运气太差，刚开始动手就遇到了真警察。

　　"别动，别动……"商铺门口的叫喊声十分响亮。

　　菲利普和理查德听到争吵声摩拳擦掌正准备上场。

　　菲　利　普：（意外发现）……天呐！看，警察！

　　他们紧张地注视着抓捕现场。

　　扒　手　A：我什么也没做。

　　警　　　察：过来！

　　扒　手　C：放开我，我什么也没做！

　　警　　　察：别动，别动。

　　扒　手　B：我什么也没做。

　　扒　手　A：我什么也没做。

　　慌张的菲利普和理查德一个用报纸遮挡着假装在看报，一个

戴上墨镜扣上一顶帽子，并顺手拉起了身边小男孩的手假装乞丐。此时警察抓着扒手A、B、C陆续从他们身边走过。扒手C依旧不服气地在大喊。

扒　手　C：放开我，我什么也没做！

见警察离他们远去，两人仓皇而逃。

## 6. 街角　白天

等跑到了一个安全的街角时，理查德才发现惊慌中他一直拉着小男孩的手。

菲　利　普：（大喘着气）妈的，太险了。没人跟着我们吧。

理　查　德：（紧急地四顾了一下）没有。

菲　利　普：（发现小孩）他来干什么？

理　查　德：警察来的时候，他抓着我的手。

菲　利　普：（俯下身子）好孩子，你干得好，现在走吧。

## 7. 街上　白天

可小男孩并没有要走的意思，把手里的铁盒子一扔，匆匆跟着菲利普和理查德走了几条街。

## 8. 巷子里　白天

走到一个没人的街巷，两人停了下来，男孩蹲在墙根看着他们，菲利普和理查德二人面面相觑，费解地看着他。

菲　利　普：（对理查德）你得和他谈谈。

理　查　德：为什么是我？

菲 利 普：他跟着的是你。

理 查 德：（无奈地走到小男孩面前，手拽着男孩的衣领威胁
　　　　　　般）听着孩子，这有点混乱，对不起，但你不能
　　　　　　再跟着我们了。

理 查 德：（看男孩没反应，对菲利普）他听不懂。

菲 利 普：什么？

理 查 德：他聋了，听不懂。

菲 利 普：（鄙视地摇了摇头，走到孩子面前）好了，听着，别
　　　　　　这样看着我，我也会假装听不懂，所以，别跟我来
　　　　　　这套。……别看他，他不在乎你，也不在乎任何人；
　　　　　　我也是，我不在乎任何人。……理查德，给他看看
　　　　　　你的章鱼（理查德撸开袖子，小臂上绣着章鱼）。
　　　　　　理查德，是章鱼（菲利普学着章鱼爬行）。我呢？
　　　　　　是老虎（菲利普学饿虎扑食状）。明白了吗？（对
　　　　　　理查德）他也许是聋，但我想他懂了，我们走吧。

　　话音刚落两人扭头就走，小男孩用直勾勾的眼神望着他们俩
离去，而不远处理查德和菲利普停了下来。

理 查 德：他呢？

菲 利 普：（肯定地）警察会找到他的家人的。

理 查 德：（担心地）他们也许都不是他的父母，我们不能把
　　　　　　他一个人留这儿，我们得把他带回去。

菲 利 普：（吃惊地）你是个白痴，你疯了吗理查德？

理 查 德：（坚定地）我们不能把他留在这儿。如果他留下，
　　　　　　我也留下。

菲 利 普：（无奈）好吧，好吧，好吧。假设我们已决定带他
　　　　　　回去，他怎么通过旅馆总台？

## 9. 旅馆门口　夜晚

　　菲利普和理查德准备了一个很大的编织袋，招呼男孩坐进去。

菲 利 普：过来，进去（示意小孩进编织袋里）……他害怕
　　　　　　了……把头低下去……他一定有半辈子在手套工
　　　　　　作箱里……要是我是他早就气疯了……头低下去，
　　　　　　要拉拉链。

　　小男孩进入了编织袋，菲利普顺利地拉上了拉链，两人抬着
编织袋往旅馆方向走。

## 10. 旅馆前台　夜晚

　　进了旅馆菲利普示意理查德先拖着编织袋慢慢往门里挪，他
自己则率先走了进去，前台还是昨天那个男营业员，他瞥了一眼
菲利普，从架子上取下钥匙递给菲利普。

菲 利 普：（搭讪）你好吗？

男营业员：很好，谢谢。

菲 利 普：（没话找话）那太好了。你老婆好吗？

男营业员：（不解）老婆？

菲 利 普：是啊，她好吗？

营 业 员：我没老婆。

菲 利 普：（知道说错赶紧弥补）我就知道，所以我以前从来
　　　　　　没提过她。

**男营业员：**谁？

此时理查德已经将编织袋轻轻地拖了进来。

**菲 利 普：**（胡言乱语）我是说，你老婆。那就没什么好谈的
了，但是如果我不提到这个，我永远都不会知道，
你有个不存在的老婆。不过很奇怪，因为我们每
天都见面。

菲利普本想通过和男营业员交谈来扰乱他的视线，理查德就
可以将编织袋偷偷拖上楼，但是很可惜他们被发现了。

**男营业员：**（对理查德）等等，他提着那个一直动的袋子
去哪？

他快速离开前台，走向理查德和装有男孩的编织袋。

**男营业员：**袋子动是怎么了？把袋子打开！

**理 查 德：**（还在敷衍）冷静，冷静。我也常常看见奇怪的东
西，但那是幻觉，那都是我们自己编出来的。

男营业员眼疾手快地拉开了编织袋拉链，小男孩从里面露出
了脑袋。

**男营业员：**（反问）这也是？

**理 查 德：**（无奈）这确实需要澄清。

**菲 利 普：**（灵机一动）你在这啊，这是理查德的表弟，你记
得吗？那天见过的。（夸张地）他不见了，我们可
是惨大了，谢天谢地你在这儿。他眼睛真尖是吧？
（恭维地）太感谢了，没有你我们真不知道怎么办。

**理 查 德：**（配合地鼓起了掌）好耶。

菲利普弯腰要去弄编织袋。

**男营业员**：（拆穿他们）慢着，你们把我当白痴还是什么？你用一个子虚乌有的老婆来分散我注意力，他说我疯了，而现在他又成了你表弟？……好了，身份证呢？

**菲 利 普**：（摇摇头）即使他有，证件也不能证明一切。

**理 查 德**：是的，百分之百没有用。

**男营业员**：（镇定地）我知道了，听说过绑架小孩，网上有照片，这很严重，真的很严重。不能让它发生，不能在我的地盘。

说着男营业员急忙走向前台做出一副准备拨打电话报警的样子，菲利普无奈地将手上的手表摘下，走向前台放在男营业员的面前。

**男营业员**：（故意）你贿赂我?

男营业员依旧没放下电话，或者是根本没拨出去。

**菲 利 普**：没有，为什么这么说？和他真配是吗？绝对。

**男营业员**：（盯着手表）等一下。有点华丽不是吗？

**菲 利 普**：那是当然，谁都看得出来它是劳力士24K金。

男营业员将手表戴在自己手腕，又放到耳边听了听。

**男营业员**：（开心地）没声音。

**菲 利 普**：那是当然，这只表绝对静音，就像在水底。

**理 查 德**：（夸奖地）事实上，它是一只潜水表。


11. **房间  夜晚**

菲利普和理查德带着小男孩就这样上了楼，菲利普将自己的"证件"放到了房间壁柜，理查德试图推开另外一张床，使两张床之间的空隙变大。

理　查　德：走过来，帮我推，这下面很恶心，请人来玩就能帮
　　　　　　　着打扫一下，好了。……看这个，好了，非常好。

理查德嘟囔着招呼小男孩帮忙打扫，不一会简易的床铺就这
样整理好了，小男孩低头看向了自己的床铺，抬头瞪着大眼睛注
视着理查德。

吃晚饭的时间到了，三人围坐在一起，晚饭不算丰盛，只有
面条和面包。小男孩默默地看着盘中的食物，又看了看理查德和
菲利普，右手在盘子边不时地轻敲着桌面，显得不知所措。菲利
普和理查德面面相觑。

菲　利　普：他不吃。

理　查　德：他也许觉得下毒了。

菲　利　普：吃啊。

菲利浦边说边用叉子做出吃的动作，小男孩顺从地用叉子插
进面里，吃了起来。

理　查　德：也许他懂手语。

菲　利　普：什么？

理　查　德：手语，就是聋哑人用的那种，也许他懂。

菲　利　普：（略有所思放下餐具，用手比画着拙劣夸张的手语）
　　　　　　　你真正的爸爸，和你真正的妈妈，他们住哪儿？

理　查　德：他没懂。

菲　利　普：……即使他说罗马尼亚语，对我们也有好处。

小男孩突然伸出了手，将手伸到桌面上，像是在要什么东西。

理　查　德：（不解）他要什么？

菲　利　普：（用食指比画着对小男孩）不准那样，这里拒绝乞

讨。(接着将装着水的玻璃瓶递给了小男孩)

菲 利 普：(唠哩唠叨地) 你要这个？自己拿。这个？自己
　　　　　拿。你想变得和理查德一样蠢？自己变，不过这
　　　　　个有难度。

小男孩没有接着水瓶，菲利普放在了桌上。

理 查 德：(感慨) 55 年的经历啊。

理查德边说边顺手拿过玻璃瓶给小男孩倒上了水。菲利普一
只手比画着乞讨的动作，一只手比画着 "NO" 的动作，小男孩用
似懂非懂的眼神看着菲利普。

理 查 德：(解释) 否则呢，手就没了。

理查德配合地抓着小男孩玩弄叉子的手，男孩下意识把手扯
了出来，耸了耸肩。

理 查 德：(开心地) 他耸肩了。

菲 利 普：也就是说他懂了。

吃完饭，理查德戴上了一双粉色皮手套刷盘子，小男孩将自
己的盘子放到了刷碗池里。

理 查 德：(继续唠叨) 有一点是好的，我们永远都不知道他是
　　　　　聪明还是笨。聋子的优势在于，你永远不用去竞争。
　　　　　我们……没什么可说，但至少可以说话，但他不能。

菲利普拉开帘子从洗手间里出来，看见小男孩在自己的床上
熟睡。

菲 利 普：(气急败坏) 妈的，他睡了我的床。

理 查 德：(回头看了看) 要我叫醒他吗？

菲 利 普：我不知道。

理 查 德：好吧，那你睡我的床，我睡地上。

菲 利 普：你不介意吗？

理 查 德：不介意。

菲利普在理查德的床铺睡下，理查德摘掉手上的皮手套睡在了地上，空间太拥挤，他还没躺下头就碰到了两床之间的床头柜。可能穿太少了，理查德感到一阵阵凉意。

理 查 德：我要去盖件夹克。

菲 利 普：算了理查德，你睡在冷地板上会冻死的，明天还会背痛。

菲利普示意理查德和他一起睡，并主动往一旁挪了一下。

理 查 德：（钻进了被窝）是的。

理 查 德：舒服吗？

菲利普没说话，只是点了点头。


12. 房间　白天

早上。理查德在抽屉里找到了一个本子和一支笔。

理 查 德：我把这个借给你。

理查德将笔递给了他，小男孩拿着笔上下掂量，手里不停地玩弄着。这时菲利普买早餐回来。

菲 利 普：玛玛也被抓了，警察把东西都带走了，假币，打印机，所有的东西。

理 查 德：（边看着小男孩在本子上写画，边感慨道）我们真惨。

菲 利 普：是啊。

菲利普把证件放进了壁柜，脱去了外套，在洗漱台洗脸。

理　查　德：他在画房子，很可爱。多漂亮的地方。我来教你法
　　　　　　语吧，它可好听了，真的，比方说，这个词"房子"。
　　　　　　（转向对菲利普）玛玛没了，我们下面怎么办？

菲　利　普：我也有个想法？

理　查　德：什么？

菲　利　普：三人偷窃术。

理　查　德：（疑惑不解）和谁？

菲利普打着响指指着理查德、小男孩还有自己。

理　查　德：我们能行吗？

菲　利　普：当然，我们三个。

菲利普示意小男孩本子上的字母拼错了，让理查德纠正，理
查德在小男孩的本子上重新写了字母。

理　查　德：（回头问菲利普）你想怎么干？

菲　利　普：（得意地）这是老式的罗马尼亚把戏，很经典。


13. 街上　白天

菲　利　普：（边说边演）首先，我们挑一个安静的小街，我们
　　　　　　等待一个迷路的游客，我走近他在他脚边丢一包
　　　　　　香烟，然后我弯下腰用头撞他的肚子，假装不小
　　　　　　心伤到了游客，他抱怨我道歉，然后你出来说自
　　　　　　己是个医生，你安抚他，搜他的口袋，拿走他的
　　　　　　钱包，就在这个时候，孩子出现了，你把它交给
　　　　　　他，然后他带着那个离开。……就这样。

他们按照菲利普设计的剧情进行，结果不如人意，他们失败了。

14. **房间　白天**

　　菲利普被打得头破血流，他捂着自己的鼻子，一手的鲜血。

菲 利 普：（哭喊着）好痛啊。给你们看看鼻子没了。

理 查 德：我给你包扎。

菲 利 普：你在看什么？给我条毛巾，还有冷水。

　　理查德手忙脚乱地给他拿毛巾和冷水。

菲 利 普：上帝啊，真舒服。

　　小男孩若无其事地玩着桌子上的纸笔。

理 查 德：最简单的解释就是我们是白痴，但这有什么用。……
　　　　　　我觉得你的香烟术是个好主意，我们应该试试。

菲 利 普：（双手捂着自己的鼻子）我很担心，非常担心。

理 查 德：听着，你很沮丧，但没有意义。

菲 利 普：我知道，我真是个白痴，我们都是白痴，只是程
　　　　　　度不同。……但我们能解决它。现在我们有个孩
　　　　　　子，我很担心他。

理 查 德：（拍菲利普的肩）为什么他什么都没要？如果是说
　　　　　　白痴的问题，我们都比他白痴。

菲 利 普：（自嘲地）两个白痴和一个聋哑人。

　　为了安慰菲利普，理查德提议一起去看电影。

理 查 德：我们三个去看电影，我去拿老兵打折卡。

菲 利 普：我讨厌电影，我不去。

理 查 德：你不想和我们去开心一下吗？

　　菲利普痛苦地用双手揉着自己的鼻子摇了摇头。

## 15. 电影院　白天

理查德自己带着小男孩去了电影院，寥寥无几的观影者中有的在睡觉，有情侣在接吻，理查德很认真地看电影。

没多一会儿小男孩躁动起来，他从座椅上滑下去，慢慢地趴在地上，影院灯光昏暗，他蹑手蹑脚地从椅子下的空隙爬到了前排，将前排观影者包里的钱包手机等物品洗劫一空，然后慢慢地又爬回了原位，吃力地把赃物塞进自己的外套，拉上拉链。影院里放映的声音吵闹，直到小男孩作案结束后，理查德才发现他做了什么。

## 16. 房间　夜晚

小男孩在床上熟睡，理查德和菲利普则躺在床上专心地翻看着小男孩偷来的贵重物品。

菲 利 普：（疑惑）这就是你的好主意？

理 查 德：（摇头）就算想 10 年，我也想不出来。（反问）你说怎么样？

菲 利 普：（感动地）我不知道，我很感动，我该怎么办？我们本来就很可悲，上帝保佑给我们送来了这个孩子，我们永远不知道该感谢谁。……扒手中的莫扎特！

（菲利普给小男孩起了个绰号）对，扒手莫扎特！

理查德赞赏地看着熟睡的小男孩。菲利普自言自语道："我想我们捡到宝了，理查德。"

理 查 德：好吧，明天，我们去附近所有的小影院。

菲 利 普：（兴奋地）不，那太狭隘了，从现在开始，我们生活在大影城。

## 17. 影院门口　白天

如菲利普所说，果然接下来的一天，小男孩负责扒窃，而理查德和菲利普负责在门口接应，他们迅速"光顾"了第一家、第二家、第三家电影院……偷到的物品衣服里装不下，就回家整理赃物再继续，循环往复不知疲倦，甚至在路上小男孩跑不动的时候，一向不怎么爱表达的菲利普还主动抱起小男孩。

三个人的生活发生了大的改变。


## 18. 保龄球馆　白天

保龄球馆里小男孩在投球，理查德和菲利普坐在沙发上一边喝着香槟一边观看，他们今天穿得很名贵。小男孩跟跄地投着球，击中了大多数球瓶，冠军！理查德和菲利普为小男孩鼓掌高呼。菲利普然后脱下外套，喝了一口香槟站了起来。

菲　利　普：是的好厉害，我来教你怎么扔。看着我给你示范，把你的3个手指这样，1、2、3把手指们这样插入。（菲利普拿着球教小男孩如何持球、摆球、出手等动作，可惜球脱轨了。）

理　查　德：（鄙视）动作协调性真差。

菲　利　普：（反驳）你是电视转播员吗？说来容易做起来难。

旁边的一群顾客也在为他们的队友大喊助威。

菲利普决定再试一次，他深吸了一口气，持球、摆球、出手、止步、落点，球又脱轨了，就连观看的小男孩这次也捂着嘴笑出了声。

菲　利　普：（有点没有面子）在这儿真难集中注意力，你的暗示，还有那些人的鬼叫，已经让周围的环境吵闹，

很难应付。……你们来看看，来啊，你一直在批
评我，来拿个球啊。

菲利普貌似在为他投不进去球找理由，并且他的声音越来越
大，理查德看着菲利普，示意他住嘴。

旁边打球的一位男子走过来，礼貌地问菲利普。

男　　子：不好意思，你说什么？

菲 利 普：（不屑）没什么。

男　　子：你说我们在鬼叫？

菲 利 普：理查德，拿个球。

理 查 德：（对着菲利普）你应该道歉。

男　　子：是的，我也这么想。

菲 利 普：（转身朝男子）听着，因为你的……不好意思，对
　　　　　　不起……但是其他的不太可能。回去和你的大喇
　　　　　　叭们坐一起吧，放低一点声音，我好试着继续玩。

男　　子：我的什么？……道歉！

男子震惊地看着菲利普，并用大拇指反指着他一旁打球的朋
友们。这时男子的朋友纷纷走了过来，场面顿时尴尬。

菲 利 普：把这个当道歉可以吗？这里是我管的。

菲利普边说边从兜里掏出来他那张"警官证"，在众人面前晃
了一眼，指着整个场馆。

男　　子：（看着警官证，立刻变了脸）我们能再看看吗？
　　　　　　（一边说一边从衣服里掏出警官证）我给你看我
　　　　　　的，我能再看看你的吗？

他旁边的队友们纷纷掏出了警官证。

菲利普被戴上了手铐，拿着警官证的男子会心地笑了，菲利普一脸尴尬。可这个时候在一旁的小男孩脸上却露出了意味深长的笑容，他偷偷地张开手露出了一把手铐的钥匙……

# 黑暗有趣的地下巴黎

## ——《扒手莫扎特》读解

  法国导演菲利普·波利特-威拉德（Philippe Pollet-Villard）用诙谐幽默的表现手法讲述了一个令人啼笑皆非的故事。他放低视角，关注底层生活，关注巴黎社会的角落，以小人物的喜乐悲哀为起点，用一种喜剧方式来揭示深刻的生活主题。

  理查德和菲利普是巴黎街头两位游手好闲之徒，他们参与到一群团伙偷盗组织中，四处作案，行动中他们被分配到的角色是扮演"警察"，他们要在同伙失手时以警察身份出来解围。但即便老大说他们长得像警察，扮演的角色也很成功，但仍然遭受到同伙的歧视，分赃时只能拿到各种证件而得不到现金，他们无力改变现状只好继续忍受。一次行动中，扒手团伙遭遇到了真正的警察，团伙成员全部被抓，还没来得及出场的理查德和菲利普则侥幸逃过了一劫。

  这次行动让他们遇到了一个聋哑男孩，小男孩穷追不舍地跟着他们，无论两人怎么恐吓和劝说都没有用。无奈之下理查德和菲利普只好将男孩带回旅馆，为了阻止旅馆老板告发，菲利普献出了身上唯一值钱的手表，三人开始一起生活。他们让出自己的床给孩子，为他做饭，教他识字画画，充满耐心和爱心，完全没有小偷的模样。一天，菲利普突发奇想要成立偷窃三人组，于是"分派角色""构思情节"，结果他们"古老的罗马尼亚骗术"失败了，男孩将他们处心积虑偷来的钱包还给了对方，两人既没偷到钱又遭了一顿打，但他们并没有因此责怪男孩。

为缓解压抑的心情，理查德带男孩去看电影，菲利普因受伤在家生闷气拒绝前往，黑暗的电影院中小男孩偷偷地从座位下溜走，穿梭在一排又一排座椅间，偷了观众的财物，令两个小偷惊讶至极，55岁的理查德说自己再过十年也想不出这么妙的主意，菲利普称男孩简直就是个天才，他们给男孩起了个绰号叫"莫扎特"。于是他们如法炮制和"莫扎特"清洗了所有的电影院，每次都满载而归。

他们有钱了，衣着和生活发生了改变，三个人开开心心过上了安逸舒适的日子。一天，三人去打保龄球，游玩中菲利普逞强好胜，厉言咒骂一旁吵闹的人，结果双方发生了争执，菲利普假扮警察想吓唬对方，没想到遭遇到了真正的警察，他被扣上手铐逮捕了，眼看菲利普被抓，一旁开心的莫扎特不紧不慢，他偷偷张开手掌，亮出了一把手铐的钥匙……

《扒手莫扎特》（*The Mozart of Pickpockets*）被认为是一部最"巴黎"的短片，其中的小偷菲利普是由导演菲利普·波利特-威拉德本人扮演的，他用异想天开的浪漫情节，制造了这段法式幽默，巧妙的情节、诙谐的语言、深度的讽刺、可爱的人物以及富有创造力的表现形式等。无不让人感觉到一种清透的幽默感，导演轻轻松松、游刃有余。短片有着深刻的思想内涵，巧妙地揭露了社会弊端以及人世间的无奈与悲凉，在欢笑背后，映照出巴黎街头令人堪忧的底层生活。结尾非常有趣，小偷因为愚蠢而被带上警车，而此时莫扎特手中却攥着一把钥匙，露出狡猾一笑，给人以莫大的嘲讽。

短片最生动的是塑造了两个身处悲凉之境，不但感觉不到反而乐在其中的小人物。两个笨贼不是处在青春动荡年龄一度失足的阿飞，而是本应成家立业的中年男人，可他们却整天游手好闲，既无一技之长，又不安分守己，混也混不出个名堂。在他们身上体现出小人物的可恨之处，当他们被人欺负和歧视时，没有反抗而是选择了忍受，当他们逃过一劫时，感叹自己的幸运。他们常常自作聪明，比如他们发现男孩是聋哑孩子时，他们说了"有一点是好的，我们永远都不知道他是聪明还是笨。聋子的优势在于，你永远不用去竞争。我们……没什么可说，但至少可以说话，但他不能"之类的话，他们愚蠢得不及一个孩子，常常设置低智商的"偷窃情节"，结果一败涂地，当男孩从电影院里盗来财物时，他们感慨男孩简直就是一个天才。从这说来他们是令人生厌、甚至遭唾弃的小人物，丝毫不值得同情。

但是短片成功之处在于如此可恨、愚昧的小偷却是两个心地善良的人，生活在巴黎阴暗的角落，遭受来自底层的嘲笑和蔑视，并不觉得自己可怜，在他们身上找不到一点匪气。他们本来生活就很窘困，看到可怜的聋哑男孩紧跟着他们，甩也甩不开时，他们还是收留了他，甚至不惜搭上自己身上值钱的东西。他们给了男孩一个家，让出自己的床、给他食物、教他识字，虽然将一个好端端的孩子领上了偷盗的邪路，那是因为他们自己深陷迷雾中，但他们的出发点是善意的，他们在孩子身上倾注了爱心，从这一点上说他们又是高大的，值得同情的。短片的人物喜剧色彩和悲剧意味并存，他们越开心，就越发让人觉得凄凉和酸楚。

短片《扒手莫扎特》节奏明快，松弛有度，当三个小偷一次又一次洗劫电影院时，导演用一组明快流动的蒙太奇表现了他们偷窃成功的情景，一次又一次从电影院出来，夸张地奔跑在大街小巷，他们各种喜悦的面孔，大把财物塞得衣服鼓鼓囊囊，配以欢快富有动感的音乐，让人又好气又好笑。灰暗的色调营造出了非同凡响的地下巴黎的味道。

# 美好的一天（*One Fine Day*）

日本 · 2007

北野武（Takeshi Kitano）/ 编剧、导演

茂吕师冈（Moro Morooka）北野武（Takeshi Kitano）/ 演员

3 分钟 / 剧情

## 1. 乡间小路　白天

阳光明媚的早晨，田野小路的两旁铺满了粉白相间的小花，林间传来的一声声清脆的布谷鸟叫声，一片祥和。一个男子骑着自行车行驶在田野间的 Y 型小路上，由远及近，来到路口一幢孤单破旧的小房子前。

## 2. 电影院门口　白天

房屋墙壁斑驳，破败不堪的外形，这不是仓库也不是修车店，而是一家名为"户狩剧团"的剧场，如今改造成了一家电影院，破旧的卖票窗口上下贴了两张纸，各标明了影片的上映时间以及票价。

骑自行车的人对着黑乎乎的售票窗口说："一张成人票，谢谢。"

交易很快就完成了，几乎没有片刻等待，男人就进了场。

## 3. 电影院内　白天

男人看上去六十多岁，花白的头发，戴着一顶蓝色的旧旧的帽子，一件普通的工作服，全身上下沾满了灰尘。

这个简陋的电影院里，还能分辨得出原先剧场的痕迹，灰色的舞台铺着蓝色的地板，上方是一块不大不小的银幕满是灰尘，舞台台口下方两个大排风扇，观众席有三排二十多个座位，老式座椅破败不堪，剧场和男子的衣服都呈现出相同的色彩与破旧状况，既滑稽又和谐。

男人坐在唯一一个完整的座位上，戴着棉布手套夹着香烟，他安静地等着开场，旁边拴着的狗与他面面相觑。场铃响起，打破了他们无声的对峙，男人顺着尖锐的铃声向后看了一眼，没看见放映人员，只听见一句"马上开始，敬请期待"的预告。

室内的灯光暗了下来，破旧的银幕出现了电影画面。两个男孩子骑着自行车穿梭在街道上，配合着节奏欢快的音乐，出现了电影片名——《坏孩子的天空》，然而刚放完电影开头的字幕，放映机就吱吱呀呀地停止了。

灯光亮起，放映员从后方的放映室探出头来对他说"十分抱歉，请稍等片刻"，男人不置可否一根接一根地抽着烟，六根烟时间过去了，当第七根烟即将掉在地上的时候，放映员传来"可以了"的声音。

银幕上出现了两个人打拳击比赛的情节，与前情毫无关联，男人津津有味地期待着剧情发展，银幕上突然出现了一团火光，男人惊恐地起身朝放映室望去，玻璃窗内放映员正手忙脚乱地灭火。

男人只能继续等待，百无聊赖地拿出食物喂狗，他把面包掰成小块丢给它，狗不吃也不理睬，一脸困惑地望向这个男人。

"现在开始"，后方又一次传来声音，男人这一次没有回头。

银幕画面上出现了片头里的那两个男孩子，两个人骑着自行车有说有笑。

骑车的男孩子："你不觉得，我们已经结束了吗？"

后座的男孩子："你这个笨蛋！我们还没开始呢。"

银幕播放片尾和开头时一样节奏欢快的音乐，出字幕，电影播放完了。


## 4. 电影院外的乡间小路　黄昏

男人带着一脸的不解与困惑离开了电影院，徒步从来时的小路上返回，此时已几近黄昏，晚霞将山野和天空都染成了红彤彤的一片，美好的一天即将结束了，然而对于他来说，却什么都没有开始。

# 那是一个好时光

——《美好的一天》读解

2007 年适逢戛纳 60 周年，电影节组委会邀请了全球 35 位著名的导演每人拍摄一部以"电影院"为主题的 3 分钟短片，组成短片集《每人一部电影——戛纳 60 年》(To Each His Cinema)。在电影节上公映时，电影节主席吉尔·雅各布说这是一次"用创作庆祝（戛纳国际电影节）60 年成就"的活动。电影院对每一个电影人来说都有一种难以割舍的情怀，那里记录着他们的心酸与成功。35 位导演赫赫有名的大导演以抒情、怀旧、忧伤、幽默、愤怒、谐谑、控诉等情绪记录了自己对电影的独特感受。短片风格迥异、浓缩精华、或明或暗地诠释了电影对人的深远影响。

北野武是电影界一个公认的坏孩子。每次看他的电影，总千方百计告诫自己要保持冷静，不能掉进他设伏的"圈套"中，但每每总是又不由自主地被带了进去，直到影片结束还沉浸在他编制的情节中，播放器关掉的刹那间，总感觉坏孩子躲在墙角里开心坏笑，这才恍然大悟，又上了他的当。

如此变化无常的导演，让观众心里设防但却防不胜防地被带进到电影中，不乏其人，北野武算是其中一个吧。短片《美好的一天》（*One Fine Day*）是一部欢快、幽默的"喜剧小品"，北野武延续了自己某一时期清新、搞怪的喜剧风格。

它讲述了一个男子骑自行车穿越田野里的一家电影院看电影，影片刚放个开头，放映机就坏了。男子只好耐心等待，修好后再放的电影故事前后不搭，看得他云里雾里，而且没放几分钟放映室就着火了。男子又经过很长时间的等候，放映员终于灭了火，电影继续，但他看到的是影片结尾的字幕，男子耗费了一天的时间看了一场没头没尾的电影，度过了一个如此美好的一天。当他走出电影院时天色已晚，自行车居然还丢了，他只好徒步朝着田野走去。

北野武的影片按照自己的想法，感觉上完全自由奔放地制作，旧日本电影界的那种固守起承转合的传统剧作方式与北野武的电影看上去毫无关系，他的影片中没有那种做作、僵硬的、明辨是非的架势。同样，传统的基本导演技巧、摄影方式及剪辑方法也都与北野武的影片毫无关系。他极简的个人化风格破坏了现今的电影文法，他有他自己独特的美学标准。

短片《美好的一天》中，北野武在三分钟时间里，让我们看到了一个清新、幽默、美好而又有点荒诞的小故事。他对画面的视觉感受一如既往的格外重视，如短片开头田野风景，阳光明媚，Y 型的小路上一个人骑着自行车由远及近。蓝天、青山、田野、鲜花和自行车这些浪漫故事的佐料，组合在一起犹如一幅印象派油画。而结尾时男子从电影院走出，彩霞把天和田野染成了红彤彤一片，男子向远方走去，镜头从他身后缓缓上升，直到把染成了水墨色的山脉渐渐隐去，三角形的构图和浓淡有致的色彩，给人无限美妙的遐想。

北野武有着丰富的想象力和创造力，他对生活有独特的观察和表现的视角，作品也常常会透露出冷幽默的味道。短片中田野的路口一幢孤单破旧的小房子，斑驳的墙壁以及破烂不堪的外貌，如果有人说这是一个仓库或修车店或废弃的加油站，一定不会有人反对。如果有人说这是一间废弃的酒吧，也姑且认为它很西部风情勉强可以接受，但如果说这曾经是一个剧场，你一定会以为这是个三流作家编造的超现实主义小说中的情境，因为任何一个剧团老板都不会把剧场建在荒无人烟的田野中的，那对剧团来说就等于自灭出路。如你所想，这个叫"户狩剧团"的剧场确实是维持不下去的，人走鸟散，只剩下这个破烂房子。但现在它的状况丝毫没比从前好多少，现在它变成了一家电影院，不仅没有废弃居然还有观众，这就是北野武式的幽默。

斑驳破旧的卖票窗口上下贴了两张纸，上面是上映时间，下面是票价。骑自行车的人冲着黑乎乎的小窗口说。

要一张票，谢谢。

片刻没等待，票就从窗口递出，找回的硬币掉在窗台上发出清脆的声音，这声音在这广阔的田野里显得有些诡异和滑稽，同时也产生了趣味性。

镜头从电影院里拴在柱子上的一条狗的身上切到了骑自行车的男人身上。这才看清骑自行车的人，男人一脸灰尘，看上去六十多岁，花白的头发上一顶蓝色工作帽，一身脏兮兮的衣裤，像刚从工地走出的模样，他一边用戴着已经看不出颜色的手套的手夹着香烟，一边迷茫地看着柱子上的狗，狗也如此这般地回应着他。两个蒙太奇镜头连在一起，显得更加滑稽可笑。

男子长长地吐了口烟，安静地等候。场铃响起。放映前的规范动作一个都不少。男子慢慢地转回身去看了一眼放映室，镜头切到他的背后。

观众这时清楚地看到这个破旧的剧场内部，落满灰尘的舞台被一块如同男子衣裤一般脏兮兮的银幕占据着，两个大的排风扇在舞台台口下方显得异常醒目，整个画面的色彩看上去非常协调。剧场除了寂寞只有寂寞，就像孤独的狗一样慢吞吞舔舐自己最后的晚餐。

"我们开始了。"后面的声音在说。

电影院破旧的银幕真的出现了画面。

两个男孩子骑自行车穿梭在街道上，欢快的音乐中出现电影片名——《坏孩子的天空》（*Kids Return*），那是北野武自编、自导、自己剪辑的半自传电影。虽然号称青春电影，却并没有常见的励志题材和明快气息，反而基调灰暗，带着悲剧色彩。影片聚焦的是两个边缘少年，描述他们从学校到社会的成长历程，展现出青少年的迷茫不羁，以及美好梦想与残酷现实之间的撞击。

短片中的男子刚看完电影开头的字幕，放映机就稀里哗啦地停止了，男子一脸的莫名其妙，转身向后张望。

这一次我们看到了电影院观众席的全部。电影演到这，男子两次回身，两个镜头分别在男子的一前和一后，交代了舞台和观众席的环境，处理得毫不拖泥带水，干干净净、清清楚楚。

三排二十来个座位，完整的不过一两个，木板靠背的老式座椅早已破烂不堪没了模样，剧场内到处是灰尘，完全是一个废弃很久的，并且长期没人光顾的地方。灰黑色的座椅、墙壁以及男子衣服和脸的颜色看上非常和谐，一种超现实的感觉，与开头美丽田野的画面十万八千里。

放映员探出头来，"抱歉，稍等一下。"小玻璃窗内一阵忙碌。男子不知可否，没做任何回应。只见地上扔了六个烟头，第七个烟头即将掉在地上时，后面传来一句"可以了"。

这一次银幕上放映的是与之前毫不衔接的拳击比赛剧情，拳击手被击倒又爬起来，被击倒又爬起来，正准备第三次交锋时，银幕上突然出现一团火光，画面中的情景被点燃。男子惊讶地起身朝放映室望去，那里正乌烟瘴气，大小两个玻璃窗里北野武自己饰演的放映员正忙着灭火。

男子继续等待，他无聊地拿出食物喂狗，狗不吃也不理，莫名地看着眼前的男子。"可以了"，后面再次传来声音。电影继续。

自行车上两个男孩子。


你觉得这事快完结了？
没有，我们还没有开始。


电影放映完了，片尾，出字幕。短片结束。

《坏孩子的天空》是一部发人深省的现实主义的励志片，片子结尾两个主人公的经典对话，印证了问题少年发展的过程，同时也是影片的倒叙开头的交代。

观众席上的男子一脸不解与迷惑，如此讽刺、幽默又如此美好的一天，对男子来说，什么都没有，一切还没开始。

# 弗兰兹·卡夫卡的美妙人生
## (*Franz Kafka's It's a Wonderful Life*)

英国·1995

彼得·卡帕尔蒂（Peter Capaldi）/ 编剧、导演

里查德·格兰特（Richaid E. Grant）、克里斯宾·赖茨（Crispin Letts）/ 演员

23 分钟 / 喜剧

1995 年奥斯卡最佳真人短片

1995 年英国电影学院（BAFTA）最佳短片

**序场：**

皎洁的月光投射在一摞牛皮封面的书上，其中一本作者名字清晰可见——弗兰兹·卡夫卡先生。

翻开书是作者一张严肃的照片。

一行字映入读者的眼帘：一天早晨，格里高尔·萨姆沙从不安的睡梦中醒来，发现自己躺在床上变成了一只巨大的甲虫。

1. 家中　夜

夜色中，一座城堡矗立在黑暗中。

卡夫卡坐在一张桌前，借着台灯的微光正在写作。他品味着自己创作的故事若有所思。

**卡夫卡**：（边写边朗读）一天早晨，格里高尔·萨姆沙从不安的睡梦中醒来，发现自己躺在床上变成了一只巨大的……（皱着眉头思索着）什么？

他看向壁炉和钟表，又看向窗外的景色，最终目光落在了一盘摆放着香蕉、橙子的果盘上，灵感来了。

于是，小说中的格里高尔·萨姆沙在床上翻来覆去，当他用尽力气掀开裹在自己身上的毯子，竟然身体变成了一只香蕉。格里高尔·萨姆沙惊异万分地用手感知着自己身体部位……

卡夫卡不满刚刚写下的文字，将纸粗暴地揉成一团丢掉。紧接着他又拿起笔，继续开始创作。"格里高尔·萨姆沙变成了一个巨大的……"

正在这时从邻居家传来欢乐的钢琴声。卡夫卡的创作被钢琴声打断，他一脸无奈和痛苦，突然一阵脚步声吸引了卡夫卡的注意。


2. 家门口　夜

卡夫卡起身打开家门，黑暗中一个人影出现——一个中年男人正趴在地上寻找着什么。

**卡夫卡**：谁？

**磨刀师**：呃，一个诚实的手艺人，先生。（边说边站了起来）您有需要打磨的东西吗？菜刀，剃须刀，厨具……

（磨刀师走向卡夫卡身上传来金属碰撞的声音。）

卡夫卡：（面色紧张）非常感谢，但暂时不需要，不好意思。

（急忙转身要回屋。）

磨刀师：（叫住他）先生。

卡夫卡闻声回头，磨刀师撩开外套露出挂在衣服里层的各种刀具，月光下反射出清冷的光，刀具之间碰撞产生了清脆的声音，卡夫卡不寒而栗眉毛抽搐了一下。

磨刀师：（笃定地）大家都找我，从屠夫到医生，而且我很讲
　　　　良心的。

卡夫卡：（吓得迅速回屋）真的不好意思。

磨刀师：先生，请等一下。（磨刀师走上一步，神秘地）……
　　　　我的小伙伴走丢了。我和它一起进来的，现在它不
　　　　见了。大概是在什么地方睡着了。一小片面包上，
　　　　或者潮湿的耳朵里。可能就在您的房间里，它跟您
　　　　蛮投缘的。

卡夫卡：（迅速把半个身子藏在门后，紧张地看着磨刀师）这
　　　　房间里除了我没别人了，真的。

磨刀师：（不折不挠）但它非常小你注意不到的。我只要看
　　　　一眼。

卡夫卡：（堵在门口）请相信我，真的只有我一个人。改天来
　　　　行吗？对不起。（说罢迅速关上房门）


3. 家中　夜

卡夫卡吓得躲在门后大口喘气，他平复一下又重新拿起笔继

续写作。

　　卡夫卡：（朗读）有这么个人，一早醒来变成了巨大的……

　　还未说完欢乐的钢琴声又打断了他的思路，他趴在地上听着楼下邻居们的欢声笑语，愤怒地大叫："我受够了！"转身离去。


### 4. 家门口　夜

　　卡夫卡想象着自己重重地敲着邻居房门，然后对女邻居毫不客气地投诉。

　　卡夫卡：（愤怒地说道）立刻停止喧哗！这群暴民让我完全不
　　　　　　能工作，立刻结束派对！

　　女邻居：（充满歉意地、礼貌地）真是抱歉！我们太自私了！
　　　　　　我们马上就结束！

　　卡夫卡：好的！

　　女邻居：对了，这对话是真的还是想象的？

　　卡夫卡：当然是想象的。

　　女邻居：（开心地笑着）谢天谢地！很棒的派对呢，哈哈。

　　　　　　（一片笑声中女邻居关上了门）

　　卡夫卡如此设计着与邻居对话的情景，边想边鼓起了勇气走到邻居门口，耳朵贴着门听了听，却"当！当！"轻柔地敲了敲门。这时身后传来了清脆的金属刀具碰撞的声音，卡夫卡紧张地循声回头，看到躺在地上的磨刀师。

　　磨刀师：（摇摇头）他不在这儿。哪儿都没有。

　　女邻居打开房门，一身白色长裙热情又优雅地将卡夫卡邀请进屋。

卡夫卡：（尴尬有些不自然，他礼貌地问）能跟你说句话吗？

女邻居：当然！

女邻居带着卡夫卡走进派对现场，她拉开帘子露出一个童话般的世界，温馨的烛光，各种食物和礼物，悠扬的琴声，几个仙女一般的少女正在跳着欢快的舞蹈，场面极其温馨。卡夫卡看着她们美丽的舞蹈表情有些复杂，舞曲结束女孩们欢快地站在圣诞树前。

女邻居：（热情地向女孩们介绍）孩子们，卡夫卡先生来拜
　　　　访了。

女孩们鼓掌欢迎，其中一个女孩拿着一个桃子走向卡夫卡，微笑有些害羞地举起桃子"你想吃桃子吗"？卡夫卡笑着摇了摇头，女孩略有些失望，女邻居安慰地拍了拍她的肩膀。

女邻居：K先生，有什么能效劳的吗？

卡夫卡艰难地组织着之前想好的发泄愤怒的语言，却被女邻居和女孩们的友善搞得不知所措，他张了张嘴半天说不出一个字，不由得垂下了头。卡夫卡极度不自然的表情让气氛有点尴尬，女邻居贴心地向孩子们解释。

女邻居：孩子们，K先生天性文弱，这是许多作家要背负的
　　　　十字架。（微笑着，拍了拍手）音乐继续，孩子们！

留声机的唱针重新放到唱片上，欢快的音乐再次响起。女孩们欢乐地舞蹈。

女邻居：让我们K先生看看书籍不是人生的全部。

卡夫卡饶有兴致地欣赏着。突然音乐变换，女孩们开始在原地一蹦一跳，样子滑稽又可爱，卡夫卡看得一脸疑惑。

卡夫卡：这是什么舞？

**女邻居**：这是时下正流行的"袋鼠蹦"。

突然卡夫卡像触电了一般睁大眼睛，新的灵感来了。他笔下的格里高尔·萨姆沙这次变成了一只袋鼠，从床上醒来。

## 5. 家中　夜

卡夫卡将刚刚灵感迸发状态下写下的稿子团成一团丢掉。但是他自己却并不满意。

**卡夫卡**：（口中念叨着）他一早醒来……变成了……一个巨大的……什么？

卡夫卡又停了下来。忽然他听到有昆虫飞来飞去的声音，他抬头寻找并没发现什么。卡夫卡用手撑起头无奈地揉搓直到声音再次响起。他看到玻璃上落了一只苍蝇，他轻轻地从桌下拿出他的"武器"。

**卡夫卡**：原谅我，但我讨厌虫子。（卡夫卡轻轻走向窗口面色凶狠，可就在他瞄准准备出击的时候放弃了）……我并不比你更有生存的权利。

卡夫卡推开窗子让苍蝇飞了出去，他的脸上隐约有了一丝笑容。

敲门声响起。

**卡夫卡**：（打开门）您好。

一个穿着考究的女人正吃力地喘着气，身旁好几个看起来沉重的大箱子。她看到卡夫卡，从包里拿出来一张卡片递给了他。

**卡夫卡**：（读卡片）节日的问候——来自 Max Bunofsky 广场 Bunofshy 店——布拉格最好的新奇玩具屋。

女　人：（挥舞着手帕喘着粗气）楼梯、楼梯、楼梯……我是
　　　　Bunofsky 女士，这时节店里都忙得腾不出手来，您
　　　　定了件化装舞会道具。

卡夫卡：我没有。

女　人：没有吗？

卡夫卡：没有。

女　人：（犹豫了一下）但，我都搬了这么远。噢，肯定写在
　　　　了哪里的。……你会喜欢的，肯定是给你的。（边说
　　　　边找到写有收货地址的单子）……这儿呢！平安夜，
　　　　滑稽巨型昆虫服一套。（说完女人从箱子中掏出巨型
　　　　昆虫服给卡夫卡展示。）

卡夫卡：（他看着昆虫服装一脸惊恐）我不想要。

女　人：已经干洗过了哦。

卡夫卡：（决绝地）我没有订！

女　人：这里是安格路 24 号吧？

卡夫卡：安格路是下一条。

女　人：（歉意地）噢我的天！我的错，真是抱歉！　……（不
　　　　死心地问）我这儿有不少东西，要不要买点玩具让
　　　　你的屋子有点节日气氛？

卡夫卡：（拒绝）不了，谢谢！我不喜欢玩笑！

卡夫卡关上门转身回屋。女人还未离开又敲开了门，他递给
卡夫卡一个气球。

女　人：这个动物气球给你，免费的。

卡夫卡：（盯着手中的气球哭笑不得）谢谢！

一团又一团的纸被丢到地上。卡夫卡用力地蘸着墨水，有些癫狂。他仍然构思着那个故事"他去睡觉时，还是个普通小伙……醒来时，却变成了巨大的……"

　　楼下又传来了乐曲声、跳舞声、欢笑声……卡夫卡再一次被打断，他痛苦地捂住自己的耳朵。

　　**卡夫卡：**（忍无可忍大喊着）我来真的了！我来真的了！

　　　　　　（他愤怒地打开房门，冲着走廊拖着长音地大喊）

　　　　　　"闭嘴！"

　　顿时世界安静了。

　　卡夫卡气呼呼地回到座位上。一只蟑螂正四平八稳地趴在他的稿纸上，他瞪大眼睛不假思索地一巴掌拍下去，剩下一摊不成形的尸体。卡夫卡盯着蟑螂的尸体，脑海中浮现出磨刀师变蟑螂的画面。

　　**卡夫卡：**（自言自语）一只甲虫，一只巨大的甲虫……对了，

　　　　　　对了！就是这个！当然了！

　　卡夫卡兴奋地拿起笔开始书写：他躺着，站不起来，不能去工作，他的家人不知道他是不是他，他们觉得他恶心。可是他只是个昆虫，从来没有伤害过任何人。他和你我有着同等的生存的权……

　　**卡夫卡：**（写到最后一句他突然意识到了什么，他停了下来，

　　　　　　跪在地上寻找着刚才被他丢弃的有着蟑螂尸体的稿

　　　　　　纸）噢！天呐！

　　**女邻居：**（走了进来）您还好吗K先生？K先生，怎么了？

　　卡夫卡找到了那张纸打开注视着。女邻居看到蟑螂一脸嫌弃和厌恶。

卡夫卡：（自言自语）它死了。

女邻居：谢天谢地。

卡夫卡：（突然捂住嘴难以置信地哭了起来）天啊，天啊！它
　　　　死了！

女邻居：（不知所措地安慰）原谅我，我不知道它对你有特殊
　　　　意义。它去更好的地方了，和别的小蟑螂一起撒欢
　　　　奔跑。

卡夫卡：（哭泣着）你不懂！我杀了它。它和你我一样有权利
　　　　生存下去。我却夺去了它的生命。

女邻居：（安慰地）不，K 先生，我肯定那只是意外。世界上
　　　　有很多很多蟑螂，对它们来说被人拍扁只是职业风
　　　　险而已。你不能为每一只死的蟑螂哭泣。

卡夫卡：（伤心地）它给了我灵感，我却给了它死亡。真是压
　　　　抑！太压抑了！还有什么意义！

女邻居：那个小家伙对你很重要？

卡夫卡：（痛苦地）Cicely 小姐，我想一个人待会儿。

女邻居：我理解。

　　卡夫卡失声痛哭，女邻居看着他痛苦万分无奈地走开。卡夫
卡扶着桌子刚准备起身，磨刀师叮叮当当地走了进来。

磨刀师：终于剩你一人了。

卡夫卡：（忐忑地）你想要什么？

磨刀师：（凶巴巴地）我在找我的小伙伴。（他在房间四处张
　　　　望顺手拿起卡夫卡的稿纸）格里高尔·萨姆沙醒来
　　　　时，发现自己变成了一个巨大的甲虫……（皱着眉

头问卡夫卡）你怎么这么写？这想法哪来的？

**卡夫卡：**（伤心地）因为痛苦无法解脱，我不想说。

**磨刀师：**（怀疑地）我的小伙伴就是个甲虫。

卡夫卡听到有些震惊又有些害怕。

**磨刀师：**（继续读着）他仰躺在自己坚硬的背壳上，能看见自
己拱起的棕色肚子……我的 Jiminy 就是这样。

**卡夫卡：** Jiminy？

**磨刀师：** 蟑螂 Jiminy。日子艰难嘛。……它在哪儿？

**卡夫卡：**（有点慌张地）我不知道。

磨刀师放下稿纸撩开外套，一阵刀具清脆冷冽的撞击声。他
选择了一把长长的匕首，握住刀把展示给惊恐中的卡夫卡。

**磨刀师：** 这刀快到你都感觉不到。你想着有东西划过我手了
吗？然后低头一看，已经能看见骨头了这才开始疼。

（走近卡夫卡逼问地）它在哪？我需要它。它是我的
良知，如果没有良知，一切都没有意义！

卡夫卡脸贴着墙紧张地不敢呼吸，突然磨刀师看到地上有蟑
螂尸体的稿纸，他气愤地想要对卡夫卡动手，这时女邻居敲门进
来。磨刀师躲在卡夫卡身后。

**女邻居：** 卡夫卡？卡夫卡？

**女邻居：**（示意身后的女孩进来）Beatrice 帮你找了些东西，
她觉得你会喜欢。蟑螂卵，快要孵化了。（女孩抱着
一个大玻璃罐递给卡夫卡）

另外一个女孩也递过来一个装着昆虫的罐子。

**女邻居：** Felis 相信这些能帮你改变一下心情。

卡夫卡：谢谢！

女邻居：别的女孩们找来了你可能会喜欢的甲虫和蛾子。（卡夫卡激动地接过两个小罐子不停地道谢。女邻居扶着最小的女孩子）……Tanya给你带来了蛆。（小女孩害羞地微笑着，卡夫卡无比感动。）

女　人：（卖玩具的女人这时也走了过来）我听说了你失去了重要的东西，希望这个能帮到你，我在楼梯上捉到的。

卡夫卡接过女人手中的罐子，里边是一只甲虫。身后的磨刀师看到甲虫眼神放光惊喜不已："这是Jiminy！"

卡夫卡：（又惊又喜）你肯定吗？

磨刀师：（激动地）这是我的！

男人接过玻璃罐小心翼翼地托着，喜悦之情溢于言表："完好无损！……到底还是个快乐的圣诞！"

突然有人指着窗户："下雪了！"众人惊喜地看着窗外雪花簌簌落下的场景。远处传来钟声，卡夫卡露出难得的笑容。

大家唱起圣诞颂歌Haek！ The herald angels sing, "Glory to the newborn King！"

女邻居：K先生，事情没有那么坏是吧？

卡夫卡：是啊，我没想到自己有这么多朋友。

女邻居：我觉得你刚才有点偏执了。

卡夫卡：（激动地）你说的对。

女邻居：你是个作家，K先生。你很幸运，把它写成书吧。

卡夫卡：（满眼热泪）我会的！对了，请叫我F。他抱起最小的一个小女孩。小女孩甜甜地笑着对着卡夫卡：圣誕快乐，F！

圣诞颂歌中，白雪覆盖了城堡，卡夫卡的家充满温馨。

格里高尔·萨姆沙变成了甲虫躺在床上放声歌唱：

啊！甜蜜的生命之谜，我终于找到你！

啊！我终于知道了所有一切的秘密！

所有的憧憬、寻找、追寻、等待和渴望

那燃烧的希望、喜悦和无畏的泪水

因为爱是这世界唯一的追求

也唯有爱可以被报答

她是答案　她是终结和所有的生命

因为只有爱能主宰永久！

# K 先生的幸福人生

——《弗兰兹·卡夫卡的美妙人生》读解

短片《弗兰兹·卡夫卡的美妙人生》(*Franz Kafka's It's a Wonderful Life*) 风趣地展示了作家卡夫卡创作《变形记》的过程，小说中的人物格里高尔变成一只甲虫的灵感是通过一段荒诞滑稽、温馨感人的故事而寻找到的。百变导演彼得·卡帕尔蒂 (Peter Capaldi) 并非纪实性的简单书写，而是富有创造性地加以想象，以一种卡夫卡式的创作风格虚构了一些情节和人物，表现作家是如何陷入《变形记》创作苦恼中，如何意外且滑稽地获得了甲虫形象灵感的，以及如何感受到人情的温暖，又如何重拾对生活希望的。

短片中作家的生活被注入了一些可爱和温馨，比小说的荒诞和反常规又多了甜蜜和有趣。故事被安排在圣诞夜的神秘古堡，很寓言的发生地。片中卡夫卡在灯前创作，当他写道："一天早上，格里高尔·萨姆沙醒来时，发现自己变成了一只巨大的……"巨大的什么？他的视线寻觅着房间里的排风扇、时钟、透着夜光的窗户，最后落在了一篮子水果上。于是影片出现格里高尔掀开被子变成了一个香蕉人躺在床上的情景。

片中总共有三次灵感获得，第二次是邻居的音乐声干扰了作家的创作，他本想要上门警告的，结果被女主人盛情邀请去参加了他们的派对，一个童话般的世界，温馨的烛光、各种食物和礼物堆满了房间，悠扬的琴声，六个仙女般的女孩在翩翩起舞。卡夫卡惊呆了被眼前美好的一切所感动。为欢迎他的到来女孩们跳起了自创的舞蹈，可爱又滑稽地一蹦一跳。于是卡夫卡也幻想自己的格里高尔早上起来也会变成了一只可爱的小动物。

这期间来了两位不速之客——一位阴森恐怖的磨刀师，满脸凶巴巴，大氅里挂满各种刀具，一走路浑身稀里哗啦。这个人物很童话色彩，他提出要到卡夫卡的房间里查看一下，为的是寻找一位小朋友，磨刀师口中的小朋友却是一个德国蟑螂。另一位是神秘的女店主，一位卖玩具的女士走错了房门，把邻居订的丑陋不堪的昆虫玩偶送到了他的房间来。对昆虫极其厌恶的卡夫卡此时异常烦躁，走廊里的钢琴声吵得他无法集中精力写作，他忍无可忍大吼一声"别吵了"，世界瞬间安静。而此时的卡夫卡已经疲惫不堪，他无力地坐到书桌前，一只蟑螂跳到了稿纸上，他愤怒地举起手一巴掌将其打死。看着蟑螂的尸体，卡夫卡瞬间有了灵感，他终于寻找到格里高尔要被改变的形象。"他躺在床上起不来，他不能工作，他的家人不知道为什么觉得他恶心，但是一只昆虫对人是没有伤害的……"格里高尔变成了一只黑乎乎的浑身长满长脚的大甲虫。

小说《变形记》由日常生活和充满极度不安的怪诞世界构成。和小说内外两种视角一样，短片也有两个时空，分别表现卡夫卡和小说人物格里高尔生活的，导演在现实和虚幻的两个场景中相互转换，格里高尔的时空是黑白色调，老电影般粗糙的画质，伴随着移动的光影，挥舞着长脚或忧伤或郁闷或兴奋，增加了很多荒诞色彩。

导演精心设置人物空间，因为空间设置暗示了人物的心理投射，真实空间也是人物心理活动的投射。磨刀师和卖玩具的女士站在幽暗的走廊中，隐去四周的背景，人物被孤立、突出地强调了出来，显得更加神秘，冰冷色调配上悬疑的音乐，有一种诡异恐怖、怪诞滑稽的感觉。卡夫卡的房间除了桌椅、笔、纸、水果、时钟外别无其他，禁闭幽暗，只有一扇小窗可以看见外面的世界，这种空间设置和格里高尔在小说中所处的那个阴暗的狭小空间颇为相似，格里高尔在那样的空间里变成了一只大甲虫，卡夫卡在这样的空间里被创作折磨，他们都围困其中备受煎熬。女邻居的童话世界最温暖最富有人情味，象征着美好和希望。

特别是结尾卡夫卡因为打死了蟑螂而悲伤哭泣"蟑螂给了我灵感，我却给了它死亡"，他后悔不已，认为自己不应该剥夺它的生命，他为蟑螂的死亡而痛苦。女邻居认为他是因为太喜爱昆虫才伤心的，善良的女孩们纷纷用漂亮的玻璃瓶子装着各种昆虫当成礼物送给了卡夫卡，让他惊喜又温暖。磨刀师的德国朋友也被玩具店女士找到。窗外飘起了雪花，女孩们围在卡夫卡身边开心地唱起了圣诞歌。一个非常温馨的结局，皆大欢喜。

短片除了夸张地表现作家获得写作灵感的过程，人们之间的交流和对周围环境的感受都还原力图真实呈现。片中磨刀师是个插科打诨似的人物，他夸张地与昆虫为伍故作深沉，给影片增加了很多笑料。所有的对白富有哲理，常常一语双关耐人寻味。如磨刀师来到卡夫卡房间继续寻找他的德国朋友，他看到了卡夫卡的稿纸好奇地读了起来，"一天早上，格里高尔·萨姆沙醒来时，发现自己变成了一只巨大的昆虫"，他疑惑不解地问卡夫卡："你怎么这么写？"卡夫卡说："因为痛苦无法解脱"。导演用一个非常幽默和诙谐的间离手法，让磨刀师代全世界读者问了一个所有人都想知道的问题，而卡夫卡的回答也正是大作家卡夫卡的人生态度以及原小说《变形记》中所蕴含的真谛。结尾事情解决后女邻居和卡夫卡意味深长地对话。

女邻居：K先生，事情没有那么坏是吧？

卡夫卡：是啊，我没想到自己有这么多朋友。

女邻居：我觉得你刚才有点偏执了。

卡夫卡：（激动地）你说的对。

女邻居：你是个作家，K先生。你很幸运，把它写成书吧。

卡夫卡：（满眼热泪）我会的！对了，请叫我F。

导演努力地想让卡夫卡的世界多一点温暖，让世界不再那么荒诞和悲情。如磨刀师在片中所说"如果没有良知，一切都没有意义"。短片《弗兰兹·卡夫卡的美妙人生》犹如一场荒诞的梦，它以阴冷的、充满丰富想象和奇特的现代派手法，给我们展示了一个不一样的卡夫卡。

# 一个也太多（*One Too Many*）

西班牙·2005

鲍嘉·科贝加（Borja Cobeaga）、塞尔吉奥·巴瑞琼（Sergio Barrejón）/ 编剧

鲍嘉·科贝加（Borja Cobeaga）/ 导演

拉蒙·巴里亚（Ramón Barea）、马瑞威·毕尔巴（Mariví Bilbao）/ 演员

15 分钟 / 喜剧

2006 年奥斯卡最佳真人短片提名

## 1. 客厅门口　白天

清晨时分，一个穿着黑色高跟鞋的女人走到门口，拎起一只手提包，打开房门，关上灯，摔门而去。

## 2. 房间内　白天

摔门的声音惊醒了正在睡觉的约昆，他望了一眼空荡的床铺，猛然惊起，可却怎么也找不到拖鞋，于是光着脚走了出来。

约　　昆：茱莉亚?

## 3. 厨房　白天

约昆喊着妻子的名字，从客厅找到厨房，却没看见人影。屋子里到处是杂物和垃圾，他随手拿起餐桌上的水壶想要喝一口水，却发现水壶是空的。

## 4. 费尔南多的房间　白天

约昆来到儿子的房间。房间里同样乱糟糟的堆满了杂物，他拉开窗帘摇醒了睡梦中的儿子。

约　　昆：费尔南多，起床了。

费尔南多：（抱怨地）什么？今天是星期天。见鬼了！

约　　昆：你妈妈走了。

费尔南多：什么？

费尔南多一转身爬了起来，睡意全无。

## 5. 厨房　白天

餐厅里约昆抽着烟，一旁的费尔南多浑身邋里邋遢一副睡眼惺忪的样子。

费尔南多：你为什么光着脚？

约　　昆：我找不到我的拖鞋。

两人沉默了片刻。

费尔南多：（疑惑地）她就这样离开了吗？

约　　昆：看上去是的。

费尔南多：没留一张字条？

约　　昆：我不知道。也许在客厅……

说着便起身走向客厅，正在这时马路上传来了一阵汽车的轰鸣声。

### 6. 客厅　白天

约昆来到客厅，惊奇地发现客厅里的电视机不见了，约昆怀疑是被妻子拿走了，这时费尔南多站在窗口召唤他过来。

**费尔南多：**爸爸。我想我找到你的拖鞋了。

### 7. 窗台上　白天

两人来到窗前向楼下望去，发现他们的衣物、用品还有电视机都被丢到了马路上，杂乱地散落一地。一辆汽车驶过，几个行人对这里指指点点。

### 8. 田间小路上　白天

晨雾弥漫的田间小道上，一辆汽车缓缓驶过。

### 9. 养老院门口　白天

约昆父子驾车来到了一所养老院。费尔南多下车对着后视镜整理了一下发型，约昆跟着也下了车。

### 10. 养老院房间门口　白天

两人走进了养老院。大厅里很多老人安静地坐在那认真听着牧师布道，父子俩在门口张望了一番。

费尔南多：（指着其中一位老太太）爸爸，那是她吗？

约昆往房间里望去，一个老太太面带笑意。

费尔南多：（对着约昆）我们过去打招呼吧。

费尔南多正想进去，被约昆一把拦住，正在他犹豫时，老太太看到了门口的父子俩，径直向他们走去。

约　　昆：（自言自语地）她变了很多。

费尔南多：（热情地迎接上去，友好地打着招呼）你好，外婆！

洛蒂丝：（热情地拥抱费尔南多）你好啊！

费尔南多：（没话找话地）很久没见了。

洛蒂丝：（应和着）很长时间了。

费尔南多：（向约昆介绍了洛蒂丝）看，爸爸，这是外婆！

约　　昆：（礼貌地）您好。

洛蒂丝：您好。

约　　昆：（有些生疏地）我是你的女婿，约昆。还记得我吗？

洛蒂丝：（一把抱住了约昆，让约昆感到有些吃惊，没等约昆反应过来就直接问道）你们是来接我走的？

费尔南多：（利索地回答）是的。

洛蒂丝：（开心地）我们走吧！我去拿我的东西。（说完便开心地收拾东西去了）

费尔南多：（有些拿不定主意地）我们要带她走吗？她想过来。

约　　昆：（意外地）她以前对我好像不怎么样，她从来没那样抱过我。

费尔南多：（傻乎乎地）因为她看到我们很高兴。

约　　昆：（理性地）咱们别太冲动，费尔南多。

**费尔南多：**（无所谓的）我觉得没什么不好的。

两人说话的功夫洛蒂丝已经收拾好了她的行李。

**洛蒂丝：**（开心地）我准备好了，我们可以走了吗？

三人相视着，费尔南多露出开心的笑容。


### 11. 汽车内　白天

洛蒂丝坐上了父子俩的车，准备回家。

**约　　昆：**（犹豫地）洛蒂丝，我没有告诉你……你的女儿不在家。

**洛　蒂　丝：**没关系。

**约　　昆：**（不放心似的进一步说明）她走了好几天了。

**洛　蒂　丝：**（一副全无在意的模样）没关系的，我们应付得了。


### 12. 田间小路上　白天

三人坐着车，再次穿过迷雾缭绕的田间小道，往家的方向驶去。


### 13. 家中客厅　白天

三人回到家中，屋里漆黑一片，费尔南多拉开窗帘，阳光照进来才将房间照亮，映入眼帘的是一片狼藉的客厅，洛蒂丝看着眼前的一切，陷入了彷徨。

**洛　蒂　丝：**我的房间？


### 14. 储藏室　白天

约昆带着洛蒂丝来到了一间狭小的屋子，屋里杂乱不堪。

约　　昆：（有些歉意地）我们会立刻收拾好。我们现在用这
　　　　　个做储存室，但我们很快可以准备好。……费尔
　　　　　南多！

洛蒂丝：（安慰地）别担心，会没事的。

约　　昆：（冲着儿子）费尔南多！

费尔南多听见爸爸的叫喊声，来到了房门前。

约　　昆：帮帮手，拿些床单来。

**费尔南多：**在哪啊？

约　　昆：还能在哪？它们在……快点，外婆想睡觉了！

费尔南多无奈地离开去寻找床单了。

约　　昆：（想要说些什么又不好直接说，歉意地）又一起
　　　　　了，是吧？岳母和女婿经常是合不来的，但我们
　　　　　的情况总是不同的，不是吗？

门口的洛蒂丝听着，点了点头。

**费尔南多：**（对着爸爸）没有床单，我要给她我的睡袋吗？

约　　昆：你外婆不能睡在睡袋里，再去找找看，肯定在什
　　　　　么地方。

约昆边说边费力地收拾着屋子，他将所有乱七八糟的东西都
一股脑儿堆在了一起。


15. **费尔南多的房间　白天**

　　费尔南多来到自己的房间，将自己床上的床单扯了下来。门
外约昆正点燃一支香烟。

16. **房间门口　白天**

约　　昆：（意味深长地）我觉得她意识到了。

费尔南多：（疑惑地）意识到什么？

约　　昆：我们带她回来的原因。

费尔南多：（仍然不解地）什么？

约　　昆：（有些不解地）你不觉得她看起来很高兴吗？据我
　　　　　对她的了解，我很惊讶她还没出乱子。

费尔南多：我觉得她有点……（费尔南多指了指自己的脑子）

约　　昆：可能是吧。

费尔南多拿着床单走进了外婆的房间。


17. **储藏室　白天**

费尔南多：（撒娇地）我经常想您的，外婆！您以前周日做的
　　　　　海鲜饭真的很好吃，有辣椒、鸡肉、豌豆、猪肉，
　　　　　您还会做吗？

洛蒂丝：（开心地）是的。

费尔南多：您跟我们一起住会很开心。外婆，我们会把你当
　　　　　女王来服侍。

洛蒂丝：是的。

费尔南多铺好了床离开了房间，留下洛蒂丝一人在房间里手
足无措。


18. **客厅　晚上**

夜深了，约昆父子俩躺在沙发上看着电视，茶几上堆满了零

食。响亮的电视声吵醒了在隔壁房间睡觉的洛蒂丝，她起身打开房门看着客厅。费尔南多正从厨房里拿出一袋零食，两人就这样在沙发上边吃边看着电视节目……

19. 客厅 白天

　　第二天清晨，父子俩躺在沙发上熟睡，茶几上是他们昨晚吃剩下的各种零食。一阵汽车的喇叭声惊醒了约昆，他缓缓地从沙发上爬起，走进洛蒂丝的房间，片刻，匆忙跑了出来。

　　约　　昆：（惊呼）费尔南多！你的外婆……

　　费尔南多：（吓了一跳）怎么了？

　　约　　昆：她走了。

　　费尔南多：（惊讶地）什么？你去厨房看了吗？

　　约　　昆：没有。

20. 厨房 白天

　　两人走到厨房，厨房里堆满了剩饭剩菜以及没有洗的盘子，一片狼藉。

　　约　　昆：（后悔地）我们应该把门锁上，妈的！

　　费尔南多：也许她给我们留下了一些食物。（他打开冰箱，冰箱空空如也。沮丧地）她也没有给我们留下任何东西。

21. 客厅门口 白天

　　门口传来了一阵开门声，父子俩连忙跑了过去，只见洛蒂丝大包小包拎着各种食物走了进来。

洛 蒂 丝：（热情地）你们好。

约昆、费尔南多：（惊讶地）您好。


## 22. 厨房　白天

餐桌前约昆和费尔南多乖巧地坐着，看着洛蒂丝熟练地烹饪，一盘盘美味端到了他们面前，父子俩惊讶地看着食物。

洛 蒂 丝：（询问道）你们不想要它吗？

约　　昆：（解释道）你可能觉得我在夸大，洛蒂丝！……但是茉莉亚走了很长时间……

费尔南多：（抢过话）很长、很长时间。

约　　昆：（委屈地）你不知道这个煎蛋对我们意味着什么。

洛 蒂 丝：（风趣地）你要给它拍张照裱起来吗？我准备打扫房间了，你们俩开始吃吧。

两人狼吞虎咽地大吃了起来，费尔南多喊着外婆要可乐喝，洛蒂丝不但不厌烦，还特意下楼给他买，两人在屋里大快朵颐起来。


## 23. 厨房　晚上、白天

之后的每一天，洛蒂丝都为父子俩精心准备各种美食，屋子里也变得干净整洁了，父子俩也不再邋里邋遢，他们享受着这一切。


## 24. 厨房　晚上

三个人一起晚餐，洛蒂丝端上了一大盘食物。

洛 蒂 丝：这个怎么样？

费尔南多：喝点东西吧，外婆，为了庆祝。

**洛 蒂 丝**：不，你们俩喝吧。

**约　　昆**：只是小小一杯，洛蒂丝。

**洛 蒂 丝**：（答应了）那好吧。

费尔南多为外婆斟上一杯酒，又为爸爸和自己也倒上了酒。

**费尔南多**：（撒娇地）外婆，说点什么。

**洛 蒂 丝**：（开心地）嗯……我非常高兴可以……回到家里，
　　　　　就是那样！

　三人在餐桌上举杯畅饮，有说有笑像一家人一样，洛蒂丝有
些微醉，约昆起身扶起洛蒂丝往房间走去。

**约　　昆**：已经很晚了，洛蒂丝，我们睡觉去吧。


## 25. 回房间的路上　晚上

**洛 蒂 丝**：（微醉地对着约昆）你对你的丈母娘非常好。

**约　　昆**：不，应该是……你对我们很好。

**洛 蒂 丝**：不，不。（洛蒂丝摇头）

**约　　昆**：茱莉亚回来，看到你对我们这么好……

**洛 蒂 丝**：（反问道）你真的觉得她会回来吗？我不觉得……
　　　　　那样更好，这样就剩我们仨了。

　洛蒂丝说完想要上前轻吻约昆，发现不对劲，扭头走进了自
己的房间。


## 26. 约昆房间　白天

约昆在房间里给妻子打电话。

**约　　昆**：（急切地）茱莉亚，别挂，这个很重要……是你的

妈妈，我知道是我坚持把她送到那个地方的，但
她现在跟我们在一起，我想说我对不起，我会改
变的。……茱莉亚！

对方挂断了电话，约昆再次拨起电话。

约　　昆：茱莉亚，听我说，拜托。……这是真的，她现在没
办法讲话，因为她出去购物了，但这是真的，我发
誓。……（惊讶地）她怎么可能跟你们一起，……
她十分钟前还在这儿？是的……什么？……好了，
茱莉亚，好了……

放下电话约昆似乎想起了什么，他打开柜子翻出相册，令他
吃惊的是，原来洛蒂丝根本不是茱莉亚的妈妈，正在这时房门打
开，费尔南多和洛蒂丝回到了家中。


## 27. 厨房门口　白天

**费尔南多：**（疑惑地）爸爸，怎么了？

**洛　蒂　丝：** 我要做点吃的，你们俩肯定饿了。（洛蒂丝走进厨
房，开始忙碌。）

约　　昆：（一把拉住儿子）我要告诉你一些东西。

**费尔南多：**（不解地）是什么？来吧，告诉我。

约昆望着厨房里正在忙碌的洛蒂丝，犹豫了一会儿。

约　　昆：（不想被洛蒂丝知道，故意地）不，没事，儿子你
拿了什么？

**费尔南多：**（炫耀地）外婆买了一些丁骨牛排，非常之大，真
实盛宴！

约　　昆：（赞扬道）棒极了！

洛蒂丝不安地看着他们，有些心不在焉，边忙碌边窥视着父子俩。

洛　蒂　丝：（小心翼翼地）不到一分钟就好了。

约　　昆：（故意大声赞赏）噢，看起来真棒！

费尔南多：（兴高采烈地讲述）我们在市场买的，那个屠夫不
　　　　　记得外婆了。

约　　昆：（约昆听了愣了愣，转而又故意地说）那个何
　　　　　塞·路易老了，他常忘记东西，哈哈哈哈……

那个秘密淹没在了三个人的笑声中，他们兴奋地准备着美味佳肴。

# 也许是最好的安排

## ——《一个也太多》读解

短片《一个也太多》(*One Too Many*) 讲述的是一对邋里邋遢、游手好闲的父子约昆和费尔南多，过着衣来伸手饭来张口的懒散生活，家里乱成一团，两人熟视无睹，每天除了看电视、吃零食别无其他。终于有一天约昆的妻子茱莉亚再也无法忍受，将家中的东西抛出窗外，提着皮箱离家出走了。

茱莉亚的离开让父子俩的生活变得更加恶劣，他们全无生存能力，又不想改变自己，于是两人想出了一个馊主意，到养老院将茱莉亚的妈妈接过来照顾自己。故事铺垫到这里发生了转机，约昆与岳母关系一直紧张，儿子费尔南多出生不久，约昆就将岳母送进了养老院，多年来他们一直未见面，约昆甚至对岳母的印象都已模糊。

伴随着轻松活泼的音乐，父子俩在晨雾中驱车来到养老院，面对一屋子的老人他们犹豫了，约昆已经记不清岳母的面孔了，儿子冲着坐在中间的洛蒂丝挥了挥手，洛蒂丝热情地回应了他，他就自以为是他的外婆了，还自作聪明地向父亲介绍："爸爸，这是外婆！"而弱智的爸爸看见洛蒂丝只是感慨"她变了很多"，所以经过儿子介绍后，反而主动相认："我是你的女婿约昆，记得我吗？"完全忽略儿子出生后没有见过外婆的事实，故事从这里开始向滑稽可笑的方向发展了。

喜剧中总是有个善良不走运的倒霉蛋，愚蠢可爱，乐于助人又容易搞砸事情的角色，短片中这对父子就是这样的角色。自从洛蒂丝住进他们家来，约昆也有点疑惑不解父子俩将她的女儿气走，洛蒂丝不仅不发飙并且还拥抱了自己。面对他们猪窝一样混乱的房间洛蒂丝非但没有像从前那样大吵大闹，还给他们打扫，并且变换着烹制各种美味佳肴。这一切的猜疑都被父子俩视为洛蒂丝老了，所以"脑子才会出了问题"。

日复一日，在洛蒂丝的照顾下，他们的生活有了根本的改观，直到有一天约昆想起了妻子茱莉亚，给她打了一个电话才发现不对劲，约昆很快在他们的相簿里找到了答案，原来洛蒂丝并不是茱莉亚的妈妈，而是和丈母娘同一个养老院的一位老人，约昆这才恍然大悟。就在这时门打开了，洛蒂丝和费尔南多拎着各种食物，买菜回来。

约昆急切想告诉费尔南多事情的真相，从约昆怀疑的眼神中，洛蒂丝似乎已经预感自己担心的事情发生了，她轻轻走进厨房，侧耳倾听父子俩的谈话。在她那可怜的期待与担忧中，约昆突然犹豫了，不知出于何种考虑，他最终忍住澄清事情真相的念头，而是将错就错了下去，故事在皆大欢喜的气氛中结束了。

喜剧是鲍嘉·科贝加（Borja Cobeaga）电影创作不变的主题，自他从影以来，无论是编剧作品还是导演作品，几乎都以对小人物欢乐的嘲讽而津津乐道的。从《跳舞机》（*Máquina de bailar*,

*La*）到除夕夜为挽回未婚妻，在机场遭遇到童年好友，朋友好意帮忙，结果越帮越乱的《失控》（*No controles*），到白费功夫的单相思的《单恋男孩》（*Pagafantas*），再到《第一次》（*La primera vez*）和《一个也太多》，无一例外都是小人物悲欢离合的故事，欢欢乐乐的大众娱乐口味。

鲍嘉的喜剧有一种风俗喜剧的味道，片中人物要么是一些呆板、迟钝，忙忙碌碌又难以适应生动、新鲜生活的猥琐分子，要么就是运气不佳心地善良的倒霉蛋，他善于在这些寻常生活中的旮旯人物身上寻找令人发笑的调料。他不刻意制造离奇的情节，而是在庸常、平淡的生活中自然而然地巧设障碍，在人性的挖掘中撒一点点盐，使"善"变得不那么的善，"恶"也没那么的恶。

短片《一个也太多》是在需要生活上被照顾与需要回归家庭温暖，摆脱孤独之间，架起了喜剧的桥梁。邂逅父子虽然出发点并不友好，但生性还不算太坏，"最后的善意"还很温馨，你可以认为他出于同情、可怜和依赖而选择了隐瞒，也可以认为约昆完全出于为了两个胃的需要的小人物自私心理，但所有这些最后都不重要，重要的是皆大欢喜。

# 探戈舞之恋 (*Tanghi Argentine*)

比利时 · 2008

格尔特·沃班克（Geert Verbanck）/编剧

盖依·赛斯（Guy Thys）/导演

万尼斯·卡佩里（Wannes Cappelle）、伊奈克·尼兹森（Ineke Nijssen）/演员

14 分钟 / 喜剧

2008 年奥斯卡最佳真人短片提名

## 1. 办公室里　晚上

风声、钟声、犬吠声，时间已是深夜。昏暗的办公室里，安德烈正对着电脑屏幕生疏地敲打着键盘。突然办公室的门被打开，女保安拿着钥匙走了进来，安德烈一惊迅速地关闭页面。

**女保安**：你好安德烈，你在加班啊？

**安德烈**：（撒谎）我在网上挑圣诞礼物……给我的同事们。

**女保安**：别担心安德烈，你又不是第一个被我逮着的人。

女保安笑嘻嘻地转身离去，安德烈重新打开界面，网页上显示着一段对话：

平克劳斯贝（安德烈的网名）：你和我？跳舞？

探戈天使：这样我就能见到你了。

安德烈看着屏幕，拿起手边的一张传单，思索一番后又笨拙地打着字，嘴里还念念有词。

平克劳斯贝：两周后有个"Milonga"（探戈）舞会，我们去参加，怎么样？

安德烈点击发送，深吸了一口气，拿起手边的咖啡喝了一口。与此同时，消息得到了回复，屏幕上显示：

探戈天使：一言为定，咱俩一起，探戈！

平克劳斯贝：太好了！探戈。两周的时间。

## 2. 办公室里　白天

一群职员围着一棵圣诞树嬉戏打闹。

**职员一：** 他如何处理这件事情？他究竟如何做的？

安德烈坐在办公桌边，边工作边乐呵呵地看着同事们打闹。此时弗朗斯路过安德烈的座位，走向放有打印机的房间，安德烈见状跟了上去。

**安德烈：** 你好弗朗斯！……你能教我跳探戈吗？我得去参加一个探戈晚会。但我之前从没跳过探戈。

**弗朗斯：**（吃惊地）安德烈你要跳探戈？

**安德烈：**是的。

**弗朗斯：**（明知故问）我们这是在哪里？……瞧你在说什么？

**安德烈：**（不以为然地）办公室。

**弗朗斯：**（没好气地）看看你周围，圣诞树旁边的一群傻瓜，你身后是一个失败的诗人，而我面前是你！……那么我再问你一遍，我们是在哪儿呢？……失陪，安德烈。

弗朗斯说完拿起文件径直离开，留下安德烈一脸无奈。


3. 资料室　白天

弗朗斯正在整理文件，安德烈推着推车走向了他。

**安德烈：**嘿，弗朗斯！咱们可以下班后上探戈课，（得意地）今晚就开始。

**弗朗斯：**（没好气地）听着安德烈，跳探戈需要激情，熊熊火焰般的激情！（打击地）……对不起，你的激情已经灭了。

**安德烈：**（强调地）我坠入爱河了，弗朗斯。

弗朗斯毫不理会转身就走，安德烈紧跟了上去。


4. 走廊　白天

**安德烈：**网上的她太迷人了，（紧张兮兮地）可如果我不会跳舞，我会失去了她。

**弗朗斯：**学会探戈要花好几年时间，直接告诉她，你撒谎了。

弗朗斯走进电梯，门缓缓关闭。

**安德烈：**（站在电梯口）弗朗斯！

136

5. 电梯里　白天

电梯的数字从 12 到 10 快速地变换着，电梯门缓缓打开，安德烈已经气喘吁吁地出现在了门口。

**安德烈：**（气喘吁吁地）我需要你弗朗斯，我爱上她了。我愿意为她而成为舞者，她会明白的。充满激情地追逐某些东西，她会被这种冒险所吸引，但不是这样打退堂鼓了，突然变得乏味、古板。弗朗斯，别说我的激情之火已经熄灭，究竟谁的激情之火已经灭了？

气喘吁吁地说完一大段话，安德烈便怒气冲冲地转身离开了，留下电梯里弗朗斯和一位同事面面相觑。望着安德烈远去的背影，弗朗斯突然伸出一只脚，阻止了电梯门的关闭。

**弗朗斯：**安德烈！

6. **食堂　白天**

空旷的公司食堂里，安德烈正在向弗朗斯学习探戈的基本步伐。

**弗朗斯：**一二三四五，收拢，撤步，侧边，向前，向前，侧边，挺胸……

7. **办公室　白天**

安德烈虽然坐在位置上，双脚却依然在练习着探戈的步伐，窗外的弗朗斯拿着咖啡杯，耐心地指导着他。

8. **办公室　晚上**

夜晚的办公室，大家都已经下班，弗朗斯依然在指导着安德烈。

弗朗斯：挺胸，加油，走，后背挺直，静悄悄地溜步，像豹子一样，加油！保持身体平衡，挺胸……

## 9. 办公室　白天

弗朗斯在屋里开会，透过透明的玻璃窗，他看见另一间办公室里，安德烈正在刻苦地练习着探戈，弗朗斯欣慰地笑了。

## 10. 大厅内　白天

夕阳西下，空旷的大厅里，弗朗斯和安德烈已经能够熟练地跳一支舞了。

## 11. 办公室　白天、晚上

在办公室的各个角落，弗朗斯和安德烈一有空就开始训练。

弗朗斯：挺胸，抬下巴，挺直后背……你要发觉的是她眼睛的颜色，不是她的鞋子。抬下巴……

两人怪异的行为引得身边同事一头雾水。

弗朗斯：别这样学吧，激情！激情！激情！我的脚……不，再来，走起！

## 12. 探戈舞会上　晚上

终于到了舞会的这一天。安德烈和弗朗斯一同来到舞会现场，弗朗斯细心地为安德烈佩戴好胸前的玫瑰。

弗朗斯：注意你的臀部，静悄悄地溜步，呃，像？

安德烈：像只豹子。

**弗朗斯**：对，像只豹子。

这时一位一袭红衣女子走到了他们的面前。

**苏珊妮**：打扰一下，您是平克劳斯贝吗？

**安德烈**：（礼貌地）安德烈·范特瓦尔。你好。

**苏珊妮**：我是苏珊妮。很高兴认识你。

**弗朗斯**：（正想打招呼）这位是……

**苏珊妮**：（对着安德烈）走吧！

安德烈还没反应过来，就被苏珊妮小姐拉走了，他们在餐桌前坐下，服务员礼貌地递上水。

**苏珊妮**：谢谢！没几个男人会把探戈真正当回事，我之前有
过几个舞伴，很棒的舞伴，但他们结婚生子后，就
忽略了探戈，也忽略了我。

安德烈在倾听的同时时不时向弗朗斯的方向看去。

**苏珊妮**：（惊讶地）今晚我发现另一个舞伴，一个竟然在阿根
廷跳过的舞伴。

**安德烈**：（敷衍地）那是很久以前的事了。

苏珊妮看向舞池脸上露出了期待的笑容，她伸出手去邀请安
德烈，示意他一起去舞池中间跳舞。安德烈一脸震惊，他迟疑了片
刻，伸出手接受了苏珊妮的邀请。一旁的弗朗斯远远地看着他们。

舞池里，苏珊妮很快就进入了状态。

**苏珊妮**：（提示）另一只脚。

苏珊妮优雅自如地迈着步子，一同跳舞的安德烈却略显犹豫
和迟钝。

**苏珊妮**：（感觉到了不对劲）……安德烈，有什么问题？

安德烈紧张地望着一旁的弗朗斯，弗朗斯则示意他继续跳下去。两人在舞池里，苏珊妮迈着坚定的步子。

**苏珊妮：**（享受地）这才是探戈！

突然安德烈惊慌了一下，一个转身将苏珊妮狠狠地摔在了地上。音乐戛然而止，所有人都看着摔倒的苏珊妮，气氛一度尴尬。苏珊妮缓慢地站起身来，看了一眼安德烈，失望地离开回到了座位上。

安德烈也无比惆怅地向弗朗斯走去。

**弗朗斯：**（安慰地）不要太在意，安德烈，仅仅两周的练习，你能期待什么？我认为没那么糟糕。

**安德烈：**（故意难受地）不用安慰我，看她坐在那多沮丧，我并不擅长安慰女人，我都不知道说什么，你一句话都不用说，（鼓励地）你会跳探戈啊，不是吗？用舞蹈让她开心起来，去吧，加油！

在安德烈的鼓励下，弗朗斯鼓起勇气，来到了苏珊妮的身边。

**弗朗斯：**（伸出手去）晚上好！

苏珊妮望了一眼弗朗斯，随后便挽起他的手，两人向舞池走去，安德烈看着他们热情的舞蹈，露出了欣慰的笑容，悄悄地离开了。


## 13. 办公室　白天

第二天早晨，弗朗斯一改常态，心情大好地拿起一颗小星星挂在了公司的圣诞树上，安德烈看见弗朗斯脸上露出欣慰的笑容。他拿出一个记载着公司职员姓名的本子，将弗朗斯的名字划掉，圈出了剩下的最后一个名字。

**弗朗斯：**（弗朗斯兴奋地冲了进来）安德烈！安德烈！昨天真的太谢谢你了，苏姗妮太棒了！……（有些不好意思）对不起，事情没有像你预期的那样发展。

**安德烈：**（安慰地）没关系弗朗斯。

**弗朗斯：**（追问）真的吗？

**安德烈：**（无所谓的样子）真的。

**弗朗斯：**（开心地）你真是个天使！

两人相视一笑，弗朗斯便转身离开了。随后，安德烈看到了正在整理文件的帕特里克。

**安德烈：**帕特里克，我能问你些事情吗？我在网上认识了一个人，她会写诗，……你不是会写诗吗，教我写诗吧！

欢快的音乐响起，办公室一片温情。

# 赠人玫瑰，手有余香

## ——《探戈舞之恋》读解

办公室是现代社会一个常见的公共空间，也是电影中司空见惯的场景，其间充斥着权力、倾轧的戏剧，弥漫着枯燥无味，个人意愿不断遭受束缚与肢解，等等，不过，办公室也常常上演喜剧，而且不妨很温情。

已经是深夜，年过半百的安德烈仍留在办公室，正和一位爱好探戈舞的女子网聊。巡夜的同事经过时，他狡黠地切换了网页，并声称：

"我在挑圣诞礼物，给同事们的。"

他和网友约定，两周后在一个探戈舞会上见面，可是，他对跳舞一窍不通。第二天，他找到同事弗朗斯——一个光头的单身绅士，央求对方教他跳舞。弗朗斯拒绝了他，因为他感到安德烈缺乏跳探戈舞的激情。在安德雷的死乞白赖的恳求下，弗朗斯无奈同意了。

于是，大腹便便、秃顶的安德烈一有空就找弗朗斯练舞，甚至在走廊里撞见，也不忘比画几下。两周后，安德烈与弗朗斯一起参加舞会，女网友初次相见，坦承自己热爱探戈，曾经有过不少舞伴，但都已经分道扬镳，她渴望能找到新的志同道合者。她迫不及待地邀安德烈走入舞池，共舞一曲。安德烈毕竟是个新手，不是错了节奏就是踩了舞伴的脚，最后，在做一个旋转动作时，他甚至将舞伴甩了出去，倒在舞池内。对方又羞又恼，跑回座位低声抽泣。

弗朗斯虽然一直在场外指导，但见状也无可奈何，他安慰安德烈："仅仅两周的练习，你能期待什么。"出人意料的是，安德烈似乎并未沮丧，他城府很深地说："你一句话都不用说，你会跳探戈啊，不是吗? 用舞蹈让她开心起来，去吧，加油!"弗朗斯很不情愿但却彬彬有礼地向女网友伸出了手臂……故事到这里并不算完。

第二天，弗朗斯开心地走进安德烈的办公室，告诉他，那个女子喜欢上了他，感谢安德烈给他这个机会。显然两个探戈舞爱好者结合，才是最合适的。安德烈掩饰不住欣喜，拿出一个小纸片，把弗朗斯的名字划掉，然后跑到复印机前与"在册"的另一个单身汉搭讪:

"你不是会写诗吗，教我写诗吧!"

观众这时恍然大悟，原来这位可爱的安德烈大叔处心积虑地约网友，并设计迷局，是助人为乐啊!

短片《探戈舞之恋》(*Tanghi Argentine*) 的精彩之处常常在于它结构紧凑、构思精巧，虽着墨不多，却出乎意料，令人叫绝、回味。《探戈舞之恋》在这方面显示了高超的技术，短片初看是个

143

老当益壮的求偶故事，你看，安德烈打字笨拙，但却热衷网聊，还给自己取了个歌唱家"平克劳斯贝"的网名，当遇见中意的网友，急于约会，甚至厚着脸皮求人家传授探戈舞技，全然不顾自己身材矮小。当遭到拒绝后，爬楼梯追乘电梯的同事，众目睽睽之下大呼："我恋爱了！"经过一番废寝忘食的苦练，最终得会佳人，却因为注定的结局，功亏一篑。

如果故事仅止于此，不过是一类还算可爱的桥段。但其实《探戈舞之恋》的创作者一开始便通过这样一位可爱邋遢的小老头，设下了圈套，为此，编剧淋漓极致地展现男主人公对舞会的向往，对学习舞蹈的执着、投入，对即将到来的一段感情的渴望，带领着观众轻松前行，并沉浸在富于喜剧色彩的故事之中。这种铺垫紧凑、密实，极其流畅地推进到作为情节的大转折的舞会开始。待安德烈舞池失手，舞伴不悦，换上单身汉弗朗斯，这一结构的编织还未结束。当场景回到办公室，那份单身汉名录出现，观众恍然大悟，忍俊不禁，创作者峰回路转的游戏方大功告成。

毫无疑问，《探戈舞之恋》的过人之处在于一个精妙的故事，我们常说，故事是一部影片灵魂，它需要有足够的迂回、足够的悬念、足够的趣味，在情节设置上给人以惊喜，在主题挖掘上富有深意。

这部影片的成功也与演员精彩的表演大有关系，尤其是安德烈的扮演者万尼斯·卡佩里（Wannes Cappelle）表演松弛有度，极有喜感，观众先是看到了他不修边幅的一面，后来又看到了他经过探戈舞的练习，挺胸阔步、激情倍增的转变，虽然是绞尽脑汁做"红娘"，让每个人都收获爱情，但他自己也从中得到了快乐。

赠人玫瑰，手有余香。这大概也是影片想要传达的一个哲理吧。

# 小偷 (*The Robber*)

美国·1998

迈克·梅尔 (Michael Mayer)／编剧、导演

罗伯特·柯柏克 (Robert Kerbeck)／演员

11分钟／喜剧

## 1. 寓所外的路上　夜晚

黑夜一片寂静,虫鸣清晰。女人抱着一包食物快步走着,她从门口信箱里拿出一份报纸推开栅栏进了院子。黑暗中她感觉到异常,环顾四周,快速关上栅栏走门口,拿钥匙准备开门的一瞬间,身后出现了蒙面小偷,将她推进屋子摔倒在地。

## 2. 客厅　夜晚

小偷用脚关上门,一个箭步冲上前将趴倒的女人抱起来按在墙上。警报声响起,凌厉刺耳。

女　人:别杀我。

小　偷:(大吼) 赶紧切断警报。

女子在报警器上输入了密码,警报停止,她转过身气喘吁吁

地靠在墙上，面对着小偷。

    小    偷：（试图安慰）别害怕，这是粗暴的情绪。一般的强盗
              都会说杀死你，我不同，相信我好吗？如果有值钱
              的东西给我的话，我就出去。

    女人恨恨地咬了咬牙，趁其不备朝小偷的下体猛踢一脚，小偷痛
得慢慢蹲下无法动弹，她迅速又补了一记上勾拳把小偷打倒在地。女
人趁机朝着大门跑去，不料小偷翻过身来抓住了女人的脚，女人跟跄
了一下，情急之时一把拉下小偷的面罩，趁慌乱逃出大门，并把小偷
反锁在了屋内。小偷回过神来，扑向大门愤怒嘶吼，女人已经跑远。

    小偷试图用躯体一次次撞门希望能跑出去，但是未能成功。
他在屋子里翻箱倒柜寻找工具想打开大门，却没找到什么，他站
在门前无可奈何。


**3. 厨房　夜晚**

    小偷走到厨房发现桌子上摆放着狗盆和狗粮，随即听见了犬
吠声，他紧张地退步跑开，却不小心被绊倒在地，他抬头一看发
现一只小白狗向他跑来。小狗停在他的脚边吃着掉落在地上的食
物，小偷惊坐而起大吼一声，吓跑了小狗，小偷发现了狗洞。

    小    偷（画外音）：如果是狗的话，你就从这爬出去。

    小偷将手伸出狗门试图逃脱，可偌大的身体是不可能通过窄
窄的狗门，小偷沮丧地坐在地上。


**4. 客厅　夜晚**

    小偷来到客厅拿起电话想找人救援，可电话线之前被他自己

给剪断了，他愤怒地拍了下桌子："看电视！"他拿起桌上的一个遥控器对着电视机，这是智能家居，小偷折腾一番根本打不开，他只好放弃。最后拿起地上的模型汽车玩了起来。


5. 厨房　夜晚

　　小偷来到厨房，把女人之前买回来的食物倾倒在桌子上，他沉思一会开始整理食材、收拾炊具、系上围裙，并有条不紊地打开罐头、烧水、和面、切蔬菜，熟练地烹饪起来，还给自己开了瓶红酒。

　　小狗爬上了灶台，小偷一边忙活一边拿着炊具开心地逗狗，完全忘记了自己的身份。


6. 房间　夜晚

　　小偷无事可做，随手打开了桌上的答录机，里面传来留言声：


　　　星期天有聚会，是和公司的人相互认识的好机会。给秘书打个电话，捎个口信让他来拿行李。防身术弗旺·萨特也会……弗旺·萨特，获胜的那个男的是艾格·伊斯特，但是对我他也有过失啊！……不，他和艾吉·嘉库斯关系很好。


　　小偷一边听着留言，一边在书架前浏览，他看到了一本防身术的书，知道了自己被揍的原因，他翻了几页生气地撕下一页扔在了地上。正在此时，窗外传来警车的声音，他连忙跑向大门向外张望。

## 7. 客厅　夜晚

小偷的脑海中浮现出一群警察举枪破门而入，团团围住罪犯的场景。

## 8. 厨房　夜晚

烤箱的叮当声打断了小偷的思绪。

小偷坐在桌前，桌上摆满各色美食，他掖好了餐巾倒了一杯红酒，浮夸地摇晃品尝，酒的味道还不错。他也给小狗的碗里倒了点红酒和食物，共进晚餐。

大快朵颐后，桌上杯盘狼藉，小狗醉醺醺趴在桌上。

## 9. 客厅　夜晚

正当小偷在厨房洗碗时，有人用钥匙打开了房门。

## 10. 厨房　夜晚

小偷闻声惊慌地蹲下持着刀躲在橱柜下面，进来的人腰间挂着警棍和手铐，他思考了一会儿忽然起身举起双手，吓了警察一跳。

警　察：（怀疑地）是莱伊邦的家吗？……是主人吗？……是朋友吗？

小　偷：（假装镇定）是啊！

警　察：……很遗憾，给您带来了一件悲伤的事情。劳拉7点半去世了，就在不远处，发生了一起交通事故。……悄悄走进来，很对不起。（警察仔细观察小偷）有人和她同住吗？（小偷未知可否，一阵沉

148

默后，警察发生了怀疑，准备掏枪向小偷走去，正在这时小狗叫了起来，就像保护自己的主人一样。）……有一只狗啊。

小　偷：（命令）坐下！艾吉嘉库斯！（小狗顺从地乖乖坐下，这一出戏消除了警察的疑心。）

警　察：我很抱歉，遗体放在森陶马立医院……把钥匙还给你，放在花盆旁边了。（警察打开房门往外走）

小　偷：别关！请让它开着。

警　察：知道了。

警察离开了屋子。小偷心情一下沉重，他走回厨房摘下塑胶手套扯下围裙，戴回自己之前的皮手套，抱起小狗，关上灯带上门离开了。

# 一场过了头的玩笑

## ——《小偷》读解

　　短片《小偷》(*The Robber*) 的剧情很戏剧，所有的巧合都发生在了不该发生的时空里，就像一场过了头的玩笑，让人摇头叹息。

　　黑夜，女子抱着一包食品回到寓所，黑暗中似乎感觉到有什么声响，就在开门的一瞬间，身后出现了蒙面小偷，将她推进屋子并摔倒在地。在小偷的要求下，她关掉了报警器，但女子并没惊恐得毫无头脑，就在小偷七七八八一通警告之时，她飞起一脚踢中小偷的裆部，揭开他的黑色面罩，夺门而逃，并将其反锁在家中。这一系列的动作干净利索，小偷反而显得笨手笨脚地没了头脑。

　　这个小偷的确愚蠢，完全没有一点"专业"模样，被关在屋子里也理所应当。被困屋里的小偷极其胸闷，他尝试各种逃脱办法，敲门、砸窗、从狗洞里钻出，等等，终不得其所。似乎这是一间水流不走、鸟飞不过的禁闭室，电视电话线被他自己在进门前切断了，想找个人来救都没办法，一番挣扎后，小偷终于放弃逃出去的念头。开始像小孩子一样玩起游戏汽车，小狗对这位不速之客的到访似乎很感兴趣，它对小偷稀奇古怪的行为不但不害怕，反而看得津津有味。

　　闲得无事，他开始窥视房间，偷听女主人的电话录音知道了她还单身，看到书架上关于防身术的书，明白自己为什么打不过她，他气愤地撕下一页，还不忘放回书架。既然出不去，不如先安慰一下自己的胃，于是这位小偷打开女主人买回来的食物袋，罩上围裙正儿八经地做起宅男，和面、切菜、煎炸、凉拌样样在行，比起做小偷来专业很多。他一边烧菜一边逗着小狗，就像相处很久的朋友一样，丝毫没有感觉到这是陌生人的家。滑稽的是一桌丰盛的晚餐烹饪好，小偷像模像样地在胸前挂上餐巾，给自己倒了杯红酒，优雅又富有情调地摇一摇，同时给小狗的碗里也斟上了一口，一人一狗就这样在优美的音乐中共进晚餐。十足一个有品位有情调的好男人形象。

吃完饭，这位富有人情味的大盗还没忘洗碗，将锅碗瓢盆擦得干干净净，亦如这个家的主人一样。就在这异常和谐的气氛中，房门被打开了，从对讲机的声音得知进来的是警察，藏在炉灶下的小偷本能地举起了双手，接下去一笨警一笨匪开始对话。显然一顿饭没白吃，小狗救了小偷的命，消除了警察的猜疑。警察走后，小偷摘掉了围裙和手套，戴上自己黑色的手套，抱起小狗，关灯、关门，走出了这个家。

短片夹杂着恐怖、喜剧、荒诞、温情、意外、遗憾、悲凉等情绪，是一出五味交织的谐谑曲，短片开头、中间、结尾三个色调，开始恐怖、紧张，中间轻松、和谐，结尾意外、悲凉。一切源自小偷强行入室的那一刻，如果不是因为他，女主人也不会遭遇车祸，他是间接的肇事者。

《小偷》的剪辑颇费了一番心思，小偷屋子里四处寻路时，配合的是轻松的富有节奏感的音乐，他看着狗窝，画外传来一声女主人的谩骂："你不如从狗洞里钻出去。"于是小偷真的尝试从狗洞里钻出。当他只能伸一只胳膊进狗洞，而无法使自己的身体全部塞进去时，他很沮丧，画外传来女主人尖锐刺耳的嘲笑声，于是他将墙壁上女主人的照片翻了背面。

再如他拿起电话想要求救，电话没声音，画面转而切到他挟持女主人进门，墙壁上悬挂着被切断电线时的画面，再转入现场打电话场景。当他偷听女主人电话录音，边听边走到一房间门前，想进去看看又缩手缩脚有些害怕，这时传来警车声，他跑到窗口向外张望。从脸部特写紧张不安的表情，切到黑白画面，警察全部武装，拉开枪保险的声音，飞机声、警车声，对讲器喊道："发现嫌疑人。"众人举着枪，黑影白光，人头攒动。这是他脑海中的念头，转而定时器"当"的一声，又回到了现实中。现实空间与想象空间交替出现，增加了小偷这个人物笨头笨脑的色彩，具有一种喜剧效果。

短片《小偷》的剧情安排一波三折而富有情趣，具有温情的悬念，从头至尾看到的是一个不专业的，但是不邪恶的、胆小的、具有童心和爱心的，富有责任心和小资情调的小偷形象，这自然是作者过分的想象，有些戏剧化，就像一场游戏总是要"恍然大悟"才更吸引人一样，结尾的悲剧让整个情节发生突转。这个富有人情味的小偷听到劳拉死了的消息后，很沮丧，他做的第一件事是将劳拉的照片翻过来恢复原状，抱起小狗走的时候还不忘关灯、关门，可是为时已晚，玩笑已经开过了头。

# 三、政治的隐喻

# 红色绶带（*Red Ribbon*）

美国·1999

艾丽萨波斯·鲁晨（Elisabeth Löchen）/ 编剧、导演

曼蒂·博威尔穆（Mandy Bowerman）、皮尔·都莱特（Pierre Dulat）/ 演员

12 分钟 / 剧情

1999 年马尔科岛（Marco Island）电影节最佳短片

1999 年莫罗迪斯特（Molodist）国际电影节最佳电影奖提名

**序场**

弥漫着舒伯特的《小夜曲》。

字幕出：故事取材于 1944 年德国士兵的一封信。

1. **房间　白天**

光线从房间里高高的格子窗投射进来，在空旷的地上投射出凌厉的线条。这里是出生率提高委员会州支部，1943 年 5 月 22 日在柏林德国军事事务局的工作间。

一位穿着军装的打字员机械地敲打着键盘，声音清脆，他吸

了口烟将烟头摁灭在烟缸里。

尊敬的德国军事事务局：在战争中，许多男性公民阵亡，为了提高国家的出生率，政府将选拔"生育上校"，凡健康的男性有义务和责任与 12 个地区的 9 名已婚妇女、12 名未婚女子发生性关系。如果想退出此计划，必须要有医生开具的证明没有性能力的诊断书。……你会被列入访问者名单，并将告知这些适龄的女性们。任务完成你将会被授予"生育上校"的称号，我们会给你一定的报酬，还会颁发受孕一等功的红色绶带，免除一切税费，发放养老金。我们会在九月份的报告里提出，请赶紧执行此任务。……期望你身体健康！军事省人员管理部。

通知信打印出来后，盖上了红色的公章。

## 2. 街上　白天

街上行人稀少，一位穿着军装的中年男人和怀孕的妻子相拥而行，看上去他们没什么特别，男人相貌平常甚至有点丑陋，妻子穿着整齐人略显憔悴。他们按照信上的地址找寻某个女孩的住处，准备完成国家分派的生育任务。

## 3. 家中　白天

一位母亲表情凝重地坐在沙发上，心事重重。手中的信显然已经阅读无数遍，她气愤地将它揉碎，伤心地摸了摸身旁的男人遗像。

## 4. 楼梯　白天

逼仄的楼梯中，丈夫和他妻子相互搀扶走上楼梯。


## 5. 走廊　白天

一个普通的住宅。丈夫和妻子穿过窄窄的走廊来到一房门口，他们停下脚步，妻子为丈夫整理了一下外衣，她鼓励地摸了摸他的脸。丈夫随即大胆地敲了门。

丈　夫：（对着屋里）军事省人员管理部。……劳密先生？劳密先生吗？

房门开了个缝，里面隐约露出女主人的脸，房门没有被打开的意思，主人显然知道来访者是谁，她在门缝里回答道……应该是明天吧？

丈　夫：（语气坚定又生硬地对着里面）不是，希望您看到通知……是今天！

妻　子：（二话不说强行地拉开房门，夺门而入）……想进去坐坐。

女主人：（不敢拒绝又很无奈地）……好，请吧。

于是丈夫也跟着走进屋去。


## 6. 家中客厅　白天

这是一个普通的家庭，屋内陈设简单整齐。妻子在屋里肆无忌惮地环顾着四周，有些盛气凌人。女主人是一位中年母亲，身穿一件花色裙子身体微胖，看上去很温和，对两位来访者她有些不知所措。

妻　子：（不客气地）有咖啡吗？

女主人：有。

不等主人邀请妻子自然地坐在沙发上，丈夫仍站在中间面无表情看着这个家，他们对这样的见面显然已经习以为常了。女主人端来一套咖啡杯放在茶几上。

妻　子：（像审讯的口吻问道）您丈夫呢？

女主人：……两年前打仗死了。

丈夫丝毫没有做客的谦卑与拘谨，显然，他执行这样的任务已经不是第一次了，他拿起桌上一个相框。

丈　夫：……这是谁？

女主人冲了上去一把夺下相框，情绪有些激动。

女主人：你们是不是搞错了，她才13岁！

丈　夫：（生硬地回答）没有相互拒绝的权利，这是当局的决定！

女主人：（气急败坏地）如果按照这个任务执行，那孩子呢？

丈夫想到即将面对一位13岁的女孩，显得有些紧张，他看了一眼妻子。

女主人：（制图阻止）……你也有妻子和孩子！

妻子听着这些没有丝毫反应，她慢悠悠地拿起勺子，冷静地搅拌着咖啡。丈夫有些气愤，他把公函摔到桌上转身欲离开。

女主人：（紧张地）去哪儿？

丈　夫：（生硬地）回去，报告我们被拒绝了。

女主人：（追着询问）那会成什么样？

丈　夫：（气急败坏地）你去找当局理论！

158

女主人：（受了惊吓地，有些一筹莫展）不能回去，（恳切地）
再协商一下……请多照顾。

正在这时隔壁房间门打开了，一位13岁的女孩一手拿着布娃娃睡眼惺忪地从房间走出来，女主人紧张粗暴地把她推回屋去。女儿不明原因："妈妈。这样我会迟到的。"

女主人：（命令地）回房间。

女　儿：学校……

女主人：（有些歇斯底里）劳拉，回房间去！

她关上房门，转身再一次对着夫妇俩："13岁，她才13岁啊，你们搞错了吧。"

妻　子：（不无表情地）当局肯定没错！……违背命令我们是
要受到处罚的。哪个也不能逃避，知道吗？

女主人：（绝望地）求您了，等一下好吗？……我去和她
谈谈。

丈夫趴在窗边向下凝望陷入沉思，片刻他又回过身坐在沙发上端详着那张照片，情绪有些激动，妻子冷静地看着他。

丈　夫：（有些沮丧地）不能这么做……

妻　子：狠心地做吧，事到如今。

丈　夫：（有些痛苦地）……还有三个呢。

妻　子：你就狠狠心去做吧。要保佑我们没出世的孩子啊。

丈　夫：真讨厌，我受够了！

妻　子：（妻子抓着丈夫的衣服哭了起来）……为了国家，为
了我们的孩子。这就是男人的责任啊，不然，我们
会被当局……

丈　夫：（崩溃地）我受不了了！

妻　子：（安稳地）我也受不了了，但我做不到一个人在家里哭着等你。

丈　夫：我也不容易，我憎恨自己。

妻　子：（抱住丈夫并鼓励地）放弃你的怜悯吧！

丈　夫：（歇斯底里地吼叫）妈的，为了你，我去做！

丈夫转身冲向女孩的卧室。


## 7. 女孩卧室　白天

丈夫进了房间，见到女主人正在推着女儿想从窗户逃跑，他气愤地大叫了一声，将女孩拉回重重地推到床上，并将女主人强暴地赶出房间，在哭喊声中将女孩压在床上。


## 8. 客厅　白天

妻子坐在沙发上倒着咖啡，完全不理会卧室传来的惨叫，她面无表情地喝着咖啡，动作尽量优雅。


## 9. 女孩卧室　白天

丈　夫：（压在女孩身上，一手脱下裤子大叫道）……别反抗！

他一把抢过女孩手里的玩具熊，扔在了地上，女孩先是哀求，然后歇斯底里地狂笑和嚎叫，男人捂住女孩的嘴让她别出声。

女　孩：（大哭地叫喊着充满绝望）……我真的要……自杀了……

女主人在门外拍打房门，一切无济于事，男人得逞了。

10. **客厅　白天**

　　妻子继续喝着咖啡，像什么都没发生一样。


11. **女孩卧室　白天**

　　丈夫压在女孩身上。


12. **客厅　白天**

　　女儿父亲的遗像静静被放在桌上。


13. **女孩卧室　白天**

　　喊叫声继续，房间里白色的蕾丝窗帘随着风飞舞着。


14. **街上　白天**

　　一切归于平静。

　　街上阳光明媚，那对夫妻行走在街上，继续寻找下一个地址。


15. **客厅　白天**

　　时隔一个月。女主人坐在沙发上读着军事省人员管理部的来信，房间的设置如同从前，唯一不同的是她身旁的桌上多了一个女儿劳拉的遗像。女主人打开信，短短几行非常简洁。

　　"您好，5 月 22 日收到您的来信，我们很抱歉，上次的人搞错了，我们为您女儿的死感到抱歉。希望你健康！军事省人员管理部。"

　　女主人平静地看完这封信。

# 错误敲响了你的门

## ——《红色绶带》读解

　　这是一部具有震撼力的反战短片，它所表现的故事，在以往的反战题材影片中从未出现过：即将结束战争的国度，造成人口锐减，性别失衡，政府遴选出的生育机器，去执行荒唐的造人任务。一份错误草率的公函，将厄运降临到 13 岁的女孩身上。

　　短片开头，是一间空旷的屋子，太阳的光束从窗子投射进来，在舒伯特《小夜曲》的背景音乐中，一双手在打字机上敲出这样的话："在战争中，许多男性公民阵亡，为了提高国家的生育率，政府将选拔'生育上校'，凡健康的男性有义务与责任与 12 个地区的 9 名已婚妇女、12 名未婚女子发生性关系"，画外音与小夜曲在继续，观众看到一对中年夫妇走向一幢居民楼，而在另一处，一位妇女手里拿着公函，无助地凝视着丈夫的照片。从画外音里，我们知道，这是位于柏林的军事委员会的一项命令，而充当生育机器者将获得免税、养老金等优待，并将获得红丝带勋章。

　　小夜曲戛然而止，夫妇二人敲响了一户人家的房门，前面出现过的妇女显然已经知道来者身份，但却没有请他们进去的意思，衣冠楚楚的女人几乎是挤进屋子，然后傲慢地问：你丈夫呢？女主人答道：两年前打仗死了。女客人坐下来问：有咖啡吗？男人拿起桌上的一个相框：这是谁？女主人一把夺下："你们是不是搞错了？她才13岁！"一开始，男人丝毫没有做客的谦卑与拘谨，显然，他执行这样的任务已经不是第一次，于是，他生硬地回答：这是当局的决定！不过，或许是想到即将面对的是一个13岁的女孩，他有些紧张。女人却漠然地打开水瓶冲咖啡。这时，女孩子睡眼惺忪地走进客厅，母亲粗暴地把她推了回去，她试图阻止这个荒唐行为："你也有妻子和孩子！"男人把公函丢在桌子上，威胁说："你去找当局理论！"女人则帮腔道："当局是不会搞错的，如果不按照上面说的做，要承担责任明白吗？"受惊吓的母亲一筹莫展，生怕客人走掉，表示去和女儿谈谈。

　　客厅里剩下一对夫妇，男人一脸沮丧，但女人却鼓励他做下去。两个人对视良久。


　　妻子：你就狠狠心去做吧。要保佑我们没出世的孩子啊。

　　丈夫：真讨厌，我受够了！

　　妻子：为了国家，为了我们的孩子。这就是男人的责任啊，不然，我们会被当局……

　　丈夫：我受不了了！

　　妻子：我也受不了了，但我做不到一个人在家里哭着等你。

　　丈夫：我也不容易，我憎恨自己。

　　妻子：放弃你的怜悯吧。

　　丈夫：妈的，为了你，我去做！

男人疯了似的冲进了女孩的卧室。他推开母亲,按住女孩,手里还拿着玩偶的女孩先是哀求,然后就是歇斯底里的狂笑与嚎叫。男人得逞了。

小夜曲再次响起,这是一个月后,母亲看着公函上写着"我们很抱歉,上次的人名搞错了,为您女儿的死抱歉。"柏林的街道上,那对夫妻又去敲响别人的房门。

暴行仍在继续,最后的审判仍未到来。

影片开头,有字幕提示,故事取材于1944年德国士兵的一封信,在纳粹帝国的历史上是否有相关的史实,很难考证,但创作者显然无意强调故事如何忠于历史,而是通过这样一个极端荒唐的事件,控诉战争的残酷以及对人性的扭曲。

《红色绶带》(*Red Ribbon*)的表现手法相当传统,接近于白描,如对那位始终没有露出面部的军方人员,镜头虽然只是关注了他并不娴熟的打字技巧,在烟缸里捻灭烟头,配以冷漠的旁白,便令观众对这种非人的政策深恶痛绝。对那对夫妻的登场,影片展示了妻子在丈夫亮相前帮他整理衣领等细微动作,以及当丈夫退却时,两人长时间对视的特写镜头,强化了内心的冲突。她一出场时的要咖啡,表现了她的居高临下,她"宾至如归"地冲咖啡,表现了她已经习惯了"被拜访"者的不满,而当丈夫在卧室施暴,她涂着指甲油的手依然平静地搅动着咖啡则揭示了她的残酷。

此外,对比的叙事手法也是影片的一个特色,小夜曲优美的旋律与惨无人道的暴行,男人的懦弱与女人的强硬,施暴者的残忍与被侮辱者的无助,战争的大背景与看似平静的城市,所有这些都增强了影片的悲剧色彩。

当然，影片最重要的价值还在于引发人们对战争、人性的思考。战争与反战一直以来都是电影艺术关注的主题，对战争的正面表现，显然不是一部区区12分钟的短片所能完成，必须另辟蹊径，以巧思取胜。影片通过旁白等手段迅速交代了故事背景，引出人物，"生育机器"夫妇与那位母亲的交锋只是围绕是否搞错这一问题，强弱几乎不成比例的对话极其简单。女孩被强暴的场面表现得含蓄、节制。着墨最多处，反倒是夫妻俩行动前的情景，这就表明了创作者的立意所在。存在主义说：是英雄还是懦夫，全在我们自己的选择。在高压之下，夫妻俩虽有犹豫，但自私、盲目、麻木充斥了他们的头脑，一个做了凶手，一个成为帮凶。而被侮辱的弱者选择了终止自己的生命，这难道不是一种抗争吗？

值得留意的是，在演员的外形塑造上，《红色绶带》有意选择了一个外貌平常，甚至有些丑陋的男性以及一个憔悴的女性，在他们和大街上的行人没有多大的差别，影片对他们似乎并未进行道德谴责，而是以如此残酷的故事告诉人们：战争的噩梦中，普通人成为帮凶并非不可能，因为自私、贪欲、麻木不仁，人们做出难以置信的选择，所以，从这个意义上来说，需要忏悔的并不只是战争的发起者、无良的政府、丑陋的小市民。

# 《特写镜头》的首映日
## (*The Opening Day of Close-up*)

意大利·1996

南尼·莫莱蒂（Nanni Moretti）/ 编剧、导演

南尼·莫莱蒂（Nanni Moretti）、法比亚·博格姆（Fabia Bergamo）/ 演员

3分钟 / 剧情

1. 工作室　白天

　　莫　莱　蒂：阔刀剑：狮子王 11800，狮子王 9200。佛里：狮子王 17700。意默拉：狮子王 20100。莫蒂娜：狮子王 29500。都灵：狮子王 12700。狮子王：18200。狮子王：17068。是的，就是这样做。

莫莱蒂一边打着电话，一边记录着数据。

　　莫　莱　蒂：安吉拉，我在找你……听着，不……这广告现在太小了，（他用手中的尺子在报纸上不停地比画衡量着）看看其他的，至少是莫斯特 II……40 公分，再加上 18 公分。……看看今天的日

报，《圣诞前夕的噩梦》占了一半的比例，哈瑞森·福特的上部电影……从明天开始至少要在两栏中 120 毫米，要有专栏。

翌日。

莫莱蒂仍在为影片上映拨打电话。

莫　莱　蒂：……听着，因为是第一天，至少要 30 或是 40 秒的显示时间，一分钟也可以……大概下午的 4:30 开始。


## 2. 展映厅门口　白天

莫莱蒂骑着轻型电动车来到了影院。外表看上去这家影院不是豪华的那种，门脸不大，一个透明的栏杆围栏，各种广告牌。

他停好车，走进大厅直奔吧台。


## 3. 展映厅吧台　白天

莫　莱　蒂：阿曼特，告诉我，在这里有什么样的三明治？

（他对着剧院餐吧女工作人员说）

阿曼特站在吧台里，拿出一个装着三明治的托盘向莫莱蒂展示着。

阿　曼　特：金枪鱼加西红柿，火腿加奶酪，蔬菜加火腿。

莫　莱　蒂：什么样的蔬菜？

阿　曼　特：菠菜。

莫　莱　蒂：西红柿加鸡蛋？

阿曼特耸了耸肩。

4. 展品陈列区　白天

　　莫莱蒂又走到前台和另两名工作人员交谈着，言谈间影院的电话响起，有观众询问今天的电影，女工作人员告诉对方今天放映的内容。

　　**女工作人员：**《特写》……一部伊朗电影……下午 4:30。

　　莫莱蒂一边和男工作人员交谈，"如果是电视的话，我们就会看到法官了，我认为这是完全不同的类型……"一边竖起耳朵听着女工作人员接电话。"我们不能只说一部伊朗的电影。"

　　**女工作人员：**不够？

　　**莫　莱　蒂：**是的。

　　**女工作人员：**（对着电话里说）凯尔罗·斯坦米，《生命延续》的电影导演。

　　**莫　莱　蒂：**是的，他是……我们去年就在屏幕上出现了。电影讲述的是剧场的力量，很诱人！让我们再延伸点……告诉他，他是杰出的……（对着女工作人员）问他如何把小孩控制好。

　　莫莱蒂慷慨激昂地诉说着，事无巨细地指导其他工作人员的工作。

　　**莫　莱　蒂：**不要把所有年轻的意大利的作家都放在一起。
　　　　　　　　　　（他对着正在整理电影书籍杂志的工作人员说）

　　**工作人员一：**（辩解道）我这样做是有原因的。

　　**莫　莱　蒂：**不，他们讨厌被这样对待，讨厌全都合在一起，明白吗？所以要把他们分开……（把书重新摆放）把马里奥·福特那罗的书，还有这两排外

国书，瓦力瑞尔·卫卡罗这两排的外国书及电
影杂志……

　　工作人员一：德·卢卡……

　　莫　莱　蒂：（指挥着如何摆放）……把他们铺开来，他们不
　　　　　　　　喜欢都堆积在一起。


## 5. 大厅内　白天

　　空旷的影院大厅，阳光从落地窗外照进来，在地面铺上了落
地窗图案。人的影子也被拉得长长的。莫莱蒂独自在大厅里，他
将帘子从中间掀开一点，把脑袋套了进去，里面正在放映着电
影——银幕上出现的是两个男子骑着电瓶车，后座的男子手里拿
着一束粉色的鲜花……

　　莫莱蒂看得入神。


## 6. 楼道里　白天

　　莫莱蒂沿着一个曲折的楼梯走上小阁楼。边走边叫："帕罗！"


## 7. 阁楼上　白天

　　莫莱蒂上了阁楼，狭窄的空间里各种电影播放的设备。他对
那个叫帕罗的人说着他的电影盘。

　　莫　莱　蒂：我就占一点点地盘，很微小的部分。

　　帕　　　罗：四分之一？

　　莫　莱　蒂：比四分之一还少，八分之一。……就只占一点
　　　　　　　　点，我都不在意。

8. 前台　白天

莫莱蒂又来到前台，和两位工作人员交谈着，其中一位工作人员正在接电话。

**工 作 人 员**：（告诉观众如何才能到达影院）你到了詹斯迪文
　　　　　　大街了……今天交通很拥挤，最好绕道而行，
　　　　　　踩油门到伯特斯大桥，电影院在离桥 50 米的地
　　　　　　方，那有很多停车场……有很多，所以你很容
　　　　　　易停车的。……好的，晚上见。

挂断了电话，工作人员向莫莱蒂抱怨："从镇上来的一路上他都在生气，惊讶的是还没有爆发。"

**莫 莱 蒂**：这是习惯性问题，他多大了？

**工 作 人 员**：大概……65，或者是 70 岁。

**莫 莱 蒂**：即使他们老了，你也必须强迫他们加入，跟他
　　　　　们说字幕翻译会更好，让他们习惯这样……如
　　　　　果 10 分钟后他们不高兴，他们可以走……我
　　　　　们来试下，我是个老人而且很疲劳，我对它不
　　　　　习惯……

**工 作 人 员**：（安慰地）不要担心。

**莫 莱 蒂**：过去用的是配音的……

**工 作 人 员**：（看着莫莱蒂太紧张，劝解地）坐下来，放松下
　　　　　　自己。

**莫 莱 蒂**：我不想。

**工 作 人 员**：你看……

## 9. 莫莱蒂卧室　晚上

莫莱蒂躺在床上说着梦话"不，西尔维亚，我没有听到有消息传来，在最后放映中我没有弄好……"莫莱蒂从梦中惊醒，他打开台灯，喘着粗气，下意识地摁下电话的按钮，电话里传来了帕罗的声音。

帕　　　罗：嘿，南尼，我是帕罗，今天总的结果是565000，57个观众，第一场6个，第三场11个，第三场28个，最后一场是12个。

莫　莱　蒂：（关切地）他们都喜欢吗?

帕　　　罗：喜欢……人数还会增加。

莫　莱　蒂：其他的结果怎么样?

帕　　　罗：城堡……《四个婚礼和一个葬礼》3835000。大使馆……《狮子王》3151000……

莫莱蒂昏昏沉沉又躺了下来，他伸出手关上了台灯，电话那头声音还在继续。

帕　　　罗：大西洋……《狮子王》4373000，奥古斯塔斯第一场在放小的《敖德萨》1175000，第二场《公牛II》1235000，巴伯瑞瑞第一场《摩斯特II》11096000，第二场3652000，第三场《四个婚礼和一个葬礼》4015000，卡伯拉瑞什塔《钓鱼》1220000，西尔卡……《莫斯特II》3302000，艾德《四个婚礼和一个葬礼》8105000，帝国《狮子王》11339000……

这样的结果可以让莫莱蒂进入梦乡了，他太疲劳了!

# 不放弃说话的机会

## ——《〈特写镜头〉的首映日》读解

20世纪末，曾被昆丁·塔伦蒂诺嘲笑这些年"太没劲"的意大利电影，终于由导演南尼·莫莱蒂（Nanni Moretti）给了一个响亮的回应。2001年他导演并主演的电影《儿子的房间》(La Stanza del Figlio) 获得了戛纳电影节金棕榈大奖，这是1978年埃曼诺·奥尔米的《木屐树》(L'albero degli zoccoli) 获得此项荣誉后23年沉默的结束。很多人并不买账，不以为然，不过南尼·莫莱蒂这位我行我素的电影狂人毫不顾忌别人的指责，仍然以强悍的独立精神横扫意大利电影的阴霾。

人所共知，莫莱蒂的电影带有强烈的个人主义色彩，他作品的百分之九十都是由他自编、自导、自演，甚至是自己制作、自己剪辑的，他就像短片《〈特写镜头〉的首映日》(The Opening Day of Close-up) 中那个事无巨细、样样关心的导演一样，对电影制作的各个环节都表现出极大的兴趣。他常在电影中渗透闪现自己的生活经历和个人的兴趣喜好，他的电影就是一本影像化的个人日记，极度自恋、自我。儿子出生他拍了一部自传色彩的讲述儿子诞生的电影《四月》(Aprile)，此片获得了戛纳最佳影片的提名。

他喜欢戏剧，在他的电影中就会看到有关戏剧演员的生活，他用自己最喜欢吃的"撒凯尔"甜点命名自己的电影公司，并沾沾自喜地在电影中说出"你怎么能不知道撒凯尔甜点呢？"这样的台词。莫莱蒂以他母姓"阿比切拉"命名的人物先后出现在他几部作品中，就像有些作家喜欢让自己塑造的人物贯穿几部小说一样，"阿比切拉"也不断地在电影中出现，莫莱蒂乐此不疲地玩"自恋"游戏。

但是，莫莱蒂的电影并非完全沉浸在个人主义"自恋"中的小家子气的电影，他只不过是以极端个人风格化来描写自己熟悉的生活，以尖锐、独特的现代主义创作手法，深刻地揭露和嘲讽政治的虚伪和权利的丑陋。有人将莫莱蒂电影的叛逆性和独特的个性化风格视为"帕索里尼的后继者"和"意大利的伍迪·艾伦"，但是与这两位电影大师不同的是，莫莱蒂更具体、更直接。

如同莫莱蒂其他一些作品一样，《〈特写镜头〉的首映日》是他自编、自导、自演和自己制作的，短片的故事既是莫莱蒂个人从影最初的经历也是所有未成名成家的电影导演必然的经历。它讲述的是一个叫《特写镜头》的伊朗电影在意大利上映，首映日当天遭遇到《狮子王》(The Lion King)、《四个婚礼和一个葬礼》(Four Weddings and a Funeral) 等大制作的商业电影。当天，导演惴惴不安，事无巨细地安排电影放映前的各项工作，比如记录各大影院其他电影的放映情况，安排报纸广告的尺寸，查看茶点的口味，告诉工作人员在接听观众电话时不要简简单单地告知观众即将放映的是伊朗电影，还要介绍导演以及电影的内容，并嘱咐要看管好自己的小孩，电影院门前可以停车，字幕翻译得很好，到电影院的路怎么走等等，无一不亲自关照。电影结尾，忐忑不安的导演午睡惊醒，工作人员电话告诉他票房情况：大使馆放映的《狮子王》有3151000，城堡放映的《四个婚礼和一个葬礼》有383500，大西洋放映的《狮子王》有4373000，……《特写镜头》上映了四场，有57个观众……

　　如果不了解莫莱蒂的电影风格，这部短片的确会让人看得云里雾里，既无故事也不娱乐，就像一段生活录像，记录了一些琐事，完全不加修饰，而这些琐事对普通观众是没什么吸引力的，不会引起任何喜怒哀乐的情绪。短片中的那位导演是莫莱蒂的作品中经常出现絮絮叨叨中年知识分子形象，乍一看不知所云，就像他早期获得威尼斯评审团大奖的电影《金色的梦》（*Sogni d'oro*），几年过去了还不能让人明白这部电影想谈什么一样。但是就是这种"迷雾风格"才达成了莫莱蒂与电影大师们对话的桥梁。

　　电影对莫莱蒂来说一直是武器或传声筒，因为他"只有在有话要说的时候才去拍电影"，他喜欢对着镜头说话。短片《〈特写镜头〉的首映日》成功地把一个不知名的电影导演在首映日时忐忑不安的复杂心理淋漓尽致地表现了出来，以深刻的、带有讽刺意味的，并极具悲观主义色彩的态度谈论了电影的商业性与艺术性的关系现状，表现了小成本的艺术片无力对抗商业大片的悲惨命运，以及讽刺挖苦了那些叱咤风云占领市场的商业大片。可以说短片《〈特写镜头〉的首映日》是一部向低成本的艺术电影致敬的短片。

　　短片中莫莱蒂选择了一部伊朗电影与大片对抗，绝非毫无来由。与罗西和帕索里尼一样，莫莱蒂的所有影片都与政治有关，即使是为了纪念他儿子出生而拍的《四月》也毫不例外地涉及了政治。他被认为是一个顽固的左派分子，意大利《新闻报》曾称他是这个时代唯一见证并描述出意大利共产党变更历程的导演。他在电影《政界巨鳄》(Caimano) 中将矛头直接指向意大利的政坛，影射了靠传媒发迹的贝卢斯科尼的个人经济问题等敏感话题，并将此片在大选前上映，引起了很大的争议。20世纪90年代欧洲和伊朗的关系紧张，美国通过了制裁伊朗的法案，伊朗也始终保持着抵抗西方文化对伊朗的入侵的状态，在这样的背景下，莫莱蒂在短片中选择了一部伊朗电影在意大利影院上映，不能不说是一种政治上的暗示与影射。

总之，莫莱蒂决不放弃任何说话的机会，在大片当道的今天，借着首映日他有话要说。

# 狗没有地狱（*Dogs Has No Hell*）

芬兰·2002

阿基·郭利斯马基（Aki Kaurismaki）/ 编剧、导演
马库·佩尔托拉（Markku Peltola）、卡蒂·奥廷宁（Kati Ontinen）、马克·哈维斯特（Marko Haavisto）、琼·海特恩（Janne Hyytiäinen）/ 演员 10 分钟 / 剧情

## 1. 物品存放点　白天

一扇漆满红漆的铁门，门闩紧紧固定在门上。身穿蓝色连体衣的工作人员上前打开门。一位中年男子从里面走了出来，他戴着黑礼帽，穿着黑西装和白色衬衫。他谨慎地环顾四周，走到柜台前。

柜台后墙上挂着巨大的地图和一个时钟。另一位身着同样蓝色连体衣的工作人员从柜台下拿出一个贴有标记的纸盒，男子从里面抽出一条黑色领带戴上，随即还有一双黑色皮鞋、一根黑色皮带和一块黑色手表。工作人员拿出一张表单。

**工作人员：**（指着那张表单）清点一下你的东西。
**中年男子：**（在签名处签上了自己的名字）全都在，我签字。
大门打开，男士走了出来，拎着一个深咖色的小皮箱。

2. 门外　白天

　　一位戴眼镜的白发男人卖力地扫地。中年男子扫视四周后来到了门的另一侧，墙边蹲着一位穿黑色花衬衫的抽烟的男士，手上香烟抽了一半。

　　**中年男子**：有去莫斯科的火车吗？（小声问道）

　　**抽烟男子**：有一班。

　　中年男子思考了一下起身离开。抽烟的男子继续抽完手中剩下的半根烟。

　　十分钟之后。


3. 火车站　白天

　　火车站自动扶梯上挤满了人，稀稀落落的一两个人选择走楼梯，中年男子选择了自动扶梯，向下行进中他望了望车站大厅的钟表。

　　时钟显示三点二十一分。


4. 地下停车场　白天

　　一个类似地下停车场的地方，摞着一层层的轮胎，维修人员正趴在车底工作。中年男子脚步匆匆地走进里面一间办公室，表情谨慎地环顾四周。


5. 办公室　白天

　　办公室的陈设简单，墙上一张不大不小的地图，门边一个衣架。老板正在接听电话，见到中年男子走进来他匆忙挂掉电话。

　　**中年男子**：你好。（冷冷地）

老　　板：你没有来上班。（同样冷冷地，放下电话）

中年男子：我没有空，我找到另一份工作了。（表情冷漠语气坚定）

老　　板：你吗?

中年男子：去西伯利亚钻油工作。

老　　板：那这个怎么办? 我们一起找到的。（指着左手窗外乱七八糟的车间）

中年男子：我可以出售我那一份。（冷静地）我需要钱上路。

老　　板：我不能付更多。

中年男子：我很赶时间。

老　　板：我明白。

中年男子：我不是一个人去的，我快要结婚了，她还不知道。

老　　板：你因为爱情而放弃一切?

中年男子：是因为爱!

老　　板：去吧，如果你真的决定了。（老板拿出一沓钱放到男子面前）

中年男子不动声色地将钱放进西装口袋里匆忙离开。老板抽着烟若有所思地望着他的背影。


6. 酒吧　白天

酒吧里的音乐舞台。四个人的乐队，正在弹唱一首旋律轻快自由的歌曲。

中年男子走进酒吧，里面只有他一个客人。

中年男子：（冷冷地对着酒保说）白兰地。

主唱继续在唱歌。歌声轻快。男子若有所思，接过酒保递过来的酒一饮而尽。在酒保的注视下，男子走到一处靠窗的桌子前坐下。偶然间男子回过头来，望着一直注视着他的酒保，两人目光对峙。接着酒保转身离开。他走到酒吧后面厨房，找到一个女服务员。酒保向女人耳语几句，女人表情惊讶，随后扔掉手中的食物，跟随酒保从厨房出来，女人慢慢走到门前，停住脚步，顺着酒保指引的方向，望见了中年男子。

女　　人：我很久没见过你了。

中年男子：我不知怎的总是逃避你。

女　　人：为什么？

中年男子：我自己都不知道。

女　　人：（停顿片刻）我要去工作了。

中年男子：（直接地）和我一起去西伯利亚吧。那个管理人很
　　　　　像大班。他会为我们主持婚礼。

女　　人：（嘴角一丝笑意）那算是承诺吗？

中年男子：你知道我的个性。

[中年男子起身带女人离开。音乐结束。

酒吧墙上的时钟显示三点二十七分。


7. 街道上　白天

女子换了一身粉红色连衣裙与红色风衣外套，手提一只深绿色的包，两人牵着手步行，突然女子停下脚步。

女　　子：等等。

中年男子：怎么了？（停下脚步疑惑地看着女子）

女　　子：我要你给我点保证，我知道该去哪。

中年男子：（望了望街道前方）我们得快点，时间不多了。

8. 小商店　白天

女子欣喜地牵着中年男子走下楼梯，来到一间首饰店。商店老板刚要出门，看到他俩走了进去便紧随其后进了首饰店。

中年男子：（对老板说）订婚礼物。

老　　板：手表还是戒指？

中年男子：（毫不犹豫地）戒指。

老板看了看他们，然后从柜台里拿出装满各式各样戒指的收纳板。

两人走出首饰店，踏上火车站的自动扶梯。

9. 车站　白天

他们来到售票窗口。里面坐着一位穿红色工作服的女售票员。

售　票　员：对不起有什么需要？告诉我去哪？

中年男子：我们要去莫斯科。（将手提箱放在一旁，靠近窗口对她说）

售　票　员：只有一班车了。

中年男子：我们知道……那趟去莫斯科的。

售　票　员：9点12分到行吗？

中年男子：（思考片刻）行。请快点。

售　票　员：我会的，几个人？

中年男子：两个。多少钱？（从西装口袋里掏钱）

售 票 员：六百。

男士数了六张一百面值的纸币放进窗口的小通道里，售票员递给他们车票，两人手挽手地离开。


## 10. 火车站月台　白天

蓝色的火车停在月台，穿着蓝色制服的检票员站在车厢门前，他看了看手表，正准备关门，这时中年男子带着女子奔跑过来，向检票员出示车票后上了车。检票员娴熟地收起踏板，关上车门。

伴随着轰隆隆的声音，火车慢慢在轨道上行驶起来。


## 11. 车厢内　白天

两人面对坐着。男士望着窗外，而女子却一直微笑着看着男子。

**女　　子**：你为什么不坐到我身边来？

**中年男子**：（笑了笑）我再看看……

**女　　子**：看什么？

**中年男子**：（指了指窗外）看看它是否还在？

**女　　子**：什么？

**中年男子**：（意味深长地）……祖国！

说完坐到了女子身旁牵起她的手，两人一起看着窗外，又微笑着注视着彼此。

列车在轨道上行驶，朝着它的方向。

# 一片耐人寻味的阴影

## ——《狗没有地狱》读解

短片集《十分钟年华老去》（*Ten Minutes Older*）是十五位大师级导演关于"时间"的十五部短片，分为"小号"与"大提琴"两部。导演分别包括芬兰的考利斯马基（Aki Kaurismaki）、德国的文德斯（Wim Wenders）、美国的贾木许（Jim Jarmusch）、意大利的贝托鲁奇（Bernardo Bertolucci）、法国的戈达尔（Jeanluc Godard）等。这十五部风格迥异的作品涉及生命、爱情、梦想等多方面的题材，导演试图在十分钟内阐述他们对时间的理解，表现弹指一挥间的人生十分钟。

短片《狗没有地狱》（*Dogs Has No Hell*）出自芬兰电影大师阿基·郭利斯马基之手，这位喜欢在影片中玩弄含沙射影技巧的高手，以冷峻、犀利、出奇、幽默的导演风格著称，他自称自己在法斯宾德、路易斯·布努埃尔、小津安二郎那里偷了艺，杂糅综合后形成自己的风格，以极简主义表现形式带着一些淋漓尽致的狂想，予以最高级别的讽刺，注入刀劈斧削般的幽默风格来反叛和颠覆传统模式。他的喜剧《列宁格勒牛仔征美记》（*Leningrad Cowboys Go America*）是一部黑色喜剧和公路片的完美嫁接。具有侦探味道的《我雇了一个合约杀手》(*I Hired a Contract Killer*)中一个令人哭笑不得的怪异情节，使阿基·郭利斯马基将玩世不恭发挥到了极致。而《火柴厂的女孩》(*The Match Factory Girl*)中近似于冷酷的幽默，始终让人难以忘怀。

在短片《狗没有地狱》中导演一如既往，在那种极端个性化视觉语言包裹下，隐藏政治隐喻和嘲讽。这个把爱情电影当成政治电影拍摄的短片中，既没有时代背景的交代，也没有大的历史事件发生，人物身份与性格也是模糊不清的，我们不知道剧中的男人从看守所出来，带上女友踏上开往莫斯科的列车去结婚以外，还有什么其他"特别"的任务，但整部影片无时无刻不让人感觉它的弦外之音。

一个男人因火车晚点躺在铁轨旁睡觉而遭到惩罚，从收容所出来，拿着合伙人退还的资金到酒吧找女友，希望她和自己一起去西伯利亚，两人仅相遇了十分钟，买了结婚戒指，一同踏上开往莫斯科的列车。这就是《狗没有地狱》的全部情节。但是这个简单的爱情故事被郭利斯马基极端个性化的表现风格演绎得"走了样"，我们看到的是一个怀有信仰但身处险境的"战斗者"以结婚为借口，去往西伯利亚执行特殊任务的故事。

片中人物间的言语简洁明了，表情冷漠又沉重，谈生意的不像谈生意，谈恋爱的也不像谈恋爱，一种莫名的紧张感和沉重感伴随人物始终，让人感觉在交谈之外那一股隐藏着的政治的暗流，这种错觉正是导演阿基对非理性的理想以及充满内在矛盾且贬值了的信仰的一种嘲讽，他所有的作品几乎都是描写人的信念重塑与命运抗争的问题。如片中男主人公从火车站出来与合作伙伴的一场戏。

老板正在接听电话见到中年男子走进来，他匆忙挂掉电话。

中年男子：你好。（冷冷地）

老板：你没有来上班。（同样冷冷地，放下电话）

中年男子：我没有空，我找到另一份工作了。（表情冷漠语气坚定）

老板：你吗？

中年男子：去西伯利亚钻油工作。

老板：那这个怎么办？我们一起找到的。（指着左手窗外乱七八糟的车间）

中年男子：我可以出售我那一份。（冷静地）我需要钱上路。

老板：我不能付更多。

中年男子：我很赶时间。

老板：我明白。

中年男子：我不是一个人去的，我快要结婚了，她还不知道。

老板：你因为爱情而放弃一切？

中年男子：是因为爱！

老板：去吧，如果你真的决定了。（老板拿出一沓钱放到男子面前）

中年男子不动声色地将钱放进西装口袋里匆忙离开。老板抽着烟若有所思地望着他的背影。


从这一段戏的台词上看，没什么特别，不外乎一个为了要结婚而低价卖掉自己的股份，但画面中我们看到的却是另一层含义。两人说话时几乎面上没有表情，鹰一般的眼神和冰冷的语气，都给人一种不祥之感，谈到结婚问题也是如临大敌般的意味深长，冷漠的叙述中透露出一种隐隐的政治意象和扑朔迷离的悬念，特别是那一句"因为爱"意味深长，让人浮想联翩。

事实上片中所有人物都是深沉、冷静和极度理性，特别男主人公更是心事重重，从看守所出来处处提防，像是要去执行一件极其光荣、紧急且危险的任务一般，其实他唯一的紧张感是来自列车将于三十分钟开往莫斯科，他必须在十分钟内找到女友并带她离开。短片中所有出场人物都带着一种双重情绪，看上去身心健康的流浪汉就像艺术家一般地若有所思；盖世太保般的合作伙伴让人难以捉摸；神情怪异的酒保有一双鹰一样的眼睛，像似时刻处于备战状态一般；喜怒不形于色的女友毫无恋爱的幸福感；城府极深的首饰店老板就像是乔装打扮的接头者；好奇心强的卖票员也像个不安分的职员。这些人物无一例外，都有一双"能看穿屏幕的眼睛"，并且眼神中充满了警觉、戒备、提防和怀疑。导演喜欢让他片中的人物处于这样一种"无事生非"的状态中，如男主人公到酒吧与女友见面的一段戏。

中年男子：（冷冷地对着酒保说）白兰地。

主唱继续在唱歌。歌声轻快。男子若有所思，接过酒保递过来的酒一饮而尽。在酒保的注视下，男子走到一处靠窗的桌子前坐下。偶然间男子回过头来，望着一直注视着他的酒保，两人目光对峙。接着酒保转身离开。他走到酒吧后面厨房，找到一个女服务员。酒保向女人耳语几句，女人表情惊讶，随后扔掉手中的食物，跟随酒保从厨房出来，女人慢慢走到门前，停住脚步，顺着酒保指引的方向，望见了中年男子。

女人：我很久没见过你了。

中年男子：我不知怎的总是逃避你。

女人：为什么？

中年男子：我自己都不知道。

女人：我要去工作了。

中年男子：和我一起去西伯利亚吧。那个管理人很像大班。他会为我们主持婚礼。

女人：那算是承诺吗？

中年男子：你知道我的个性。

中年男子起身带女人离开。音乐结束。


这一段冰冷的重逢戏拍得就像地下接头一样的神秘，简约的画面，幽暗的背景，无地点环境的交代，以中、近景来强化突出人物主体，人物表情凝重并且空白，背景那紧张、动感的富有戏剧性的音乐，也将气氛推向阴郁的边缘，使得片中人物更加神秘、不简单。

直到短片最后精彩幽默的几句对白，含沙射影、意味深长，把黑色幽默式的反讽推到了巅峰。列车正离开芬兰开往莫斯科。


女人：你为什么不坐到我身边来？

中年男子：我再看看……

女人：看什么？

中年男子：（冲着窗外）看看它是否还在？

女人：什么？

中年男子：（意味深长地）……祖国！

这就是阿基·郭利斯马基式隐含着政治意象的情话。

1917年俄国十月革命成功，曾被沙俄统治百年，又经历俄芬战争的芬兰也在同一年宣布了独立，社会主义国家的俄国终于承认芬兰的独立，但莫斯科对芬兰人来说却是有着复杂情感的地方，所以"去往莫斯科"对芬兰人来说寓意深长。

阿基·郭利斯马基喜欢极简主义风格，拍摄现场也不例外，极其质朴，没有任何现代味道。他说："我所需要的全部就是一个男人、一个女人、一面墙、一盏灯，还有阴影。从画面里拿走女人，剩下男人、墙、灯，还有阴影；再拿走男人，还有墙、灯、阴影；墙再拿走，还有灯和阴影；最后拿走灯，留下的只有阴影。"短片《狗没有地狱》给观众留下的，是一片耐人寻味的阴影。

# 选举之夜 (*Valgaften*)

丹麦 · 1998

安德斯·托马斯·詹森 (Anders Thomas Jensen) / 编剧、导演

乌尔里克·汤姆森 (Ulrich Thomsen) / 演员

12 分钟 / 剧情

1999 年奥斯卡最佳真人短片

1999 年汉堡国际短片电影节观众奖

## 1. 酒吧门前　夜晚

选举之夜，皮特脚步匆忙地进入一家酒吧。

## 2. 酒吧内　夜晚

皮　特：（他和卡尔热情地打着招呼）嗨！对不起，我来晚
　　　　了。（边脱上衣外套边说）我们今天刚送了 2000 条
　　　　毯子给阿尔巴尼亚。

卡　尔：（惊讶地）这是为什么？

皮　特：那里正发生内战，卡尔。

卡　尔：（看着报纸有一搭没一搭地）没错，有一条毯子做武

器那一定非常酷。

皮　特：（解释着）你要知道他们可能会受冻。

卡　尔：（抬头示意侍者）再给我一瓶酒，也给皮特来一瓶。

皮　特：（兴奋地对侍者和卡尔）我们来尝尝新的墨西哥啤酒
　　　　怎么样？

卡　尔：（低头看报纸不感兴趣地）我不喝墨西哥啤酒。

皮　特：你这么说是什么意思？

卡　尔：我他妈的就是不喝墨西哥啤酒。（抬头示意侍者）嘉
　　　　士伯。

侍　者：你要多瑟瑰？

皮　特：（双手一摊）多瑟瑰。

卡　尔：（有些蔑视地）都发不出来音。

皮　特：（抿嘴思考了一会）你是个种族主义者，你知道吗？

卡　尔：（抬头看向皮特，有些惊讶）你开玩笑吧。

皮　特：（肯定地）不，你是个种族主义者，你害怕任何不一
　　　　样的东西。

侍　者：（在一旁打圆场）……不过是瓶啤酒。

皮　特：它的意义远不止这些，有些东西就是这样开始的，
　　　　这就是种族主义！

卡　尔：（不想争执）放轻松，杰里，我更喜欢嘉士伯。

皮　特：（对着侍者）你也是个种族主义者，你总是随大流。
　　　　（侍者举着酒瓶一脸的无奈）……不说话就是默认了。
　　　　（皮特拍着桌子严厉的模样）你应该把这里一半人都
　　　　扔出去，并且告诉他们我这里没有你要的那种酒。

卡　　尔：（解释地）我们不是种族主义者，（指着侍者）威利
　　　　　　刚刚投票给了社会主义者。

皮　　特：（忽然想起了）……我忘了投票了。

卡　　尔：（开玩笑地）你这个理想派。

皮特看了看手表匆忙地从椅背上拿起外套穿上。

皮　　特：该死，我给忘了，现在几点了？

侍　　者：（抬手看了眼手表）七点四十。

卡　　尔：你不会赶上的，坐下来吧，还有其他机会呢。

皮　　特：我必须去投票！


3. 酒吧门前　　夜晚

　　皮特一边穿着他卡其色的风衣外套，一边匆忙地跑出酒吧，他焦急地挥着手，一辆银色的出租车停下，皮特立刻打开车门上了车。


4. 出租车内　　夜晚

皮　　特：（微笑着向司机）带我去投票点。

司 机 1：去投票？我们能赶上吗？……（司机转动方向盘向
　　　　　　投票点方向开去，停了一会突然问）女生小便的时
　　　　　　候要蹲着的吗？

皮　　特：（看着窗外有一搭没一搭地答道）是吧，我想大部分
　　　　　　是这样。

司 机 1：虽然我能忍受大蒜味，（仰着头，略带骄傲）但我刚
　　　　　　刚开除了阿亚图拉，在巴士终点站。

皮　　特：（敷衍地看了一眼司机，随即又焦急地看向窗外）我

不介意的。

司 机1：他们有可能在那里进行毒品交易，（嫌弃地）你知道为什么他们闻起来有大蒜味吗？

皮　特：（不解地问）谁？

司 机1：你以为是谁？那些阿拉伯人！你知道为什么吗？

皮　特：（坚定地回答道）他们没有味道。

司 机1：他们肯定有，（一脸嫌弃）那味道从他们汗淋淋的头巾里散发出来。但你知道为什么要这样吗？这样那些盲人就会讨厌他们了（大笑了起来）。感谢上帝，我们不是黑人，（蔑视地）他们总是在吹嘘在Bananistan老家是多么好，那为什么他们不直接回去得了，我绝对没叫他们到这来。

皮　特：（不想继续听司机唠叨）我很赶时间。

司 机1：（仍然在自言自语）……那么他们为什么不回去呢？那是因为他们毁了自己的家园……他们所有人、印度人、非洲人、阿拉伯人，还有土耳其人，（歧视的语气）他们把自己的国家搞得一团糟，然后就跑到这儿来，在他们水果车里，事情变得他妈的更加糟糕……

皮　特：（一脸不耐烦）闭上你的臭嘴。

司 机1：（惊讶地）什么？

皮　特：（气愤地）把你的病态意见留给你自己吧。

司 机1：（嘲笑地）别吐太多的口水免得吞不回去伙计，（自以为是地）我有权发表我的看法，这就是民主！

皮　特：（反驳地）不！这不是，民主是建立在宽容的基础上。

司 机1：（辩解地）宽容不存在于我住的地方。

皮　特：（生气地）那好，我现在不在你那里，所以你给我闭嘴，专心开你的车！

司 机1：（继续唠叨）我相信只有同一种声音的年代终将是短暂的，这是我的权力！

皮　特：（气愤且坚定）我也有不听你说话的权利。

司 机1：但你现在是在我的车上，伙计。（一脸鄙视）仅仅因为他们不能进夜总会，他们开车总带着更大的扩音器……那声音真他妈刺耳。

皮　特：（忍受不住）停车！

司 机1：（震惊）什么？

皮　特：（气急败坏地）停车！我要下车。

司 机1：（疑惑地）我还以为你要赶去投票？


5. **车水马龙的路边　夜晚**

皮特下车并愤怒地关上了车门，他气愤地站在路边，着急地看了看手表。

皮　特：（愤怒地吼道）混蛋！他妈的……混蛋！

马路上的车来来往往，皮特很快招来了第二辆出租车，匆忙上车。


6. **出租车内　夜晚**

出租车内播放着高雅的古典音乐。优雅、礼貌的老司机一边开车一边陶醉在音乐声中。

皮　特：（焦急地问）你能在十分钟内到达吗?

司机2：（一脸骄傲地）你可是坐在梅赛德斯 E300 里，这车是汽车之王，是德国工业的骄傲。

皮　特：很好!

司机2：（不慌不忙地）即使我们去世了，这车仍旧会在路上跑，这车很难磨损，因为它产自德国。

皮　特：（无奈地笑）非常高兴能知道这些。

司机2：你去过德国吗?

皮　特：去过很多次了，我为一个总部在法兰克福的援助机构工作。

司机2：（一脸骄傲）你知道德国拥有全世界最多的护栏吗?

皮　特：（边回答边不断地看着窗外）不，我不知道。

司机2：每个地方都有，即使是最不起眼的出口处也有护栏。我们知道谁建造了这些路，对吧?

皮　特：那当然。

司机2：以前人们做事很有效率，现在他们加入了北约并且有了环境组织，（讽刺地）像一些穿西服的喜剧演员。

皮　特：（反问道）那又怎样?

司机2：幽默对德国人没好处。

皮　特：（不解）你什么意思?

司机2：那些滑稽演员不存在于 30 年代。

皮　特：他们有，但那时候这些是禁止的。

司机2：不，不是的，那他们那时候没有幽默。

皮　特：（脱口而出）垃圾!

司 机 2：想想那些伟大的国家是如何消失的，是很有意思的。比如罗马帝国、古希腊，所有伟大的文明都是雅利安人领导的，恺撒是金发碧眼的雅利安人，这是个事实，你觉得为什么现今这些国家毫无存在的意义？因为他们被非洲给同化了，他们（非洲人）慢慢由北向南侵略，使我们的妻子怀孕，以克里特岛为例……（越说越兴奋）那里每个人的祖母都被土耳其人强奸过。……开始冷了是吧。

皮特一脸不耐烦地听着司机唠叨，着急地时不时望向窗外。


7. **马路上　夜晚**

出租车行驶在车水马龙的道路上，很快停在了路边。


8. **出租车内　夜晚**

皮特又换了一部出租车。他撩开袖子看了一眼手表非常焦急。车里播放着印第安音乐。

司 机 3：（一脸轻松地）开始冷了，是吧？

皮　特：（不安地）你能再开快点吗？

司 机 3：（一脸轻松）你他妈找对人了，我可以。

皮　特：（强调）我必须在八点之前投票。

司 机 3：（向皮特炫耀）我也要投票，一年后我也是公民了。

皮　特：（称赞）这很好。

司 机 3：（得意）那当然。

皮　特：恭喜你！

司机3：谢谢……该死的，该死！（司机边看着窗外边骂着，皮特一脸疑惑地跟着看过去）旺角烤肉店曾近在那里，现在是寿司店了，烤羊肉串有什么错？你告诉我。……烤肉时你还可以点鸡肉、鱼肉，美味的鱼肉！（愤怒地骂道）他们需要什么寿司，该死的日本人，一开始他们轰炸珍珠港，接着他们毁掉好的店铺，又拿到他妈的冬季奥林匹克的主办权！（对着皮特）……帮我个忙朋友，投票给任何一个能把这些黄种混蛋遣散回去的人，他妈的……

司机脾气暴躁地停着车大骂，后面的车不停地按着喇叭示意司机快点走，司机不管不顾，挥动着手越骂越起劲，坐在后座的皮特一脸无奈却又无计可施，终于忍受不住，在座位上留下了钱提前下了车，司机这才停下谩骂一脸疑惑。

司机3：该死。（不由自主地又冒出一句脏话）


## 9. 高楼间的小路上　夜晚

皮特在道路上飞奔，风衣外套在雨中飘动着。一辆出租车出现在皮特的面前，皮特停下脚步。

司机4：你要车吗？

皮特喘着粗气犹豫一下，跑走了。


## 10. 城市的小道上　夜晚／雨天

天下起了暴雨，地上已经有了积水，路上没有行人与车辆。皮特丝毫没有受到天气的影响，朝着投票点飞奔而去，雨水飞溅到他的身上。


11. 投票点门前　夜晚 / 雨天

黑人女计票员正准备关上门，皮特一边用脚拼命抵住门一边大声地喊道："嘿！等一等！等一下！我必须得投票。"

计票员：不，现在不行了。

皮　特：（恳求）我还有一分钟！

计票员：（摇着头，态度生硬而冷漠）不，我们现在正在清理投票。把你的脚挪开。

皮　特：（抬起胳膊指着手表）但你看！

计票员：你的表慢了。（十分坚持地）……现在挪开你的脚，挪开你的脚。

皮　特：（气急败坏地）该死！我要投票，我必须要投票……我要进去投票，是为了……你们这种人的福利，你明白？（意味深长）我的意思是……为了我自己……更是为了你们……

计票员：（听了皮特这番话脸色大变，气势汹汹地盯着皮特，大声吼道）把你的臭脚挪开！你个种族主义的猪！你有什么毛病？在这里大放厥词，在这些热爱和平的人这里。（两人就这样一个门里，一个门外僵持着，计票员的吼声吸引来了一位身穿黑色衣服的男子。）

男　子：发生什么事了？

计票员：（语气缓和并且带有难过）他说话带有种族偏见。

皮　特：（手足无措地解释道）不……我是在……

男　子：（强硬地）闭上你的臭嘴，关上门。

计票员：谢谢

男　子：（对着皮特）你是在和黑鬼争辩？

皮　特：（一脸无辜）黑鬼？不是……我必须在八点前投票。

男子听完皮特的解释，狠狠地朝皮特的脸上揍了一拳。


12. 酒吧内　夜晚

皮特沮丧地回到了酒吧。看着报纸的卡尔和干着活的侍者同时发现了他，两人惊讶地看向被雨淋湿、脸上挂着伤的皮特。

卡　尔：（关心地）发生了什么事？

皮　特：（一边整理衣服一边敷衍地回答）我摔了一跤。

卡　尔：你投票了吗？

皮　特：（撒谎地）……投了。

侍　者：你的酒已经暖了。

皮　特：（大声说）给我一瓶冷的嘉士伯。

卡尔意外的眼神看着皮特，三个人沉默地举起酒杯，一饮而尽。


13. 酒吧外的街道　夜晚 / 雨天

街道上微弱的灯光，酒吧里黄色灯光透过门窗显得格外温暖明亮。雨继续下着。

# 不平凡的夜

## ——《选举之夜》读解

安德斯·托马斯·詹森（Anders Thomas Jensen）是一位天才电影人，无论做编剧还是做导演都很风光，刚满四十岁的他已经硕果累累，成为丹麦电影年轻一代的领军人物。

作为丹麦电影"道格玛"运动的实践者和受益者，安德斯·托马斯·詹森也写过很多"道格玛"的电影剧本，如《国王不死》（*The King Is Alive*）、《爱你到永远》（*Elsker dig for evigt*）等。同时，他还尝试着各种风格的创作，《绿色屠宰店》（*Grønne slagtere，De*）、《亚当的苹果》（*Adams æbler*）等电影开创了丹麦黑色幽默电影的先河。安德斯·托马斯·詹森的电影以一种清新空气屡屡问津世界顶级电影节，由他编剧的《婚礼之后》（*Efter Bryllupet*）和《更好的世界》（*In a Better World*），分别获得了79届奥斯卡外语片的提名和83届奥斯卡的最佳外语片，导演的短片作品也曾连续三年入围奥斯卡最佳短片奖。如此骄人的成绩，让人不得不对这位年轻的电影人刮目相看。

短片《选举之夜》（*Valgaften*）讲述的是一个热衷公益、政治的反种族歧视者，处处显摆自己的正义感，在选举之夜去投选票的路上，遭遇了一个又一个种族歧视者，原本为了伸张正义，最后票也没投上，自己还被视为一个种族歧视者的讽刺故事。短片没有离奇曲折的故事和扣人心弦的情节，它包裹着喜剧的外衣，夹杂各种偶然汇集而成的意外，以一个倒霉蛋"欲速而不达"的投票参加选举的经历，来表现反种族歧视的主题，夸张、有趣、轻松又讽刺。

短片讲述主人公皮特在酒吧向朋友卡尔炫耀自己为救援阿尔巴尼亚国内战争捐赠了 2000 条毯子的善举，嘲笑朋友狭隘地只喝丹麦本土啤酒，而拒绝尝试非常有影响力的墨西哥啤酒，他居高临下地认为周围的人都有种族歧视，自己则是一个充满正义感的和平主义者。侍者调解紧张的空气，也招来皮特的冷嘲热讽，"你也是个种族歧视者，恨不得把这里半数以上的人排除掉，"好友解围地说他们只不过是支持 ×× 党而已。差二十分钟八点。皮特忽然想起自己还没投票。他要投出正义的一票。

在去往投票点投票的路上，皮特遇到三个具有种族歧视的出租车司机：第一个是伊斯兰的憎恨者，他唠叨阿拉伯人如何脏，他们国家如何乱，他们四处乱跑把别的国家搞得一塌糊涂，到处没有规矩等。第二个司机听着高雅的古典音乐，礼貌、优雅，可却是个雅利安血统的鼓吹者，他鼓吹德国产品，认为"德国是世界上秩序最好的国家，甚至没有人监督，他们也做得很好"。第三个司机是个东亚歧视者，他气愤街角的烤肉串店被日本寿司店取代，大骂日本人，他希望"投票给任何一个能把这些黄种混蛋遣散回去的人。"三个司机都让皮特气愤忍无可忍，他最后放弃出租车决定选择自己的双腿，皮特在暴雨中奔跑，他坚信正义会战胜种族的邪恶。

在大门即将关闭的最后一分钟他到达了投票点，关门的是个黑人女计票员，无论皮特如何央求，女计票员也不肯网开一面，生硬并且冷漠地拒绝他，最后皮特告诉她自己这么着急投票"是为了你们这种人的福利""为了我自己，更是为了你们。"一句话引起女计票员大怒，显然他在歧视黑人，结果皮特不但没有投上票，还被狠狠地教训了一顿。

短短的二十分钟，皮特从一个以和平主义者居高临下的姿态，变成了丧家犬的倒霉蛋模样，给人以滑稽可笑的喜剧感觉。选择三个种族歧视的出租司机并非导演随意安排的，而是隐含着政治的暗示。种族歧视是个严肃的话题，这也是电影创作的一大主题，这类题材的影片总是备受评委们的格外关注。

短片避开了种族歧视带来的消极影响，而是在相对轻松的气氛中留下了更深层次的思考，导演侧重于表现主人公啼笑皆非的遭遇，避免让观众陷入压抑的情绪中，前后形成很大的对比，片中精心设计了很多的细节。导演以仰视的机位拍摄出租司机，以强调三个人物不同的性格，关于"种族主义"话题的不同态度。短片整体色调灰暗，为了增加神秘感，故事发生在雨夜，除画面中人物的脸部光线比较清晰外，其余部分都很幽暗。有一场戏是皮特跑步去投票点，导演用俯视镜头表现皮特奔跑在暴雨中的街道上，深蓝色调，有一种不同凡响的、悲壮的情感渲染，这和他的投票结果形成了大的反差，强调了讽刺、滑稽效果。

其实在西方白人社会圈子里，种族歧视仍然存在，是否会能真正地打破肤色壁垒，消除种族歧视，恐怕还有一段很长的路要走。短片的意义提醒我们对于种族歧视不能狭隘地理解和认识，如果不是选举之夜，这一切都不会发生！到底谁是真正的和平主义者呢？

# 11分9秒01之法国（*11'09"01 France*）

法国·2002

克劳德·勒鲁什（Claude Lelouch）/ 编剧、导演

艾玛鲁勒·拉伯瑞特（Emmanuelle Laborit）/ 演员

11分钟9秒 / 剧情

## 1. 家中卧室　夜晚

一位身穿 T 恤的男子躺在红沙发上熟睡，沙发旁的椅子上有一只花斑小狗也在熟睡。室内光影黯淡，房间并不宽敞，但家具装饰一应俱全。

不远处床上坐着一位年龄相仿的女人，黑色卷发，一件舒适的吊带裙。她目不转睛地看着已经进入梦乡的男子，面带不悦。

房间安静，隐约可以听见窗外微弱的警车声。过了很久女人还是这样一动不动地看着男子。

## 2. 城市街头　白天

相识的情景。女人蹲在地上手捧小狗面带宠溺，她抬头看着身旁的男子。

**女人**：他叫什么名字？（打着手语）

**男子**：钢琴。我弹钢琴时他很喜欢这样子。（微笑着用手语回答）

女人惊喜地抚摸小狗，比画着弹钢琴的样子，用嘴型喊着"钢琴"。


## 3. 钢琴室　白天

一架棕色木质钢琴前，男子正在弹琴，小狗在他的腿上，女人趴在钢琴上轻轻抚摸琴身感受着琴音。

**男子**：这是你第一次到纽约吗？（手语）

**女人**：是的（点点头）。你怎么成为一个听障人导游的呢？
　　　　（手语询问）

**男子**：我弟弟是个聋子。（手语）

女人点了点头微微一笑。

**男子**：回到法国你做什么？（手语）

**女人**：我是个摄像师。（做出拍照的手势）

**男子**：什么样的照片？（手语）

**女人**：什么样的都有。（手语）

此时钢琴的琴键突然自己动了起来，但并没有手指在弹奏。

**女人**：（惊讶）怎么回事？钢琴怎么能自动弹起来呢？

琴键不失节奏地越来越快，像被完美调试过一样。

**男子**：你躺在钢琴上能感受到什么吗？（手语）

**女人**：有震动。好像被爱抚一般。（手语）


## 4. 家中卧室　夜晚

电视屏幕上播放着天气预报：最高温度82，早上65、中午

75、下午78……

天气预报播音员正在播报，但只看到他不断变化的嘴型，却听不到声音，这是女人的日常。翌日天亮，女人仍然躺在床上看着天气预报，男子在一旁打电话。

**男子：**（对着电话说）现在，不行，今早不行。我得去世贸中心一趟。……也许下午可以，我的意思是那时有点时间，好的，到时见。

男子放下墙壁上的白色座机，拿起棕色外套，女人静静地看着他的一切。

**男子：**（手语问女人）这么好的天气让你伤心了吗?

**女人：**我没料到结束会来得这么快。（表情并不是很愉快）

**男子：**（不解地打着手语）什么的结束?

**女人：**世界的结束。一对情人的结束通常就是世界的结束（手语）

**男子：**（无奈地）为什么不今晚再谈这些呢?

**女人：**（坐直了身子）如果你还会想到回来的话。

**男子：**为什么我不会回来?

**女人：**昨夜一个声音告诉了我，你不会回来了。（手语）

**男子：**（反问道）你现在能听到声音了吗?

**女人：**（不开心地）这是聋子的敏锐感觉。

**男子：**（明显感到不耐烦）你猜忌心这么重，真无法让人忍受。你对任何事情都这么猜忌。电话……还有钢琴!

**女人：**（不甘示弱地表达自己的观点）我怎能对那些女人视而不见? 那些你指引到纽约来的女人。虽然我又聋又哑。

男子：（不耐烦）我能说什么吗？我感到你我这无声的世界反
　　　而震耳欲聋了！

女人：（被男子激怒）你居然这样对我说？虽然你有能够说话
　　　能力，还能去听听莫扎特的音乐。

　　男子没有任何回应，无奈地转过身，拿起放在餐桌上的背包
朝门口走去。


## 5. 家门口　白天

　　两人不欢而散。

　　女人无法叫住他，她穿过卧室走到门口，打开门朝楼梯看了
很久，男子已不见踪迹。女人难掩伤心、气愤的心情，拼命地砸
门来发泄。


## 6. 家中客厅　白天

　　她慢慢走向躺在钢琴椅子上的小狗，将头埋在它的身上，像
要抓住所有美好的时光。

　　她在电脑上写下这么一段话：曼哈顿，2001 年 9 月 11 日。杰
欧米，我不记得是谁说过这样一句话"当听到他离去时，我明白
了什么是快乐"。突然间，我想起了这句话。就在几分钟以前，在
你关上门的那一刻。

　　女人坐在餐桌前专心地写信，而此时，电视里正在播放飞机
正撞向世贸双子楼的画面，浓烟滚滚。她听不到任何声音。

　　屋子轻微震颤，小狗显得有些烦器。女人完全没有察觉到她
继续写着信：那门，也是我凝望着的门是有点不耐烦了，到昨天

为止正好一年，你可否还记得？那时我初次来纽约，在一个聋哑人旅行团里，我们曾一起目视着这个疯狂的城市。

电视机画面看到的是大厦冒着浓烟场面一片混乱，女人仍然没有察觉到这些，她站起身倒了一杯咖啡，机械地搅动几下又返回桌前。

继续写信：这难道不是假期里的奇遇吗？不管怎样，那天……我的眼中只看到了你，还有你作为一个导游的一举一动……那是我一生中最美的日子。可是一年后所有的奇遇变成了幻景，纽约不是残障者人的天堂，他只爱洋洋得意的巨人，高耸入云的塔楼或者好莱坞出炉的超级英雄……而我对你来说算什么。

此刻，又一架飞机撞向大厦火光飞溅。

她继续写道：只是黑白电影中一段过时的插曲。是卖火柴的小女孩？或是卓别林电影中的卖花小姑娘？还是《迷失在会说话图片里》的那个哑巴？我之所以写信给你，是因为我无法呼喊，可你我的无声世界里却有千言和万语。而今天在我们的交谈中我却只看到了无言，两个爱人关系的结束，通常就是世界的结束。

电视中的大厦已经被浓烟覆盖。房内的小狗急躁不安，不停摩擦着女人的脚像是在提醒什么。大楼的倒塌产生了强烈的震动，桌上的咖啡和相机随之不停晃动。小狗狂吠。女人看了一眼，依旧进入了自己的世界。

继续写道：就连在昨夜，我们吵架后，你躺在沙发上，我还是忍不住拍了你的相片。现在我离你而去了……在你离弃我之前。如果我们能重新开始，除非能发生奇迹。

7. 家门口　白天

　　屋顶上代替门铃的灯闪了几下，女人露出笑容跑过去开门。男子满身尘土和粉末地出现在门口。

　　**女人：**（惊讶地）怎么了？

　　**男子：**（几乎哭泣地）你没看电视吗？

　　女人不解地摇摇头，男子微笑着哭成泪人深情望着她，千言万语中更多了份坚定与爱。

# 于无声处听惊雷

## ——《11分9秒01之法国》读解

"9·11事件"是21世纪一件具有深远影响的政治事件，关于它对人类历史、世界格局、文明与文化的影响，也许要由今后的历史学家来解读，不过，事件发生后一年，十一位来自不同国家的导演，以完全不同的角度，各自拍摄了一部11分钟9秒01帧的短片，形成了一个短片集，他们不回避冲突，并且以犀利的观点与高度的创意，为电影艺术赢得了尊严。

投资拍摄影片的是一家法国公司，虽然是命题创作，但他们并没有给影片设置什么限制，每个导演得到的预算为40万美元。参与此事的导演均为国际影坛佼佼者，可谓各擅胜场，最后呈现给观众的直接反映真实事件的，也有具体情节本身与"9·11"完全无关的，所共通的是他们都在认真反思战争给人类带来的不幸与人类面对灾难的态度。

法国导演克劳德·勒鲁什（Claude Lelouch）在电影界以低成本快手闻名，其作品多以性和犯罪、性和政治、犯罪和政治作为矛盾关系，擅长利用商业片的元素。据说，他是在巴黎搭了一个影棚，装饰成纽约曼哈顿一间阁楼内景完成拍摄的。在作为合集的《11分9秒01》中，他讲述了一个纽约的"聋人导游"和失聪女友的爱情故事，以小人物的情感矛盾与这一重大历史事件巧妙结合，具有极高的艺术性和电影美学价值。

短片讲述了一个法国的失聪女人与一个纽约的"聋人导游"邂逅并相恋，9月11日这天早晨，两人发生了争执，女人纠结于对方似乎不再爱她，而男人或者是玩世不恭，或者是没了激情。当然，这样的争吵都是用手语进行的，观众听到的持续的、单调的背景声仿佛是听力障碍者的耳鸣。短暂的争执没有什么结果，导游接了一个电话，观众知道了接下去他要去带团游览世贸双子楼。随后，他头也不回地走了，只剩下女人气愤地捶门发泄。绝望至极的女人，打开电脑，开始写信。房间内电视机开着，观众已经看到飞机正撞向世贸双子楼，但失聪的女人没有发现，屋子在轻微震颤，狗也显得焦躁，女人写道：

> 纽约不是残障人的天堂，他只爱洋洋得意的巨人，高耸入云的楼塔或者好莱坞出炉的超级英雄……而我对你来说算什么。

这时，又一架飞机撞向大厦，狗开始狂吠。女人继续写道：

> 两个爱人关系的结束，通常就是世界的结束。

这时候，大厦完全倒塌产生的强烈震动与之完全合拍。失聪的女人似乎没有察觉到这些，她站起身，倒了一杯咖啡，懒散、机械地搅动几下，甚至还朝电视机的方向踱了几步，但又返回到

桌前。她最后写道:

　　"如果我们能重新开始,除非发生奇迹。"

　　忽然,屋顶上代替门铃的灯闪了起来,女人兴奋地打开门,男人出现在门口,浑身是尘土,逃过一劫的他颤抖着,悲欣交集,他问女人:"你没有看电视?"故事结束。

　　"9·11事件"至今已近廿载,关于它的电影已经拍摄多部,既有剧情片,也有纪录片,但这部短片仍有不可替代的价值。它的价值首先在于,它及时地关注了现实事件,并加以艺术化处理,同时,创作者采取了以小见大的手法,将个人际遇与历史事件进行了叠加化勾连,以爱情故事的结束比喻人类悲剧,令观众从另外的维度看待灾难。应该说,这样的选择非常巧妙,它既避免了正面表现所带来的生硬与说教,同时也符合短片创作的艺术规律。

　　我们看到,在确立了独特的故事之后,创作者非常谨慎,但又极其娴熟地控制着叙述的进程。影片几乎完全是以聋人视角进行叙事,观众自始至终几乎只听得到一种无意义的沉闷的轰轰声,这是聋人的世界,但开头部分展示两人浪漫相遇时女人趴在钢琴上听着琴音、男人讲电话的声音,却是正常的有声世界,但只是一瞬,声音再度切回聋人世界的效果,这样做的用意,是为了强化女人的视角,也为了渲染那种压抑与不安的情绪。当镜头长久地停留在女人的面部,作为前景的电脑遮住了她的鼻子、嘴,但她的目光分明告诉观众,她感觉自己的世界已经崩塌,此时,无声的世界反而震耳欲聋。

　　创作者最初便艺术化地强调了聋人的预感,如女主人公说:

"我感到你今天不会回来了""我没想到世界末日来得这么快",这些富于戏剧性的一语双关的对话,使观众沉浸在世事无常与珍惜当下的感慨中。

女主角在信中写下的那句震人心魂的话:"两个爱人关系的结束,通常就是世界的结束。"仿佛是一句发人深省的哲言,又像是一语成谶。这句话构成了影片最关键的情节与精神内核。创作者在短片中,没有展示"9·11"事件对美国和整个世界的振荡,也没有试图挖掘背后的文化冲突、国家利益,甚至也未表露同情,他仿佛站在更远的时空,只是把人类所遭遇的灾难与再普通不过的两性之爱做了一个联系。在片中,这两条线始终交集着,而承担着这一职能的是那台电视机。开始,女主人公坐在床上,电视机屏幕上显示着这一天纽约的天气,等到室外灾难发生。一片慌乱,她却专注于写信,电视机与其分处画面两端,强烈的对比,令观众感叹的同时,加深了对创作者所强调的历史与个人关系的认识。更极致的是,女主人公信里的情绪与电视机中灾难画面的发展惊人同步,这种独具匠心的剪辑处理,不仅取得了极佳的视觉效果,也深化了主题。

由于《11分9秒01》提供了对"9·11事件"多元化的解读,甚至被批评为带有"反美倾向",在威尼斯电影节上引起极大争议。对此,导演之一的勒鲁什表示,电影是保存人类记忆最大的力量,正如每当他看到集中营的画面时,就期盼不会有人敢于再犯下如此罪行,因此"我希望我们永远不会看到这个合集被重拍"。可见,他的这部作品虽从一对恋人的故事入手,但绝非"男欢女爱",而是对"9·11事件"的默哀。

# 四、情感的诗意

# 迷人的男子 (*Der er en yndig mand*)

丹麦·2002

弗拉明·克莱姆 (Flemming Klem)、马丁·斯特伦奇–汉森 (Martin Strange-Hansen) / 编剧

马丁·斯特伦奇–汉森 (Martin Strange-Hansen) / 导演

马丁·布赫 (martin buch)、卡米拉·柏迪斯 (Camilla Bendix) / 演员

30 分钟 / 喜剧

2003 年奥斯卡最佳真人短片奖

## 1. 卫生间　白天

贴着鲜红色瓷砖的卫生间，洗手台上乱七八糟地摆放着牙杯和牙膏等洗浴用品，镜子上凝结一层厚厚的水雾。拉斯用手抹了抹镜子，吐掉了嘴里的漱口水，一遍遍练习自我介绍："我叫拉斯·汉森，我是一个资深的会计员。我全身心投入我喜欢的东西，定能胜任这工作。"

## 2. 客厅　白天

拉斯重复练习着自我介绍的内容，穿上衣服出门。

3. 某银行会议室　白天

拉斯进行求职陈述，面试官 A 翻阅着手头上的一摞资料，睥睨着拉斯。

拉　　　斯：也就是说，我就是你们所需要找的那个人。

面 试 管 A：是，您非常适合，但现在是困难时期。


4. 第二家银行　白天

拉斯又来到了第二家银行。

面 试 官 B：现在所有的银行都不招人。


5. 第三家银行　白天

拉斯在第三家银行同样遭到了质疑。

面 试 官 C：您很长时间没工作了？两年？


6. 人才中心　白天

拉斯来到了人才中心寻求帮助。

工 作 人 员：所以您现在最好从事的工作……

拉　　　斯：您的意思是？

工 作 人 员：我们必须为你找一份工作，或者为您进行岗前培训。

拉　　　斯：我倒是喜欢一些相关的东西。

工 作 人 员：那就您以前工作的那个地方怎么样？

拉　　　斯：佩尔印刷厂吗？

工 作 人 员：对，佩尔印刷厂！

## 7. 佩尔印刷厂  白天

拉斯来到了佩尔印刷厂，工厂里摆放着大型的机器和一些印刷的纸张。

**印刷厂老板**：我记不起了……

**拉　　斯**：我全心全意地……

**印刷厂老板**：我相信的。

**拉　　斯**：我肯定适合这份工作。

**印刷厂老板**：（点了点头）……这是补贴制度，您有什么意见吗？（回头指了指）马格纳斯数学不好，马格纳斯！

**马格纳斯**：我忙着修机器呢！

**印刷厂老板**：好了，那你就去职业中心填好文件。


## 8. 职业中心  楼下

拉斯随即去了职业中心。在楼下遇见了多年不见的女同学伊达。

**伊　　达**：（热情地）嗨，拉斯！

**拉　　斯**：（热情地）呃，嗨！

**伊　　达**：同校的，伊达。……（发现对方并没完全认出自己）你不是吧，我是出名的草包女孩。

**拉　　斯**：（恍然大悟）哦！天哪！你瘦了这么多，真不敢相信。

**伊　　达**：不是。

**拉　　斯**：哦？你还真是难缠。

| 伊 | 达：（打趣道）你们经常捉弄我。 |
| 拉 | 斯：（感慨）那么长时间了……现在怎么样，你失业了吗？ |
| 伊 | 达：（摇了摇头）我终于找到我的工作了。 |
| 拉 | 斯：太好了，恭喜你！ |
| 伊 | 达：谢谢。 |
| 拉 | 斯：（抱歉地）我有个面试，那我先…… |
| 伊 | 达：好的。 |

拉斯俯身想要拥抱伊达，伊达下意识躲避了一下和拉斯握了握手，拉斯望着伊达渐行渐远。


## 9. 求职中心办公室　白天

职业中心张贴着"更好的工作！新的工作！"的宣传海报。拉斯在桌前填写表格，填到婚姻状况这一栏他迟疑了一下，在"单身"这一选项后面画了一下。他放下表格望向窗外，伊达在楼下正在修理出了问题的自行车。

| 工 作 人 员：再请问一次，你的身份证号码是多少？ |
| 拉 | 斯：（回过神来）070271-0703 |

拉斯边回答边看着窗外，发现伊达正在给轮胎打气。他回过身把填好的表格交给工作人员，此时工作人员的电话响起。

| 工 作 人 员：（接起电话，望向拉斯）不好意思。 |
| 拉 | 斯：没关系，我放在这了。 |
| 工 作 人 员：（继续打电话）阿曼德·皮特森，嗨，亲爱的…… |

拉斯随即回到窗边打开窗户朝伊达呼喊。

拉　　　斯：伊达，我想，可以把你的电话号码给我吗？这样我们就可以相互联系。

伊　　　达：当然，等等。

窗外吹来的风吹乱了工作人员桌上的文件，工作人员忙碌地接着电话显得有些不耐烦。

工 作 人 员：（捂住听筒转向拉斯）不用等了，我会处理好的，这里都有我需要的资料了。我会给您发去邮件的。（转过身去继续打电话）为什么用您的签证孩子们进不了？

拉斯·汉森下楼，把伊达的电话号码写在自己的手背上，伊达笑着看着他。


10.　美人鱼酒吧门外　　白天

美人鱼酒吧，拉斯推门正好撞见马格纳斯。

拉　　　斯：嗨，马格纳斯，你要去哪？

马格纳斯迟疑了一会儿，并未回答，转身匆忙离开，拉斯有些莫名其妙，对着朋友佩尔耸了耸肩。


11.　美人鱼酒吧　　白天

拉　　　斯：（坐在吧台上对着佩尔）马格纳斯怎么了？

佩　　　尔：他没有幽默感。……我朋友说巴基斯坦发生了一次核爆炸。

拉　　　斯：（当真地）真的吗？

佩　　　尔：是的，你知道死了多少人吗？

| 拉 | 斯：不知道。

| 酒 | 保：（抢过话题）不是……他们现在都在等待救济。
|   |     （佩尔听到这个解释忍不住大笑，酒保也笑了出来）

| 佩 | 尔：这就是我说的幽默。

| 拉 | 斯：文件好了吧？

| 佩 | 尔：（佩尔发现了拉斯手背上的名字和电话号码）谁
|   |     是伊达？

| 拉 | 斯：老同学。

| 佩 | 尔：你爱上她了？

| 拉 | 斯：（所答非所问）她瘦很多了。

| 酒 | 保：（端来两杯啤酒）丹尼斯的啤酒。

拉斯和佩尔两人开心地饮用起来。


12. 拉斯·汉森家中　白天

翌日，拉斯收到一封信。他裹着浴巾一边拆信一边打电话给伊达。
电话留言：你拨打的是伊达的电话，请留言。

| 拉 | 斯：（留言）嗨！伊达，我是拉斯·汉森，你的同学
|   |     拉斯。我想知道你是否有空咱们一起喝杯咖啡，
|   |     如果……改天再打给你，再见！（拉斯挂断电
|   |     话，看这封来信）


13. 授课教室外　白天

拉斯根据信中所指来到了授课教室。

| 拉 | 斯：必修……课程……

他仔细又读了读信的内容，抬头望了望陌生的大楼，身旁时不时有外国人从他身旁经过，他一头雾水。

拉　　斯：（摇摇头）搞什么啊？


## 14. 授课教室内　白天

刚刚从他身旁挤进教室的人告诉他这是丹麦语教室。拉斯看着教室里坐着的满满当当的外国人，他再一次确认书信中的信息，发现自己的身份证号码是对的，但名字被错写成了艾尔·汉斯。


## 15. 丹麦移民服务中心大厅　白天

拉斯打电话给求职中心，告诉对方他们把自己的身份证号码跟一个叫艾尔·汉斯的搞错了，还没等他把情况说明白，对方就把电话转到了丹麦移民服务中心，等了好久终于有人接听。

移民中心工作人员：丹麦移民服务中心。

拉　　斯：哦，我是拉斯·汉森，你们搞错了……（还没等拉斯把话说完）

移民中心工作人员：（急急忙忙地打断他）……我会再打给你。

（电话又被接回了求职中心）

求职中心工作人员：求职中心！请稍等！

工作人员把电话放在一边，不紧不慢地拿出两粒药丸喝水吞服下去，才接起电话。

求职中心工作人员：您好，有什么需要帮忙的吗？

拉　　斯：我是拉斯·汉森。肯定是搞错了，有人通知我去上丹麦语课程，但我的丹麦语很流畅……

求职中心工作人员：（只听了一半）丹麦课程，好的。（电话随即又被转到了职业培训中心）

培训中心工作人员：职业培训中心！我是阿妮塔。

拉　　斯：我是拉斯·汉森，这里是职业培训中心吗？（突然间拉斯发现接电话的工作人员就在自己的身后，于是快步走了过去）……可以直接和你说话吗？我像是移民吗？

培训中心工作人员：（认真凝视了一下）不好说，我今天第一天上班。……我让接待室帮你看看。

培训中心的工作人员慌乱转接按钮，拉斯拿起电话被刺耳的声音吓了一跳，气愤地大叫起来："该死的，滚回去你的乡下去。"

此时伊达走了过来，发现了拉斯。

伊　　达：怎么了？

拉　　斯：（难以解释刚发生的事，转问道）伊达，你来这里干什么？

伊　　达：（询问道）你刚才喊什么了？

拉　　斯：（胡扯）……我只是说，我太适合这样了。

伊　　达：（不高兴地）省省你那些种族歧视的狗屁言论吧！（转身望向正在擤鼻涕的工作人员）嗨，我是54课室的老师，巴基斯坦的艾尔·汉斯今天来了吗？

拉　　斯：（急忙指了指自己的表格）伊达……

培训中心工作人员：艾尔·汉斯？……还没有。

拉　　斯：（解释道）伊达，刚才只是开玩笑。

伊　　　达：（转身离开又走回来）有些人被骂，你觉得这是
　　　　　　笑话吗？

拉斯·汉森：（尴尬地）……不是……伊达。


## 16. 佩尔印刷厂　白天

拉斯来到了印刷厂倚靠在机器上借酒消愁。印刷厂老板从货
架上拿下来一束鲜花。

印刷厂老板：（安慰）女人太敏感了。

拉　　　斯：（心情低落）我的工作有消息吗？

印刷厂老板：没有，但我需要你，马格纳斯现在只有接电话
　　　　　　的时间了……（递过鲜花）听着，女人只需要
　　　　　　一束花。

拉斯开心地笑了。


## 17. 伊达家附近的小路　白天

拉斯捧着鲜花来到伊达家附近。小路旁是被修剪整齐的灌木
墙和整齐的小菜地。拉斯遇见两个推着手推车的男人。

拉　　　斯：请问戴斯路 86 号在哪里？

男人放下手提车相互对视迟疑了一会儿。

男　人　1：就在我家附近。

男　人　2：那，对面，就是，对面！

拉斯跟随他们来到伊达家。

男　人　1：就是这里了。

男　人　2：恩，我们的对面！（拉斯向他们表示感谢）

18. 伊达家的花园　白天

伊达正在花园里干活，没有察觉有人来。两个男人相视一笑故意地推了一下拉斯，拉斯一个趔跄跌进了伊达的院子。

伊　　达：（瞥了一眼，生气地）你来这里干嘛?

拉　　斯：（解释）那次真的对不起。

伊　　达：（笑了笑）……花是给我的吗?

拉斯回头无措地看了看身后两个开心地看热闹的男人。

拉　　斯：是你的。

伊　　达：（笑了笑，站起身来指了指房间）要喝点苹果汁吗?

拉　　斯：（豁然开朗）好啊!

伊　　达：（看了看门口两个捣蛋的男人）没你俩的份。

男　人　1：我们是邻居啊。

男　人　2：对面的。


19. 伊达家中　白天

拉斯跟着伊达走进房间，伊达捧着鲜花摆弄着。

伊　　达：我来这里上课只是一个试用期，（一脸无奈地）那个叫艾尔·汉斯的人今天没来上课……如果他明天还不出现，课程就要取消了。

拉　　斯：（关心地）他们会炒了你吗?

伊　　达：（笑了笑）仅仅因为那个傻瓜。……我知道，不能这么说移民的，但他简直是个大白痴。

两人谈话的气氛变得轻松。突然电话响起，但伊达却没有去接听的意思。

电 话 留 言：这里是伊达，请留言。

拉　　　斯：你怎么不接啊。

伊　　　达：不，没事的。

拉　　　斯：（停了一会）我想邀请你一起吃饭。

伊　　　达：（有些为难）今天不行，我刚刚结束了一段所谓
　　　　　　　地久天长的关系，所以……

拉　　　斯：（点了点头）好吧。

伊　　　达：（突然哽咽）太狠心了，我的工作……只要他出
　　　　　　　现就行了。

拉斯很无奈，手中的苹果汁一饮而尽。


20. 拉斯家中卫生间　白天

翌日清晨。拉斯在卫生间对着镜子开始练习巴基斯坦发音的
腔调。

拉　　　斯：你好，我是……


21. 丹麦语教室　白天

他粘上一绺黑胡子，染了黑色的头发，把皮肤涂抹的黝黑，
乔装成了一个巴基斯坦人来到了丹麦语课程教室，教室里围坐着
来上课的移民，伊达一边写着板书一边上课。

拉　　　斯：（故意说的生硬）你好，我叫艾尔·汉斯。学号
　　　　　　　是 54。

伊　　　达：（开心地）是的，欢迎，坐吧。

拉斯在众人的目光中找椅子坐下。

伊　　　达：（热情）您来自巴基斯坦，对吗？

拉　　　斯：（整理了一下假胡子）是的。

巴基斯坦学员：（笑）我也来自巴基斯坦。

这位学员说了句巴基斯坦当地的话热情地和拉斯打招呼，拉斯无言以对，伊达见状连忙解围。

伊　　　达：在这里我们还是只说丹麦语吧。

巴基斯坦学员：（点点头，然后用丹麦语说）你来自哪里？

伊　　　达：（纠正发音）不是，是你们来自哪里？应该学会了吧。

巴基斯坦学员：（重复一句仍然没学会）你来自哪里？

伊　　　达：（看了看表）不是……是，改天再说，现在我们看看卡隆堡。

22. 大巴　白天

众人坐上去丹麦展览馆的大巴，伊达在车上为大家展开介绍。

伊　　　达：（拿着车载话筒）三个伟大的丹麦人第谷·布拉赫、路维·郝尔拜，还有陀单斯基·奥尔德，有什么共同之处？他们没有一个是出生在丹麦。但他们跟你们一样创造了奇迹，你们都与众不同。

拉斯趁着伊达讲话没人注意，偷偷拿出胶水固定了一下快要从脸上剥落的胡子。坐在拉斯后排的奥米德对着拉斯耳语。

奥　米　德：她说起来容易，我申请了50份工作，每次都

拒绝我，仅是因为我叫杰森。我是伊朗高级
工程师，我精通各种机器，但是……

拉　　　斯：（大惊）天啊。

奥　米　德：（意外）什么？

拉　　　斯：呃……（不知从何说起）……阿拉。

奥　米　德：（坐到拉斯旁边）我不是叫阿兰，是奥米德。

拉　　　斯：我叫艾尔·汉斯。（两人握手）


23. 展览馆　白天

展览馆讲解员声情并茂地讲解。众人围在四周认真地听。

讲　解　员：女士们先生们，这是伟大的丹麦英雄——霍尔
格。他们加入反对穆斯林的查理曼大帝运动。
之后他们拥有了真正的十字军。有传说……传
说上讲……真的够了！传说霍格尔要醒来……

拉斯的手机一次次响起打断了讲解员的讲解，他拿起手机走
到一旁接听电话。

拉　　　斯：什么事？

马 格 纳 斯：马格纳斯·哈维得，佩尔印刷厂。我们收到
申请……

伊　　　达：（对拉斯低语）不能在这里打电话

马 格 纳 斯：工作的事情很抱歉，但是你不合适。

拉　　　斯：什么？我不合适？

马 格 纳 斯：不好意思，再见。

拉　　　斯：（生气）……种族歧视。

伊　　达：（询问）怎么了？

拉　　斯：他们拒绝了我的申请。

伊　　达：为什么？

拉　　斯：因为我的名字。

伊　　达：（也很生气）那……很厉害的名字吗？仅仅因为你不是金发的，你的名字不是汉森？那个地方叫什么名字？

拉　　斯：佩尔印刷厂。


24. 大巴　白天

返程的巴士上伊达频频回头，她放下手里的小册子从第一排坐到了最后一排的拉斯的身边。

伊　　达：（安慰地）不用担心，我会帮你的。

拉　　斯：（用蹩脚的丹麦语）你可以吗？

伊　　达：（纠正他）你是说，你愿意吗？……我当然愿意。

拉　　斯：你不用费心。

伊　　达：（拍了拍拉斯的肩膀）我知道是怎样的。

拉斯深情地注视着伊达。


25. 拉斯家中卫生间　白天

翌日，拉斯一遍遍清洗自己的头发，被染黑的头发一时难以变回金色，他拿了顶红色帽子将头发遮住。

26. 佩尔印刷厂　白天

他来到了佩尔印刷厂推门而入。

拉　　　斯：（喊着）佩尔？佩尔？

佩尔和伊达正在发生争吵。

佩　　　尔：艾尔·汉斯？……算了吧。

伊　　　达：（极力说服）他将会成为你公司的人才。

马 格 纳 斯：（点头）她说得对，这样不公平。

佩　　　尔：公平？不要说了。……听着小美人，这地方是
　　　　　　我一手打造的，我不会让公平毁了它，还有我
　　　　　　保证拉斯的工作。

伊　　　达：（发现架子后正在偷听的拉斯，恨恨地）你占据了
　　　　　　真正需要这份工作的人的职位。（然后愤然离开）

拉斯有苦说不出只好无奈地目送伊达离开，马格纳斯生气地
脱下工装狠狠塞到佩尔怀里。

马 格 纳 斯：（愤然离开）我受够了。

佩　　　尔：马格纳斯！……有人疯了吗？还是怎样？

拉　　　斯：（转过头）我是艾尔·汉斯。


27. 酒吧包厢　白天

拉斯和佩尔来到酒吧包厢，坐在窗前喝啤酒。

拉　　　斯：……我这样是为了帮助伊达。

佩　　　尔：你母语不说了？天啊。

拉　　　斯：（解释）她帮移民上丹麦语课，有人没参加她的
　　　　　　课程。

227

佩　　　尔：你想她爱上你。

拉　　　斯：（摇头）不是。

佩　　　尔：太荒唐了，他们占据了你的位置。


## 28. 酒吧门外　白天

　　拉斯到酒吧门外打电话给伊达，想解释一下之前的误会，可刚报上名字伊达就挂断了电话，拉斯无奈地叹气。


## 29. 丹麦语教室　白天

　　翌日。教室里拉斯又乔装成巴基斯坦人认真上课。奥米德也积极地参与着课堂互动，拉斯微笑着凝望着正在上课的伊达。


## 30. 伊达家的院子　白天

　　晴朗的午后。伊达在院子里拾弄花草，转身发现拉斯正在院子外看着自己。

伊　　　达：（怒气未消地）请不要来找我了。

拉　　　斯：我们得谈谈……出去吃饭好吗？

伊　　　达：你头昏了吗？

拉　　　斯：我有话跟你说。

伊　　　达：（冰冷地）你回家吧忘了我的电话号码。

伊达把工具狠狠摔在地上进了屋子。拉斯只好无奈离开。


## 31. 求职中心　白天

　　拉斯带着佩尔来到了求职中心。

工作人员：63 号。

拉　　斯：（介绍）这位是佩尔，他要请我工作，你能找到那文件吗？

工 作 人 员：（喊另一位工作人员）阿曼德·皮特森，是你管的。

佩　　尔：找那份文件吧，甜心！然后我签字这样就算完事了。

工 作 人 员：（抱歉地）她下周度假才回来。你们等吧。（继续叫）64 号。

奥 米 德：（抱着孩子拿着号上前）有我的工作吗？

拉　　斯：（热情地打招呼）嗨，奥米德。

奥 米 德：（看着金发的拉斯很陌生）嗨，我认识你吗？

拉　　斯：（才意识到自己没有化妆）哈……不好意思，我认错人了。


32. 求职中心大门外　白天

拉斯和佩尔走出大楼。


33. 酒吧吧台　白天

佩尔和拉斯来到酒吧。拉斯跟他讲述奥米德的经历。

佩　　尔：50 次被拒，厉害。

拉　　斯：你不会雇佣艾尔·汉斯的。

佩　　尔：这不同，我没有种族偏见。

酒　　保：（端着两杯啤酒）啤酒来了。（趴在吧台上）好

的，艾弗格·帕斯特，是的，你什么时候能对

着女人的脸吐口水？（他们开着玩笑）

佩　　尔：当她胡子着火的时候。

酒　　保：不是，你总是猜不到。

佩尔和酒保狂笑不止，拉斯一脸无奈。


## 34. 丹麦语教室　白天

丹麦语教学课堂里伊达又在上课。

伊　　达：什么时候用"很多"，什么时候用"大量"？

拉　　斯：（小声地）奥米德，你对机器很熟练是吗？我可

能会帮你找一份工作，一间印刷厂，你打这个

电话。

伊　　达：（两人窃窃私语时，被正在上课的伊达发现，她

提醒拉斯）艾尔·汉斯你能帮助别人说明你很

善良，但是请你在休息时间处理你的私事。

拉斯表示抱歉，伊达淡然一笑。


## 35. 佩尔印刷厂　白天

印刷厂内佩尔拿一台机器递给奥米德。

佩　　尔：那么你能修理好这个吗？（指了指拉斯）拉斯，

这位是奥米德，我们的新伙伴。（指了指拉斯）

这位是拉斯，也许你们彼此认识的？

拉斯和奥米德礼貌地握了握手。

佩　　尔：（对着拉斯）你的工作有什么新的进展了吗？你

还没收到任何的消息吗？

拉　　斯：不，没有。

休息时拉斯打电话给求职中心询问度假的阿曼达·帕森特是否回来了，得到的答复是继续等待。

**36. 丹麦语教室　白天**

丹麦语课程上，众人认真听课，拉斯举手发言。

拉　　斯：（故意用生硬的丹麦语）老师今天是不是交男朋
　　　　　友了啊？

伊　　达：（纠正地）你想问我，我有男朋友了没？

拉　　斯：你有男朋友了吗？

伊　　达：不……我是说有，你们现在已经开始了解一点
　　　　　了。（有些不好意思）是的，今天就先这样吧。
　　　　　但是记得，明天再学习五个新单词。

众人收拾好书本纷纷起身离开。

伊　　达：艾尔·汉森你有时间吗？

拉斯起身又坐下，伊达走了过来。

伊　　达：你真的是非常不错的一个人，那天你还帮奥米
　　　　　德。你现在很急吗？还是……

拉　　斯：不，我有很多时间。

伊　　达：你可以帮我一个忙吗？

拉　　斯：当然可以。

## 37. 酒吧吧台　白天

酒保认真擦拭着一块刻有"帕勒斯的住宅"的牌子，伊达和拉斯走了进来。

酒　　保：嗨。你们先坐下来好吗？

伊　　达：不，我只是来给你这些的。（从包里掏出什么递给酒保）

酒　　保：不不……你和你的……先喝一杯再走吧。

伊　　达：不，我们还有其他的事情要做。

酒　　保：不……过来把衣服脱下来。（把拉斯的外套强行脱下，对拉斯）嘿，坐一下，来点巧克力吗？马格纳斯不喜欢喝酒的是吗？……我们必须得谈一下。

伊　　达：尼尔斯，我们没什么好谈的了。

酒　　保：在夏天的房子里是不是很冷啊？

正当他们说话时，拉斯忽然发现自己的假胡子粘在了酒保的背上，他连忙捂住自己的鼻子，慢慢走近想要取回胡子。

伊　　达：我只是想来结束这一切。

酒　　保：你休息的这段时间，对我来说太漫长了。

伊　　达：尼尔斯，我不再喜欢你了，因为……

伊达挣脱酒保看到了正在逐步靠近想要拿回胡子的拉斯。就在这时拉斯迅速把自己的胡子从酒保的背上扯下来，一把拉住伊达两人相互拥吻。

酒　　保：好了，我想结下账。（失意离开）

拉斯和伊达相拥。拉斯趁机想把假胡子粘上却总粘不好，他借故去洗手间。酒保不高兴地擦拭着吧台。

伊　　达：尼尔斯，也许你很不想听。

正在这时拉斯的手机响了，伊达从吧台上拉斯大衣里拿出手机接起了电话。

伊　　达：艾尔·汉斯的电话，我是伊达。


## 38. 酒吧卫生间　白天

拉斯在卫生间对着镜子要把胡子粘了回去，浑然不知外面发生的一切。


## 39. 酒吧吧台　白天

拉斯回到吧台发现拿着自己手机的伊达满脸愤怒。

伊　　达：这个给你。（愤然离开）

拉　　斯：（不知所措）伊达，发生什么事了吗?（接起电话）你好。

求职中心工作人员：你好，我是求职中心的阿曼达，是我们工作上的失误，刚刚跟你妻子说过了，我们已经把你的身份证号码修改了。……改成了你只会一种语言……还有你的名字艾尔·汉斯，现在也更正过来了，你妻子也觉得这不可思议，……你的工作下周一就开始了……希望一切正常，祝你今天愉快!

拉斯听完求职中心工作人员的解释，满心欢喜，可刚挂电话就被酒保拉过来一拳打在脸上。酒保边打边骂："你偷我的女人!"

拉斯回过身用吧台上的摆件也向酒保砸过去，两人打在了一起。

### 40. 伊达家的院子　白天

拉斯匆忙跑到了伊达家，敲打着窗户，伊达打开窗。

伊　　达：（愤怒）你真让我丢脸丢够了。

拉　　斯：（解释）我只是想帮你而已！

伊　　达：（根本不听）所以你很抱歉？给我马上消失！

拉　　斯：别这样！

伊　　达：你吻了我！拉斯·汉森。

拉　　斯：不！我是艾尔·汉斯，我是艾尔·汉斯。

伊　　达：（大骂）你是个坏蛋！

伊达想要关上窗子，拉斯死死掰住。邻居两个男人闻声飞奔而来，抱住拉斯把他按在地上，从花园的旗杆上拉下细绳准备捆绑拉斯，边做边嚷嚷："我不知道你的国籍，但是我们做的很对。"拉斯说自己是丹麦人，并呼喊伊达。

拉　　斯：伊达，我那样做是因为我爱你。

伊　　达：（终于打开窗）嘿，不要绑他。

邻居男人闻声停手，拉斯从地上站了起来。

伊　　达：（趴在窗口）艾尔·汉斯，我是说拉斯，你刚刚对我说什么。

拉　　斯：我只是说……（此时绑着拉斯双手的旗绳因受到牵动，带动了整个旗杆砸了下来，重重砸在拉斯的头上，伊达吓得捂住嘴巴）

**41.** **伊达家附近的路上　白天**

拉斯被抬上救护车，伊达安慰地对拉斯说："你会没事的。"


**42.** **医院走廊**

拉斯被推进手术室。伊达伤心地呼唤着拉斯。

伊　　　达：拉斯，我不得不告诉你，我爱你!


**43.** **手术室内　白天**

医生电击让拉斯苏醒。


**44.** **病房内　白天**

拉斯头上包着白色绷带躺在病床上。女医生推门进来。

女　医　生：哦，你醒了。刚有人给你打电话。（把电话递给
　　　　　　拉斯）

拉　　　斯：你好!

佩　　　尔：怎么样了朋友?

拉　　　斯：我的头受伤了。

佩　　　尔：我在"鱼美人"那得到了记录。

拉　　　斯：真的吗?

佩　　　尔：尼尔被八个移民打倒了，他们用小美人鱼打他，
　　　　　　但是什么都没被偷。

拉　　　斯：他可能一直都想要它。

佩　　　尔：奥米德问候你。

拉　　　斯：我得挂了，医生来了，再见。

佩　　　尔：再见。

拉斯挂了电话，伊达带着一小捧花走进了病房。她微笑着和他打着招呼，坐在拉斯病床边把花递给了他。

伊　　　达：这是花园里的花。

拉　　　斯：谢谢。

伊　　　达：真正的艾尔·汉斯出现了。

拉　　　斯：（幽默地）他看起来和我一样好吗?

伊　　　达：他说的丹麦语更好。（两人笑了起来）我喜欢你和艾尔·汉斯一样。你们很不同。

拉　　　斯：我可以继续充当他吗?

伊　　　达：（摇摇头）做你自己。我是说，就按你当艾尔·汉斯的方式做。

拉　　　斯：（含情脉脉地）我想我是你需要的人。

两人相吻。


45. 卫生间　白天

拉斯家的卫生间里，一支牙刷变成了两支，还出现了一瓶红色的指甲油。

两人热情相吻，其乐融融。

# 缘分，只因一阵风

## ——《迷人的男子》读解

　　短片《迷人的男子》(*Der er en yndig mand*) 是一部反种族歧视内容的作品，丹麦电影人似乎对这个题材格外感兴趣，1998 年安德斯·托马斯·詹森 (Anders Thomas Jensen) 导演的短片《选举之夜》(*Valgaften*)，就是一个有关反种族歧视的短片，时隔四年，丹麦的年轻导演马丁·斯特伦奇-汉森 (Martin Strange-Hansen) 又推出一部同样题材的短片，奥斯卡评委好像特别买账，两部作品分别获得了 1999 年和 2003 年的奥斯卡真人短片奖，好莱坞电影一向倾心这类题材，但他们有自己的表现方式，通常都很戏剧化地解决问题，这样的巧合还不多见。

　　短片的主人公拉斯·汉森是一位老实巴交但运气不佳的会计员。他丢失了工作，重新到求职中心递交了申请，却因为办公室里一阵风将他的求职书吹丢了，造成工作人员的失误，将他的资料与一个名叫艾尔·汉斯的中东移民给搞混了，从小生长在丹麦的拉斯·汉森被安排去参加学习丹麦语的课程。

　　没了工作，又要浪费时间从基础开始学习丹麦语，这令拉斯·汉森异常苦闷，这期间他遇到了久不联系的女同学伊达，拉

237

斯·汉森对伊达产生了爱慕之情。他纠正求职中心的工作失误时，刚好撞见了伊达。因为误会，伊达以为拉斯·汉森是一个种族歧视者，而拒绝与他交往。拉斯·汉森没有机会向她解释，误会越来越深。拉斯·汉森偶然了解到伊达在课程中心讲授丹麦语，并且因为那个中东移民艾尔·汉斯的缺席而有可能丢失这个工作时，善良的拉斯·汉森毅然而然地"扮演"起了艾尔·汉斯，他乔装打扮，故意操着生硬的发音、错误的病句去上丹麦语课。

就这样拉斯·汉森以双重身份出现在伊达的面前，一个令她生厌，一个让她倾心。终于有一天，伊达想向假的艾尔·汉斯表白时，求职中心的纠错电话打了过来，伊达知道了真相，她感觉自己受了欺骗，又离开了他。拉斯·汉森再次陷入困惑中，一场意外伤害，让他住进了医院，执着和好意为他换来了"善有善报"的结果，终于抱得美人归。

短片以情节取胜的叙事风格，开头的交代剧情方面设计了最经济、有效的完美实例，拉洋片似的移动出演员名字，从左至右。浴室里，镜头从左至右平移至镜前，一只手抹过被雾气覆盖的镜子，露出男主人公拉斯·汉森清晰的脸，他自报家门地说："我叫拉斯·汉森"。切到下个镜头，拉斯一边穿外套一边说："我是一个资深的会计员，我全身心投入我喜欢的东西，定能胜任这工作。"

镜头切到面试中的拉斯·汉森身上，他振振有词、自信、自如地介绍自己。"我把全部的精力用于我信仰的事业上，也就是说我就是你们所需要的那个人。"

他总共被三位招聘者面试：

第一位招聘者是偌大的桌子后面一个谨慎的老年男子，他背后的墙壁上挂着三张大幅重要人物的画像，桌上一个丹麦国旗，几张招聘材料，一杯咖啡，显然这是一家隆重又气派的大银行。老年招聘者抬起眼皮看了看拉斯·汉森说："是的，你非常合适，但现在所有银行都不招人。"

第二位招聘者是一位中年男子，翠绿色的墙壁是一家银行的LOGO，桌上一杯白水、小暖壶、乱放的本子和一部电脑，招聘员延续前一人的对白。"是的，你非常合适，但现在所有银行都不招人。"

镜头如法炮制地切到第三位招聘者身上，他背靠在椅子上，双手交叉在胸前，木制墙壁上看到醒目的一家银行的招牌，桌上有些凌乱。从招聘者的气势和环境的布置上看，拉斯·汉森面试的银行越来越小，他在逐渐降低自己的标准，但尽管如此，他所听到的都是一样的拒绝之词。

直到最后，求职女职员中心礼貌的介绍两年没有工作的拉斯·汉森，到原来的印刷厂进行岗前培训。

这开始的段落很快建立了拉斯·汉森求职无门的落魄形象。他的衣着和仪态都暗示出他现在不如意的状态，一个运气不佳的倒霉蛋。这一段情景简洁利索地概括了背景和人物，每一个细节都推动着向前发展。但有趣的是这种罗列似的重复，与短片《选举之夜》中的男主人赶往投票点的路上，分别遇到三位不同的出租车司机的情节颇有些相似。

短片细心地刻画拉斯·汉森这个人物，其实演员本身并没有注入太多夸张的喜剧性表演，只是情节本身赋予了这个人物很多喜剧性因素，他越是憨态可掬，越是滑稽可笑。如导演精心设计的一场与女主人公伊达意外相遇的戏，求职中心门前破烂不堪的建筑，两人一进一出，一袭红衣的伊达首先认出了拉斯·汉森，她报出自己的外号"草包女孩"，提醒拉斯他们曾是同校同学，拉斯终于想起来，他一脸窘相，又兴奋又害羞，笨手笨脚地拥抱了伊达，拉斯涨红了的脸以及笨拙的动作，临分别时想拥抱伊达，结果对方伸出了手，一半身子贴上去，一半去握手的尴尬动作，看上去都充满喜感。轻盈、美好的音乐在他们相认后悄悄响起，给这个灰暗的建筑增加了色彩和阳光，它引导着观众去关注画面中这个特别的人物，自然而然将拉斯内心微妙的波澜流露了出来。

短片《迷人的男子》在偏见和种族主义的内容上，与很多类似这类的电影一样，也只是单纯地提出了问题，并没有揭露出其根源，从这一点上来说，它也还只是停留在"关注"这个层面上。抛开这个强加上去的"核心"，从情节的安排上，《迷人的男子》仍不失一部轻松的喜剧。片中出彩的化妆，加上精湛的演技，的确使拉斯·汉森前后判若两人。

拍摄《迷人的男子》这部短片时，导演马丁·斯特伦奇-汉森刚过三十岁，命运似乎过于垂青这位年轻人，他谦虚地将这个成就归功于编剧，因为他受到了忠告：没有好剧本，就没有好电影。并非导演夸大其词，短片《迷人的男子》的确是一部情节优先的电影，高超的导演技巧不留痕迹地潜藏在了叙事背后，显现了一种完整连贯的欧洲经典电影的姿态。

缘分，只因一阵风！

# 咫尺天涯（*Inside-Out*）

英国·1999

黛兰·瑞特森（Dylan Ritson）/ 编剧

查尔斯·加德（Charles Guard）、托马斯·加德（Thomas Guard）/
导演

琳娜·海蒂（Lena Headey）、西蒙·迈克伯尼（Simon McBurney）/
演员

7 分钟 / 爱情

1999 年蒙特利尔（Montreal）国际电影节最佳短片提名

2000 年圣彼得堡（St Petersburg）国际电影节金半人马奖

## 1. 城市上空　白天

湛蓝的天空，俯瞰城市。蓝白色房屋中偶见几处红色，在建筑群中显得尤为醒目。远处几座高楼，一条繁华的街道嵌在建筑中。

## 2. 城市的街道上　白天

街道上众多红色双层巴士穿梭，街道两旁是青葱的树木，一家挨着一家的店铺吸引过往的行人。

路上的行人三两成群或休闲打扮或西装革履。人群中一位身着风衣的男子手拿着笔和一张问卷，微笑地向路过的行人询问。多半回应他的都是摇头摆手，或者是冷漠的躲避。问卷调查员不厌其烦地穿梭在人群中。街道上拂来的风吹乱了他的头发，显得些许狼狈，他依旧怀着期待的目光不断地询问，但行人的脚步匆匆，他无奈、失落甚至有点慌乱。

路边红色尖塔建筑与白色柱形建筑隔街遥望。红色巴士仍然缓慢行驶，行人依旧。时间一分一秒地过去，问卷调查员还是毫无收获。

隔着商铺的玻璃橱窗，看到问卷调查员穿过马路，他显得有点狼狈但还是没有放弃，左顾右盼地寻找愿意接受问卷调查的行人。

橱窗后面一位卷发的女士正拿着清洁剂擦玻璃橱窗，清洁剂在玻璃上形成泡沫，她一块块地擦拭，动作很是娴熟。

橱窗外的大街上问卷男继续询问，问卷被路人不小心撞落撒了一地，他捡起问卷追上匆忙的脚步，得到的还是拒绝。

这一切都被收录在橱窗内女服务员的眼睛里，阳光透过玻璃照在她的脸上，忙碌的同时她面带微笑看着橱窗外问卷男的一举一动。

## 3. 服装店的橱窗内　白天

女服务员目不转睛地看着发生的一切，错开模特的身体以便更清楚地看到一切。

## 4. 橱窗外的街道上　白天

橱窗外熙攘的人群中，问卷男还在不停追赶行人的脚步。一次次失望后他拿着问卷手做祈祷状，嘴里念念有词好像在祈求上帝给自己一个机会。

## 5. 服装店的橱窗内　白天

女服务员看到后忍不住露出了笑容。

问卷男拦下了一位身穿黑色外套一头长卷发的中年女子，今天遇到的第一位愿意配合他工作的行人，女服务员停下手中的活，坐在橱窗内心无旁骛地看着接下来发生的一切。

## 6. 橱窗外的街道上　白天

关键时刻问卷男手中的笔却写不出字来，路人等了一会还是离去了。这一切惹来橱窗内的女服务员一阵大笑，问卷男失落又愤怒地甩动着手中的笔，就在这一瞬间他发现了隐藏在模特身后的注视。

## 7. 服装店的橱窗内　白天

两人隔着玻璃橱窗相互对视。

## 8. 橱窗外的街道上　白天

问卷男左顾右盼想要确认女服务员是不是在看着自己，当他得到肯定的答案时，急切地走近橱窗向内张望。

## 9. 服装店的橱窗内　白天

女服务员看着问卷男朝她走来立刻起身，带着忐忑和害羞的表情慌张地躲避到模特身后。问卷男手挡在额头尽可能朝橱窗内张望，两人的眼神数次碰在一起。

突然，问卷男消失在了视线中，女服务员发现后放下手中的活开始寻找，她在橱窗内不停走动扫视着橱窗外的一切，仍然没有看到问卷男的身影，女服务员开始有点着急了。

## 10. 橱窗外的街道上　白天

窗外两位身着西装的老年男士在交谈，问卷男突然从他们的身后出现，看到他的出现，女服务员很是开心地松了一口气。

问卷男为博美人一笑在街头开始了各种杂耍，一会儿假装倒地，一会又悠闲地靠在石凳上，把自己手中的文件夹当枕头，钻进了街边的垃圾桶里转圈圈……笑得女服务员前仰后合。

## 11. 服装店的橱窗内　白天

正在这时女服务员看到同事正辛苦地搬着一块玻璃，立刻收起笑容上前帮忙。

## 12. 橱窗外的街道上　白天

问卷男还在拼命地进行他的街头表演，他将手中所有的问卷都抛向了空中，路人疑惑不解地看着他。可惜，这一刻女服务员刚好离开。当问卷男转头时才发现橱窗内早已没有了观众。他急切地来到橱窗前确认徘徊了好一会，发现除了模特们外确实已不见了女服务员的踪影。

## 13. 服装店的橱窗内　白天

这时女服务员重新回到了橱窗寻找问卷男，熙攘的人群中却未见问卷男的身影。


**14. 服装店的橱窗内外　白天**

就这样，问卷男在左边的橱窗前徘徊寻找向内张望，女服务员在右边的橱窗内环顾四周，随即问卷男来到右边橱窗，可此时女服务员却移动到了左边，找了一会儿两人都垂头丧气地走开。


**15. 橱窗外的街道　白天**

街头依旧，行人们脚步突然加快，匆匆忙忙。问卷男和女服务员再也没有在橱窗周围出现过。一切又回到了原点，仿佛两人没有相遇过。

# 瞬间不能的永远

## ——《咫尺天涯》读解

查尔斯·加德（Charles Guard）和托马斯·加德（Thomas Guard）兄弟的短片《咫尺天涯》(Inside-Out)，犹如夜空中的花火，点亮了一个匆忙又寂寞的都市街头。俯视城市，一望无际的聚集。匆忙的脚步与脚步之间常留下的是孤寂与空白，在那繁华的背后你最希望得到什么？

这对孪生兄弟自筹资金导演的这部小成本短片，以清新的表现形式，耐人寻味的思想内涵和特别的创意，引来众多电影人的关注。

影片开头一个俯视城市的全景，从若干个建筑中摇到一条车水马龙的街道上，在手风琴音乐的烘托下，我们看到一个隐藏在人群中的问卷调查员，他晃动着手中的问卷向身边路过的人询问，得到的是摇头、摆手或冷漠的躲避，他不厌其烦地穿梭在人群中，不断地询问、不断地被拒绝。导演用1分多钟的局部特写，把我们经常看到的街头小景和最不愿看到的人的无奈与失落表露无遗，晃动的问卷、期待的目光、拒绝的手、蔑视的笑容以及不想停留的脚步等等。

机位突然改变，镜头从一个橱窗后面探出，前景是女人的半个头部，在玻璃水的泡沫中问卷男从人群中由远及近，橱窗玻璃上的装饰纸把他整个人罩在了红色中，一种血液中的影像，暗示观者的心态，一个女人在注视着他……

镜头重又回到大街上，问卷男乐此不疲地继续询问，拾起撞在地上的问卷，追上匆忙的脚步，得到的还是拒绝，所有这一切都收录在橱窗内女服务员的眼睛里。影片以几近完美的构图来表现人物的局部特写，隐藏在模特身后若隐若现的脸部，从模特腰部滑过的手臂，卷发中美丽的嘴唇……摄影师把橱窗内无限美好又细腻的瞬间感觉一一呈现。

窗外问卷男终于遇到愿意配合的人，可关键时刻，手中的笔却不争气写不出字来，路人忍不住等待终还是离去，惹来橱窗内一阵大笑。就在那一瞬间，问卷男发现了隐藏在模特身后的注视，他急切地走近橱窗，向内张望，服务员带着忐忑和幸福的表情慌张地躲避。只那么短暂的一瞥，一切便有所不同，无奈、烦恼随之而去，接下来发生的是戏剧化的一幕。

为博美人一笑，男人开始了街头杂耍，帮着路人推车、假装倒地引来围观、晃树晃到手粘在树上、悠闲地躺在地上、钻进垃圾桶等等，美人大笑！这就是加德兄弟导演给"荒凉"又匆忙的城市添加的一点小温馨。你可以认为这瞬间只能发生在西方街头，因为他们大胆、放松和无所顾忌，但需要关爱，这是谁也逃避不了的，管它以什么样的形式展现。

问卷男的街头表演达到了忘乎所以的境界，最后将手中的问卷都抛向了空中，有人关注，这对他来说比什么都重要。可惜，这一刻刚好服务员离开，问卷男定过神来发现早已没了观众，他急切地奔到橱窗前，发现除了模特们冷漠注视外什么都没有，略显失落，服务员忙完也回到橱窗前寻找问卷男，熙攘的街头未见身影。

全景，两个橱窗，两人一左一右，内外寻找，交换橱窗，失落，离开……从无到有，从有到无，一切又回到了原点，仿佛没有相遇过，就在那么一瞬间。镜头中两人身影消失，街头依旧。路人的脚步突然加快，无数、无限，匆匆忙忙。而那美好的瞬间就这样毫无声息地淹没在人群中，不留痕迹。

《咫尺天涯》就像发生在我们身边的故事那样真实。一扇窗成就了一个美好瞬间，一扇窗也拉开了人与人之间的距离，影片含蓄地表达现代人的孤独心理，人类的自我封闭和对外界的恐惧。人与人之间犹如街头那匆忙的脚步一样冰冷，人们之间缺少关爱、同情和理解，只有被隔绝在透明世界里的迷茫。

# 黄蜂（*Wasp*）

英国·2003

安德里亚·阿诺德（Andrea Arnold）/ 编剧、导演

娜塔莉·普瑞斯（Nathalie Press）、丹尼·戴尔（Danny Dyer）/
演员

26 分钟 / 剧情

2005 年奥斯卡最佳真人短片

## 1. 楼梯　白天

佐伊单手抱着个孩子，赤着脚从楼梯上走下来，边走边呼喊着身后几个孩子，"过来！过来琳恩！"

女孩们跟在妈妈身后不紧不慢地走下楼梯，年龄较小的女孩走在最后，手里握着娃娃，一蹦一跳的，脸上还带着微笑，她并不知道接下来要发生什么。

邻居家晾晒的床单在轻风中微微飘动，今天是个好天气。

## 2. 街上　白天

佐伊用胳膊夹着光屁股的孩子，邋里邋遢满脸的愤怒大步流

星地走在街上，三个女儿紧随其后，气势汹汹。


## 3. 邻居家门口　白天

一阵强烈的敲门声。

大女儿凯莉抱着最小的婴儿和另外两个小女孩站成一排，看着上前敲门的妈妈。

片刻。门开。佐伊一把上前揪住女邻居的头发和她厮打起来：婊子！

女邻居也不甘示弱，一边还手一边大喊：滚出去！滚出我的房子！

孩子们在"围观"母亲的战争。佐伊并没有占上风，女邻居要更加彪悍些。佐伊被她揪着头发从门口拎了出来，佐伊嘴巴不停歇地大骂。

佐　　　伊：你搞我的小孩。

女　邻　居：你他妈有什么毛病？

两人互不相让从家门口摔打到草坪上，孩子们又哭又叫还不忘给妈妈助威"离我妈远一点！"佐伊被女邻居摁到地上。身后几名男子饶有兴趣地看着两个女人扭打。

佐　　　伊：婊子！从我身上下来！

女　邻　居：我就不！

大女儿凯莉冲着女邻居大喊："滚开！母狗！放开她！"女邻居这才松开手站起来。

佐　　　伊：没人能打我的小孩。

女　邻　居：（指着佐伊上前一步）是你家小屁孩先挑事的。

双方的女儿们也开始加入了"战争"。

**佐伊的小女儿：**她踢我。

**女邻居的女儿：**（上前指着小女孩的鼻子愤怒地喊着）她先踢的，她拿我的薯片。

**女　邻　居：**（蔑视地对佐伊）你把你的小孩养成野人了！你连两个孩子都养不活，我应该去社区服务那举报你。

**佐　伊：**（接过大女儿凯莉抱着的婴儿，号召一声）孩子们，我们走！（转身便走）

**女　邻　居：**（不依不饶）你这母狗像个生育机器。

**凯　莉：**（冲女邻居大喊）你这肥婆嫉妒我妈妈，因为我妈妈长得像维多利亚·贝克汉姆！

**佐　伊：**（对大女儿）凯莉，走啊，走吧孩子们，我们走了！

**女　邻　居：**（讥讽地笑着）像你妈个屁的维多利亚·贝克汉姆！

佐伊抱着孩子招呼几个女儿数着3、2、1，整齐地转身冲着女邻居骄傲地竖起中指，好似母女几个打赢了这场战役一般。

女邻居一脸蔑视地走回屋里，迅速关上门。

4. 街上　白天

母女几个走在大街上，风吹乱了她们的头发，佐伊满脸通红。

**佐　伊：**凯莉……以后别和别人说我像维多利亚·贝克汉姆了好吗？

凯　莉：（不服气）是你说的，不是我！

佐　伊：我知道。……（苦不堪言地）但你不要跟别人说。

二女儿：（整理着乱蓬蓬的头发问妈妈）我们可以去吃炸
　　　　鱼吗？

小女儿说着不知从哪里听来的广告语"锅炉一体，把脂肪留在烤盘上，而不是你身上。"佐伊不耐烦，她没有心情也没有钱去买炸鱼，"先回家！你们总是他妈的很饿！"

二女儿：（辩解道）我们今天、昨天都没吃东西。

母女几人浩浩荡荡穿过街区朝家的方向走。无意间佐伊看到不远处汽车里的一张熟悉的面孔，她有意避开对方的视线，但还是被看到了。随即，汽车喇叭声，佐伊装作没听到低着头向前走，直到对方叫出自己的名字。

男　子：佐伊？真是你！

佐伊无法再视而不见。她让孩子们坐着路边等她："孩子们坐下，好吗？在这里等妈妈。"把婴儿递给凯莉。凯莉熟练地接过婴儿抱在怀里。

佐　伊：我去和车里那个男的聊一会儿。

佐伊穿过马路走向汽车，扶着摇下一半的车窗。男子关上车载音乐微笑地看着佐伊。

男　子：我就知道是你，你和这些孩子在一起干嘛？

佐　伊：（犹豫一下撒谎地）她们是梅格的孩子，我替她照
　　　　顾，她去上班了。

男　子：（疑惑）什么？周六也上班？

佐伊有些编不下去了，下意识地舔了下嘴唇，转移话题："你

不是去参军了吗?"

男　子:啊,我上周回来的,我受够了……我买了个大货车,
　　　　准备找个运输的工作。(问佐伊)你呢? 你还和那浑
　　　　蛋马克在一起吗?

佐　伊:(笑了笑)马克? 我好多年没见他了。

男　子:(掩饰不住内心的喜悦)你待会儿有事吗? 想一起喝
　　　　杯酒吗?

佐　伊:(看着路边等待的孩子们有些犹豫)我不知道。……
　　　　(想推托掉)我不知道梅格什么时候接她们。

男子看了看街对面,几个小孩可怜地坐在路边,凯莉正轻轻
地拍着怀里的弟弟。

男　子:我可以等。

佐　伊:……好,我想想办法。

男　子:(开心)好,我晚点来接你。

佐　伊:好。(反应一下急忙说)啊不行,……我不知道孩子
　　　　们什么时候走。我去见你吧!

男　子:好,我们去法门酒吧怎么样? 我几百年没去过了,
　　　　可以找回一点回忆。

突然间空气变得有些暧昧。

佐　伊:好。

男　子:(问道)你会打台球吗?

佐　伊:我以前打得不错。

男　子:(称赞道)你现在还是很漂亮。

男子发动车子准备离开,两人陷入重逢的喜悦中,期待着夜

晚的降临。

男　子：晚点见。

佐　伊：拜。

佐伊目送男子离去开心地扭着身体走向孩子们，步伐变得轻快起来。她接过凯莉怀中的婴儿。

凯　莉：（问道）他是谁？

佐　伊：我以前认识的一个男的。走吧。

凯　莉：（脱口而出）他长得像大卫·贝克汉姆。

佐　伊：（很开心听到孩子夸赞）你真这么觉得？……走啊，孩子们。（佐伊牵着小女儿继续走路）你绝对猜不到他叫什么。

凯　莉：什么？

佐　伊：大卫！

女儿们都笑了，一路上有说有笑。


城区和往日一般平静。琐碎的日常充斥在一栋栋的房子，弥漫在每一个角落。

三五成群的人，阳台上的女人，晾晒的床单被风吹起，孤独的狗……注视着佐伊和她的孩子们的玻璃窗上的黄蜂。


5. 家中　白天

婴儿车里的婴儿睁着大眼睛东看西看，二女儿玩着玩具钢琴，小女儿看着动画片，佐伊拿着手机思考着谁能帮她今晚照顾孩子们。

厨房间的墙上贴着贝克汉姆的照片，佐伊盯着照片若有所思。

佐　伊：（拨通电话）乔安，是我。我不能打很久我快没话费了。（一边打着电话，一边在柜子里寻找着食物）你猜我碰见谁了，大卫！大卫，法瑞尔。……你以为是谁？（柜子里空荡荡）……我知道，我穿着睡衣打着赤脚，你知道吗？他居然约我出去。（神采飞扬地讲述，女儿站在门口看着兴奋的佐伊）……我知道，都这么久了！（佐伊拿起吐司袋把里边的面包倒出来，孩子们以为马上有饭吃了眼睛发亮地看着，佐伊翻开面包发现已经长满了霉点，她把不能吃的面包摞在一起）……你知道我想让你干什么吧？（女儿们满脸失望，车里的婴儿饥饿地丢掉了奶嘴）……今晚！……不行，我问过她了，她不行。她跟个什么似的，居然比我社交生活还丰富。（佐伊又打开柜子从上层拿出一袋白糖）……我知道，真他妈的搞笑。好的，别担心，我会想办法的。（佐伊掂量着白糖的重量，晃动的声音吸引了孩子们的目光。饥饿的孩子们盯着佐伊手中的"食物"）……你会好好玩吧？好，好，我晚点跟你聊，拜拜。

佐伊放下电话，把奶嘴在白糖里蘸了蘸塞进婴儿的嘴里，婴儿吮吸两口吐掉大哭起来。佐伊无奈。拿起白糖递给凯莉："分着吃，别吃太多。"

凯莉把糖分给妹妹们。佐伊拿出零钱包，一枚硬币掉在桌上发出清脆的响声。妹妹们都吃上了白糖，凯莉才给自己倒了一点。

佐伊打开窗让黄蜂飞了出去。

6. 街上　白天

　　佐伊穿着过时的衣裙，梳着高高的马尾，露出性感的大腿，踩一双高跟鞋，推着与其装扮格格不入的婴儿车走在路上。背后跟着她的女儿们。

　　凯　莉：我们去哪?

　　佐　伊：去公园。周六晚上，应该会有很多别的小孩在那儿。

　　凯　莉：你要去见大卫吗?

　　佐　伊：是的，不过这是个秘密。

　　小女儿：（推着她的玩具小车和娃娃）我们能去麦当劳吗? 她们说在免费发食物。

　　佐　伊：不，他们不可能在发。听着，我今天去酒吧会给你们弄点吃的，好吗?

　　小女儿：好的。

　　佐　伊：（牵着女儿的手）他们可能会有炸鱼什么的，好吗?

　　小女儿：好的。

　　佐　伊：（和女儿玩游戏）来啊! 最后的人是傻瓜。

　　说着推着婴儿车跑了起来，女儿们快乐地跟在后面。他们经过街区、立交桥，一路欢歌笑语终于走到约会的那个酒吧。佐伊走了进去。孩子们等在酒吧外。


7. 酒吧内　白天

　　很久没来酒吧的佐伊显得有些紧张，她逃避着周围人的目光，直到看到正在打台球的大卫。

　　大　卫：我以为你会放我鸽子。你看起来很美。（称赞道）

256

佐　伊：谢谢。

大　卫：你想喝点什么？

佐　伊：我能来杯冰锐吗？

一旁打球的男子喊："大卫，到你了。"大卫回应他，转身对佐伊说："这样吧，我先打完这局，你能先买一轮酒吗？"

佐伊有些意外，没想到自己要花钱买酒，但为了面子还是答应了。

大　卫：我要一品淡啤，宝贝。

说完大卫接着去打球。佐伊咬了咬嘴唇转身去吧台买酒，步子有些踟蹰。


佐伊因为拮据显得有些窘迫。

佐　伊：（她靠在吧台上问酒保）你好，一品……一品淡啤多
　　　　少钱？

酒　保：2.2 镑。

佐　伊：我要一品淡啤和一杯冰锐。你们有炸鱼吗？

酒　保：不卖吃的。

佐　伊：（有些失望）那薯片吧，我要两袋咸酸的。

酒保冰冷地看着佐伊从零钱袋一个个地数着硬币，满脸嫌弃。

佐　伊：要一杯可乐。酒保：5.8 镑。

佐伊钱不够了，她看了一眼酒保又看了看打台球的大卫，有些犹豫："不好意思"。

酒　保：（催促）5.8 镑。

佐　伊：（低头看了眼手中的硬币皱着眉）噢，可以把冰锐换

257

成苹果酒吗？

酒　保：（不耐烦地）我他妈已经开瓶了。

佐　伊：（装作很强硬地）拜托了。你可以卖给别人。谢谢！

酒保白了她一眼不情愿地把冰锐换成苹果酒。佐伊看了看大卫眼神有些复杂。


8. 酒吧外　白天

孩子们伴随着酒吧里传出的音乐蹦蹦跳跳地自己玩耍。佐伊拿着薯片和可乐走出来分给大家。

佐　伊：（把薯片递给凯莉）给你，我买了点薯片和可乐，分
　　　　着吃。

把可乐递给二女儿，但是可乐并不是她想要的食物。

二女儿：（不高兴地）但我想吃炸鱼。

佐　伊：他们没有炸鱼。

二女儿：（不放弃）土豆家有炸鱼。

佐　伊：现在不可能去卖炸鱼的店了。（不耐烦地）别烦我了，
　　　　我都几百年没出来玩过了。有什么就吃什么，拿着。

酒吧里传来欢快的音乐，佐伊为了安慰女儿带头跟着音乐扭动起来。凯莉和小女儿跟着妈妈边唱边跳。女儿们瞬间忘记了饥饿和等待。二女儿仍在惦记着她的炸鱼。

佐　伊：这是我特地给你们选的歌，你们还想听什么别的？

凯　莉：罗比·威廉姆斯的歌。

佐　伊：（假装应允）好，我看看他们有没有。好了，凯莉，
　　　　除非有急事，不要进来找我，懂了吗？

佐伊交代好转身回到酒吧。女儿们轮流喝可乐吃薯片。

## 9. 酒吧内　白天

佐伊回到酒吧，仍然有些紧张和不自然。她端着啤酒走到大卫身边，笑容有些勉强。

大　卫：（接过啤酒）好酒。（发现佐伊心不在焉）怎么了？你还有什么别的事吗？

佐　伊：（掩饰）没有，我只是去洗手间补妆了，你觉得怎么样？

大　卫：（走上前在佐伊的耳边说）你看起来很美。（佐伊笑了）……我们双打，你和我一队，拿好球杆。

大卫拿过佐伊手中的酒把台球杆塞到她手里"我们定个数字"，佐伊有些紧张，她已经很多年没有打过台球了。

大　卫：打吧宝贝，我们是红队。

佐伊忐忑地拿起球杆开始了游戏。

## 10. 酒吧外　傍晚

凯莉推着婴儿车，领着妹妹们在酒吧门口的街道上玩耍。夜色降临。小女儿推着她的娃娃车踩着路上的积水，兴奋地唱着歌"你知道我的！我要去撒尿了！"

## 11. 酒吧内　夜

酒吧里的音乐渐渐慢了下来，佐伊和大卫深情地看着彼此，气氛暧昧。

佐　伊：我很喜欢这样。

大　卫：我一直都喜欢你，你知道吗？

佐　伊：你一直没说。

大　卫：是，你当时和马克在一起，我一般不动别人的女人。

佐　伊：以前只要别人看我一眼，他就暴怒。（两人越靠越近）……在马克之前，我总是会留四张公交车票。

佐　伊：（大卫对佐伊的话有些不明所以）大卫是 D，D 是字母表第四个字母。

大　卫：（笑了）你那么做了？

佐　伊：是的。（两人暧昧地相拥在一起）


12. 酒吧外　夜

　　夜幕笼罩，室外温度下降。凯莉用毯子给婴儿车里的弟弟盖上，两个妹妹在一旁嬉笑打闹，她们并不知道自己为什么在这里等待。弟弟因为饥饿大声地哭。


13. 酒吧内　夜

　　昏暗灯光下，酒精在发酵。

大　卫：（眼神中情不自禁地流露着温柔和喜悦）听着……我们花了这么长时间才走到一起……我们该叙叙旧了。可以去你家吗？

佐　伊：（突然紧张起来）不行，不能去我那儿。

大　卫：（突然严肃）你有男人了吗？

佐　伊：（果断否定）不是，我会解释的，只是不是现在。

（转移注意力）我今天玩得很开心。

大　卫：我和我妈住在一起，我找不到别的地方住，她要把
　　　　我逼疯了，所以不能去我那儿……不如我们……

佐　伊：什么？

大　卫：开车兜风？

此时凯莉拍击着酒吧的玻璃寻找佐伊，刚好被佐伊看到。

大　卫：（继续说着）我们去找个全天营业的咖啡馆什么的。

佐　伊：（找借口去洗手间）我去去就回，好吗？

大　卫：（不满）你有膀胱炎吗？

佐伊经过一个桌子被认了出来。

女　人：嘿佐伊，你又把你孩子单独留在家里了对吗？（佐伊
　　　　一脸苦笑）……等你孩子被社区服务带走了看你还
　　　　笑不笑得出来。

佐伊大步走出酒吧。


14. 酒吧外　夜

凯莉晃着婴儿车哄着弟弟，被身后突然出现的佐伊吓了一跳。

佐　伊：（暴怒的）妈的又怎么了？

凯　莉：凯还想吃薯片。

佐　伊：是你想吃薯片吧！听着，我没钱了，你就摇摇他，
　　　　他睡得很快的。妈的！

凯　莉：（像个懂事的大姐姐）我要不要把他们都带回家？

佐　伊：不行！你带不了！你傻了吗？听着，我就回去跟他
　　　　再聊一会儿，好吗？不会很久的。

凯　莉：（冷静地问到）你要和大卫上床吗？

佐　伊：（有些意外）你说什么？现在就靠你了。听着，离门
　　　　远一点，因为现在快关门了很多混蛋出来。恶婆在
　　　　里边，如果她看到你了就会举报我们，然后你们就
　　　　要被带走了，你懂吗？

凯莉推着小推车叫着妹妹们离开酒吧门口。佐伊看着女儿们，
纠结又不安。


15. 酒吧外　夜

　　佐伊和大卫并肩走出酒吧，孩子们眼看着她坐上大卫的车。
佐伊心神不定时不时瞄向孩子们，大卫准备发动汽车引擎，佐伊
突然拉住大卫的手："听着，我们能待在这里吗？就待在这儿，可
以吗？"

大　卫：（温柔地）我只想和你在一起，我很喜欢和你在
　　　　一起。

佐　伊：你认真的吗？

大　卫：是不是有点肉麻？

佐　伊：不。

大卫的身体倾向佐伊，两人热吻。推车里的弟弟突然大哭。

二女儿：（打着哈欠对凯莉说）你为什么不能让他安静呢
　　　　凯莉？

凯　莉：（无奈地）他饿了，我也没办法。

小女儿自顾自在一旁哼着歌。黄蜂，苍蝇，蛾子，各自寻找
着自己的栖息地。

远处一群醉醺醺的男人经过，其中一人手里的食物没拿稳，散落一地。男人大骂。

男　人：妈的，这是我的晚饭！

男人们骂骂咧咧地离开。女孩们盯着掉落的食物。男人们走远。凯莉飞奔过去拣起掉落在地上的食物分给妹妹们吃。大卫和佐伊在车内激吻，忘乎所以。饱餐后的弟弟终于睡着，嘴巴还油乎乎的。突然，一只黄蜂飞来飞去，小女儿挥手驱赶，最终落到了弟弟的嘴上。

小女儿：（指着弟弟大声叫）看！凯！

凯莉看到弟弟嘴上的黄蜂吓得不知所措，几个人手忙脚乱一片忙乱，一边哭一边大声呼喊着妈妈。车内的佐伊听到孩子们的呼喊，奋不顾身地打开车门奔向孩子们。大卫一脸莫名。

凯　莉：（对着妈妈）凯的嘴上有个黄蜂。

小女儿：还在那！

佐　伊：（看到黄蜂即将爬进凯的嘴中）哦！天呐！……（大喊）不要叮！

黄蜂爬进了弟弟的嘴里。小女儿被吓得大哭起来。

佐　伊：（乞求地）求你了！

黄蜂慢慢飞了出来。佐伊又气又恼忍不住冲孩子们发泄。

佐　伊：他嘴上是什么东西？是什么？

二女儿：（恐惧地）小排骨，凯莉找到的。

佐　伊：（大怒）妈的！为什么！

凯　莉：（憋红了眼睛解释说）有人掉了食物，凯很饿。

佐　伊：（扯着凯莉用力摇晃）我让你照顾好他的，是不是？

凯　莉：（无比委屈）是的。

佐伊抱起凯安抚。凯莉在一旁默默地掉眼泪。佐伊意识到自己太过分，向孩子们伸出手："过来！"二女儿奔向妈妈怀抱。

佐　伊：（对凯莉）哦！凯莉，过来。

凯莉满脸泪水委屈地摇头不肯走过来。

佐　伊：（心疼地伸出手把凯莉拉进怀里）来这里，对不起。

身后大卫表情复杂地看着这一切。

炸鱼店门口挤满嬉闹的年轻人。孩子们在车里吃着大卫买的炸鱼，大快朵颐。大卫窥视了一眼佐伊，欲言又止。弟弟在妈妈的怀里睡着了。佐伊盯着前方一言不发。

大　卫：（轻声）我们把她们带回家，然后聊会儿天，好吗？

佐伊看着大卫，点点头。大卫驾驶着车，载着佐伊和她的孩子们消失在街的尽头。

孩子们吃完了炸鱼，开始唱起了歌：


一　二　三　四
嘿　嘿　宝贝
我想知道
你愿意当我的女孩吗？
……

# 啊，美丽的约会

## ——《黄蜂》读解

看英国导演安德里亚·阿诺德（Andrea Arnold）的电影，总感觉自己是站在了显微镜前，那些被放大的生活瞬间逼真地呈现在眼前，那一刻你没法评价它的美与丑，因为刺痛骨髓般的真实足以让人忘记了一切。女性题材、女性视角，阿诺德的电影有股另外的气息，那并非是与男权世界相对立的女权主义风格，而是女性细腻、敏感、深邃的精神世界。不平平常常、也不矫揉造作，是阿诺德一贯的风范。这些影片中的女性都很特别，我行我素、孤独甚至是偏执的，在她们身上总会发生一些比较极端的故事，《黄蜂》（*Wasp*）、《鱼缸》（*Fish Tank*）和《红色之路》（*Red Road*）无不是如此。阿诺德剑走偏锋地保持着独立的风格，不给人留一点余地。

短片《黄蜂》讲述了发生在一天的故事，一位年轻的单身妈妈一天时间里的变化。片子开头，在手持摄影机晃动的镜头里，我们看到了一位邋里邋遢的年轻妈妈，气势汹汹带着四个孩子，向邻居发起报复行动的情景。两位母亲扭打在一起，只为孩子抢了对方炸鱼的小摩擦，年轻的妈妈没在扭打中占上风，但是一个极力保护孩子的妈妈和她的团结小分队，还是让人感觉到了家庭的幸福和快乐。这与后面的情景完全不同。结尾时年轻妈妈费尽心思在男友面前隐藏自己是四个孩子母亲的事实被迫暴露，一场令她无比期盼和心动的约会以尴尬和无奈收场，男友一脸苦相不知说什么好。他给饿了一天的孩子们买来食物，开车将她们送回家。饱餐后的孩子们仍然是快乐的，情不自禁地在车里唱起了歌，可妈妈的脸上却只有茫然。经历短短的一天时间，她的生活又平添了一层伤感。

《黄蜂》中我们看到了年轻单身母亲的艰难，除了她要付出精力一个人照顾和保护四个小家伙以外，更重要的是她几乎已经走到了绝境，完全没有能力填饱他们的嘴巴。家里除了有几片发霉的面包和半包白糖以外，再无别的什么了。可是即便如此，她仍然对生活抱有信心和美好的愿望，这一切的缘由是因为长得像贝克·汉姆的男友大卫的突然出现。

她拿起即将欠费停机的电话，请女友帮忙照看孩子，可对方没有空抑或不愿意帮忙，总之她没能如愿。四个孩子可怜地嚼着白糖充饥，几个月大的婴儿也不例外。妈妈处在了想去约会和不能约会的徘徊之中，我们看到了她的渴望与矛盾。

阿诺德是设置骗局的高手，她的电影情节常常在人们的意料之外，构成本片的每一场戏都被设计得巧妙和紧凑，导演在每个段落的构建上都十分小心。单身妈妈在责任与欲望的矛盾中，她选择了两者兼顾，于是剧情向极致的方向发展了。这与《鱼缸》中的情境一样，那个处在青春期的女孩和母亲的男友发生关系后，男人选择了逃离，母亲只是用酒精和泪水来化解分手所造成的伤害，而她则穷追不舍找到那个男人的家，在发现了天大的秘密后，又偷偷绑架了男人的孩子。《红色之路》也是如此，当女人发现撞死自己先生和孩子的凶手后，她选择了有意靠近，并在仇恨、愤怒、恐惧、矛盾、和刺激中和他发生了关系，非常极端。《黄蜂》中的妈妈连哄带骗领着饥肠辘辘的四个孩子一起去酒吧约会，这本身就构成了戏剧性的情节。

她们没有汽车，也没有钱乘车，她们走过长长的街区，跨过高架桥和青草地，步行到了酒吧。母亲进酒吧约会，孩子们被安排在外面玩，为了不穿帮，母亲穿梭在酒吧内外。出于虚荣心，出于某一种心理，她向男友撒了谎，说自己照顾的是别人的孩子，她疲于奔命地维护着自己的谎言。她用仅有的几块钱，帮男友买了瓶啤酒，想给孩子们买炸鱼，但是服务员告诉她酒吧不卖食物，最后只好用一杯可乐和两包薯片打发饥饿的孩子们。一个一直盼望吃炸鱼的女孩不高兴地说，"我想要吃炸鱼。""他们没的卖。""去餐厅就有了。""现在？没门。放我一条生路了，我已经很久没有约会了，有什么就吃什么吧。"这一连串的对话颇让人无奈和叹息，她们说的都是事实，但却无法解决。

这样的情景势必不会有什么安稳的约会心态，母亲忙于屋里、屋外，一边安慰着孩子，一边还装模作样地在酒吧里敷衍，不断加温与男友的感情，这真是不可能的任务。两条线索并列发展，一直发展到不可收拾的地步。起初孩子们还可以自己在外面玩耍，但好景不长，她们很快就饿了，大女儿凯莉敲酒吧的玻璃窗想叫母亲再买点薯片给弟弟妹妹，却被旁人发现并引来了警告。

天很快黑了下来。在母亲的命令下，大女儿凯莉带着弟弟妹妹走到离酒吧稍远的地方继续等待，显然她们已经无心玩耍，饥饿和寒冷让婴儿车里的小家伙哭个不停，凯莉临时担当起妈妈的角色，为他盖被子取暖，但她却没有办法填饱弟弟妹妹们的肚子。

母亲与男友关系快速地升温，在几个孩子可怜兮兮的注视下，母亲钻进了男友大卫的汽车。她犹豫、矛盾到了极点，就在汽车发动的一瞬间，她请求男友还是不要离开酒吧，不知情的男友全没在意她特别的用意。

车外饥饿的孩子望梅止渴般哼着"必胜客啊必胜客，肯德基炸鸡和麦当劳。"就在此时，几个男青年捧着食物有说有笑往酒吧去，其中一个不小心将食物掉在了地上。凯莉看他们离开，飞快地奔过去捡起来，和弟弟妹妹们分享，而此时汽车里母亲与男友正激情热吻。两条线索发展到令人心慌的地步，当琴弦绷得最紧张时，一只黄蜂出现了，落在了婴儿车里满嘴都是肉汁的孩子的嘴巴上，往嘴巴里钻。情节发生了突转，几个孩子吓得大叫，母亲听到叫声停止亲吻，打开车门一个箭步飞奔到了孩子身边。她大发脾气痛斥大女儿凯莉不该捡别人扔掉的食物给弟弟妹妹们吃，黄蜂终于从婴儿的嘴里自己爬出来飞走了，百感交集的母亲与孩子们相拥在一起，抱头痛哭。谎言就这样被黄蜂这个肇事者无情地给戳穿了。一个有着四个孩子的单身母亲，想要一次美好的约会有错吗？可生活就是生活，哪有那么多的美好可言，那些令人遗憾和充满苦涩味道的矛盾让人无可奈何，年轻妈妈只能在冒险中品尝失意的滋味，这就是短片最动人之处。

导演高明之处是她善于捕捉生活细节，会挖掘生活中点点滴滴不被察觉的瞬间，那些瞬间往往都是真实又让人不敢正视的。片中很多时刻并没有呈现什么特别的情节，而是以一个冷静的旁观者的视角进行叙事。街区上漫步的人群、阳台上晒太阳的老年人、一排排晒洗的衣物、落着七星瓢虫的小草等，细细地品味起来都会感觉到这些人和事的美好。

短片中，黄蜂是一个制造麻烦的家伙，它在全片出现过四次，当母亲准备打电话求人帮忙照顾孩子时，在屋子里乱飞的黄蜂；求助失败后，处于是否赴约的犹豫中，母亲开窗放走了黄蜂；酒吧外几个孩子忍受饥饿和寒冷，母亲在汽车里约会时，垃圾堆里来回寻觅的黄蜂以及最后飞进婴儿嘴里的黄蜂。它除了是剧情突转的大推手外，某种程度上也起到了象征的作用，一个苦于禁闭、乐于自由、充满茫然而又慌乱的冒险者，这正是母亲这个人物的写照。

啊！美好的约会！哪怕一次也好。

# 马海区 (*Le Marais*)

法国 · 2006

格斯·范·桑特（Gus van sant）/ 编剧、导演

加斯帕德·尤利尔（Gaspard Ulliel）、克里斯汀·勒拉姆森
（Christian Bramsen）/ 演员

5 分钟 / 爱情

## 1. 马海区街边　白天

被雨水冲刷后的马海区人潮涌动，建筑变得更为清晰。

## 2. 画廊内　白天

身穿蓝色工作服的年轻工人艾里走出画廊，长长吸了一口后
将烟头扔掉。他将绿色垃圾桶拖回工作间，工作间里堆放着层层
叠叠装裱用的材料，充满艺术气息，柔和的灯光将工作间衬托得
异常温馨。

艾里不懂得法语，也不懂得艺术，他在画廊打下手做些体力
活。卡特巴陪着他的老板到工作间洽谈印刷事项，画廊老板热情
迎接并吩咐艾里去拿酒。

艾里穿过走廊去拿酒，狭小的工作室，短短擦肩而过的间隙卡特巴就被艾里的气质所吸引，甚至讨论画作也心不在焉。

画 廊 老 板：给我看看，很不错啊。

卡特巴老板：你有没有什么东西，能达到这种颜色效果？

画 廊 老 板：这些颜色效果？

卡 特 巴：这种红色是最关键的，我们需要这种红色。

卡特巴老板：这是，这是血红色，但是我不知道，这是血色，不知道究竟是哪种血红，我们用了真血吗？卡特巴。

卡 特 巴：不，我们用的是汽车涂料。

卡特巴又用法语跟画廊老板解释了一遍。

画 廊 老 板：你跟我到后面看看。

卡特巴边讨论颜料边脱掉了皮外套，只剩一件背心，健康的身材充满了性感与挑逗意味。艾里则默不作声不自觉地注视着对方，做着简单的工作。

卡特巴与艾里隔着一张桌子的距离在走廊上拿着酒杯踱步，时不时地喝上一口。过了一会他走近了艾里，如同许久未见的故友滔滔不绝起来。

卡 特 巴：我们以前见过吗？我感觉我们以前见过面。你住在哪里？我住17街，也许我在那儿附近见过你。

艾里沉默没有回应。卡特巴有些尴尬。

卡 特 巴：看来你不善言谈啊。（他走了几步又回到艾里面前）……我不确定，但是我觉得我以前见过你。你看上去充满神秘，你的外表很特别，你相信

有心灵伴侣存在吗？我对此可深信不疑，也许
我们前世彼此认识。

艾　　里：（终于回应了）有火吗？

卡　特　巴：火？（卡特巴掩饰不住惊喜地从口袋中掏出打火
机，凑上前为艾里点烟）

艾　　里：谢谢。

卡　特　巴：很奇怪，但是当我看到你时就感觉需要和你谈
谈，就好像……我也不知道，非常强烈奇妙的
感觉……我感觉如果不和你说话，就会错过什
么非常重要的事情。很美妙！是不是？

艾里抽着烟，依旧没有回应，卡特巴只能没话找话。

卡　特　巴：你的工作环境真是不错。（他喝了一口酒隔着玻
璃深情地看着艾里）我不想错过和你说话的机
会，这很蠢，但是我真的不想错过。总之……
（指着椅子）我可以吗？

艾　　里：当然。

卡　特　巴：（在艾里对面坐下）你相信有心灵伴侣存在吗？
和你意气相投的另一个人。（艾里仍旧没有回
应）……你喜欢爵士乐吗？

艾　　里：是的。

听到对方肯定回答后卡特巴露出了笑容。

卡　特　巴：查理·帕克。你喜欢科特·科本吗？我很崇拜他。

艾里却没了下文。他的沉默让卡特巴有些失落。

卡　特　巴：算了，我把我的电话留给你，我想和你好好谈

谈，如果你打电话给我的话，我们更认真地，

好好长谈一下……（撕下写着自己号码的纸片

递给艾里）……给你。

艾　　　里：（缓缓接过纸片说了一句）非常感谢！

画廊老板和卡特巴的老板这时从画廊后面走了出来，他们选定了颜色。卡特巴拿起画板穿上皮外套准备离开。

画 廊 老 板：（送到门口）祝你们顺利！

画廊老板转过身看到了面容呆滞的艾里。

画 廊 老 板：怎么了？

艾　　　里：（将手中的纸片递给画廊老板，用英语说）……

我也不清楚，克里斯，这是他给我的。

画 廊 老 板：（看了一眼纸片）他的电话号码？

艾　　　里：我不知道他在说什么，我的法语不好，他说的

好些句子我的法语书里都没有。

画 廊 老 板：给他打个电话就清楚了。


3. 室外街区　白天

艾里犹豫了一下，脱掉工作服飞奔着冲出画廊。阳光温柔照射着巴黎街道，他经过长长的街区穿越各式各样的人群和漂亮的喷泉公园，追赶着自己的爱情。

# 爱情不需要语言

## ——《马海区》读解

短片集《巴黎我爱你》（*Paris，je t'aime*）是以"巴黎"和"爱情"为主题，讲述发生在"爱之都"巴黎的 18 个小故事。它汇集了全球 20 个著名导演，有拍摄动画片《疯狂约会美丽都》（*The Triplets of Belleville*）和《魔术师》（*The Illusionist*）的法国导演西维亚·乔迈（Sylvain Chomet）、因拍摄《罗拉快跑》（*Lola rennt*）而风靡全球的导演汤姆·提克威（Tom Tykwer）和拍摄《杯酒人生》（*Sideways*）获得奥斯卡金像奖的亚历山大·佩恩（Alexander Payne）还有墨西哥大导阿方索·卡隆（Alfonso Cuarón）以及拍摄《中央车站》（*Central Station*）的巴西名导沃尔特·塞勒斯（Walter Salles）等。

他们用全新的视角、以各种风格样式，用五分钟时间讲述一个发生在巴黎二十区中某一区的爱情故事，有甜蜜的爱、深沉的爱，也有苦涩和惊悚的爱，总之是"将爱的神话与巴黎的神话结合起来了"。事实上大多数拍摄这些短片的导演都不是巴黎人，他们有的在巴黎生活过，有的则对巴黎并不熟悉，所以这 18 部短片，更多是表达不同人的生活方式、不同的价值观、不同的感情经历以及作为开放的城市所存在的各种沟通问题，但所有这些融合在一起，正是这座城市给人的浪漫、神秘、热情、宽容、自由和时尚的印象。

短片《马海区》（Le Marais）是《巴黎我爱你》中的一部。它讲述的是巴黎第四区——马海区的故事，这是一个传统的古老街区，有神秘的历史和古老的建筑，集合了大大小小的美术馆、艺术馆、博物馆、画廊、书店。经艺术家们的创造，将古典与现代完美地融合，如今这里已经是巴黎最时髦的消遣地，咖啡馆、酒吧、时尚服装店、个性商店、设计公司应有尽有，时尚、另类、品位、艺术、同性恋者是现代马海区的标签。这里是一个大胆、创意、冲动和青春的集散地，也是一个制造爱情的绝佳地。

短片的故事发生在画廊，一个富有艺术气息的工作间，层层叠叠装裱用的材料，角落中随意堆放的画，柔和的灯光更使这个狭小的空间充满温馨，就连导演自己也忍不住在片中通过角色之口发出"你的工作地方可真美！"的感慨。

年轻的设计师卡特巴陪着他的老板到印刷厂洽谈印刷事项，短短几分钟，他就被工作间里一个默默无语的工人艾里所吸引，两人相互注视着对方，不被察觉地感知着。

卡特巴边说话边脱掉皮外套，露出白皙的双臂和健康的身材，动作性感而充满了挑逗，这一切都被艾里看在眼里。终于找到缝隙，卡特巴走近了艾里，他如见到自己的故友般对艾里滔滔不绝，礼貌而又优雅。

卡特巴：……我感觉如果不和你说话，就会错过什么非常重要的事情……你相信有心灵伴侣存在吗？……你喜欢爵

275

士乐吗？

（卡特巴努力寻找共同话题）

卡特巴犹如莎士比亚诗剧一般的倾诉却没有得到任何回应，隔着玻璃，两人深深对视。原来艾里是美国人，他听不懂法语，他始终沉默令卡特巴有些失落，他写下了自己的电话号码，离去了。艾里告诉老板卡特巴刚才对自己说了一大堆，自己一句没听懂，还留下了电话号码。老板说你可以打打看，艾里犹豫了一下，拿着手中的电话号码，冲出画廊飞奔了出去，在巴黎的街道上寻找卡特巴的身影。他穿越长长街区，经过休闲的人们和漂亮的公园，伴着轻松的音乐，和着温柔的阳光，追赶着自己的爱情。

片中这两位主人公卡特巴和艾里都有着唯美的形象、浪漫色息和艺术家的气质，忧郁、敏感、多情而优雅，两人年龄相仿，彼此内心略显孤独和寂寞。这是一种生活在自己世界中的边缘人物，游移的目光中透露出一股颓废和感伤情调。

格斯·范·桑特（Gus van sant）这个帅哥推手的美国大导演，在短片《马海区》中，用五分钟演绎了一段唯美主义浪漫爱情片。"旅人"的概念，是他酝酿唯美主义土壤的主要词汇。导演自己是个多处移居的人，所以对流浪有着一种难以抗拒的情结，片中在画廊工作的艾里是刚从美国移居巴黎的，浑身上下透露出一种流浪感和漂泊的味道。事实上，边缘青年、孤独寂寞的浪子、颓废的天才、放荡不羁的问题少年都会成为范·桑特的主人公。而优雅的格调、俊美的少男脸孔、没有尽头的草原公路、流云涌动的天空以及咖啡四溢的房间等也都是他电影中的标签。

《马海区》具备了一切令人陶醉的唯美主义元素。一个语言没起作用的倾诉，却引起了意外的倾心。爱情不需要语言！这是导演想要对观众表达的。

# 郁金香（*Tulip*）

澳大利亚·1998

瑞切尔·格里菲斯（Rachel Griffihs）/ 编剧、导演

查尔斯·布德汀-威尔（Charles "Bud" Tingwell）/ 演员

13 分钟 / 剧情

1998 年墨尔本（Melbourne）国际电影节 OCIC 奖

1999 年艾斯本（Aspen）国际电影节最佳短片观众奖

## 1. 村庄　白天

清晨，天刚亮，农场里回响着各种牲畜的叫声。

## 2. 院子　白天

老夫妻开始了一天的生活。威尔的妻子穿着一身印有郁金香图案的花裙子，戴上太阳帽走出家门，给牛喂了草，然后一手挎着铁桶一手牵着牛向挤奶棚走去。

## 3. 房间　白天

房间的陈设有些过时但很温馨，窗前盛开着美丽的郁金香，

餐桌上摆满了食物，妻子正在忙着准备早餐，她将刚刚挤的牛奶一勺勺地舀进杯里，威尔走过来亲吻了她一下，顺手拿起炉边的咖啡壶在牛奶杯中加了点咖啡，两人面对面幸福地吃着早餐。

4. 院子　白天

　　草地上草木茂盛，牛群安详，天空一片湛蓝。

5. 房间　白天

　　房间里挤满了人，亲朋好友是为了威尔辞世的妻子而聚会的，大家小声交谈着，威尔在人群中显得非常孤独。热心的邻居老姐妹过来帮忙，她们在厨房间忙碌着，其中一位中年妇女端着一盘菜放进冰箱上格，被另一个老太太拦了下来，示意她"那不是冷藏室，放下来……（端起一盘牛排递过来）这是威尔今天的晚饭……"。

　　**老　太　太：**（看着另一位老姐妹愣神）要洗东西吗？看你一副
　　　　　　　　失魂落魄的样子。

　　大家显然还没适应好姐妹的离开，她们竭力在威尔面前表现得淡定，但怎么也不能让气氛轻松下来。威尔闷闷不乐，他沉默不语，对什么都失去了兴趣。

6. 门外　白天

　　走廊。年轻的男子抽着烟看到威尔推门出来，急忙迎上前去。

　　**男　　子：**（关心地）那个……没事吗？

　　**威　　尔：**（一脸落寞，不愿多谈地摇了摇头）我忘不了。

男　　子：（不知如何安慰他才好）……这要通过时间来
　　　　　　治愈。

　　威尔心不在焉地说着话，他们的交流略显尴尬。院子里仍然
铺满阳光，但已非昔日，威尔轻轻地叹着气。


## 7. 院子　白天

　　聚会结束。众人道别，亲友们纷纷驾车离开，院子里瞬间安
静下来，只剩下两位邻居老姐妹仍然不放心地嘱咐着威尔。

　　**老太太 A**：晚上把冰箱里的牛排热热吃吧。

　　**老太太 B**：还有，星期三把衣服送去洗了。

　　**威　　尔**：（不耐烦地）……真麻烦。

　　老姐妹看着满脸悲伤的威尔有些难过，竭力地安慰他。

　　**老太太 B**：（不放心地嘱咐）……还有，尽可能多做点事。

　　威尔没有反应，老姐妹相互看了一眼，转身关上后备厢上车
离开，威尔冲着他们挥了挥手。

　　一切喧闹过后只剩下了孤寂，偶尔能听见牛叫声。


## 8. 餐厅　夜晚

　　威尔将热好的牛排端上桌正准备吃晚饭，窗外传来牛的哀鸣，
威尔不耐烦地打开收音机，并将音量调到最高试图盖住牛的叫声，
可那一阵阵撕心裂肺的哀鸣声划破了夜空，威尔吃不下饭，他放
下刀叉愤然离桌。

## 9. 院子　夜晚

威尔跑到牛棚想阻止牛的哀号，可只要靠近一步牛就躲开。"过来，查理普！"威尔边喊边追，牛"哞、哞、哞"叫着躲避他。"等一下！查理普！笨蛋。"威尔气喘吁吁着急地追赶了几圈还是抓不住，他停下来有些气急败坏，突然对着牛猛冲上去，牛又跑开了。威尔筋疲力尽站着喘粗气，和牛对视了一会，无可奈何地黯然离开。

## 10. 院子　白天

清晨，院子里太阳照常升起。

## 11. 房间　白天

在沙发上睡着的威尔被清晨的阳光唤醒，他擦了擦眼睛。

## 12. 厨房　白天

威尔从橱柜里拿出杯子，舀了一勺咖啡粉倒进壶里。他打开冰箱终于找到了一杯牛奶，闻了闻却已经发酸发臭。

## 13. 院子　白天

威尔戴着牛仔帽拎着铁桶，艰难地拉着牛想挤进奶棚，牛就是拗着不肯走，威尔拉也拉不动只好放弃，今天又没有牛奶喝了。

## 14. 房间　夜晚

明月高悬，牛不但没有被驯服反而叫得更加惨烈，威尔无法入睡。

### 15. 房间　白天

又一个清晨，阳光洒满房间，躺在床上的威尔忽然惊醒向窗口望去。

### 16. 院子　白天

两位邻居老姐妹开着粉色的汽车进了院子，她们如约而至过来照顾威尔，威尔从屋里奔了出来，全然不顾两个人的招呼，直奔牛棚，哀鸣一整夜的牛倒在了草地上，威尔蹲下来轻轻地抚摸着，伤心地呼唤着它的名字。

　威　　　尔：（伤心地）查理普！怎么啦？……（试图扶起牛）
　　　　　　　　坚强点，起来吧，拜托你起来吧。（牛一动不动）

威尔伤心地擦拭眼泪，沉浸在悲伤中。两位老姐妹自顾自地帮他打扫房间，威尔全然没有感觉，独自一个坐在院子里的椅子上。

不知过了多长时间老姐妹洗晒好衣服，打扫完房间准备离开，临走前还不忘告诉威尔："再见，厨房里有炖菜。"威尔一声不吭毫无反应，老姐妹不敢打扰悄悄离开。

就这样威尔躺在椅子上睡了一夜。清晨他慢慢醒来，似乎望见了远处妻子像往常一样晾晒着衣服，那件印有郁金香图案的衣裙在阳光下显得格外耀眼，妻子回过头冲着他微笑着，老人开心地笑了正要起身走过去，却发现眼前的一切只是幻觉。

他无精打采地收起晒好的衣服准备走回房内，突然发现那头牛好好地站在他面前"哞！哞！哞！"地叫了几声，威尔兴奋不已，牛奇迹般地活了过来。他走过去想要抚摸它，这一回牛没有逃跑，只是本能地往后退了退，并且死死盯着自己手里那件妻子经常穿的印有郁金香图案的衣裙，威尔立刻明白一切，牛认得妻子的衣裙。

他快速转身进屋换上了妻子的裙子，又戴上了妻子经常戴的那顶太阳帽，提着铁桶走出来，这一回牛顺从地乖乖走到了他身边，威尔牵着牛脖子上的铃铛走向挤奶棚，一脸欢喜。


17. **路上　白天**
邻居老姐妹又开着车前来。


18. **院子　白天**
两位老姐妹一脸茫然地看着威尔穿着大花裙子："那是他吗?"威尔挤着牛奶，脸上露出了灿烂的笑容。

　　　威　　尔：（对着牛）你真是个好孩子。

威尔提着半桶牛奶一边笑着一边往房间走，正遇上两位老姐妹惊愕的眼神，老人快步离开了。


19. **房间　白天**
威尔脱下衣裙学着妻子的样子将铁桶里的牛奶一勺勺舀进杯子里，再加入煮好的咖啡，坐在餐桌前心满意足地喝了起来。


20. **院子　白天**
天空多云，花园里的郁金香盛开。

# 你有情我有义

## ——《郁金香》读解

短片《郁金香》(*Tulip*) 是著名女演员瑞切尔·格里菲斯 (Rachel Griffihs) 的首部导演作品,出生于澳大利亚墨尔本一个艺术世家的瑞切尔自幼接触表演和艺术教育,她独特的气质以及表演上的天赋使她的演艺事业顺风顺水,1999 年她因电影《狂恋大提琴》(*Hilary and Jackie*) 而获得奥斯卡最佳女配角的提名,2007 年和 2008 年又因美剧《兄弟姐妹》(*Brothers and Sisters*) 两度获得艾美奖剧情类电视剧最佳女配角的提名。不论是《狂恋大提琴》中文静的姐姐、《美丽的凯特》(*Beautiful Kate*) 中的漂亮女孩,抑或是《舞出人生》(*Step Up*) 中的校长,瑞切尔的银幕形象都会让人不由自主地对她产生好感。

短片《郁金香》仿佛一篇充满感情的抒情散文,其抒情成分大于叙事,全片对白很少,镜头语言更多承载的是情绪的渲染,幸福、伤心、孤独、沮丧、茫然和希望。它通过一头有情意的牛作为情感转移的焦点,将沉浸在丧妻悲痛中的威尔唤醒,重新开始新的生活。《郁金香》发挥了瑞切尔感性的一面,整部影片看上去细腻、真切、富有人情味。

影片开头简短几个镜头交代了老夫妻和谐幸福的生活：

晨曦美景，田园牧歌。

一个有郁金香和新鲜牛奶做伴的清晨，老夫妻幸福美满。威尔的妻子从屋子走出，开心地戴上太阳帽，牵着片中主角之一的牛向挤奶棚走去。

接着通过一个田园风光的空镜头，转到了亲朋好友聚集在威尔妻子辞世的聚会上，邻居们友善地安排、照料他即将开始的单身生活。曲终人散。导演用跳格叠化的手法将亲朋好友一一送走，房屋前亲友的汽车一个个离开，剩下两个邻居老姐妹，不放心地嘱咐威尔牛排在冰箱里，衣服周三要送去洗等生活琐事后，也伤心地离去。人群中的威尔显得很孤独，整个人的状态亦如屋外近似于哀鸣的牛叫声一样。牛叫的音效贯穿短片始终，被导演运用得淋漓尽致，它是片中促进引导故事发展的重要声效。

此时，厨房间没有了往日温馨的色调，冰冷、孤独的画面中，威尔坐在餐桌前独自晚餐，连绵不断的牛叫声打消了他的食欲，他追逐出去设法制止，牛似乎不喜欢他靠近，白白浪费体力后的威尔只好伴着牛叫声在沙发上度过了一夜。

早餐没有了新鲜牛奶和郁金香，威尔气急败坏地强行拉着那头牛往挤奶棚去，可牛就是不听他吆喝，一番折腾后，不但没有驯服这头牛，它的叫声反而越来越惨烈。哀鸣了整整一夜的牛终于在第二天早上倒下了，威尔伤心地抚摸着它，轻轻呼唤它的名字，痛失了妻子，牛又倒下了，威尔更加伤心。两位邻居老姐妹如约而至来照顾威尔，他视而不见，独自沉浸在悲伤中不能自拔，甚至出现了幻觉，在幻觉中他看到妻子穿着印有郁金香图案的衣裙，在洗晒的床单前向他招手。

　　经过一夜的煎熬，牛又奇迹般地活了过来，它站在门口冲着威尔"哞！哞！哞！"地叫了几声，威尔兴奋不已。但很快他发现牛不是冲着他叫，而是冲着他手里妻子那件印着郁金香图案的衣裙叫，一瞬间威尔突然明白了什么，原来牛只认衣服不认人。于是，威尔换上了妻子的衣裙，戴上了妻子经常戴的太阳帽，这时牛奇迹般乖乖地走到了他的身边，顺从跟随着威尔走进挤奶棚，乖乖地让他挤牛奶。这个发现让威尔感动不已，前来帮忙的两位老姐妹一脸茫然地看着穿着大花衣裙、脸上露出灿烂的笑容提着牛奶桶的威尔，生活于他重新又有了希望。

　　短片叙事上没什么大的跌宕起伏，平铺直叙的讲述中让人感动的是老夫妻之间深厚的感情。牛在片中当然是至关重要的"角色"，它的"人情味"表现了牛对妻子的依赖，也转而表达了威尔对妻子的爱，这种视觉感觉上的"移觉"法是短片在叙事上的特别之处。导演以现实主义手法表现这头牛，以及人与牛之间的感情，当"牛"当成"人"来表现，通篇传递"牛亦有情"的讯息。

　　老演员查尔斯·布德汀-威尔（Charles "Bud" Tingwell）真挚、感人、细腻、又有分寸的表演，为短片增色了不少。短片结尾时，威尔穿上妻子的衣裙挤完牛奶，在两位老姐妹的迷茫注视下，脸上流露出幸福的笑容，以及威尔重新坐在餐厅吃早饭时，镜头从窗口后移上升并俯视房屋，整个画面充满绿色和阳光，这些都给人以希望。

　　《郁金香》是一部有关爱的记录，导演抱着乐观主义的态度讲述这个故事，短片中处处洋溢着爱；夫妻之间真挚的爱，邻里之间友善的爱，牛对妻子依赖的爱，发现牛的秘密后老人对生活充满了希望的爱等，所有的爱都幻化成了新的生活、新的希望。

不过，短片叙事有些啰唆，故事略显单薄，抒情的背景音乐从头至尾有时造成了干扰。

# 了不起的赞比尼 (*The Great Zambini*)

西班牙·2005

伊戈·勒格瑞特（Igor Legarreta）、艾米利奥·鲁兹（Emilio Pérez）/ 编剧、导演

艾尔巴·奥曼特（Alba Amante）、戴维·本瑟拉（David Becerra）、艾米利奥·格瑞拉（Emilio Gavira）/ 演员

15 分钟 / 剧情

## 1. 大篷车外的空地　白天

城外郊野有个废弃的马戏班大篷车，一家三口生活在那里。

父亲是个侏儒，矮小的身材，穿着白色背心与牛仔裤。这一天阳光明媚，他拿着两篮刚洗好的衣服到室外晾晒，踩在凳子上吃力地把衣服挂到晾衣绳上，风声呼啸，父亲感到背后有什么异样的声音，可周围除了破败不堪的马戏班道具就是一望无垠的荒野。

一转身刚晒晾的衣服已经被扯了下来，一阵嬉闹声，三个调皮的小男孩恶作剧的对着他做着鬼脸，他无奈地看着他们。妻子听见响动快步从大篷车内走出来，她身材高挑、面容姣好，孩子们看见是她就扔下衣物嬉笑着跑了，妻子怒气冲冲地追赶几步。

男孩们跑远了，她捡起地上的衣物，看了一眼傻站着的丈夫，沉默着快步走回大篷车。

这一切都被藏在废弃炮筒内的儿子看在眼里，他还是个孩子，似乎早已习惯了刚才发生的，甚至已是日常生活的一部分。

## 2. 大篷车内　夜晚

晚餐结束，母亲擦拭着餐具，父亲坐在餐桌前迫切地想与家人交流，却不知如何开口。老旧的电视机内放着人类登月的录像，儿子抱膝坐在室内唯一的单人沙发上，目不转睛地看着在月球表面行走的宇航员。

母亲转身提醒儿子该睡觉了，正看入迷的儿子顺从地起身，向母亲索要了晚安吻，略过父亲向卧室走去，突然又想起什么似的掉头回来，敷衍地亲吻了一下父亲。

一天的生活结束了。

## 3. 校园内的操场　白天

放学时间，校园里满是活蹦乱跳的孩子，一个五岁左右扎着双马尾的小女孩别扭地看着眼前这个陌生的身材矮小的男人，她分辨不清他是孩子还是大人。

## 4. 教学楼的厕所隔间　白天

男孩知道他的父亲来接他放学，却躲在厕所里不愿出来，等着所有同学都离开学校。

## 5. 教学楼楼梯　白天

终于整幢教学楼都安静了，男孩背着书包缓慢地从楼上走下来，脚步声在空旷的楼梯上显得格外清脆。拐角处男孩正遇上推门进来的父亲，父亲面带怒容地望着儿子，儿子小心翼翼地走下楼梯，站在了比自己还矮一截的父亲面前。


## 6. 大篷车内　夜晚

父亲怒气冲冲把儿子带回家，妻子正在做晚饭，看见父子俩回来笑脸相迎，气急败坏的父亲一把拉过儿子把他推进房间关上了门。

父亲行使了自己的权力，以不让儿子吃晚餐作为惩罚，妻子悄悄给匿身于炮筒里的儿子端去了晚餐，对儿子的自卑与委屈她感同身受。

父亲走进儿子的房间，房间里一片灰暗，他打开台灯，光亮照到了墙上的剪贴画，画中一个超人般的宇航员正冲破浓重的烟雾向着梦之所及的月球奔去。父亲明白了儿子爱看人类登月录像的原因，他撩起窗帘看着外面漆黑的炮筒，男孩还在里面。

月光从缝隙里照射进来，父亲的面庞有了如山一般的轮廓。


## 7. 大篷车外的空地　傍晚

从此，接儿子放学成了母亲的专利，但男孩还是垂着头闷闷不乐。这一天父亲却很反常，他吃力地把积尘的炮筒移到大篷车前的空地上，洗刷干净，儿子躲在房间内偷窥着爸爸的举动，矮小的他满头大汗地做着耗费体能的俯卧撑，而后将手高高举起感受着风的方向。

他鼓励着儿子的梦想，和世界上所有的父亲一样。

## 8. 大篷车外的空地　深夜

入夜,儿子在房间内一如既往地用台灯照亮超人奔月的海报,遥望着神秘的月球。突然屋外一声巨响,一束强光照亮了夜空,男孩冲出房门看到炮筒中烟雾弥漫,到底发生了什么,他呆呆地抬头仰望天际,圆月高悬。

## 9. 大篷车内　白天

翌日,男孩在炮筒旁伴着东升的旭日苏醒,父亲没有出现在餐桌上。男孩踩着父亲常用的板凳查看着炮筒里面的动静,寻找着父亲的身影。

## 10. 大篷车内　夜晚

夜晚男孩躺在床上将亮着的台灯朝向自己,一阵流星般的响动,男孩起身趴在窗前向外张望,门轻轻打开,许久未见的父亲全身武装着宇航服,迈着沉重的脚步神秘地走了进来,他矮小的身躯在光晕的衬托下显得异常高大,他向儿子挤了挤眼睛,随即骄傲、充满自信地离去。男孩抱起父亲的头盔眼神不再冷漠与自卑,他呆呆地望着桌上的美国国旗,那像是父亲从外太空给他摘下的。

## 11. 大篷车外的空地　白天

晨光初现,大篷车外的空地上,硕大的炮坑还残留着余烟。

此时在男孩的心目中,了不起的除了飞向月球的超人,也许还有自己再难谋面的父亲。

# 完美地消失

—— 《了不起的赞比尼》读解

看短片《了不起的赞比尼》(*The Great Zambini*) 即便你不是一位专业人士，你也绝对可以在黑暗之中感觉到草场上的摄影机，如何在一种低姿态、低角度、平和得不被察觉的意境中将镜头对准郊外荒野中那个特殊的家庭，温和而平静地讲述发生在那对父与子之间的故事。短片于沉默中开头，至沉默中收场。电影的时空中渗透着自卑、理想、伟大、父爱、宽容等标签。我们没有看到恶意发酵的情绪和令人难以消化的技巧，在自然空间与心里隧道中，隐约看到了一个真实并了不起的人物。

郊外荒野上的房车就像是被马戏团抛弃的道具，那是主人公的家，一个离群索居的住所。侏儒父亲，曾是马戏团的演员，他低矮的身躯让一家三口的生活变得就像繁星也照不亮的夜晚一般地压抑。漂亮的妈妈永远闷闷不乐，内向的儿子也因自卑逐渐走向了孤独，一家人在不和谐的沉闷中度日。

附近的顽童们恶意捉弄、取笑身材矮小的父亲，故意将他晾晒的衣物扯掉，妈妈气愤地将他们轰走，承担起家庭保护者的重任，显然这种侮辱已经不是第一次了。母亲忍气吞声、无可奈何的态度以及站在板凳上傻呆呆的，任凭侮辱却无能为力的父亲，都让躲藏在马戏团废弃的炮筒里的儿子备感耻辱，这一切他都看在眼里，明知道会发生，却没有勇气面对。

越发感到自卑的儿子躲避着父亲，不愿与他交流，更不愿在睡前主动地亲吻他。他抬不起头来，脸上丢失了小孩子们应该有的灿烂笑容。父亲到学校接他放学，他觉得丢脸，怕被同学们嘲笑，躲在厕所里直等到所有同学都离开后才肯出来。这也让父亲的内心遭受了不小的打击，他使用家长的权利对其进行惩罚，不准他吃晚饭。但这并没有改变他们父子之间的状况，也没有愈合孩子幼小心灵的创伤。从此以后，接儿子放学便成了妈妈的专利。

一天，父亲走进儿子的房间，发现墙壁上一张画着超人赞比尼奔月的海报，他知道了儿子喜爱天文，明白他为什么不厌其烦一遍又一遍地看人类登月的电视录像。于是父亲预谋了一个计划，矮小的他吃力地从马戏团废弃的破铜烂铁堆里移出那台儿子最喜欢的大炮，将它立在屋子前的空地上，仔细地清理。母亲对满头大汗的父亲莫名行为不予理睬，儿子则在屋子里偷偷窥视着爸爸的举动，整理完大炮，父亲冲着儿子摇了摇手，然后示范性用手指了指天空。

入夜，儿子在房间里一如既往地用台灯"照射"超人奔月的海报，以此来感受太空的神秘气氛。随着屋外零星响动，一束强光照亮了夜空，他奔到屋外，空地上那台马戏团的大炮冒着余烟，炮筒指着的月亮高高大大地挂在空中，像盛放的烟花一样，男孩不解地看着天空上硕大的月亮。

早餐没有出现父亲的身影，母亲若无其事如同平常，男孩踩上父亲常用的板凳，查看大炮里边的动静，寻找父亲的身影，荒郊野外，一无所获。

夜晚，又是一声流星般的响动，男孩趴在窗前向外张望，这时，门轻轻打开，全身武装着宇航服的父亲神秘地走了进来，他矮小的身躯在夜色中显得异常高大，父亲骄傲地摘下头盔，以一种胜利者的姿态向儿子挤了挤眼睛，高傲而又充满自信地离去。留在屋子里的男孩抱着父亲的头盔，发呆地望着桌上的星条旗。

晨光中，房车前的空地上，硕大的炮坑余烟袅袅，短片结束。

短片《了不起的赞比尼》隐去了生活本来就存在并日益剧增的裂痕与杂质，保持着完美优雅的形象，以白描手法含蓄并细腻地表达了伟大的父爱，父亲对儿子细致的观察，无私的奉献与精心的策划，都使得这个生理残缺的父亲形象变得高大。我们都知道借着马戏团破烂的大炮，父亲是无论如何也登不了月球的，他只不过为小男孩表演了一个神奇的魔术，以这种特殊的方式离开了这个家，完美地向男孩告别。短片动人之处是父亲竭力挽救与儿子之间正逐渐流失的血缘崇拜，维护作为父亲在儿子心中的完美形象，以弥补男孩缺憾的内心世界，他走得从容又悲凉。

短片从头至尾没有一句对白，演员在沉默之中表达，摄像机承担起了全部的叙事，以尊重环境、自然和人物的内心状态为主要法则，一层一层剥离观者的好奇心，直至魔术的释放，导演将无声胜有声奉为终极境界，使短片从头至尾弥漫着质朴的魅力。

不被察觉的前低后高的视角，也使父亲的形象前后反差，形成了对比。短片基调有些幽暗，很多地方都是利用自然光，如狭窄的屋子里三个人的晚餐；躲藏在大炮筒里的男孩；空旷荒芜的荒野；儿子的房间；父亲的告别等，导演不多加修饰也不强制诱导，以一种独特的视觉效果，暗示一直潜藏在男孩心中的阴霾，以及给人精神上造成的压抑感。

短片《了不起的赞比尼》没有居高临下的责备，也没有空洞乏力的大道理，导演温和平静的"语调"中渗透着命运赋予的无奈，炮坑中袅袅的烟雾里散发的是父亲的点点忧伤，与其造成缺憾的悲剧，还不如完美地消失。

# 男孩八岁（*Eight*）

英国·1998

提姆·克劳格（Tim Clague）/ 编剧

史蒂芬·戴德利（Stephen Daldry）/ 导演

杰克·兰甘–伊娃（Jack Langan-Evans）、马克·伊万（Mark E'von）/ 演员

13 分钟 / 剧情

1999 年英国电影学院奖（ABAFT）最佳短片提名

## 1. 海边　白天

阴沉的天空下，一片毫无生机的海，海浪拍打着沙滩，一阵又一阵。

不远处的一片荒草，随风起伏，一个红白相间的足球在草丛中格外醒目。一个小男孩走过来，摆放好球的位置，一脚便将足球踢向了空中，他对着天空歇斯底里地大喊。

**杰里森：**我最喜欢的就是踢足球。

我叫杰里森，我 8 岁！我叫杰里森，我 8 岁！我叫杰里森，我 8 岁！……

## 2. 沙滩　白天

沙滩上，杰里森身披一件简陋的白色雨衣，手上拖着一张破渔网，奋力地奔跑着，沙滩上只有他一人。

**杰里森**：捕鱼，让我们回到石器时代，回到那些古老的洞穴。

男孩跑到了长满荒草的小山丘，手里的渔网换成了一支船桨，他一边奔跑，一边用船桨肆意地拍打着荒草。

**杰里森**：那是罗马时代，他们角斗，吃喝……

杰里森穿过荒草丛，找到了那个红白相间的足球，他放下船桨抱起足球，继续在草丛里穿梭。

**杰里森**：在中世纪他们带着剑和刀……然后，就进入了莎士
　　　　　比亚时代，进入了文明时代……

他气喘吁吁地抱着足球，面向大海，坐在荒草丛间，显得有些孤独。


## 3. 杰里森家中餐厅　晚上

昏暗的灯光。杰里森坐在白色的餐桌前，桌上摆放着餐具和植物。

**杰里森**：对我的妈妈，我知道很多事情，她是一个种花的女
　　　　　人，我想这是她最喜欢做的事。（妈妈从杰里森身后
　　　　　的厨房走了出来，端上一盘食物，并将餐桌上原本
　　　　　的植物拿走）……她很喜欢这些瓷具。（杰里森呆呆
　　　　　地看着眼前的食物）……这不是我想吃的。


## 4. 橱窗前　晚上

夜晚。街上冷冷清清的。杰里森和小伙伴趴在卖足球用品的

橱窗边看得入迷。


5. 房间里　晚上

　　杰里森和小伙伴坐在电视机前,认真地观看着电视里播放的足球比赛录像。

　　**杰里森:**我最喜欢的球队是曼联,但是我也很尊重克林纳的裁判。……因为这是英格兰队的比赛。

　　大人为他们递上可乐。

　　**杰里森:**我喜欢我们国家的足球队。

　　电视机里,比赛正在激烈地进行着。

　　**解　说:**球穿过中场传到贝克汉姆脚下,贝克汉姆又传给欧文,现在欧文继续展示着他的蛇形步伐,我想现在守门员一定很害怕。欧文过掉了他们的后卫,然后起脚射门……啊……进得太漂亮了!

　　**杰里森:**(大叫地跳了起来)耶!

　　**小伙伴:**(也跟着兴奋地叫着)耶!

　　**解　说:**真是一个伟大的时刻!

　　小伙伴拨弄着电视机的按钮,将视频回放,电视里又出现了刚才的画面以及解说的声音,两人依旧不厌其烦地看着。

　　**解　说:**球穿过中场传到贝克汉姆脚下,贝克汉姆又传给欧文,现在欧文继续展示着他的蛇形步伐,我想现在守门员一定很害怕。欧文过掉了他们的后卫,然后起脚射门……啊……进得太漂亮了!

　　**杰里森:**(如同之前一样的兴奋)耶!

**小伙伴**：耶!

显然他们已经不止一次地观看，但始终能保持着初看的热度。


6. **杰里森家中餐厅　晚上**

　　餐桌前。杰里森吃着妈妈做的食物，妈妈透过厨房的窗户面无表情地看着他。灯光昏暗，除了压抑就是压抑。


7. **沿海的街道　白天**

　　蓝天、白云、大海、巨大的船只，杰里森和小伙伴手里拿着渔网、一台收音机和一些支架奔跑在路上。

　　**杰里森**（画外音）：现在，我们已经不住在利物浦了，但是我
　　　　　　　　　　　还是支持利物浦和欧文，太漂亮了。


8. **沙地上　白天**

　　他们奔跑着来到了一片空旷的沙地。

　　**杰里森**：我要跑起来! 欧文，天才小子，欧洲的金靴! ……
　　　　　　　欧文，天才小子，欧洲的金靴! ……欧文，天才小
　　　　　　　子，欧洲的金靴! ……我要飞起来! 我要飞起来!

　　杰里森和小伙伴肆意地在沙地上来回奔跑。

　　**杰里森**（画外音）：那就是我们经常来的球场，阿哈米迪总是
　　　　　　　　　　　和我一起。

　　他们用渔网和一些支架搭建起一个简易的足球场地。

　　**杰里森**：过来，过来，我要让你过来。

　　杰里森将一盘磁带放进收音机，磁带里播放的仍然是那场球

赛，杰里森配合着解说的内容，在自己搭起的足球场上练习着球技。

解　说：鲁帕斯差点被过掉了，很危险！……球穿过中场传到贝克汉姆脚下，贝克汉姆又传给欧文，现在欧文继续展示着他的蛇形步伐，我想现在守门员一定害怕。欧文过掉了他们的后卫，然后起脚射门……啊……进得太漂亮了！真是一个伟大的时刻！

杰里森伴着激昂的解说，奋起一脚，将球射入门中，他兴奋地对着天空大笑着。

解　说：这是一个了不起的天才小子，我们正因为拥有了他才击败了强大的意大利，欧文给我们英格兰带来了荣誉，真是我们国家的财富！

那一刻仿佛世界都属于杰里森。


9. 小木屋　白天

这是属于杰里森的私人空间，他翻箱倒柜念念有词。

杰里森：欧文，我的偶像，鲍莱……欧洲的金靴，欧洲的金靴子。

他脱下自己的上衣，将衣服整整齐齐地叠好。

杰里森：我要在任何球上面都用这一套，大家都说这是不可能的，我还不仅仅在篮球上这样用，我想等我长大了打保龄球也可以这样的，但是那时我可能就不会那样了。

杰里森想象着自己打篮球、打保龄球的样子。

妈妈打开了小木屋的门。

妈　妈：（诧异地）杰里森，杰里森。你在这干什么？噢，我的老天啊！

## 10. 窗边　白天

妈妈离开家门。杰里森看着她走远。

**杰里森**：她总是喜欢这样……我不听话的时候，她总是哭泣。

杰里森趴在了房间地上，开始给自己心爱的上衣上色。

**杰里森**：我的事情她是不会懂的，我就喜欢我的足球。（他将上好色的衣服穿在身上，在镜子前照了又照，然后满意地做了个鬼脸）……如果她也这样的话，可能就不会哭了，我讨厌她那样。


## 11. *海边的游乐场*　*白天*

杰里森和小伙伴坐在海边的游乐设施旁，无限伤感地自言自语。

**杰里森**：她总是说，希望她是我，因为什么事情我都不需要操心。妈妈说，我总是给她惹麻烦，她就会很讨厌我，但是这并不能改变什么，这就是她一直那样对我的原因。不知道妈妈是怎么想的，她肯定会说，我是个坏孩子，我也不知道为什么我会那样。

一对父子快乐地从杰里森的身边走过，充满温馨，杰里森羡慕地看着，想起自己的父亲。他紧跟在父子俩身后，看着那个小男孩松开了爸爸的手跑到了一边，杰里森顺势走上前抓住了那位爸爸的手，他希望能感受到父亲的关爱，没走几步那位爸爸发现不对立刻甩开了杰里森，抱起了自己的孩子走远了。杰里森失落地站在那里倍感孤独。

**杰里森**：真想我的爸爸也能牵着我的手走。

12. 栅栏边　白天

透过栅栏杰里森看着一辆列车驶过。


13. 校门口　白天

门口，一辆汽车进了车库。

校园的路上，孩子们快乐地奔跑。杰里森一个人站在路中间，呆呆地望着天空。


14. **校园休息区　白天**

**杰里森：**我的想法也会经常改变，爸爸不可能已经不在了，我爸爸是一个飞行员。

他坐在椅子上，看着一旁的小伙伴吃着零食，想起爸爸的警告，"爸爸经常告诉我说，不要吃那些发臭的东西，但是他在说谎！"

小伙伴将手中的零食扔在了地上，头也不回就走了，杰里森走上前去，愤怒地踩踏着地上的零食。

**杰里森：**说谎！说谎！说谎！

杰里森想念自己的父亲。


15. **杰里森房间　晚上**

回到家中，杰里森在房间里摆弄着他的迷你足球场。

**杰里森：**我从来没见过这种东西，这个跟真的比赛很像，这个更安静一点，但是玩起来也十分有趣，仔细看吧。

16. **海边　白天**

依旧是那片昏暗的天空、大海和沙滩，杰里森身披简陋的白色雨披，面朝大海一个人跪坐在沙滩上。

**杰里森：**就是这样，仔细看吧。面对大海……面对大海……
这能使人产生很多想象。

杰里森跪坐在沙滩上，嘴里轻声哼唱着歌谣……

**杰里森：**拜拜！

# 面对大海，不要忧伤

## ——《男孩八岁》读解

短片《男孩八岁》(*Eight*) 出自英国著名的戏剧导演史蒂芬·戴德利 (Stephen Daldry) 之手，这位 37 岁时才刚接触银幕的导演，视拍电影为自己的业余爱好。他所说的正经事是他深爱的戏剧，史蒂芬先后导演过 100 多部舞台剧，登过百老汇舞台，获得过戏剧界最高荣誉"托尼奖"。他的全部心思都在自己深爱的戏剧舞台上，如他所说，"如果没有舞台剧，我就无法活下去。我是在剧院长大的，我无法想象没有音乐剧的生活。"

史蒂芬·戴德利导演的第一部短片就获得了英国电影学院最佳短片提名，拍电影对他就像似茶余饭后的甜点，只是偶尔"心情好的时候，就去拍一部"。从短片《男孩八岁》以后的十多年间，他的心情总共好过三次，分别拍摄了长片电影《舞动人生》(*Billy Elliot*)、《时时刻刻》(*The Hours*) 和《朗读者》(*The Reader*)，而这三部电影就霸占了奥斯卡多项奖项，捧出了两位影后。拍电影对他来说似乎太容易，得奖对他来说也似乎太容易了，史蒂芬穿梭在截然不同的专业领域不仅毫无障碍，而且还游刃有余，终结了"戏剧导演都是很糟糕的电影导演"的论调。

短片《男孩八岁》完全不像似初涉银幕的练笔之作，它对视听语言的运用以及熟练的操纵能力，许多成熟的电影导演也恐不能及。短片高明之处是没有直接地去表现一个家庭悲剧，而是通过孩子的视角，隐约地表现一个破碎的家庭，以及这个家庭对一无所知的孩子的幼小心灵所产生的影响——让一个本来有梦想、有快乐的男孩的童年，充满了沮丧、孤单、忧伤和迷茫，混合着各种复杂情绪，让这个刚满八岁的男孩过早地品味到了人生的烦恼。

《男孩八岁》从头至尾是男孩子的自述，时而画外音，时而面对镜头，导演以布莱希特式的间离效果展示孩子眼中的世界，夹叙夹议娓娓道来。那里有他的偶像足球明星欧文，有他整天闷闷不乐的讨厌他足球并且总是哭泣的妈妈，也有他志同道合的伙伴，有他无限想念却始终没有出现的爸爸，还有他可以倾诉的大海……记忆充满了孤独和忧伤。

短片在大提琴的低吟声中开始，横移的镜头掠过的不是蓝天碧海而是阴沉沉、乌云密布的天、荒芜的杂草和模糊一片的海，音乐凄凉委婉，移动的镜头落在草丛中一个红白相间的足球上，男孩一脚将足球踢向了天空。

"我最喜欢的就是踢足球。我叫杰里森，我八岁！我叫杰里森，我八岁！"

这就是一个满脸雀斑的八岁小男孩向这个世界发出的歇斯底里的告白。

这一段画面中的景物、音乐、色调和台词的关系极具不协调性，灰暗的色调和大提琴的音乐，都和这个充满活力的男孩子相悖，在这个年龄段应该是充满色彩、朝气和阳光的，而不是灰暗、深沉的氛围。导演史蒂芬通过这些元素的组合暗示男孩子有一个不一样的童年。他独自在海边消耗着旺盛的精力，奔跑、游戏、歌唱、振振有词、自娱自乐。

男孩狂恋足球，是足球明星欧文的球迷，他与小伙伴不厌其烦一遍又一遍回放欧文比赛的录像，每一次回放中的射门都让他们兴奋不已。杰里森买不起球衣，就用红笔偷偷地在白T恤上手绘。他们在沙滩上支起破渔网当球门，变换着脚步越过一个个"队员"，解说员的解说越来越紧张，"现场"喧嚣一片。关键时刻杰里森一脚射门，球进了，"全场欢呼"。这一段是手持摄像机真实记录的拍摄风格，晃动的画面，移动的脚步，慢镜头杰里森的喜悦，都给人以身临其境的感觉，那一刻胜利者仿佛就是杰里森自己。这种声画对应又错位的表现手法，将男孩喜欢足球、崇拜欧文、渴望成功的心理刻画得淋漓尽致。

男孩的喜悦不能与妈妈分享，因为妈妈不喜欢他迷恋足球，他只好深埋自己的秘密。导演含而不露地暗示观众似乎爸爸的死与足球有关，所以妈妈整天流泪，但在不知情的孩子眼里得到的答案却是另外一回事。

男孩是在餐桌前开始第一次讲述他的妈妈。整个画面看上去就像舞台上的一角，昏暗的灯光，四周阴影，男孩独白，气氛安静又神秘。平视机位，从左至右半圆形的横移镜头中，男孩一边心不在焉摆弄桌上的花瓶一边说："妈妈喜欢种花，也喜欢瓷器"，妈妈一言不发地将一盘食物送至他前面，转身离去。男孩看了看自己的盘中餐说:"我不喜欢吃这些。"显然这不是一个温馨的场景,没有孩子的撒娇,没有母亲的关爱,一切都很冰冷。

餐桌场景总共出现了两次,第二次是正面的固定机位,仰视的视角,画面中近景处是男孩子独自吃着晚餐,远景处后墙壁的窗户里隐约透露出妈妈沮丧而悲伤的身影,她一边看着杰里森,一边流泪。妈妈每次对着杰里森都是悲伤的表情,她苦恼他的淘气,不放心他一个人在家。可这一切在杰里森看来都无所谓,因为这是他手绘球衣的好机会。他只是不理解妈妈为什么总是这样不开心。

"她总是这样,在我不听话的时候,她总是哭泣,我的事她是不会懂的,我喜欢我的足球,如果妈妈也和我一样,她就不会总哭了,我讨厌她哭泣。"

这是杰里森眼中的妈妈。

妈妈和他一起搬离了利物浦,男孩不知道为什么,但他还是一如既往地喜欢利物浦队,喜欢欧文,喜欢足球。只是越来越思念爸爸,并且越来越变得孤独。他看到别的孩子被爸爸牵手的情景,会不自禁地跟随在后面,趁着小孩子脱离父亲的瞬间,将自己的手伸在陌生孩子父亲的手中,从而得到一点温暖。他渴望被关怀,于是开始四处寻找爸爸,总觉得"爸爸不可能已经不在了",但始终找不到,他开始绝望、伤心,再没有绘制球衣和模拟足球赛的欲望,他气走了朋友,变得越来越暴躁、沮丧、忧伤和孤独。

短片《男孩八岁》首尾呼应地表现了大海,一以贯之的阴沉和萧瑟。画面中杰里森的状态发生了根本的改变,他由一个调皮、淘气、不知疲倦的男孩变成了孤单、寂寞、满腹心事的男孩。一个家庭悲剧对一个幼小心灵产生了巨大的影响，这些都是不可避免且永远无法弥补的。

影片结尾时杰里森再一次来到了海边，和开头时我们见到的一样，他披着一件透明的雨披，但这一次他没有踢足球呐喊，而是无比惆怅地面对大海轻轻哼唱。"面对大海！能使人产生很多的想象。"我们不知道这个八岁的孩子脑子里想着什么，史蒂芬说："对一个正在成长的孩子，千万不要把他当孩子看。"

也许吧。只是，面对大海，不要忧伤。

# 海默父子 (*Helmer & søn*)

丹麦·2007

罗尼·伊兹拉 (Roni Ezra)、帕勒·莫勒 (Pelle Møller) / 编剧

索尔·皮尔马克 (Søren Pilmark) / 导演

斯坦·斯提–戈拉莫 (Steen Stig-Lommer)、

帕尔·帕勒森 (Per Pallesen)、

蒂特·汉森 (Ditte Hansen) / 演员

13 分钟 / 剧情

2007 年奥斯卡最佳真人短片提名

## 1. 养老院走廊　白天

养老院的走廊狭长、寂静，办公室里空无一人，阳光从房间投射到走廊，陪伴着两个呆滞地吃着东西的老人。杰斯脚步匆忙地走来，寻找工作人员。

杰　　斯：你们打电话来说我爸爸有麻烦？

工作人员带着杰斯走进了他父亲的房间。

## 2. 父亲房间　白天

工作人员：你爸爸没来吃早点，我们哪都找不到他。……（奇

怪的表情）但后来我们找到了他。（工作人员对着
房间里的衣柜扬了扬下巴）

杰　　斯：（费解地）在里面？在衣柜里？

工作人员：是的。

杰　　斯：（看了一眼衣柜，又转向工作人员）这行为正常吗？

工作人员：当然不。

杰　　斯：我能知道他为什么在里面吗？

工作人员：（摇头）不，他不跟我们讲。……他只想一个人
待着。

杰　　斯：你想我能干什么？你们是专业人士……

工作人员：（略带一些埋怨的语气）跟他说说话，他是你爸
爸。（走向衣柜和另一个工作人员一起望着杰斯）

杰斯无奈地转身走向衣柜。

杰　　斯：爸爸？

父　　亲：（从衣柜里传来）杰斯？你在这里干什么？

杰　　斯：您觉得呢？

父　　亲：还有要我签字的文件吗？下一个是什么？我
的肝？

杰　　斯：（无奈地嘟囔）真好笑。

父　　亲：我的旧公司怎么样？

杰　　斯：很好。

父　　亲：你现在当头了吗？

杰　　斯：（未知可否，很无奈地）我得回办公室。

父　　亲：（轻声低语）杰斯到这儿来，杰斯过来，来衣柜这

边，凑近点，帮你老爸个忙，叫那些人走开。

杰　　斯：（看了一眼两个工作人员）爸爸你被锁在衣柜里，
　　　　　他们想要您出来。

父　　亲：（坚定地）不，除非他们都走光。

杰　　斯：（劝说）您来这才一个月，你答应要试一试的。

父　　亲：（抗拒地）我试了，但是这样下去不是办法。很
　　　　　遗憾!

杰　　斯：你有更好的主意？不知道我孩子愿不愿意跟您一
　　　　　个房间？

父　　亲：（生气地）我宁愿留在衣柜里。

杰　　斯：（尴尬地对着工作人员笑了笑）有什么建议？（手
　　　　　机响起）失陪了。……海玛贝·森公司，我知道，
　　　　　埃弗森。

父　　亲：（在衣柜里着急地问）是埃弗森吗？杰斯，那是埃
　　　　　弗森吗？

杰　　斯：（转身对衣柜大喊）一切都在掌控之中。

父　　亲：（给杰斯支招）告诉埃弗森冷静处理。

杰　　斯：（继续接起电话）是的，我明天早上汇钱，我正在
　　　　　处理一些事情。

父　　亲：（在衣柜里叫喊）别轻信他的任何废话。

杰　　斯：我正在处理一些事情，你可以打给……谢谢再见。
　　　　　（挂掉电话，转身走向衣柜，有些埋怨）你的叫喊
　　　　　真的令人分心。

父　　亲：我认识埃弗森22年了，他欠我钱还欠公司钱，三

瓶威士忌欠了十年。

**工作人员：**（无奈地看着杰斯）我希望你妹妹来的时候有
办法。

**杰　　斯：**我妹妹？你打给我妹妹？

**工作人员：**是的。

走廊里妹妹薇波的叫喊声传来，随即她推开了病房的门闯了
进来，后面跟着她的女儿苏菲。她冲向房间里的床，跪下痛哭。
工作人员费解地看着薇波。

**薇　　波：**（伤心地趴在床上）爸爸，噢不要……

**苏　　菲：**（惊讶）外公死了？

**父　　亲：**（在衣柜里喊）薇波？

**薇　　波：**（疑惑地转过头）爸爸？

杰斯指了指衣柜。薇波惊奇地奔向衣柜。

**薇　　波：**（又惊又喜又意外地拍打衣柜）嗨，爸爸。

**苏　　菲：**（疑惑）他没有死吗？

薇波正准备训斥杰斯。

**父　　亲：**薇波，帮帮我，他们不愿意离开。

**薇　　波：**（转身质问杰斯）他在里面干嘛？你做了什么？

**杰　　斯：**（无辜地）什么都没有做！

**薇　　波：**（一口咬定）你肯定说了什么。公司怎么样？

**杰　　斯：**很好。

**薇　　波：**（有些埋怨）我听到的不是这样。

**杰　　斯：**（意外）什么？爸爸说的？（对衣柜）爸爸，你说
了什么？

薇　　　波：让我和他说话。(转身倚靠着衣柜)好久不见,
　　　　　　是吧爸爸?

父　　　亲：是的,你老是很忙,但没关系亲爱的。

薇　　　波：我卖掉了一幅画。

父　　　亲：(开心地)还真别说!恭喜!好样的我的女儿。

薇　　　波：(回过身把女儿身下的椅子搬到衣柜前坐下)我
　　　　　　不指望它超过一千美元。

杰　　　斯：(对着薇波)你应该让他出来的。

薇　　　波：(转头摘掉了帽子,对着杰斯不以为然地说)吃
　　　　　　片镇静片,他把自己锁在衣柜里,那又怎么样?
　　　　　　(脱下外套)猜猜谁又过敏了?

父　　　亲：他的前额全是皱纹了吗?

薇　　　波：(对着杰斯)你要是在这儿嘚嘴,我是没办法把
　　　　　　他弄出来的。(对着所有人说)所有人最好都离
　　　　　　开,可以给我们拿点咖啡吗?

杰斯、苏菲和工作人员移步到走廊。


3. 养老院走廊　白天

杰斯和苏菲靠在走廊的墙上,工作人员们开始忙碌起来。

工作人员1:你有没有看到阿斯塔?我总觉得她逃跑了。

工作人员2:我们去电视房看看。

杰　　　斯：(对工作人员说)看看她的衣柜。(点燃了一支烟
　　　　　　抽了起来,对着苏菲)过得怎么样,苏菲?

苏　　　菲：很好。

杰　　斯：（看了眼走廊里练习走路的老人，有一搭没一搭地问）学校怎么样？

苏　　菲：很好。

杰　　斯：好的。你妈妈是在见安哲罗吗？

苏　　菲：（摇头）很不幸，是的。她真是丢脸极了，我讨厌她。

杰　　斯：她是你妈妈。

苏　　菲：（不以为然）那又怎么样？她早已经知道了，我老这样告诉她。

杰　　斯：只管记得她爱你。

苏　　菲：你怎么知道？

杰斯没有回答她，大家又一起回到了房间。


4. 父亲房间　白天

薇　　波：（对着衣柜）如果他更喜欢性和艺术，我们聊天还管什么用？

杰　　斯：（忍无可忍，一脸无奈地对着薇波说）我要走了，我没时间耗在这儿。

薇波搬着凳子离开衣柜。

父　　亲：（从衣柜里）谢谢你过来，儿子。

杰　　斯：爸爸……

此时杰斯的手机又响起，工作人员看着杰斯。

父　　亲：接电话。

杰　　斯：（接起电话）待会给我打，埃弗森。（挂掉电话）

父　　亲：（责备地）你对我们的客户不礼貌吗？

杰　　斯：（有些气愤）现在是我负责，不是你！我很烦听到你过去怎么样。

父　　亲：（也气愤地）那我的 38 年都白白浪费了？

杰　　斯：（埋怨地）您在帮倒忙，我只是发表意见。（转身拿起外套想要离开）

父　　亲：你这样觉得？有一天我走了，你就会想念我和我的意见了。

杰　　斯：您每次都用这个威胁我，您非得用您去世这招来吓唬我吗？……您知道用什么吓唬我最有效，我过去很害怕，如果有一天您不再在我身边，……但我现在不再怕了。……对不起。（穿上外套）

此时，父亲赤身裸体从衣柜里走出来，在场所有人都很惊愕，他走到杰斯身边一把抱住杰斯，两人相拥。

杰　　斯：（动情地）你为什么这么老？

父　　亲：杰斯……（转身看向薇波）薇波。

薇　　波：（有些尴尬）不，这我没办法，（示意苏菲转过身去）苏菲。

苏　　菲：我见过裸体男人。

正在这时，从衣柜里走出了一位年纪很大的同样也赤身裸体的女人。众人更加惊诧。

父　　亲：（介绍说）各位，这是阿斯塔，阿斯塔，这是我的家人。

薇　　波：老天爷！

父　　亲：（转身望着女儿）不是只有你一个人需要时不时来

一炮的。

苏　　菲：好样的外公。

父　　亲：我想和我儿子私下谈谈。

父亲抚摸着杰斯的耳朵和脸颊，众人离开。

杰　　斯：（道歉地）刚才我说的话是无心的。

父　　亲：我以为你想要这个公司，你可以对它为所欲为，
　　　　　我做过最聪明的一件事就是摆脱那些烂摊子。

杰　　斯：然后你将它塞给我？

父　　亲：我当时希望你做得比我好。除了你我还能给谁
　　　　　呢？薇波？

电话响起。

杰　　斯：你好埃弗森。（口气缓和了很多）当然我们会这么
　　　　　做的，我现在就去汇钱，马上……当然，埃弗森。
　　　　　都是我的错，一言为定。……是的，再见。……
　　　　　等下埃弗森，你欠我们的那三瓶威士忌能否给我
　　　　　们寄过来？非常感谢。

杰斯挂了电话准备离开。

杰　　斯：（对着爸爸）她很漂亮，爸爸。

父亲微笑地注视着杰斯。


5. 养老院走廊　　白天

杰斯在昏暗中透着光亮的走廊愈走愈远。

# 非常父子

## ——《海默父子》读解

　　人到中年的杰斯继承了父亲海默创办的公司，每日忙于工作，无暇他顾。一天，杰斯接到疗养院的电话，说父亲出了状况，当他匆忙赶到疗养院，发现父亲竟躲在衣橱里，不肯出来。稍后，杰斯的妹妹薇波也带着女儿赶到，一家人聚在了一起，隔着木板，杰斯与父亲为经营上的事情争辩不休，薇波也告诉父亲自己最近在绘画上的成果。老头儿最后终于出来了，他赤身裸体，和儿子拥抱，而更让家人大为意外的是，衣橱中还有一位老太太，老头自豪地告诉子女，这是他的女友，于是一家人皆大欢喜。

　　短片《海默父子》（*Helmer & søn*）是一部让人捧腹，却又让人深思的优秀短片，在西方，有子女的老人住进养老院是常见的情形，大家各自为着生活烦恼，相互之间很少见面，更不用说坐在一起谈心了。短片以老头把自己关进了衣柜这样极端的事件，来呈现老龄化的社会话题，但又未停留在"就事论事"上，而是通过父亲"激将法"与儿子争辩，使其顿悟，并得以传续他的人生经验，由表及里，使作品有了更高的立意。

　　《海默父子》片长只有 13 分钟，在如此短暂的时间里将一个故事讲得丝丝入扣，对创作者是一个考验。短片在结构上采用了类似戏剧的"三一律"手法，很好地驾驭了叙事。从儿子接电话，到父亲走出衣柜，只是几个小时之内的事情，而地点，也只是限定在养老院的房间和走廊。在所谓"行动的一致"，就是戏中矛盾冲突的一致方面，短片高度简练、紧凑、集中。当儿子进入父亲的房间，人物的对话迅速完成了交代关系、背景、分歧所在等任务，女儿闻讯赶来，又将气氛推高，而父亲对女儿态度的和蔼，也暗示了父子关系的疏远，包括儿子对父亲的行为百思不得其解，在走廊里与外甥女的对话，以及走廊上步履蹒跚的老人的剪影，都构成一组隐喻的蒙太奇，深化了主题。按照高乃依对"三一律"的解释："必须使每一幕都留下对下一幕将要发生的事情的期待"，《海默父子》在悬念的设置上可谓环环相扣，父亲出了状况——是死是活？父亲把自己关在衣橱内——他想干什么？父亲隔着木板滔滔不绝——他什么时候出来？……这种情节的展开方式使得作品始终以一种饱满的情绪贯穿，直至父亲与女友赤裸现身等，使观众在目瞪口呆中获得了深入的思考。

"三一律"的历史远比电影古老，电影以其技术优势，打破了"三一律"的戒律，将时空相距甚远的故事组织在一起，上天入地，自在遨游，如今，一些电影人却重拾这一程式，来增强了电影的表现力，获益甚多。

《海默父子》还有一个特点值得一提，就是象征手法的运用。橱柜，在影片中构成一个象征物，它代表着老一代的庇护所、代际隔阂以及无处可逃；而父亲与女友的裸体现身，他们自己并不感到难堪，观众甚至也不觉得松弛的肌肉、下垂的乳房缺乏美感，反倒认为这是最好的和解方式,甚至有些形而上的味道。就这一点来说,《海默父子》虽然是一部短片,但超越了以往文艺作品中那些永恒的"父与子"题材,用当代的思维与艺术形态对这一人类的共同话题做了有意义的探索。

# 五、实验的空间

# 复印店（*Copy Shop*）

奥地利·2001

维吉尔·维德里希（Virgil Widrich）/ 编剧、导演

琼汉斯·西尔伯内德（Johannes Silberschneider）/ 演员

12 分钟 / 实验

2001 年欧洲电影奖（European Film Awards）最佳短片提名

2001 年汉堡（Hamburg）国际电影节最佳短片

2001 年鲁汶（Leuven）国际电影节最佳实验短片

2002 年奥斯卡最佳真人短片提名

## 1. 家中　白天

复印机的扫描件滚动，显示"COPY SHOP"的字样。接着，再一次扫描，纸张上出现了卧室床上的男子。机器继续扫描，男子沉睡的样子愈发清晰。在一次次的扫描中，男子苏醒，眯着眼睛把手伸向床头柜上的闹钟。复印还在继续。

男子起身离开卧室。站在卫生间镜子前他若有所思。他洗完脸，顺手打湿了头发，简单整理后离家出门。

## 2. 街上　白天

男子离开住所，走到大街上，被阳光刺得眯住双眼。他认真观察街上的行人，正在读报的大腹便便的中年男子，牵着爱犬漫步街头的男人，一切看起来如同往日。而此刻复印仍在继续。

男子看着花店里正在侍弄花草的女人，嘴角微微上扬。女人回头看了他一眼，男子低眉离开。


## 3. 复印店　白天

男子走向复印店，从口袋中摸出钥匙开门。

复印店内工作台干净整洁，四盏明亮的工作灯从天花板垂下来，照亮整个房间。男子用钥匙打开柜门，从中拿出一沓纸走到复印机前，将纸张整理整齐。他拿出一张纸放到复印机上，摁下开关按钮。立刻，复印发出的亮光映在了男子脸上，传出了一张奇妙的图案。男子随即又拿出一张纸放在同样的位置并摁下了开关摁钮。他犹豫地将手放在扫描的台子上，合上遮板，手掌在强光下被扫描复印。男子抽出手举在胸前，紧张地盯着复印机出口，一张印有清晰的男子手掌纹路的复印件被传送出来。男子紧皱着眉头，若有所思地拿起复印件，比对着自己的真实的手掌。

复印机依旧在工作。复印出了"COPY SHOP"的字样。

男子拿起复印好的纸张，紧接着又复印出了男子躺在卧室床上的画面，男子紧皱眉头，一脸不可思议。

复印机依旧在工作，复印的内容也越来越清晰，有男子将手伸向闹钟的场景，男子洗漱的画面……他看到自己的脸出现在了复印纸上，疑惑地瞪大了眼睛，恐惧中急忙拔下来复印机的电源插头。

男子将复印好的纸张放到柜子锁好，锁上复印店的门，离开了。

## 4. 家中　白天

男子回到家，却看到了复印出的自己，白衬衫一件深色马甲灰色长裤重复着自己每天早上的动作，按下闹钟、起床、去卫生间，复印出的自己洗完脸打湿好头发，回头又看到了第二个复印出的躺在床上的自己，被复印出来的男人不停地重复着同样的动作。

## 5. 街上　白天

男子急忙走出住所的大门，身后紧跟着一个复印品。

在街角男子与花店女人四目相对，而下一秒复印人也出现在那重复着同样的动作和神情。

## 6. 复印店　白天

复印人走到复印店开门进去。男子趴在玻璃窗户上匪夷所思地看着眼前的一切。复印人重复着男子的工作——从柜子中拿出打印纸，走到复印机前，插上插头开始工作。一切都和男子曾经做过的事情一模一样，男子在玻璃窗前看着这一切。

此刻，复印机复印出男子趴在窗户上偷窥的画面。复印人转头看向玻璃窗，疑惑地看了看手中的纸张，将它撕碎，复印人随之消失。

门外的男子看到屋里发生的一切，打开门走进来，匪夷所思地扫视着复印店内的陈设，走到了复印机前。而这一幕又被复印机复刻打印了出来。

男子把复印出的一沓纸张拿起来，皱紧眉头看着其中一张，此刻他手中的这张复印品，正是他此时此刻的动作和神情，仿佛在不远处，自己的人生正在被不停地复制着……男子不解地看着自己被复印到纸张上的人生，大吃一惊，像之前一样他把复印品放进柜子，锁上柜门和店门离开。

## 7. 家中　白天

男子回到家，正准备用钥匙打开房门，他犹豫了一下，缓缓蹲下身子，趴在房门上，透过缝隙看到另一个复印人在重复着"自己"的清晨。蹑手蹑脚走进去，与正在洗漱的"自己"四目相对，两人都惊恐地看着"自己"。

与此同时，不断出现第3个、第4个、第5个"自己"，他们延续着清晨动作，又不断在复印男子现在的行为。

## 8. 楼梯　白天

男子仓皇逃离家中，下楼时不断遇到正在上楼的复印人。

## 9. 街上　白天

男子来到街上，发现看报纸的、遛狗的和花店的人都变成了自己。他惊恐万状，慌乱时被经过的一辆汽车撞倒，开车的司机居然也是自己。放眼过去，大街上无数个自己，他们抱着复印纸纷纷往复印店走去。

## 10. 复印店　白天

复印店门口聚集了无数个复印人，他们互相打量。男子走进复印店，里面工作着的都是自己，整理纸张、开机、复印……重复着之前的一切。男子走到打印机前关掉机器、拔下开关、取出粉盒拿着电源线跑出复印店，店里的复印人看到后紧随其后追赶着。

11. 大街　白天

男子跨过栅栏在大街上奔跑，复印人在身后追赶，开着汽车的"自己"也加入其中。

12. 家中　白天

男子跑回家中推开窗户，看到无数个"自己"在吃着早餐，餐桌上一堆的复印机电源线。他忽然意识到自己的生活已被占据。他跳窗而逃。

13. 烟囱　白天

男子想逃离自己的生活，他爬上烟囱的楼梯，复印人们在窗前奇怪地看着他。高高的烟囱耸入云端，男子顺楼梯向上爬，终于爬到烟囱顶部。他站在高高的烟囱上，看见"自己"又爬到了另一座烟囱的顶部，紧接着两个、三个、无数个烟囱上站着复印人。男子低头一看，地上站着密密麻麻的"自己"，已无立足之地。

最后男子从烟囱上跌落，一张复印纸被撕裂。

# 没完没了

## ——《复印店》读解

复印机的产生为人类发展辟出了一条捷径，同时也给人类带来不少精神困惑，在单纯机械的模拟状态中，复制品使原始件的存在变得微不足道，如果复印机复印的不仅仅是二维空间里的文字图画，而是可以立体地任意拷贝人类及人类的生活，那么世界最终将会怎样？人类何去何从？这是短片《复印店》(Copy Shop)所要表达的电影主题，它处处表现导演维吉尔·维德里希（Virgil Widrich）对人类及人类社会的深刻思考和终极关怀，片中所呈现的世界是病态、荒唐和悲观的，而人类所处境地亦是尴尬和令人绝望的，维吉尔以一种奇特的方式表达了他对这个世界的悲观主义的体验和感悟。

《复印店》是一部情节为观念而存在的实验短片。在复印店工作的中年男人每天重复单调的生活，起床、洗脸、梳头、上班、复印……有一天他不小心将手放在了复印机上，手掌被清晰地影印下来，随后他的生活开始错乱起来。复印机源源不断印出他的生活，睡觉、起床、洗漱、复印……在这种错乱的状态中他自己也不断地被复制。他发现一个又一个的自己正在重复着他的生活，

328

他惊讶，那人重复着他的惊讶，在惊讶中不断有更多惊讶的人出现，街上遛狗的、看报的、花店卖花的、开汽车的等都变成了自己的"复印人"。"复印人"侵占了他的家、他的街道、他的复印店以及他的整个生活，他自己则无处可去。

复印机还在源源不断地复印，更多的"复印人"铺天盖地地到来，难以辨别哪个是真，哪个是假，生活越来越混乱起来，他惊恐万分，拔掉复印机电源逃离，成批的"复印人"在他身后追赶，最后他走投无路逃向了烟囱，烟囱下面又聚集了成千上万个"复印人"手捧复印纸等着他，他再也没了出路，只好从高空坠下，来结束这场荒谬的复制。

影片从头至尾没有一句台词，导演在这短短的十二分钟背后埋藏了深刻的哲理。《复印店》以荒诞不经的故事表现了悲观的主题，充满了荒诞、神秘和惊心动魄之感，人类在这个毫无意义的世界上存在着，在物体的排斥中丧失了自我，却无力改变自己的处境，并且在现实面前表现无能，最终只能走向死亡。

短片中，导演夸大物体的地位，强调复印机的非理性功能，他渲染物体对人类世界的侵占，以非理性的世界对人类造成压迫感，来反映科技的高度发达与人的精神空虚之间的矛盾。而人在失控的复印机面前却懦弱地选择了逃避。

影片中不断被复制的生活犹如噩梦一般，比如"复印早晨"的一段，人离开床发现床上还有一个自己，人离开洗漱间发现还有一个自己在洗脸、理头发，人和"复印人"在床上、洗漱间、储藏间、门外等各个角落里不断地发现彼此，就像被折叠的镜面反射出无穷尽的影子一样，人在毫无逻辑的混乱中不停地寻找，又在寻找过程中不断在迷失。导演用一种单调的重复来表现现实世界的虚无。

影片夸大了"手"的力量，开头人在复印机里印出手掌的图纸，人的世界开始变得混乱不堪，后面当"复印人"在复印机里印出手掌图纸，人的世界开始逐步倒塌，人被这种莫名的异己力量所左右，表现出强烈的存在危机和悲观情绪。

《复印店》的制作非常复杂，导演先用 DV 机拍摄真人的表演，然后用电脑做技术处理，再用黑白打印印出图片，最后制作成动画而完成的。制作过程就犹如短片所表现的内容一样，费力费时，单调又繁复。全片黑白色调，主客观镜头流畅自由地穿梭，在耀眼的光影流动中切换画面，就像片中人物的生活那样混乱，如短片开始时男人睡觉、起床、洗漱这一组简单动作的客观镜头，在短片后半部成了另一个主人公 B 眼中景象的主观镜头，当 B 重复这组动作的同时，这一切又成为 C 的主观镜头，然后 D、E、F 一个又一个重复出现，造成一片混乱，毫无逻辑，就像在一大堆的复印材料中难以辨别出原始材料一样。整个短片有一种超越时空的镜头感，伴随着晃动的画面、粗糙的画质以及复印机的音效，犹如回到老电影中一般，抑或是生活在复印机的世界中。

片中反复出现复印纸被折角、折痕的画面，以及凌乱的逻辑，无不透露着人类在荒诞世界中的自我迷失与自我毁灭。而机器复印的声音被放大使用，则形成影片的听觉主力，配合复印机光影画面，有一种强烈的撕碎感，而急促的音乐又造成了情绪上的不安。剧中人物单一，没有身份、没有来由、机械、麻木、没有快乐、没有悲伤、没有任何情绪的表情，他周而复始地重复着单调的动作，在他的眼神中看不出任何希望，只有对世界的恐惧与冷漠。最后主人公被无数"复印人"追赶，爬上烟囱腾空一跃来结束这场荒唐生活的举动，具有其象征意义，它暗示那是世界的尽头，人类最终将无路可走，只能选择逃离，并以自我的毁灭来解决一切问题。这种悲观主义的主题也是导演的世界观。

从内容上说《复印店》是一部观念电影，构思与表现手法很难复制，导演用非常先锋的视觉语言，传递了存在与虚无的悲观主义思想，深邃得令人窒息。可以说，无论思想上还是技术上，《复印店》都是一部非常棒的短片。

# 尾声（*Epilog*）

德国·1992

汤姆·提克威（Tom Tykwe）/ 编剧、导演

伊西丝·克鲁戈（Isis Krüger）、汤姆斯·沃尔夫（Thomas Wolff）/ 演员

12 分钟 / 实验

## 1. 房间内　晚上

窗外，夜已深。狭小的房间里丈夫芮雷惊恐地看着妻子纳加达满眼泪水，流着鼻血。

**纳加达**：（生气地）完了，滚开！

丈夫面无表情，他扶着床沿缓缓地坐到床上，思索片刻后，他的目光聚集到了床边的柜子上，他起身打开柜子，拿出了放在柜子里的手枪，"砰"的一声，朝纳加达的胸前开了一枪，纳加达瞬间倒在地上。

**芮　雷**：我……真热，我开枪了吗？我打中了纳加达。为什么？……我们只是在争吵，没有，没有争吵。真是……她把这里弄得一塌糊涂，都是她的错，我感

觉我快要到家了，我是说，更加糟糕的是纳加达。


**2. 房间内　晚上**

时光倒流。芮雷回到了公寓。他悄悄地打开房门，纳加达正坐在床上背对房门和情人打着电话。

纳加达：他下班后过来坐在这里没有说什么，什么都没说，甚至招呼都没有打，他坐在这里等我和他说话，总之这是我的想法。……如果我和他说话打招呼，他会说让我安静地坐一会儿，我就坐下来等。

芮雷小心翼翼地走进房间关上房门，沙发自动地移动过来。芮雷顺势坐在沙发上，目不转睛地看着纳加达的背影。

纳加达：对，所以我们就静静地坐着，很糟糕。……是的，不，这还只是开始，然后他就开始问我今天做了什么，我一说他就开始打断我，我甚至说不了什么……对我诚实一些，我不能忍受你说谎！……对，我告诉他我没有撒谎，他应该让我说下去，然后他就大叫让我不要愚弄他，他都知道，他认为我不诚实。这很糟糕。……当然没有，没有，我没有告诉他，我不敢。……对，反正……我只是听他在那里唉声叹气地抱怨我怎么对他说谎，说我利用了他……我看到他痛苦的脸我也感到了痛苦……因为我想，从前我们相处很好。……对，当然我有负罪感，因为你的缘故，我不知道你是否觉得这很愚蠢，我曾经爱过他。……什么？不要再开始了，当然我

333

没有，是的。……他用手抱住我想过来吻我，我做
不到，我拒绝了他。我做不到……

芮雷坐在门口的沙发上，静静地听着纳加达对着电话那头讲述着他们的吵架的细节。

纳加达：他拿出一些很糟糕的糖果，我爱的是你不是他，这
让我很难过。我不知道我以前怎么还和他上过床。
是的……是的，我今天会和他说的，我承诺，我保
证。……不，我会打电话的。我会打电话给你，好
的。……如果你想我就给我打电话，我爱你。你也
是的，再见！

纳加达终于挂断了电话，她将电话放在床边，双手托腮无奈地思索着。芮雷依然坐在沙发上，他一声不吭地从口袋里掏出了一颗糖果塞到嘴里，他看了看垃圾桶，垃圾桶便自动移了过来，芮雷顺势将糖果纸扔进了垃圾桶。

芮　雷：……为什么？

纳加达背对着芮雷坐在床边，她没有回头，但她知道了丈夫芮雷在身后。

纳加达：什么？

芮　雷：为什么？

纳加达：（反问）什么？怎么了？

芮　雷：（有些气愤）……你为什么要这么做？

纳加达：（沉默了一下）对不起。

芮　雷：为了什么？你为什么要道歉？

纳加达：（实话实说）我不想让你知道。

芮　雷：真的很动人啊。

纳加达转回身看着芮雷。

纳加达：（诘问道）你为什么要偷偷地进来？

芮　雷：（反驳地）我没有偷偷进来，我每天都这样进来的，
　　　　我拿钥匙开了门。

纳加达从床上站了起来走近芮雷。

纳加达：把钥匙给我。

芮　雷：就这样？

这时，床上的电话响了起来，纳加达一伸手，电话便自己移
动到她手里，纳加达接起电话。

纳加达：喂，等等，不是现在，我忍不住了……

没等纳加达说完芮雷便起身愤怒地夺过电话，将电话狠狠地
摔在了地上。纳加达满脸惊恐流下了鼻血。

芮　雷：（气急败坏）你这个可怜的家伙，鼻子流血了，残
　　　　废了。

纳加达：（吼叫）出去！

芮　雷：……我做了什么？我改变了什么？什么？

纳加达：（愤怒地）走开！请走开！

纳加达眼角流下了泪水，芮雷伸出手想为纳加达擦拭脸上的
鼻血，又轻轻地抚摸了她的脸颊，却被纳加达厌恶地推开，芮雷
突然间又狠狠地甩了纳加达一个耳光，纳加达惊恐地看着他。

纳加达：（恨恨地）我们完了，从我的生活中消失。你滚，我
　　　　恨死你了！你嫉妒，自私自利，残忍！没有人能受
　　　　得了你是很正常的。……你总是垂头丧气的，你为

这些应该感到脸红。……我真的是个白痴，竟然好几个月都感到愧疚，这种感觉会杀了我的。……我没有对你撒谎，不管我有没有对你说出真相，你总是很受伤的样子或者是发脾气，你能不能不要这样，我能容忍这么久，真是难以相信。……你再也伤不到我了，你甚至再也碰不到我了，你是个讨厌的家伙……我们完了。出去！滚！

纳加达愤怒地看着芮雷，而芮雷却始终面无表情眼神空洞，他手扶着床沿缓缓地坐了下来，思索片刻，他的目光又一次转向了床边的柜子。他打开柜子，但是柜子里并没有像之前一样出现一把手枪，芮雷震惊之余，身后的纳加达向他举起了手枪，芮雷缓缓转过身。

芮　雷：(阻止) 等等，不对。

只听"砰"的一声，纳加达朝芮雷的胸前开了一枪。突然间，房间中央的床开始向右移动，芮雷顺势倒在了床前的空地上。纳加达手握着手枪呆呆地站在原地。

## 3. 房间内　白天

纳加达：好热，我开枪了吗？我射中了芮雷，为什么？

# 一丁点的错位

## ——《尾声》读解

　　德国导演汤姆·提克威（Tom Tykwe）最不担心自己有一天会失业，因为他不做导演的话，可以去做编剧；不做编剧，可以去做演员；不做演员，还可以去作曲；不作曲也可以去剪辑；不做剪辑还可以去做制片，这些都不做，汤姆还可以做一名记者，采访与电影有关的人士。总之，电影制作中的各个行当他都可以做，并且做得都不赖。

　　汤姆导演的每一部电影，都像一场银幕革命，他从不满足于老老实实地讲故事，总企图将各个行当中最精锐的部分全部集中在自己的作品中以创造奇迹。《垂死的玛利亚》（*Tödliche Maria, Die*）中令人耳目一新的速度与节奏感，颠翻了德国电影的老套路。《冬日恋曲》（*Winterschläfer*）中让多条故事的发展突然演变出意想不到的喜剧结尾，一扫冬季大雪纷飞常态性的表现方式。《罗拉快跑》（*Lola rennt*）中经典的三段式，以三百六十度全角的叙事方式令全世界惊愕。《香水》（*Perfume: The Story of a Murderer*）以极其冷艳和诡异的表现方式，得出一个令人瞠目结舌的谬论。从1990年他的第一部短片，用夸张的手法制作的以自己与女友争执为内容的短片《因为》(Because) 开始，汤姆·提克威就不断地否定自己，他在否定中寻找了自己，德国电影也在他的否定中开辟了新径。四十岁的汤姆·提克威让所有的出其不意在短短几年时间里，都集中在了他一人身上。

短片《尾声》(Epilog) 是《罗拉快跑》三百六十度"环视叙事"的雏形，在这部短片中汤姆还只是小小地叛逆，到长片《罗拉快跑》时，他已经彻底脱掉缰绳，自由奔驰了。

《尾声》的故事非常简单，讲述的对象是一对夫妻，丈夫偷听到妻子与情人的电话后，两人发生了争执，愤怒之下丈夫将妻子一枪打死。转瞬，故事重演了一遍，结局则是妻子开枪将丈夫打死。

与其他以故事为主，技术为故事服务的电影有所不同的是，汤姆·提克威的电影经常是以技术为主，故事为辅，电影为技术和观念服务。这部短片就是一例。它无所谓是不是夫妻之间的情感故事，或者什么家庭悲剧，导演只是借用夫妻之间的冲突所导致的结果，通过戏剧化的影像对"时间"这个概念进行深入的探讨。

影片清晰地分为前后两个部分，丈夫、妻子两人不同的视角，产生两次不一样的行动。在丈夫视角中他枪杀了妻子，在妻子视角中她枪杀了丈夫，无所谓哪一个结局，也无所谓开始与结束。两个结局其实都不重要，故事重演就说明了这一点，短片旨在告诉大家这样的故事所产生的种种可能。"时间"在转念之间被无限地放大，导演理性地将其拆分并重新解构，艺术性地重塑文学的空间。"环视叙事"打破了时间的延续性和自然的流动性，它间离了电影与观众的关系，阻碍了故事本身可能引起的共鸣，以理性的心态挖掘其内容实质，就像警察破案要逐一审讯罪犯一样，通过他们的口供，线索、证据逐渐剥离、重组以还原事实本身。汤姆·提克威理性并艺术性地"审讯"他的主人公，把种种可能与猜测摆在观众面前，让观众自己组合，他想通过这样的方式，表达"一丁点的错位就可以改变人的一生"的理念。

片中两次叙述，头尾相接就像宿命一样。一头一尾两次口述，丈夫与妻子说了相同的台词：

我，好热，我开枪了吗？我打死了×××，为什么？

这种梦呓般的问话冷静地提醒并引导观众进行思考，随着他们的画外音，第一次枪杀后银幕画面从上至下切换，第二次则由左及右切换，这种奇特的转换手法像一出戏的间奏曲，急匆匆地带着悬念走入休息大厅，忐忑不安于即将发生的情节中。

《尾声》中采取大量推移、交替主观、俯视移动和环型移动的镜头。靠着意念可以随意移动的沙发、垃圾桶、电话和床，给人一种梦幻的感觉，很有点超现实主义的味道。那些超技术性的拍摄，给摄影师带来不小的挑战，他们想在短片中获得摄影技术上新尝试的做法，也使得汤姆一度陷入债务危机，但他依然不放弃打破陈规，总带着问号去创作的态度。对于自己的困惑，他说："我们这代人并不如想象中完美，比如说，我们都是成年人，但变成成年人其实完全不像年少时被告知的那样：长大了就可以自由左右自己的命运！更多的情况还是你一直在做自己不情愿的事。每个人都被自己的欲望困扰，我们总是在变，而我们接收的信息也在让我们不断地反思内心的需要，精神的负担是美好的，只因为这是我们内心一直在求证的问题。"

值得一提的是短片中妻子和丈夫争吵时，那令人头晕目眩的三百六十度环形移动的镜头，不知道是纯技术思考还是有意而为，它恰好体现汤姆·提克威在故事叙事上多视角的特点，使形式和内容达到完美的统一。进行曲般风格的音乐，加深了影片的悬疑色彩和恐怖紧张的气氛，一个简单的夫妻间争吵，变成了抽象的迷阵，有种刀划在玻璃上让人窒息的感觉。

汤姆·提克威这个被多家电影学院拒之门外的年轻导演，对形式上的始终追求与实验，使他的电影从最初观念上的新奇，上升到了哲学的高度，他的出现不仅改变了德国电影的现状，而且给整个世界电影以震颤。未来于他到底是什么样子？或许他需要一丁点的错位！

# 六响枪（*Six Shooter*）

英国、爱尔兰·2005

马丁·麦克唐纳（Martin McDonagh）/ 编剧、导演

布莱丹·格里森（Brendan Gleeson）、大卫·维尔莫（David Wilmot）、多姆纳尔·格里森（Domhnall Gleeson）/ 演员

27 分钟 / 实验

2005 年英国电影学院奖（BAFTA）最佳短片提名

2006 年奥斯卡最佳真人短片奖

**序场：**

医　生：对不起，东尼先生。你的妻子在今天早上 3 点过世了。

东尼先生不愿相信这个消息是真的，他多次尝试张嘴说话，所有的话语却都哽在喉咙里。

## 1. 医院走廊　白天

医院的走廊上异常安静，一种浓重的压抑感。

医生将这个消息告知了东尼，他手插在衣服兜里，这种情景早已习以为常。东尼一时无法接受这个悲痛的消息，他瘫坐在了

身后的椅子上，脑子里一片空白。

医　生：您还想再见她一面吗？

东　尼：（缓过神来）是的，拜托。谢谢您。


2. 医院病房　白天

病床上，过世的妻子安详地躺着，双手交叉放在胸口，手上戴着手环和一枚婚戒，双手还握着一个十字架的项链。

东尼坐在床边一动不动地盯着妻子，满脸悲伤，病床边的床头柜上还摆着两束鲜花，显然这是最后的告别。

医　生：（找借口地）我很想和您待久点，东尼先生，但是我们都很忙。（站在东尼先生身旁说道）

东　尼：（转过头同医生说话）您忙您的吧。

医　生：（念叨着）两起婴儿猝死和一位妇女，她的儿子开枪打飞了她的头……

东　尼：（惊讶地）不，……她是还活着还是已经死了？

医　生：（语气平静）哦，死了，已经死了。头都没有了。……我就留您在这里吧。（说完轻轻拍了拍东尼的肩膀走出病房）

东　尼：（对死去的妻子）不知道该说什么，宝贝。不知道该说什么。……我给你带来大卫的照片。（他从西装口袋里拿出了一张照片放在妻子的手上，照片是一只兔子正在吃草）……不知道该说什么。（伤心地）我不知道你现在在哪？

东尼起身抚摸妻子的嘴唇亲吻了一下，妻子再也不可能给他任何的回应。

### 3. 火车铁轨旁　白天

站台上东尼手拿着外套发着呆，微风吹拂着他的头发他也没有丝毫反应。

车鸣，远处黑橙相间的火车缓缓驶来。东尼这才抬起头朝火车的方向看去。

### 4. 火车车厢内　白天

靠近窗边，一位身穿绿衬衫黄色外套的青年男子坐在座位上，他嘴里叼着烟，手上还在摆弄一个粉色的猩猩玩偶。

东　尼：（走到青年男子对面的座位询问）这里有人吗？

青　年：（答非所问）恐怕有几百个人，（朝着窗外）看他们。

东　尼：（坐下看向窗外）只是简单的问题。

青　年：他们就是最好的问题，（抽着烟）我就是受不了那些
　　　　混蛋。

此时一对中年夫妻走进车厢，丈夫留着小胡子和一头卷发，身穿棕色风衣走在前面，妻子一头卷发穿着一件黑色风衣紧随其后，她手上还捧着一个黑色小皮包，他们在东尼与青年的旁边找了座位，面对面地坐下。

青年看了看这对夫妻，然后莫名地朝着东尼做了一个鬼脸，东尼回应了一个无奈的眼神，将头转向火车窗外。

火车行驶在蜿蜒曲折的铁轨上。轨道旁零星有些房子，房旁的树上挂很多晾晒的衣服，听得见狗叫。东尼静静地看着窗外，

悲伤还未从脸上褪去。

对面的青年百无聊赖地用手指戳着自己的脸，看看东尼又看看那对中年夫妻，一副无聊模样。

丈夫伸手握住妻子的手，妻子冰冷地抽出，惆怅地看向窗外，流着眼泪。

青　年：（思考一会，不礼貌地朝那位丈夫大声招呼，多管闲事地）嗨！您怎么了？

中年丈夫心事重重，被人莫名地打扰，一副很不爽的表情看向青年男子。

丈　夫：（嘟囔着）看你一副丧家犬的样子，管你自己的事。

青　年：（意外自己听到这样的话，气愤地对着东尼说道）你听到了吗？我只是找一些人聊天。

丈　夫：（不爽地）和你认识的人聊天。

青　年：（理直气壮地回应）我不认识任何人，我在这世上没有朋友。

东尼无可奈何地回应他无奈的眼神。

青　年：（青年眼神示意了一下那个中年丈夫，对东尼说道）他有点怒了。

中年妻子瞥了对面的丈夫两眼，依旧不想搭理的样子。火车奔跑在一片绿色的田野上，田野上一条不深的小水沟，零星几棵树。远处房屋慢慢地显现。

青　年：（突然地）嗨！伙计，为什么从来没有高个儿骑师？

东　尼：啊？（不太明白青年的话）

青　年：（抽着烟冒失地问）为什么从来没有高个儿骑师？他

们都是些身材矮小的家伙。

东　尼：（敷衍地）体重。

青　年：我知道的，体重。……（神经地）天哪！体重！哈哈体重。……但如果你是个想当骑师的高个子那该怎么办？这对你不公平，很不公平。……我妈妈过去总对我们说，每个人都可以长成他们想成为的样子。（喋喋不休）现在如果那些个高的小伙子想成为骑师，这真他妈的不幸。

东　尼：你可以参加障碍赛。

青　年：（模仿地）你可以参加障碍赛！……你这是在抓他妈的救命稻草啊。（满脸不屑地一直重复这句话）你可以参加障碍赛。天哪！你可以参加障碍赛。

东尼先生看着眼前这个神经兮兮的青年，无语地翻了个白眼。

青　年：（继续唠叨）花式骑术，这是另一个让我神经紧张的破玩意儿。

丈　夫：（无法忍受青年满嘴脏话，满脸厌恶地）……你说话就不能该死的注意点吗？

青　年：（意外地，好像自己很委屈地）嗯？这伙计。天哪！（朝东尼先生说着）好了，我去餐车了。（随手捻下烟头，站起身不屑地）离开你们这些无聊的家伙。（转头朝身后的这几个人玩世不恭地问道）有人想要什么吗？哭鼻子的那个？……不要？（讨人厌地）那老头呢？

东　尼：来杯茶。（掏钱）

青　年：（大大咧咧地）一杯咖啡！不，不要掏钱了。如果你认为我能随便叫杯咖啡的话，那就意味着还有好东西给你，（对着玩偶）孩子！哦。（说完拿着他的皮包摇摇摆摆地朝餐车走去）

丈　夫：（关心地对妻子）你还好吗？

妻　子：（看见青年离开，松了口气）好了。……不，我不好。（两人愁眉苦脸）

东　尼：（关心地询问那对夫妻）有什么事吗？

丈　夫：我们的儿子昨晚夭折了……（伤心地）猝死综合征。

妻　子：（对丈夫的行为非常不满）你就广而告之吧。

东　尼：（见状赶紧道歉）对不起。（随即转过头看着窗外）

火车正经过一座桥，桥下一片湖泊。窗前的桌上还摆着青年男子的猩猩玩偶。不一会青年拎着一袋食物和一杯咖啡回来。

青　年：（边抱怨边将咖啡递给东尼）一包土豆片要 50 便士，简直是他妈的抢钱。

东　尼：哦，我该给你多少？（在兜里掏钱）

青　年：算了。

东　尼：不，真的。

青　年：我说过了，算了。……（看到中年夫妻的座位空着）那俩笑呵呵的双胞胎去哪儿了？

东　尼：他们的儿子昨晚夭折了。

青　年：（难以置信）是吗？哦，天哪。……他们杀了他？

东　尼：（有些意外，辩解地）不，他们没有。

青　年：（让人讨厌的样子）……可能他们把他撞到什么东西上。

东　尼：（摇摇头表示否定）是婴儿猝死综合征。

青　年：（否定一切的样子）那是他们说的。我打赌他们把他撞到什么东西上了。……如果我有个小孩的话，如果他让我精神紧张的话，我就会让他撞到东西上，就像马文·盖伊（注：20世纪70年代灵魂歌手）的爸爸。……（越说越起劲）如果我是马文·盖伊的爸爸，我也会杀了他（注：盖伊45岁生日前一天被父亲枪杀），……让他闭上他的鸟嘴。（胡说八道地）我很奇怪，爸爸和妈妈们不经常杀害他们的孩子，因为大多数孩子都他妈的堕落了。……我肯定也是。我也是个堕落的孩子。……（突然朝东尼先生劈头盖脸地问了一句）你有孩子吗？

东　尼：没有。

青　年：嗯，将来你一定会有，现在你多大没有关系。……托尼·柯蒂斯他都是他妈老古董了还在生孩子，不是托尼·柯蒂斯，是谁来着？……（思考着）罗德·斯泰格尔……我总是把这两人搞混。罗德·斯泰格尔都他妈快有100岁了吧。……（突然看到窗外草原上的一群羊，像孩子一样地大叫）啊，羊！

东尼先生喝着咖啡跟着看窗外的羊。

青　年：你对着羊喊过吗？

东　尼：（摇头）没有。（依旧看着窗外）

此时那对中年夫妻回到车厢，情绪没见好转，妻子依旧是一副不想理人的样子。

青　年：（告诉东尼）唉，雌雄大盗回来了。

东　尼：（看不过去青年的恶意和玩世不恭，反问道）你去哪里？都柏林？

青　年：（聒噪地）都柏林，是的。那个从来不清理的城市。……（哑着嗓子）看！我需要海洛因和一嘴狗屎口音，所以我直奔这两样东西的发源地。

丈　夫：（一旁的中年丈夫在行李架上整理包裹，听到青年这么说话就严肃地警告）如果你再那样说话，我就他妈的打得你屁滚尿流。

青　年：（不爽地反驳）什么话？"狗屎"又不是粗话。

丈　夫：就是。

青　年：他妈的不是。

丈　夫：来啊！（突然跳起来对着青年）我再也受不了你这混蛋了。

东尼先生连忙起身拦住中年丈夫，劝阻两人。

青　年：（情绪同样很激动）让他扁我，我他妈的不在乎。

丈　夫：（厌恶地）滚一边去。

青　年：你滚一边去！我比你们来得早，笨蛋。

妻　子：（看到这情形对丈夫说）坐下。

丈　夫：（对着青年男子）你要再多嘴一句！（比画着揍他的动作，然后转过身回到自己的座位）

东　尼：（对青年警告的口吻）听着，我不会再护着你了，好

348

吗？……（心烦地）我自己也很烦的。

青年男子微微地朝东尼点了点头。中年丈夫坐在自己的座位上大口喘着粗气，好像还没有从刚刚的气愤中缓过来。

火车继续奔驰着。过了一会儿。

青　年：……瞧，我有个很棒的故事。关于胃气胀死奶牛的，
　　　　你想听吗？（好像完全忘了刚刚的事）

东　尼：（语气强硬）不！天哪！

青　年：（很不爽地抱起双手）你可真无趣。

火车继续向前行驶。一辆手推车上摆放着各种各样的食物和水，男列车员双肘依靠在推车上，懒懒的样子。

东　尼：你不用推着车来来去去的？

列车员：（冷淡地）不用。

东　尼：有品客薯片吗？

列车员：没有。没人要求我们进这种花里胡哨的脆玩意儿。（表
　　　　情不太友好地推销着）我们有土豆片，有瑞普斯牌的。

东　尼：有酒吗？

列车员：（很不耐烦）现在是早上 11 点。

东　尼：（已经生气了）哦，我问你现在几点了吗？我问你的
　　　　是你卖酒吗？

列车员：（不爽地）不要冲我发火。

东　尼：是的，好。不要冲我发火。

列车员：（开始吼道）我怎么发火了？

东　尼：你整张脸都写着愤怒。

列车员：（疑惑地）我的脸？

东　尼：你整个行为都发怒了。

列车员：（气愤地）你想在列车上工作吗?

东　尼：你有个狗屁工作是我的错吗?

列车员：（毫不退让）我没说这工作狗屁啊。我只是说这没
　　　　达到我对自己的期望。

东　尼：（满脸愤怒）你是给我酒呢，还是我就站在这儿?

列车员这才从推车上拿出一个绿色的瓶子交给东尼，随即收
钱不高兴地走开。

丈　夫：（也是来到手推车前问着和之前东尼问的同样问题）
　　　　你不用推着车来来去去的?

列车员：（生气地迟疑了几秒，压制怒火地问道）你要什么?

丈　夫：两杯茶，谢谢。

中年丈夫端着茶走到正在喝酒的东尼先生身旁点起了一根烟。

丈　夫：（指男青年）他是不是有点痴呆? 那个年轻人。

东　尼：我不会说"痴呆"这个字眼。不，我的意思是他懂
　　　　花式骑术。

丈　夫：没有伤害他的意思。

东　尼：最好这样说。

那位妻子坐在座位上盯着一张照片不停地流泪，照片上应该
是他们刚刚夭折的孩子。

青　年：（朝中年妻子走了过来）那是你们夭折的孩子吗?
　　　　让我看看（在她的身边坐下）。……他看起来像是
　　　　"布朗斯基节拍"的人（注：名噪一时的同性恋乐
　　　　队）。……记得布朗斯基节拍的那个人吗? 他长得像

他。怪不得你们把他往东西上撞。

**妻　子：**（显然她被青年男子的话激怒）他是猝死的。

**青　年：**（毫不在乎地说出这话，还面带笑容）做妈妈的都这
　　　　么说，大家都知道让你蒙羞的丑小孩会有什么下场。

中年妻子愤怒起身不再说话，她爬上座位从男青年身边跳过
去，不料没站稳顺势跌倒在过道上，手中婴儿照片被不小心撕碎，
她气愤地盯着青年男子，眼中充满了仇恨。

**青　年：**别怪到我头上。

中年妻子低头看着手中的照片默默地爬了起来。

**青　年：**（朝中年妻子的背影喊道）嗨，夫人！你男人是从那
　　　　边回来的。

中年妻子没有把他的话听进去，继续大步朝车厢头部走去，
果断地关上了两节车厢间的移门。

**青　年：**（不解地回到座位，反思自己刚刚的行为）我有点过
　　　　分了？……（自言自语）我觉得你有点极端了伙计。

火车快速地行驶在铁轨上，两侧风景依旧是大片翠绿的田野。
突然一个东西重重地撞到了车窗上，溅起了血迹。青年男子被眼
前的一幕震惊，慌了慌神才意识到事情有些不对劲，他突然起身
奔向刚刚中年妻子去的方向。

两节车厢中间的门已经被打开，火车行驶带来的风吹了进来，
他赶忙将车门关上，他看到地上的那张被撕毁的婴儿照片，他拿
起照片，再次看向窗外，立刻明白了什么。

火车并没有减速继续前行，两边田野上生长很多黄色的小野
花。东尼先生和中年丈夫一起回到了车厢。中年丈夫拿着两杯咖

啡却寻不到妻子，他焦急地四处张望。

丈　夫：（问青年男子）你看到我妻子去哪里了吗?

青　年：我看到了。……（抽着烟，平静淡然地说出这番话，
　　　　好像这是从哪里听到的一个故事）她5分钟前摔出
　　　　车外脑浆撒了一窗户。

丈　夫：（没有把他的话当真）神经病……我要去找我的妻子。

青　年：（依旧不依不饶地说）你朝火车外看看，她洒了有半
　　　　个火车。

东尼先生听到这话鄙视地瞥了一眼，当他在胡说，当他看到
窗上的血迹，不敢置信地朝车窗挪近了一些，然后瞪大眼睛严肃
地看着青年男子。

青　年：（完全不在意轻松地说）别看着我，我告诉你不到五
　　　　分钟前。

东尼先生立刻起身拉响了头顶的警报器，火车在一声刺耳的
响声中停止了行驶。


5. 火车站台　白天

火车停在了一个站台上。车厢的车门全部被打开，为了更好
地调查中年妻子跳车自杀的事情，几位执勤的警察各司其职。中
年丈夫已经被叫到车外，身穿制服的警官正手拿纸笔全程记录他
的口供。


6. 火车车厢内　白天

青　年：（在车厢内接受调查）她一坐下就古里古怪的。哭个

没完，像个疯子似的。……她是不是哭个没完，像
个疯子？伙计。

东　尼：（满脸同情地）她的儿子刚刚夭折。

青　年：她有的。……把这写下来，因为这可能与此有关。……
（从上衣口袋里拿出中年妻子留下的婴儿照片交给警
官）就是她一脸凶相的孩子，他像"布朗斯基节拍"
里的那个人。

警　官：（观察着手里的这张照片问道）哪个人？

青　年：（再次强调）"布朗斯基节拍"的那个人。

警　官：（惊诧）那个同性恋？

青　年：（一脸幸灾乐祸）是的，同性恋！同性恋！同性恋！

警　官：我能留着这个吗？

青　年：拿走吧。把它放进夭折了的，酷似布朗斯基节拍的
孩子的档案里。

警　官：（若有所思地盯着青年男子）我在哪里见过你吗？

青　年：我？不。（勉强挤出一个和善的微笑，立即低下头挠
着后脑勺）

警　官：好的。她离开前你们在谈什么？

青　年：我正在讲一只胃胀气奶牛的故事。……天！这不会
把她逼到绝境吧，先生？

警　官：哦，不。我肯定那只是……她自己太过悲伤所致
（低头认真记录）。谢谢，伙计。（轻轻拍了拍青年男
子离开了）

青　年：（突然对东尼说）我在想已经死了很长时间的弗洛伊德。

## 7. 火车站台　白天

火车外中年丈夫还在协助警察调查。一位年轻的警察交给他妻子生前的物品，他接过物品越发伤心，跪在地上哭泣，警察见状只得安慰他。

## 8. 火车车厢内　白天

车内的东尼先生看到此情景伤心地双手掩面，他想起了刚刚过世不久的妻子。

在警察们的注视下，火车重新出发。唯独青年男子隔着车窗龇牙咧嘴地朝警察挥手告别，不仅没有受此事的影响，反而还很开心。

## 9. 火车站台　白天

那位记录口供的警察立刻觉得情况不对，招呼身边的同事。

警　官：（紧急地呼喊）把车停下！叫伙计们把枪拿出来。

## 10. 火车车厢内　白天

车厢内，东尼先生已经无心再掩藏自己悲伤的情绪，更无心欣赏窗外的景色，青年男子见他情绪这么低落，翻了几个白眼。

青　年：（鄙视地）天！你感情太脆弱了，你甚至不了解那个女人。

东　尼：不，你不尊重死去的人。

青　年：我没有，没有。……黑家伙偷走了我的。……（对自己）承认吧，伙计，她号啕大哭让你不安。……（情绪突然激动）我妈妈昨晚被杀了，我可没泪如泉涌。

354

东尼先生本无心再听他的唠叨，听到这些突然觉得不对劲。

东　尼：你在骗我吗？

青　年：哦，是的。我总是喜欢骗人说我妈妈被杀了。……
　　　　（满脸骄傲）这对我来说是一大乐事。

东　尼：（难以置信地）你似乎不是很沮丧的样子。

青　年：好，她不是一个令人高兴的女人……（平静地）并
　　　　且生活还要继续。

东　尼：（像是要哭出来）我的妻子昨晚死了。

青　年：真的吗？她也是被人杀害的吗？

东　尼：不是的。

青　年：哦，妈的。我觉得有个在逃的连环杀手。

东尼先生再也忍受不住，双手掩面哭了出来。

青　年：哦，不要哭，老伙计。……她现在和上帝在一起呢。

东　尼：（继续哭着）我不相信上帝，从来不。

青　年：当然你相信有，你是个老人了嘛。

东　尼：不，今天是致命一击了。

青　年：为什么，发生了什么事（很是不解）？哦，你的妻
　　　　子。……现在是那夫人，火车上的那女人，（极力解释）
　　　　那不是上帝的错。他不可能随时无处不在。什么？

东　尼：（苦笑地摇摇头）没什么。

青　年：终于！你笑了。你想听个故事吗？是关于胃胀气的
　　　　奶牛。非常有趣的故事。（又开始喋喋不休地推荐他
　　　　的故事）

东尼先生：我想听听。

355

青　年：是吗?（非常兴奋，甚至脱掉了他的上衣外套开始讲起了故事）。这是个他妈真实的故事，那太疯狂了!

11. 牛市　白天

青　年：（生动地讲述）我 7 岁的时候，和爸爸去了牛市。牛市里什么牛都有……然后就有这么头胃胀气的牛。有个术语，但我他妈不知道叫什么。总之，这头奶牛开始疯长，像他妈充气的气球……那真是很危险，因为它们可能会像那样死掉。没人知道该怎么办……直到这个瘦小的人突然出现……他也只是刚好经过。他拿了个螺丝刀，跳进了牲畜栅栏里。大家都在想"哦，我靠，不"! 那个矮子在奶牛的身上刺了个洞。我们都以为他是疯了，竟然去刺奶牛。但是接着，那头奶牛开始放弃恢复原来的样子了。对胃胀气的奶牛要做的就是：刺他妈的。所有人都为这矮子的胆识鼓掌。……他是他妈的奶牛专家。他说奶牛体内的这种气体和家里煤气灶用的气体是一样的。每个人都说扯淡能一样吗，但是他说：是的，快看。……他点着了那种气体，有一股火焰从他妈奶牛身上喷射出来。我们对此印象很深，我们又给他一阵掌声。但是那气体肯定是回流进体内了。因为奶牛他妈的爆炸了……我生命中最高兴的一天。奶牛爆炸!

## 12. 火车车厢内　白天

听完故事。东尼微笑地点了点头。青年男子则是一脸满足，好像自己顺利地完成了一件人生大事。

东　尼：（起身准备下车）我到站了。

青　年：你要下车了？真公平，你刚开始让我有点心痒痒。

东　尼：（穿上大衣）祝你好运！

青　年：（叫住了准备离开东尼）伙计！（郑重地）你太太的死，我很抱歉！

东　尼：谢谢你！对你妈妈很抱歉。

青　年：（非常平静）哦，没什么。

东尼先生转身朝车门走去，不断地回头看看坐在座位上的青年男子。火车缓缓行驶，东尼站在车门旁等候火车停稳。他突然发现铁轨两侧有很多警察和警车，他们手持枪支在瞄准车内一副整装待发的模样，东尼疑惑着，但突然间他明白了什么立刻走回车厢，脑海里回想到医生所说的话"两起婴儿猝死和一位妇女，她的儿子开枪打飞了她的头。"

而此时青年男子已经站起了身，手上持有两把枪对准窗外。

东　尼：（上前制止）不！

然而他还没有来得及制止，青年男子已经朝窗外开了数枪，子弹穿过车窗玻璃破裂四处飞扬，东尼被枪声震倒在地。警察朝着车厢一阵扫射，两方发生激烈的枪战。

青年男子终寡不敌众被飞射而来的子弹击中，身中数弹慢慢倒下，鲜血淋漓。东尼先生匍匐向前将青年挽在自己臂弯。

青　年：我一个都没打中，枪法真他妈逊。（奄奄一息地说出这话，口气却像个傲娇委屈的孩子）你知道，你知道我什么意思，就是他妈的逊。

青年男子死去，东尼先生趴在地上大口喘着粗气，不敢相信眼前发生的一切。他就像抱着自己的孩子，哭了起来。随后偷偷取出男子握在手里的抢，藏在自己的上衣口袋中。

车外传来阵阵警车声。

### 13. 东尼先生家中　白天

东尼先生回到了自己的家，柜子上还摆着妻子的照片。他拿起桌子上的那把枪，枪里还有两颗子弹。

东　尼：（对着柜子上妻子的照片说道）希望很快我就能见到你，宝贝！……如果不能，不能……

他扣下了一旁耶稣的画像扣动枪支的扳机，将枪指向自己的脑袋，脸上有恐惧亦有坚定，他闭上眼按下的那一刻，突然听到一阵唏唏嗦嗦的声音，他放下枪，上前查看。

东　尼：（抱着兔子轻柔地抚摸）喂！喂！大卫，我们一人一颗，（他将枪对准兔子的头）我随后就到。一声枪响后兔子满身鲜血地死去，他举起枪对着自己的头颅时枪没有抓稳掉在了地毯上，"砰"的一声冒出了白烟，东尼先生看着地上的枪和已经死掉的兔子大卫，不知如何是好。

东　尼：哦，天哪！去他妈的一天。

他只能接受这如此滑稽的一天和如此滑稽的现实。

# 一场游戏一场梦

## ——《六响枪》读解

《六响枪》(*Six Shooter*) 是一场影像药品的化学实验，旨在挖掘人性中被忽视的角落。片中所有人物都没来由，我们不知道他们的生活、职业以及相关的背景，只知道他们逝去的亲人曾同一时间出现在一家医院里，而他们——这来自三组家庭的四个人又同一时间地出现在一趟火车上，一同开往人生冰天雪地的终点。

短片讲述的是东尼从医生口中得知妻子去世的消息，悲伤的他将夫妻俩的宠物兔子照片放在妻子手中后，独自踏上开往都柏林家中的列车。

火车上，东尼的对面坐着一个喋喋不休的青年，一路上唠叨没完，他似乎什么都不满意，处处抱怨。他尖刻刻薄的话语令刚痛失孩子的夫妻发生了口角，丈夫暴怒不已，妻子则在绝望之时跳车自杀。警察介入调查，对峙中青年被警察击毙，东尼意外发现，就在前一天晚上，车厢里这四个人的亲人们在一家医院里死去，而他们则像被命运安排好了似的又同一时间地出现在一趟列车上。

伤心绝望的东尼回到了自己家中，准备与宠物兔子一同自杀，他枪杀了兔子，而自己则荒诞地活了下来。

出生于英国伦敦的导演马丁·麦克唐纳（Martin McDonagh），其电影作品虽然有限，却质量上乘。他的作品中总是融合了爱尔兰式的民俗雅韵、黑色幽默与英国式的电视喜剧色彩。自《六响枪》之后他自编、自导了自己的第一部剧情长片《杀手没有假期》（In Bruges），迎来了好评如潮。而在短片中饰演中年丈夫的演员布莱丹·格里森（Brendan Gleeson）则再度与他合作，成了他的御用演员。

短片《六响枪》就像是一场死亡大集合。这辆极端列车载着的人物几乎都有些不真实，他们都有着残酷的结局和超越现实的行为，杀了母亲的逆子唠哩唠叨，无视死亡也无视情感，对弑母行为毫不在意，对刚失去孩子的年轻母亲的跳车自杀行为也表现得如同看到车外风景一般地平静，马术比赛和奶牛爆炸的故事比人的死亡更能引起他的兴趣，这个极端冷漠的人却在玩偶身上倾注爱心。丧妻的丈夫匪夷所思地充满宽容和理解，可他无力回天，丝毫不能挽救什么，他的杀兔和自杀未遂的行为充满了荒诞。年轻母亲因为失去孩子丝毫不顾丈夫的感受而选择自杀，孩子的父亲愣头愣脑地要么吵架要么若无其事地谈论别人，最不真实的是对自己工作不满意的列车售货员，不得不在发牢骚的同时做出无奈的选择，所有这些人物非理性的怪异行为都为故事情节蒙上一层荒诞的色彩。

这趟列车上的所有人物都是不快乐、不幸福的，只有丑陋与无奈，全无美好可言，这不是上帝的安排，而是导演有意营造的一种境遇，是要逼迫他的剧中人在此境况下做出人生的选择，选择的结果正是这场实验的目的。

《六响枪》的故事像一出存在主义戏剧，"情境"把人内心深处的阴暗与丑陋暴晒在众人面前，随着列车的前进，越来越让人感到苦闷与无望。这不是偶然而是境遇造成的，人有选择的自由，列车售货员选择了妥协，继续售卖食物；失去孩子的年轻母亲选择了死亡；弑母者选择同归于尽；失去妻子的丈夫则不得不选择接受一个滑稽的现实。每个人的选择都对列车上其他的人产生了影响，逆子的恶语中伤直接导致年轻母亲的死，失去妻子的中年丈夫用宽容抚慰了一颗残忍的心，这一时刻感受到的是"他人即是地狱"般的电影情节。

《六响枪》电影背后隐藏的思想非常深刻，它让我们看到了人性中最极端的一面，人和人之间充满残酷，无时无刻不处在一种烦恼、痛苦和孤独无依的状态中，虽然荒芜的戈壁找不到盛开的鲜花，我们仍然还要面对，并且艰辛地做出自己的选择。

整个短片弥漫了血腥、荒诞和恐怖，片中对白是重要的表现手段，主要是通过弑母青年和丧妻的丈夫之间的对话将所有人的故事引出来的，将该说的和不该说的都说了，尤其是那个青年，几乎一半以上的话都出自他之口，恶语中伤，语速惊人，唠哩唠叨，他那嘶哑的嗓音，一个调值的节奏，加上充满神经质式的表情和眼神，都让人无可奈何。导演在极短的时间里营造了数个悬念，玄机四伏，悲伤而又紧张的气氛则给人以窒息之感。

这样一部思想性大于故事性的电影，完全有理由相信，编导是预先设定了想表达的思想和情境，而后才想出这么一个故事来的，对于电影短片创作来说，这未尝不是一种尝试，只是看起来的确有点累。

# 新房客（*The New Tenants*）

丹麦、美国·2009

安德斯·托马斯·詹森（Anders Thomas Jensen）/ 编剧

雅奇米·贝克（Joachim Back）/ 导演

文森特·诺费奥（Vincent D'Onofrio）、凯文·考利甘（Kevin Corrigan）/ 演员

20 分钟 / 实验

2010 年奥斯卡最佳真人短片奖

## 1. 房间内　白天

清晨，朝阳透过轻薄的窗纱照进屋内。弗兰克和杰里围坐在桌边，桌上一堆纸牌、一个酒杯。

**弗兰克：**没有人逃得过生活，每个人都有自己活着的方式，通常说大多数人过的是沉闷的日子，每一秒，在每个国家、城市、首都，都有人在放弃目标，放弃他们原本充满生机的想法。所有这一切几乎都在同一个时间上演，基本上每一秒里，都有人在思考自己最后的想法。如此深沉……就是那种微妙的关

系……通常来说，我保证。就像颗炸弹在市场上炸开了，厌世的人搞的是人体炸弹。

弗兰克边抽烟边慷慨激昂谈论，偶尔拿起酒杯小酌一口，杰里在一旁心不在焉地听着。

**弗兰克：**（继续唠叨）彻底的素食主义者，个体的手工艺人，全部都是垃圾，在大街上无所事事，他们就像社会的寄生虫，所以我认为商业是完全没有希望的，这个社会只会越来越糟糕，人们越来越堕落。这些事时刻都在发生，天天可以在报纸上看到。比如说，有一天河里出现三个反应堆，小镇气氛就沸腾开来了，不出八秒全城人都知道了，但是，人们懂什么呢？

杰里变得不耐烦了起来，他微微闭上眼睛，弗兰克并未察觉，继续他的高谈阔论。

**弗兰克：**镇上的人，他们相信自己眼睛所看到的一切，他们全都跑出来，但没人负责，没人出来道歉，孩子被抓了起来，甚至动了军用武器，人们于是大喊不是孩子干的，孩子就是未来，而我们的未来就在他们的手里，孩子都被弄得半死，是不是够蠢的？坦白说，我们全都震惊极了，算得上是本世纪最震惊的一件事了。但却完全没有头绪。

杰里开始自顾自地吃起了烤肉串，他边吃边看着报纸。

**弗兰克：**（越说越起劲）警察局全他妈的混账，把人们的生活弄得一团糟，非洲人民生活在水深火热之中，人们真够操蛋的，没有了隐私，汉堡包什么的垃圾食品在毁掉公众的健康，我们他妈的都是一群没希望的人。……（指着杰里）还有你，跟我说什么吃东西时不许抽烟……

杰　里：（打断）你说完了没?

弗兰克：完了。

杰　里：（不耐烦地）好的，你知道我讨厌你抽烟，尤其是当我吃东西时，你本来知道的，你就不能表现出一丁点体贴。

弗兰克：（想继续长篇大论）你在从一根棍子上吃混合肉馅，那是什么? 口条和眼珠? 嗯? 外加阴茎。

杰　里：（制止）行了行了。

弗兰克：（两人开始争吵）那就闭上你的嘴好吗?（门口传来门铃声，两人不约而同地望过去。）老天!

杰　里：你约了人?

弗兰克：没有。

弗兰克放下手中的烟，起身准备去开门，杰里趁势一把拿起烟，狠狠地将烟捻灭在了烟灰缸里。


2. 房间门口　白天

弗兰克走到门口，打开房门。一个穿着蓝色连衣裙、涂着蓝色眼影、身材矮小的老太太出现在了门口，劈头盖脸问他。

老太太：女人没有面粉可怎么行?

弗兰克：（诧异地）请再说一遍?

老太太：一般我们不和新房客说话，但我需要借点面粉。

364

**弗兰克**：我上一次烤东西是 1987 年，所以我同面粉的关系不怎么样。

**老太太**：是我的孙女，我总给她烤肉桂酥，她今天要来，大部分原料我都有了，就缺一点面粉。

**弗兰克**：好吧。

**老太太**：（没有要走的意思）她叫艾薇儿。她小时候我总给她烤肉桂酥，这是我们之间的纽带。

**弗兰克**：（有点莫名其妙）我们刚刚搬进来，你知道的。……要不试试楼下，他们可能有面粉。

**老太太**：可他们死了，他们和杰里一起被打死了。

**弗兰克**：（吓了一跳）杰里，曾经住在这里的家伙？

**老太太**：是啊，你们没听说？（开始讲述）杰里开枪打死了他们……当然是他们先向杰里开的枪，但他们失手了，那会儿是休息时间，他们上楼来查看情况，然后脑袋就挨枪了，脑袋开花了……

**弗兰克**：（有些胆战心惊）我们签合同时，他们可一个字也没提这个呀。

**老太太**：（指着脚下地板）他们三个就躺在这，都被子弹打中脑袋，以前艾薇儿经常下楼找杰里的。

房间里的杰里突然拎着一袋白色粉状的东西走了出来。

**老太太**：（开心）噢！

**杰　里**：你需要多少？

**老太太**：我需要一半，但你猜怎么？我干脆都先拿着，剩下的我会还回来，我保证。

365

杰　　里：（不想继续听她唠叨，希望她赶紧走）怎么说呢？不
　　　　　　必了，拿着吧。

老太太：谢谢！非常感谢您，艾薇儿一定很高兴。我一般用
　　　　　蛋糕粉，会发得比较好，但我也只能有什么材料用
　　　　　什么了。

没等老太太说完，弗兰克就关上了房门。

弗兰克：（惊讶地问杰里）见鬼的，那是从哪儿来的？

杰　　里：厨房的柜子里，就在番茄酱和薯片旁边。

弗兰克：恶心！你竟然给她死人的面粉。


3. 楼道内　白天

　　老太太拿着面粉步履蹒跚地走回了自己家。


4. 房间内　白天

　　弗兰克和杰里重新坐回桌前。杰里嘴里嚼着薯片看着弗兰克，
弗兰克一边抽烟一边摆弄纸牌，杰里抓起一把薯片塞到嘴里。

杰　　里：你不来点？一点都没坏。

弗兰克：（厌恶地）你那死人的薯片？饶了我吧。我不敢想象
　　　　　它是从哪儿来的。

杰　　里：那你是不是该把烟朝别的地方吹？

弗兰克：（两人又开始火药味交谈）……你真多事，你知道我
　　　　　喜欢抽烟。

杰　　里：（反驳）烟味好恶心，有害于我的健康，……嗨！你
　　　　　想用香烟杀了自己，干吗要我也得癌症？

弗兰克：（有些生气）听听你说的，你知道你的口气像什么，是吧？

杰　里：别这样，弗兰克！

弗兰克：（看着杰里有些激动）追求纯洁的独裁者！……我还有什么坏毛病让你反胃的？杰里！说出来我好改正。……那个素食主义者阿道夫·希特勒起初就是这个样子，你知道阿道夫·希特勒是个素食主义者，对吧？

杰　里：（翻了翻眼睛）天呐！

弗兰克：（制止）好啦，我以为早上是愉快的时光。

杰　里：（无可奈何地）好，抽吧。恶性喉癌最终会让你闭上嘴巴。

弗兰克：（乐不得地）这才是我的乖男孩！

就在这时门铃再次响起。

弗兰克：（两人相互对望）你去吧。

杰里起身向门口走去，刚打开门还没来得及反应，就被门外进来的胖男人推倒在地，他拿着棍子气冲冲地径直向房里走去。

胖男人：（手里拿着棍子直愣愣地）有杰里吗？哪个是杰里？

杰　里：（吓得不敢承认）谁都不是，我叫彼得，他是弗兰克。

胖男人：（对着杰里）你是不是占了我老婆便宜？

弗兰克：（否认）我们根本不认识你老婆，……杰里死了，我们也刚知道。

胖男人：（歪着头一副怀疑的样子）艾薇儿说看她奶奶其实总到这儿来。

杰　里：（疑问）艾薇儿？

367

**胖男人：**艾薇儿！我生命中的婊子！

**杰　里：**楼上的是她奶奶？

**胖男人：**也许，正准备给她做肉桂酥吃。

**杰　里：**（想解释）听着……

**胖男人：**（胖男人根本不听，把棍子转向弗兰克）是你对吧？
一个男人。

**弗兰克：**（竭力保持冷静）听着朋友睁开眼睛看看好吗？我们
昨天刚搬进来，明白？（指着杰里）我们一起搬进来
的，（暗示着）你明白那个意思吗？一起，我们生活
在一起，所以我们谁也不可能占你老婆的便宜，这一
点可以保证。至于杰里！……他屋子里突然出现了三
个死人，所以估计你敲不到他的脑袋了，明白？

胖男人暂时平复了心情，他找了把椅子坐下，手里拿着棍子，
眼神空洞。沉默良久。

**胖男人：**（突然声音柔和地）上帝！上帝！可怜的你呀！人们
为了各种各样的原因结婚，但别以为就你聪明，要
知道这有什么错？这有什么错！

他说着便开始激动地敲打着桌子，弗兰克看着他，一副不屑
的样子。

**胖男人：**（软弱起来哭着讲述）有一次她跟我说最向往的事
情，就是去埃达看演出，是的，我就买了票准备去
看。……她又说，她其实想看的是文斯乐队！好吧，
我犯了一个错误，……又能怎样？爱怎样怎样……
（语无伦次）我好像……想杀人。（杰里和弗兰克吓

368

了一跳）我们其实交往得不错，嗯？……（神经兮兮地）相当不错，是不是？

杰　里：（不知道该如何回答）我……想是的。我不想，我不想……

胖男人：（又转回到讲述妻子）但我是唯一可以伸手摸她的人，我不是说那种坏的触摸，是说在肩上拍一拍"嘿，把盐递给我"的那种。……（不知所云）现在我来捍卫我妻子的名誉，教训一下那个家伙……明白吗……已经有人捷足先登了，我甚至不明白自己为什么还要来。

胖男人毫无逻辑的讲述完，室内一片沉默。

弗兰克：（半晌）天呐，多动人的故事！（再次点燃了一支香烟）……人活着都需要一个宣泄的渠道。

胖男人莫名地抽泣起来，和彪悍地闯进屋里的样子判若两人。

胖男人：（当成朋友般地哭诉）我一无所有了。

杰　里：（附和着）是啊，看看我们。我们不过有一堆箱子。

胖男人回过头望了望堆满房间的箱子。

胖男人：是啊，我猜也许会更糟的。

弗兰克：是呀，糟糕多了！（又要长篇大论）你知道在每座城市，每个国家，每所医院总有人……

杰　里：（打断他）闭嘴弗兰克！（想转移一下注意力）要不要我弄点……要不我弄点咖啡去？也许你需要点更有劲的。

门铃又一次响起，胖男人拿起棍子起身去开门。

杰　里：（想制止他）那个，跟你说……

未等杰里说完只听见"砰"的一声枪响,胖男人腹部中了一枪倒在了地上,杰里和弗兰克吓得目瞪口呆,他的尸体被一个穿着绿色外套和牛仔裤的男人拖了进来。

**神经男:**(对着胖男人)你不该盯着我的!真臭,我的主啊!
　　　　　(转身看着杰里和弗兰克)你们一定是新房客了,我是本克卡尔,欢迎入住本幢楼!……你们没有碰巧在房间里发现白色的粉末之类的东西,有吗?

**弗兰克:**(快速回答)没有。

神经男看着桌上弗兰克还没整理完的纸牌。

**神经男:**这局你赢不了,关键是那张7……说到哪儿了?对了,粉末。……杰里曾经住在这房子里,他从我那里拿了很大一包,我们都听说杰里的遭遇了,现在我真正关心的是我的东西在哪,新闻里根本没有提到这个,只报道了发生在这里的三起谋杀。……(对着他俩)你们房租有优惠?(没等回答自顾自地点点头)应该的……这就让我相信我那一包货还在这房子的某个地方,你们的新公寓里……(表情怪异)海洛因,看见没?白色粉末状的……类似面粉的……想起来没有男孩们?

弗兰克慌张地摇摇头。

**弗兰克:**没有。

**神经男:**(怀疑地)没有,真的没有?可你们看上去……你们两个看上去……(语气轻松地)我呢也可以先杀了你们俩,然后再搜公寓……

这时门铃又响了起来，神经男有些不耐烦了。

**神经男：**（对他俩说）约人了吗？

**弗兰克：**（撒谎地顺势回答）是啊，要开个舞会。……我们正
在收拾屋子，现在收拾好了。

门铃响了一次又一次。

**杰　里：**（制止弗兰克胡说八道）闭嘴，闭嘴。

**神经男：**（蔑视地）油嘴滑舌啊。

**杰　里：**（故意地）谢谢你，我总是这么说他！

神经男突然愤怒地打了杰里一巴掌。

**神经男：**（大声叫喊）你闭嘴，给我闭嘴。

**弗兰克：**（想缓和一下气氛）没必要……

**神经男：**（对弗兰克叫嚷）你能不能他妈也闭上你的臭嘴！真
要命！

5. **房间门口　白天**

神经男已经被门铃声和不断的敲门声弄得烦躁，他走到门口
从猫眼中看出去。门外是之前来借面粉的老太太，她急切地敲打
着房门。

**老太太：**（在门外叫嚷）你们对我的漂亮小姑娘干了什么？你们
两个最好能够证明，是你们杀害了我的孩子，为什么？

神经男厌恶地后退几步举起枪，朝门口射击。

6. **走廊内　白天**

老太太的尸体被神经男拖进了房间。

7. 房间内　白天

**神经男：**（质问杰里和弗兰克）好了。她说的话很有趣，嗯？
　　　　面粉？

**杰　里：**（打岔道）是她孙女最喜欢的肉桂酥。

**神经男：**（逼问）你们给了她多少？多少！

**杰　里：**（停顿了一会）我们不知道那不是面粉，我又不烧
　　　　东西。

**神经男：**（气愤地大骂）别跟我说你们给了她一整包是吗？他
　　　　妈的白痴！你们两个白痴知道现在欠我多少吗？你
　　　　们死定了。

神经男举起枪对准弗兰克，就在要开枪的一瞬间，一个穿着
长裙红色外衣的女子出现在神经男的身后，她是老太太的孙女艾
薇儿，她抡起了锤子砸向了神经男的脑袋，神经男瞬间倒地。艾
薇儿看上去神情恍惚。

**艾薇儿：**（迷迷糊糊地）光明……光明……光明！是哪儿来
　　　　着？宫殿……

她缓缓地走到沙发上坐了下来。

**艾薇儿：**（语无伦次）有个盒子……装玻璃杯的盒子，里面是
　　　　蓝的、黄的……

她躺到了沙发上，侧身望见地上的胖男人和奶奶。

**艾薇儿：**（伤心地）呜，约翰！奶奶！

艾薇儿在沙发上渐渐没了知觉。弗兰克惊魂未定地流下眼泪，
他掏出两根烟，点燃，将其中的一支递给了杰里，两人不约而同
深深地抽了一口。

372

8. 走廊内　白天

　　轻盈的音乐回荡。两人跳着舞。从房间到走廊。


9. 街头　白天

　　音乐继续。两人相拥而舞，一路跳到了大街上……

　　字幕打出肉桂酥的制作成分。

# 邻居们的最后一秒钟

## ——《新房客》读解

　　《新房客》(*The New Tenants*) 是一部离奇的、异想天开式的短片, 短短二十分钟时间里, 围绕着两位男主角, 在同一个房间里发生了一系列荒诞、血腥、邪恶和匪夷所思的事件, 让人没有一点喘息的余地。年轻、锐利的编剧安德斯·托马斯·詹森 (Anders Thomas Jensen) 和美国导演雅奇米·贝克 (Joachim Back) 都是具有实验探索精神的电影人, 他们有着与众不同的创作思维系统。尤其是安德斯, 他是丹麦最著名的编剧和导演, 曾是"道格玛运动"的受益者, 创作过大量"道格玛"电影剧本, 几乎每一部作品都备受关注, 成绩不菲, 丹麦每年的国产电影中至少有两三部都出自安德斯之手, 由他编剧、导演的电影短片数次入围、斩获奥斯卡最佳真人短片奖。他尝试各种类型片的探索, 开创了丹麦黑色幽默电影的先河。而 2005 年他导演的《亚当的苹果》(*Adams Æbler*) 被认为是一部集大成之作, 获得大大小小近三十个奖项, 《绿色屠夫》(*Grønne slagtere*, *De*) 则被认为是一部拍案叫绝的黑色幽默电影的典范。

　　短片《新房客》的创作有些随心所欲, 不受限于故事"前因后果"、人物"来龙去脉"的传统技法之中，而是以新奇的创作思维，形成全片的故事情节怪异化，表现手法风格化，镜头语言非常规化的艺术效果。但无论从内容还是表现手法都很难将其归类。片中的男主角是两个同性恋者，但这又不是一部探讨情感的电影，有贯穿始终的杀人场面，毫无来由的发泄与恐吓，但它又不是惊悚或恐怖片。《新房客》也有自己的内在的逻辑性情节，但人物间相互关联得有些滑稽可笑，一群莫名其妙的人做着很莫名的事，完全猜不到电影下一秒将会发生什么，就像导演所说的"这是一趟疯狂的冒险旅程"。

弗兰克和杰里是一对同性恋情侣，两人刚搬了新家，住进一幢老式公寓里，他们在搬家后的第二天早上短短几个小时的时间里，先后在房间接待了四个怪兮兮的邻居，但是，这四个人都先后莫名其妙地在他们房间里死于非命，两人目睹了全部杀人过程，当这一切结束时，两人不由自主地在血泊中相拥起舞……

这四个怪兮兮的邻居分别是邻居老太、楼上胖男人、神经男和诡异女，他们无一例外不是过着一种禁闭式生活。他们貌似相互关联，却又是独立存在，他们无视他人的感受，很难与人沟通，知觉、欲望和快乐都表现得单一，很难说他们是受害者或加害者，很难简单将他们归类。

邻居老太来敲弗兰克和杰里房门的目的是为了向他们借面粉，开门她便说："没有面粉，女人该怎么办？"这么一句没头没脑的话，搞得弗兰克一头雾水，老太太说自己借面粉是为了给孙女艾薇儿做肉桂酥吃，弗兰克说他们刚搬来，劝她去和楼下的邻居借，结果她说："他们都死了。"她自顾自地唠叨起昨天发生在这个房间里的血案：杰里开枪打死了他们，当然是他们先向杰里开的枪，但他们失手了……他们三个全躺在这儿，全都脑袋中枪。老太太说到邻居的死就像谈论平常小事一样轻松，可她拿到面粉却异常兴奋，谁知新房客杰里给她的不是面粉，他将一包毒品误当成面粉给了邻居老太。

第二个访客是楼上胖男人。他凶巴巴地拿着棍子过来找那个叫杰里的人讨债，他说妻子艾薇儿和杰里私通。胖男人疯疯癫癫，又哭又笑，一会说他如何深爱自己的妻子，一会说他无法容忍别的男人碰他妻子，一会又说他要杀死凶手等，语无伦次，该说的话一股脑说完便自顾自地陷入沉默状态，就像被关了的水龙头一样，完全不懂得怎样与人沟通。这时门铃响起，胖男人去开门，结果刚开门就被一枪打死。

走进来了第三个访客——神经男。这是个彻头彻尾的病态男人，对死亡没有任何感觉，他完全不知道自己为什么杀胖男人，以及为什么又想杀眼前这两个同性恋情侣。他到这来的目的是想找那包丢失的毒品，想知道为什么毒品变成面粉了？他正欲枪杀两个新房客时，邻居老太在门外敲门，来讨说法，说杰里给她的面粉杀死了她的孙女儿。神经男忍受不了她的啰唆，气急败坏地隔着门一枪打死了她，但随后自己却被第四位访客敲头致死。

这第四个访客是个诡异女，老太太的孙女儿艾薇儿。她吃了和着毒品的肉桂酥，晃晃悠悠地进来了，杀死第三位访客后，毫无知觉，神情诡异，冷冷地对着躺在地上的尸体叫了一声"奶奶"和"约翰"后，就躺在沙发上死去了。

和几个怪异邻居一样，弗兰克和杰里这对同性恋情侣，也是两个很奇怪的人。 这个清晨两人的火药味很浓，一个在唠唠叨叨地抱怨世界，什么都看不上眼。另一个抱怨对方抽烟太多，制造了恶劣空气。

弗兰克：没有人逃得过生活，每个人都有自己活着的方式，通常说大多数人过的是沉闷的日子，每一秒，在每个国家、城市、首都，都有人在放弃目标，放弃他们原本充满生机的想法。所有这一切几乎都在同一个时间上演，基本上每一秒里，都有人在思考自己最后的想法。如此深沉……就是那种微妙的关系……通常来说，我保证。就像颗炸弹在市场上炸开了，厌世的人搞的是人体炸弹。

彻底的素食主义者，个体的手工艺人，全部都是垃圾，在大街上无所事事，他们就像社会的寄生虫，所以我认为商业是完全没有希望的，这个社会只会越来越糟糕，人们越来越堕落。这些事时刻都在发生，天天可以在报纸上看到。比如说，有一天河里出现三个反应堆，小镇气氛就沸腾开来了，不出八秒全城人都知道了，但是，人们懂什么呢？

镇上的人，他们相信自己眼睛所看到的一切，他们全都跑出来，但没人负责，没人出来道歉，孩子被抓了起来，甚至动了军用武器，人们于是大喊不是孩子干的，孩子就是未来，而我们的未来就在他们的手里，孩子都被弄得半死，是不是够蠢的。坦白说，我们全都震惊极了，算得上是本世纪最震惊的一件事了。但却完全没有头绪。

警察局全他妈的混账，把人们的生活弄得一团糟，非洲人民生活在水深火热之中，人们真够操蛋的，没有了隐私，汉堡包什么的垃圾食品在毁掉公众的健康，我们他妈的都是一群没希望的人。

弗兰克的这些自言自语，就像把报纸上的新闻东拼西凑在了一起，随便念出了口一样，听着貌似有理，但不知所云。他终于把在一旁的杰里给说烦了，警告他如果再抽烟就杀了他，正在两人吵架时，就接二连三地发生了以上的情节。而当最后一个人在他们面前死去，一切又恢复寂静，泪流满面的弗兰克掏出两根烟放在嘴边同时点燃，他一边流着眼泪，一边将其中的一支烟递给了杰里，而之前厌恶烟味的杰里却毫不犹豫地抽了起来，两人似乎从凶杀事件中感悟到了什么，彼此原谅了对方。

一阵完全不搭调的欢快音乐突然响起，弗兰克优美地伸出手臂拉住杰里，两个人华丽地转身，相拥在一起翩翩起舞，他们从血泊中跳到了走廊、跳到了户外、跳到了大街上，优美、轻松，像什么都没发生过一样。

短片《新房客》不拐弯抹角，也不加以铺垫，以冰冷的态度轻轻松松地描绘了死亡，充满悲观主义色彩，但在表现手法上却不悲凉，如老太太被枪杀的一段，走廊全景，阳光从窗户照射进来，在地面上拉出窗户长长的阴影，伴随着美妙的音乐，老太太的尸体被一步一步地拉出画外，没有一点恐怖气氛。短片结尾以一段舞蹈来结束了这一切，虽然看上去很荒诞，但让人浮想联翩。整个短片就像在血泊中插上了一束鲜花般，刺激了人们思考的神经。

片中的"面粉"是一个贯穿整个情节的物件，它引发了血案，推动了剧情的发展，自始至终透露出特殊的象征意味，最讽刺的是结尾，当弗兰克和杰里全身投入地舞蹈时，字幕详细说明了普通肉桂酥的制作成分：

生面团、4 个蛋黄、一整只鸡蛋、2 盎司白糖、3 盎司咸黄油，加热融化，6 盎司脱脂乳、20 盎司普通面粉、1 包酵母粉、1/4 茶匙盐。

馅子：8 盎司红糖、1 大汤匙肉桂粉、少量盐、3/4 盎司无盐黄油，加热融化。

酥皮：2 盎司奶油干酪，加热变软，3 大汤匙牛奶、5 盎司糖粉。

其中蕴藏着的寓意，只有观者各自揣摩了。

正如片中人物弗兰克所说，人们"在每一秒里思考的都是自己最后的想法"，可人们在想什么也许只有他们自己才知道。

# 超市夜未眠（*Cash Back*）

英国·2004

西恩·埃利斯（Sean Ellis）/ 编剧、导演

西恩·贝格斯特夫（Sean Biggerstaff）/ 演员

18 分钟 / 实验

2004 年布雷斯特（Brest）欧洲短片电影节最佳短片

2005 年里尔（Lille）国际电影节短片一等奖

2005 年翠贝卡（Tribeca）电影节最佳短片

2006 年奥斯卡最佳真人短片提名

**序场：**

简单整齐的天花板、寻常的照明灯、火情报警器、排风扇、数字指示牌、扫描条形码的声音，这是超市里经常看到的。

**本**（O.S.）："当你熟睡的时候，你不知道你在睡觉，直到你醒来。在这失去的几小时里，另一个世界活了起来。欢迎来上夜班。"

## 1. 超市　夜晚

男子走在超市里，一头棕色卷发，身穿蓝色衬衫和藏青色毛衣的员工服。

> 本　(O.S.)：我叫本·威利斯。我一个星期3天在森斯伯瑞上
> 　　　　　　夜班。对我来说，超市是个培训地。超市除了明
> 　　　　　　显的交易食品和家用器具外还交易时间。在大多
> 　　　　　　数普通人睡觉的时候，我在交易我的时间，我用
> 　　　　　　时间换钱。我给他们8小时，而他们给我钱，现
> 　　　　　　金回馈。（本毫无表情地做着娴熟的超市工作）

本推着比自己高的小货车穿梭在超市的货架旁，他将手上的商品有秩序地放在相对应的货架上，洗拖把拖地板……一位身材高挑的女顾客正在货架前挑选商品，本认真地打量超市里仅有的这位顾客，懒散地拖着地板。

## 2. 员工休息室　夜晚

本走进员工休息室，打开柜子无精打采地从中取出自己的东西。

收银员莎朗跑来急匆匆打开旁边一个储物柜，看见本着急地打着招呼。

> 莎　　　朗：我又迟到了，扬金斯会杀了我，待会见。（将自
> 　　　　　　己的外套胡乱塞进储物柜）

> 本：　　（礼貌地回应）好的，回见！

## 3. 休息室门外　夜晚

走到半路莎朗还是遇到管理员扬金斯，她被拦了下来。

管　理　员：莎朗小姐。（走上前打招呼）

莎　　　朗：是的，扬金斯先生。

管　理　员：又迟到了，莎朗。（微笑着整理自己的领带）

莎　　　朗：很抱歉，扬金斯先生。（匆忙地将自己的衬衫边
　　　　　　塞进牛仔裤里，整理自己的穿着。）

管　理　员：本周第二次了。

莎　　　朗：我明白，扬金斯先生。对不起，不会再这样了。
　　　　　　（依旧在整理衣服，不敢抬头）

管　理　员：（露出奇怪的微笑）好！（说完用手拍了拍莎朗
　　　　　　的屁股）

这一切都被在员工休息室里的本看到。


4. 员工休息室　夜晚

本看到这一幕皱起了眉毛，有些震惊。随后关上休息室的门。
他气愤地将自己的东西又放到了储物柜里，大力地关上储物柜的门。


5. 超市　夜晚

本（O.S.）：八小时赚来的钱可以支付我上艺术学院的学费。
　　　　　　在艺术学院的第一年，我的大部分时间都在画
　　　　　　静物。

本看着超市散落一地的青豆发呆，管理员从身后走来，严肃认
真地看着发呆的本，不满意地呵斥他："赶紧打扫，别只盯着看。"
本被惊到从静物的视觉中回过神来点头回应。管理员不满地走开。

本（O.S.）：我一直都想做个画家，像之前的那些艺术家一

样。女性的形体一直都是迷人的素材。……我
总是很着迷她们那种不知不觉拥有的力量

管理员一巴掌朝着正在发呆的本拍去。

**管　理　员：**（非常不耐烦）你要不要去把它们扫掉？

本一阵疼痛，终于清醒，开始扫地。

一旁的收银员莎朗也是百无聊赖地坐在收银台旁抱着双臂发呆，眼睛失神。收银台的运输带上运来形形色色的商品时，莎朗才不情愿地坐直了身体，将商品的条形码一件一件地扫描，如机器一般。

**本（O.S.）：**莎朗有心不在焉的技巧可以度过 8 小时值班，
这样就不会太注意交易本身，这里工作的所有
人都有他们自己解脱的一套。莎朗知道时钟是
大忌，你越去看时间，时间过得就越慢！

超市墙壁上的时钟恰好走过一格。莎朗用一张纸把手表挡住强迫自己忘记时间，等待结账的顾客看到，露出不解的表情。

**本（O.S.）：**它会暴露于你的潜意识，分分钟折磨你。……
这是处理交易时间的基本艺术。

莎朗去拿购物袋，下意识瞥见了墙上的钟，立刻捂住了眼睛生怕多看一秒。顾客看到她怪异的行为笑了笑，她也不好意思地故意礼貌微笑地问顾客："要找回现金吗？"

一个和本差不多年纪的男生，穿着和本一样的员工服，脚下滑着踏板车在超市里自由穿梭，顾客们纷纷投去诧异的眼光。

**本（O.S.）：**这是巴里·布兰克曼，你知道吗？巴里把自己
看作是超胆侠的特技人，一开始巴里很知名，
玩车技失败后摄影师把它传到了互联网，巴里

383

从此开始迷上了踏板车。

本继续介绍另外一位在肉食的冷柜工作的男职员马特，马特和巴里是超市里最开心的人，他们不像莎朗那么无聊，他们总能在工作中找到乐子。

本（O.S.）：马特·史蒂芬也是踏板车迷，马特和巴里是好
　　　　　朋友，他们交易时间的方法与众不同……他们
　　　　　的技巧在于专找跟工作无关的事做。

他们过于热情地帮助耳聋眼花的老年人挑选食物，然后故意去模仿他们。

本（O.S.）：几个星期前，巴里和马特被告发他们所谓的"帮
　　　　　助女士"的行为。……超市的货架上很多外表像
　　　　　香波瓶的生殖用品……它是个玩具，不过装成香
　　　　　波瓶子的样子，女人把它们当作性玩具用，但会
　　　　　不好意思买，不过她们知道它用来干什么的。

马特和巴里会故意将那些生殖用品偷偷放进女顾客的购物车里，然后坐在收银处等着女顾客结账，女顾客从购物车里拿出这些用品时表现得很疑惑，犹豫一下都会付款买下，这时马特就会和藏在角落里的巴里会心一笑，貌似他们的计谋成功了。

不过，经常他们耍闹时会被管理员看到，他们就会被叫到办公室教训一番，但很快他们就什么都忘记，又和以前一样在超市里各种找乐。

本（O.S.）：巴里曾向马特挑战踏板车比赛，比赛中，他们
　　　　　要急速地冲下一个过道接着再上另一个过道，
　　　　　一共要过 14 个过道，然后回到起点。他们跟经

理称病告假，他们对做闲事的热情要比做工作上瘾，那种激动以及后果都会让他们走火入魔。

## 6. 超市值班室　夜晚

值班室里多个摄像头显示超市各个角落的监控画面。桌上杂乱的文件、对讲机、电话和保安的帽子。

一只手按下了桌面上的停止键。

## 7. 超市　夜晚

地面上一条红线，两辆踏板车正准备蓄势待发。几个同事正围聚在一起开始押注，莎朗揭下了遮住手表上的那张纸开始倒计时。

**莎　　朗**：各就各位。准备开始！开始！

巴里和马特踩着各自的踏板车出发，同事们为他们呐喊助威。他们在货架间的道路上向前滑行，不料一位顾客推着购物车从货架后面走过来，他们来不及刹车，两人一前一后撞上了顾客的购物车。购物车里面的商品洒落一地，巴里和马特狼狈地摔在地上，身后的同事们吓得满脸惊恐。

**本（O.S.）**：当你熟练了心猿意马的技巧，八个小时会很快过去，时间的控制不是精确的科学，像很多技巧一样只是个人的事情。

## 8. 超市值班室　夜晚

透过监控屏，看到本站在摄像下一动不动。超市里正在购物的人像上了马达一样速度飞快，墙上的时钟也在疯转。

9. 超市　夜晚

管　理　员：（在收银台前向莎朗献媚）打开心灵释放满足和快
乐，你就是那个人。……我告诉你，莎朗，我是
个谦虚的人，但我感觉棒极了。你很漂亮，尤其
是你的脸，你启发我可能比我启发我自己还要多。

莎朗坐在收银台里手撑着头，没有想听下去的欲望。


10. **超市仓库　夜晚**

仓库里巴里打开一瓶液体闻了闻，嫌弃的表情，马特回应一
个眼神，巴里迅速盖上瓶盖做出要抛弃的动作，马特回手一接。

两人密谋一个行动。


11. **超市　夜晚**

本认真地将商品放在对应的货架上。时间在一分一秒地过去。

马　　　　特：（喊巴里）来，这里。

管　理　员：（继续对莎朗）在屋脊之巅和男孩们一起我像个
神，我身材保持得很好……我对别人的脸色视
而不见……你知道你必须得坚持下去，你得努
力闯出自己的天地，我有那感觉，我感觉像个
真汉子。……我想你喜欢真汉子吧？还有最重
要的……

莎朗听得不耐烦，强撑着让自己不要睡着，巴里和马特继续
在仓库里进行他们的投掷游戏，本在卖场内干活，形形色色的顾
客在超市里挑选他们想要的商品。

墙上的时钟在走动。音乐随时间的流逝节奏变得越来越快。

本（O.S.）：我有什么技巧能让夜班过得快些……反向思维，
　　　　　时间也许会被冻结。

时钟突然停止了运转，超市里的顾客也一动不动，管理员、莎朗、巴里和马特也都停止了动作。被投掷在半空的饮料竟不坠落，整个世界一片安静，像被冻结了起来。

本（O.S.）：我设想将生活的遥控器按了"暂停"，在这个冻
　　　　　结的世界里，我可以自由地行走而不被注意到，
　　　　　没有人知道时间已经停止了。而当时间又重新开
　　　　　始的时候，其间的连接天衣无缝，除了轻微的颤
　　　　　抖，就像别人走在你的坟墓上的感觉。……那时
　　　　　候，当你看到有人在街上行走，她很漂亮使你忍
　　　　　不住想看她。……好，我想象这个世界停止了，
　　　　　想看清楚一切就很容易了……让她在你眼前冻
　　　　　结，就在那一刻，被俘获……不知不觉。

这个被冻结的世界里，唯有本一个人可以正常活动。他看着身边不同的顾客，有小情侣，独自购物的女子……在货架中间站着一位身穿吊带裙的女子，她梳起一头金色的长发，漂亮的眼睛，本走到她的面前与她对视，仿佛陷入其中。他轻轻地将女子脸庞的头发挽到耳后，安静地看着她。

本（O.S.）：我很小的时候对女性的美就很着迷，六七岁时
　　　　　我爸妈收了一个外国留学生，她当时十八九岁
　　　　　吧，在附近的学校里学习英语，是个瑞典人，
　　　　　她从浴室走到房间一直很随意。

**12. 本的家　白天**

　　时光倒流。一个小男孩坐在地板上玩玩具，一位十八九岁的少女赤身裸体从浴室走出，经过他身边，然后优雅地上了楼梯。

　　**本**（O.S.）：就在那刻我身上发生了很有意义的事，我以从
　　　　　　　　未体验过的方式接受了女性的胴体，我着迷于
　　　　　　　　她美丽的裸体。……我想冻结这个世界，我从
　　　　　　　　来没有这样完整的感觉，直到今天，我还认为
　　　　　　　　那是我看到过的最美丽的胴体。

　　小男孩深陷那样情景中，他敲了敲少女的房门，女子仍然一丝不挂。

　　**小时候的本**：（举起内裤）你掉了这个。

　　少女弯下身接过本手上的内裤，微笑地关上了房门。本站在门外思考着。


**13. 超市　夜晚**

　　时间被拉回。

　　本拿他的画本在超市里专心作画，他眼前是另一位女子，赤裸着上身。

　　**本**（O.S.）：这错了吗？她们会讨厌我们？因为看她们？……
　　　　　　　　我的意思是，真真切切地看她们。我有次读到一
　　　　　　　　个女人的幻想就是和艺术家有风流韵事，她觉得
　　　　　　　　他才能真真切切看懂她，他能看到每条曲线、每
　　　　　　　　条直线、每个凹陷，并且爱它们……因为那种美
　　　　　　　　才是独一无二的。

本就这样坐在货筐上一手拿着画笔和一块饼干，一手端着他的画本，边吃饼干边作画，女子轮廓慢慢清晰。

他来到那位女子面前，解开她裙子上的结，裙子慢慢滑落，就这样，超市里的每一个女顾客都成了他作画的对象。他乐在其中，不再觉得时间漫长。如法炮制，他将管理员从莎朗身边转移走，放到悬在半空中的饮料前。

本（O.S.）：当我准备好的时候，重启时间只需响指一下。

随后他将两只手握在一起咔嗒一响，时间又恢复到了正常，人们继续在商场里选购，好像什么都没有发生过。

仓库里传来管理员气愤的怒吼。本开心一笑！

# 别样的风景

## ——《超市夜未眠》读解

短片《超市夜未眠》(*Cash Back*) 是一部有关人类对"时间"肆意想象的片子。广告摄影师出身的英国导演西恩·埃利斯(Sean Ellis)在短片中，异想天开地想改变人类在"时间"面前束手无策的悲剧状态，他让"时间"在超市清洁员本的手里神奇地变得可操控。

本是美院的学生，因为失眠，无处消耗比别人多出的八小时时间，跑到了超市去打工。超市的夜晚无聊又漫长，每个员工面对枯燥单调的工作都创造出自己一套消磨时间的招数，巴里和马特苦中作乐要么做一些无意义的体育运动，要么恶意搞怪地往女顾客购物篮里塞情趣用品。收银员莎朗把手表贴上，用食品挡住墙上的挂钟，强迫自己忘记时间。好色的管理员则把时间和心思浪费在莎朗的身上。

而本使用的招数是发挥想象，凭借意念冻结时间，让时间停滞不前，似乎他真的有某种超人的威力，时间在他的"神力"下停止了步伐。他就像超市的主宰者那样，畅游在静止的时间和空间里，在一排排货架与顾客之间穿梭，以一个艺术家的眼光，追逐着女顾客们美丽的胴体，并将那些凝结的美丽一一描绘在画纸上。他乐在其中，不再觉得时间漫长，童年时对女性身体羁留下来的记忆也被重新唤起。他就像显微镜一样放大了时间，挖掘每一个人的秘密，他用这种特别的方式，消磨掉一个又一个失眠夜。随后他双手握在一起咔嗒一响，时间又恢复正常，对其他人来说好像什么都没发生过。

时间可快、可慢但不可以逆转。如果可以，你会将人生的遥控器暂停在哪里？那个瞬间你又会做些什么？这就是这部短片对于时间的阐释和想要表达的主题。短片能够横扫国际各大电影节，囊括十几个奖项，获得观众追捧的原因，还是因为它有着超常的想象力，惊艳的画面，控制适度的节奏，娴熟、流畅的剪辑技巧，夸张、另类又不失分寸的镜头语言，现实与回忆间不留痕迹的过渡转换，恰到好处的音乐气氛以及耐人寻味的哲学思考和一些反常规的光影游戏等。总之《超市夜未眠》集合了一部好的电影短片所应具备的元素。导演着意通过扩大静止的瞬间，来表达对逝去时光的思考。

短片从头至尾的画外音是本的个人叙述，温和、轻松，娓娓道来，有关他的失眠症，有关他对时间的恐惧，有关超市里精力旺盛的男员工，精神紧张的女收银员，好色的管理员们对时间的态度，有关他童年时对女人体的初识，有关他妄想能够拥有截止时间流淌的权利。想象力过于丰富的本，一堆洒在地上的青豆都能让他浮想联翩，他用积攒下来的时间和多余的精力滋养自己的想象力，并在想象的空间里自由穿梭。他走在凝固的超市里，面对静止的人群，就像是穿梭在一个二维空间的完美画面中，他在堆积的货架间寻找到了美的瞬间，妖娆的女子，丰满的身体，完美的肌肤，这些都成为他创作灵感的来源，一张张漂亮的速写清晰地映现出来，他在动与静的时空里尽情挥洒。

短片发展到这里，几乎自由到了上天入地任意来去的地步，在这个"大谎言"的框架下，本的一切行为都是合情合理的，他甚至可以将凝固了的超市管理员放在手推车里移走。二维的、立体的、动态的、静止的、夸张的、细描的、轻飘的和沉重的统统搅和在了一起，短片新奇的镜头语言和创作思维粉碎了一切常规。

《超市夜未眠》中使用了很多特效，快、慢镜头的对比运用，各种蒙太奇得心应手的衔接等，流畅自如、游刃有余。有一段画面是本在顾客间穿梭，店员巴里手中的牛奶向另一个店员扔去，管理员向收银员莎朗卖弄，莎朗百无聊赖，钟表在走动，几个场景在音乐的烘托下交替进行，本、店员、顾客、管理员、莎朗、钟表这一组叠加蒙太奇不断地切来切去，速度越来越快，直到眼花缭乱，一只蚊子被墙壁上的灭蚊灯电死，时间才戛然而止地进入停滞的状态。这一组快节奏的剪辑镜头犹如忙碌的无头苍蝇般监视着超市的角角落落，事无巨细地描绘。

2004 年，这部短片大获成功后，西恩·埃利斯认为自己有必要乘胜追击，将其拍成一部长片作品。他花了两年时间在原来短片的基础上将剧本扩充，加入本的爱情线，增加了管理员与店员间搞笑的桥段，强化了他的臆想，"想象"在长片中几乎成了他的"特异功能"，长片暗示了这个世界同时存在着类似本一样可以让时间停止的人。

长片的演员仍然是原来的一班人马，因为没有投资商投资，为了节省开支，也为了延续之前的成果，他们只需拍摄短片以外的其余部分。长片的拍摄手法和风格与短片基本保持一致，只是剧情改成长片后，那风花雪月的点滴事多少让人感觉有些注水。显然这位帅气、时尚的导演对剧本的呈现能力远远大于他编故事的能力，在摄影机前他更能得心应手一些。

　　不过不得不惊叹西恩会有那么多稀奇古怪的想法，比如长片中头尾呼应的新、旧两位女友对本咆哮的镜头，固定的慢镜头中看到的是夸张的表情，飞舞的头发，加之悠扬的女高音的歌剧咏叹调衬托其中，此时本慢悠悠地开始叙述，声画错位极度夸张的表现手法，给人无比新奇的感觉。

# 宾馆客房 (*Hotel Suite*)

美国·2009

安东尼·明格拉 (Anthony Minghella) / 编剧

谢加·凯普尔 (Shekhar Kapur) / 导演

朱莉·克里斯蒂 (Julie Christie)、希亚·拉博夫 (Shia LaBeouf)、

约翰·赫特 (John Hurt) / 演员

11 分钟 / 实验

## 1. 纽约街头　白天

十字路口，指示牌下一辆白色的公交车缓慢驶过。一位灰色裙装高贵优雅的女士拎着黄色行李箱穿过斑马线。

大街整洁有序，形形色色的车辆在车道上行驶。人行道两边的树木已随着季节的更迭而褪色。

女士走进了宾馆。宾馆白色的落地窗衬着褐色的窗帘，一片宁静。

## 2. 宾馆　白天

身穿燕尾服打着领带的老侍者在照入室内的几缕阳光中凝神远望，若有所思，仿佛正在等待那位逐步靠近的女士。

宾馆一楼较为昏暗，透过楼梯的间隙窥视那位女士走了进来，像走进了时光隧道。


## 3. 宾馆电梯　白天

**老 侍 者**：夫人，给您。（将女士送进电梯，礼貌地递过行李箱）

**女　　　士**：谢谢。

老侍者礼貌地拉上电梯的镂空移门。昏暗的楼梯间影影绰绰的楼梯扶手相互交错，透过扶手，一位年轻侍者佝偻着后背一瘸一拐艰难下楼。


## 4. 宾馆客房　白天

一间干净整洁略显昏暗的房间，桌椅摆在墙角。

**女　　　士**：这不是我想要的房间。（女士站在床边的一扇窗子前，拉开窗帘的一点隙缝，望向窗外）离马路太近了，我觉得不舒服。（女士又拉上窗帘，转过身对着年轻侍者说道）听这噪音。

楼梯走廊尽头是一间宽敞明亮的房间。远处白色落地窗前是一架三角钢琴，窗外的光把房间和地面照得明亮。


## 5. 宾馆楼梯　白天

年轻侍者艰难地拎着女士的行李箱和她那件棕色外套，一瘸一拐缓慢地走着，女士跟在他身后，看着他步履艰难地爬上楼梯有点不知所措。

**女　　　士**：我可以自己拿行李的。（伸手想拿回自己的行李箱）

**年轻侍者**：这是我的工作。（侍者脚下没有停歇）

女士愣了愣无奈地又跟着侍者继续上楼。

房间里的钢琴在阳光的照射下显得异常醒目。


6. 宾馆客房　白天

在新房间的窗前女士抱着双臂看着年轻侍者，随后侍者拉开了窗帘。

**女　　士**：（走到窗前朝窗外看着）这里不错。要是能下雪就好了。

阳光透过窗户照亮了女士和年轻侍者的脸。

**女　　士**：整条街道静谧安详，全世界都悄无声息。……我觉得这里不会下雪。（窗外朦朦胧胧）

**年轻侍者**：（站在女士身后回答道）我也不认为会下雪。

**女　　士**：（微笑着）你不是美国人？

**年轻侍者**：不是。……这间酒店里没有几个美国服务生。

**女　　士**：这是我最爱纽约的原因之一，每个人都来自不同的地方。

**年轻侍者**：没错。（突然意识到自己的身份）那么祝您在这里住得舒适。如果有什么需要，就打电话吧。

**女　　士**：这里有花吗？

走向门口的侍者转身惊奇地看着她

**女　　士**：能不能拿些花来装饰一下房间？紫罗兰或者……我喜欢紫罗兰。（边思考边朝侍者走来，还不忘来回打量房间）

侍者的眼睛深邃又明亮，他深深地凝望着她。

女　　士：（解释道）当然，我不是想让你特地去买。如果……
　　　　　如果酒店没有的话……

年轻侍者：（侍者的眼里混杂着一丝惊奇、一丝赞同。）肯定
　　　　　可以找到一些紫罗兰的。

侍者然后转身走出房间。不一会工夫，年轻侍者手捧一小盆
紫罗兰站在了房间门口。

女　　士：（惊讶不已）你是怎么找到的？

年轻侍者：（礼貌地拿着这盆紫罗兰微笑着轻柔地说）……我
　　　　　什么也没做，肯定是您已经预定过了，它们就在
　　　　　楼下电梯间放着。

女　　士：我没预定啊。

年轻侍者：……那也无妨。

女　　士：（女士接过紫罗兰若有所思）太不可思议了。

年轻侍者：所以您很幸运，不是吗？这些紫罗兰就在那儿等
　　　　　着您。……（轻微地弯下身子礼貌地问道）您还
　　　　　需要我为您呈现其他奇迹吗？

女　　士：（起身将紫罗兰放到镜子旁的壁炉上）哦，我还是
　　　　　无法相信。

侍者突感不适地捂住了鼻子，血顺着手指不停地往下流。

女　　士：怎么……你怎么了？来，快来。（关切地询问并且
　　　　　急忙将年轻侍者扶到椅子边）

年轻侍者：（弯着身子痛苦不已）哦，我很……很抱歉。

女　　士：不，没关系。到这儿来。把头仰起来。（跪在椅子

边关切询问）很疼吗？我不擅长这个，是背引起的吗？稍等。

女士在房间去寻找可以止血的东西，侍者捂着流血的鼻子痛苦地挪动身子走出房间关上了门。

女士孤单地看着房门，许久，有些忧伤，房间空荡荡的。

她将准备好的信封放在嘴边舔了舔轻轻地放在枕边，一旁白色的窗帘随风飘动。女士换上了白色连衣裙，光着脚站在床边。

老侍者站在昏暗的宾馆一楼慢慢抬起头仰望，透过随风飘动的窗帘看到宾馆客房内女士白色衣裙手捧紫罗兰。门铃响起。女士停顿了一会才走去开门。来的是年轻侍者。

**年轻侍者**：我为您准备了点东西，请开下门好吗？

女士将门打开。年轻侍者艰难将放着香槟的推车推进房间。

**年轻侍者**：紫罗兰之谜已经破解了，我父亲是，嗯……我父亲是这间酒店的经理。他对您的再次入住感到非常高兴。……夫人，他非常仰慕您，他说他在巴黎时听过您很多次演唱。

**女　　士**：（站在门口深深地看着侍者半天才回答）请代我感谢他。

年轻侍者和女士相互望着对方若有所思，侍者似乎看出了女士的心思。

**年轻侍者**：（带着体贴和安慰的口吻说）巴黎是我梦想游览的城市。……（手拿着香槟）要我为您打开吗？

**女　　士**：好吧！（轻轻关上房门，走到侍者身旁）能和我喝一杯吗？

**年轻侍者**：我不能……（微笑着拒绝）

**女　　士**：拜托了。

年轻侍者的表情透露着惊讶和喜悦，他转身看着不停飞舞的窗帘，喜悦的表情慢慢变得忧伤。他小心翼翼地倒好两杯酒，两人并肩坐下对着窗外白得出奇的世界一起举杯。

**年轻侍者**：干杯!

**女　　士**：（温柔地对侍者说）你看上去很忧伤，年轻人不应
　　　　　　　如此忧伤。

年轻侍者静静地看着她没有回答。

**年轻侍者**：（突然地）您现在还唱歌吗?

女士摇摇头喝了一口香槟。

**女　　士**：再也不唱了。

**年轻侍者**：真遗憾，我要是听过您的演唱，那该多好。

又是一阵沉默，背景中的歌声飘荡，窗帘飞舞。

**年轻侍者**：（突然起身）您冷了吧?

他随即起身放下酒杯朝窗边走去，女士目视着他艰难地走着。年轻侍者的身影越来越淡，越来越小。

耀眼的白光中传来侍者的话：您怎么能受得了? 不知道您怎么能忍受得了的。

侍者的身影彻底消失。女士惊讶地扔下手中的酒杯朝窗口跑去。年轻侍者已经倒在了楼下的水泥台阶上，血从他的头上流出。女士十分悲伤，缓缓地走向床边坐下。窗帘继续飘动着。

突然老侍者的身影从窗口处出现，他对女士说：抱歉，我……我什么也没看见，您看到街上的什么了吗?

女士悲伤地摇了摇头，随后突然抬起头看着老侍者。

**老 侍 者**：夫人，需要我关上窗户吗？太冷了……

**女 士**：好的，请关上窗户。

老侍者将窗户关上转身对女士说道：经理非常高兴，您能再次入住酒店，他还记得您喜欢紫罗兰，他非常仰慕您，他说他在巴黎听过很多次您唱歌……

**女 士**：（悲伤地摇了摇头，陷入深深的回忆中）代我谢
　　　　谢他。

说完这句话，女士释然的表情中长长地舒了一口气，融化在了一片白色的世界中。

# 白色"谜"情

## ——《宾馆客房》读解

沉迷"城市短片"的著名制片人埃曼纽·本比，在推出短片集《巴黎，我爱你》（*Paris, je t'aime*）大获成功之后，又策划、拍摄一部形式相似，以描写纽约爱情故事的短片集《纽约，我爱你》（*New York, I Love You*）。这次他召集了土耳其裔德国导演费斯·阿金（Fatih Akin）、日本名导岩井俊二（Shunji Iwai）、印度导演米拉·奈尔（Mira Nair）、中国导演姜文等全球 12 位名导加盟。他们在 24 小时内拍摄，一个星期制作，各自完成一部 8 分钟左右讲述纽约爱情故事的短片。与《巴黎，我爱你》中各个短片相对独立的形式有所不同的是，《纽约，我爱你》"打通了"各个独立的短片，每个短片之间相互关联，从而形成了一个整体。

短片集中谢加·凯普尔（Shekhar Kapur）导演的《宾馆客房》（Hotel Suite），大概是最受关注的一部了。因为此片之前是《英国病人》（*The English Patient*）的导演安东尼·明格拉（Anthony Minghella）要拍摄的，不幸的是开机前他因病去世，临终时他委托其好友印度导演谢加·凯普尔帮他完成。后者曾因史诗巨片《伊丽莎白》（*Elizabeth: The Golden Age*）囊括了几乎所有电影节的重要奖项。这两位大导演的交接，使这部短片还没开拍就受到了观众殷切的期待。

应该说《宾馆客房》并非是一部纯粹表达爱情的电影，即使与爱有关，也不是那种狂风骤雨般的理想爱情，导演谢加更希望把它看成是一部关于死亡的电影，这使它有违制片人对短片集的爱情定位，也使这部短片在全集中显得另类、突出。

《宾馆客房》有着如诗、如画般的视觉感受，含蓄而唯美的暗示和对比，看似毫无逻辑实则又富有逻辑性的叙述，以及淡淡的像似发生了什么，又感觉什么都没发生过的情感，都给观众留下了一个大大的思考空间。

纽约街头，十字路口的指示牌下，高贵优雅的法国女演员拿着行李穿过斑马线，走近老饭店，镜头从楼上俯瞰，从行走的剧中人身上后移至房间窗户的全景，白色的落地窗，一片宁静。一个老侍者的脸部特写，他凝神远望，若有所思，像似早知道她正在渐渐靠近。

女演员走进老饭店，仿佛步入时光隧道，老侍者将她送进电梯，礼貌地拉上镂空移门。下一个镜头是黑暗的楼梯间，影影绰绰的楼梯扶手相互交错，空隙处一个年轻的侍者艰难地一瘸一拐走下楼。运行中的电梯带着昏黄的灯光滑过黑暗，流动的亮光让画面看上去就像老电影里的青春时光一样让人有些伤感，就在这一上一下、一快一慢的运动中，时空发生了改变。

片中的故事发生在女演员住进饭店以后，年轻侍者的出现、紫罗兰、香槟、死亡等难以判断是真实发生还是她脑海中出现的回忆片段，导演并未明确交代时空变化，只是朦朦胧胧地通过象征、暗示等手法自然而然地将观众带入一段情感中，现实与非现实交织在了一起。

楼梯走廊，镜头对着宽敞明亮的房间，光线明暗各半。明亮处是白色的房间，远处白色的落地窗前一架三角钢琴，窗外的光把房间和地面照得雪亮。黑暗处是走廊楼梯，一明一暗的画面形成了强烈的对比，这样的处理似乎也在暗示故事发生的不同时空。

阴影处伴随不均匀的脚步声，侍者提着行李艰难地爬上楼梯，女演员看着他步履艰难有些不知所措。两人就这样一前一后走出了黑暗，镜头没有跟随他们上楼，而是慢慢推向房间里那扇白色的窗户……

"窗户"这个意象，在片中被导演以各种表现形式强调了数次，故事原点来自那扇窗，窗外的白色世界也充满了象征味道，是一种关乎生与死、现实与虚幻、悲伤与勇气的暗示。侍者拉开了新房间的窗帘，窗外的阳光过分地照亮了女演员和侍者的脸，如童话般。导演用脸部的大特写强调了两人之间微妙的关系。女演员看着窗外那白得差不多没了印记，并越发失去白平衡的世界感慨道：

"整条街道静谧安详，全世界都悄无声息。……我觉得这里不会下雪。"

雪白的色调将两人细腻、微妙的瞬间渲染得有些飘忽不定。

片中三个人物，女演员、老侍者和年轻侍者，每个人物看上去都像心里埋藏了很多故事一样，这种无以言表的模糊情绪在片中处处皆是，敏感、善良、体贴并且略带忧伤。尤其发生在女演员和年轻侍者之间那种朦胧不清，似有非有、似无非无的故事更是有些让人捉摸不透。

"这里有花吗？"

走向门口的侍者转身惊奇地看着她。

"能不能拿些花来装饰一下房间？紫罗兰或者……我喜欢紫罗兰。"

侍者凝视着她，目光明亮又深邃。女演员突然又说道："我不是想让你去买，只是想问问有没有？"悠扬的小提琴音乐声中，一丝微弱的情绪从侍者的脸上轻轻掠过，那是一种有些意外、有些赞同、有些惊奇的模糊情绪。

一会工夫，通过房间里穿衣镜反射出来的画面，我们看到年轻的侍者手捧着紫罗兰站在了门口，女演员惊讶不已，侍者优雅地说："你很幸运是吧，这些紫罗兰一直在等着你……"镜子中的女演员对着鲜花若有所思，"我还能为您奉上什么奇迹呢？"侍者问。女演员摇了摇头，起身将花放到镜子旁的壁炉上。突然侍者痛苦地捂住鼻子，血顺着手指往下流，女演员急忙将他扶到椅子上坐下，关切地询问，侍者痛苦不已，可就在女演员转身去寻找解决的办法时，侍者却捂着流血的鼻子痛苦地挪动身体走出了房间，女演员孤独的背影留在空荡荡的房间里，看上去忧伤。这个段落更像是在回忆，紫罗兰串起了现实与过去，在忽明忽暗、若隐若现的"叙述"中更多是情绪上的渲染，而深藏其中的寓意到底是什么，无从知晓。如同制片人埃曼纽尔·邦比所说："故事发生在一间古老、优雅的旅馆中，一个老去的歌唱家、一个年轻的侍者。我并没有搞懂他想表达什么，我也就剧本问过他本人。可是明格拉不是那种解释自己剧本的导演，他也没有给我任何答案。于是我只好把这个问题留给观众。"

下一组镜头更是含蓄、抽象。在一系列白色饱和度的特写中，女演员将手中白色的信封封好，放在了白色的床上，我们不知道这是写给谁的信以及信的内容，只看到她苍白的脸颊上一双忧伤的眼睛。紧接着是一双脚的特写，白窗户、飘动的白窗帘、白光，开窗，风吹动一切……镜头切到老侍者的脸部特写，他慢慢地抬头仰望。这一组蒙太奇抽象、唯美、飘逸，导演好像是在暗示女演员想与这个世界告别，又好像完全回到了从前，总之也有些前后不搭、云里雾里的感觉。

就在这时年轻侍者推着香槟走进了房间，他对着手捧紫罗兰的女演员说道：

> 紫罗兰之谜已经破解了，我父亲是，嗯……我父亲是这间酒店的经理。他对您的再次入住感到非常高兴。……夫人，他非常仰慕您，他说他在巴黎时听过您很多次演唱。

门口，女演员站立着一动没动，她看着侍者，陷入沉思，像似回到了辉煌的舞台上，这时女高音的歌剧音乐响起，曲调听上去凄婉动人，侍者深切地凝视着她，"巴黎是我向往的城市"，他说。她沉默许久，请求侍者陪她喝一杯。侍者的表情中透露出喜悦和幸福，但旋即他转向窗外，看着那不停飞舞的窗帘，喜悦的表情慢慢变得忧伤。倒完酒，两人并肩坐下，对着窗外那白得惊奇的世界一起举杯。

> 女士：你看上去很忧伤，年轻人不应如此忧伤。
> 年轻侍者静静地看着她没有回答。
> 年轻侍者：（突然问道）：您现在还唱歌吗？
> 女士摇头。
> 年轻侍者：真遗憾，我要是听过您的演唱，那该多好。
> 又是一阵沉默，背景中的歌声飘荡，窗帘飞舞。
> 年轻侍者：（突然起身）您冷了吧？

他起身放下酒杯向窗口走去，女演员目视他艰难的步履，一步一步身影越来越淡，白色愈加强烈，白光中传来侍者的话，"您怎么能忍受得住，这么冷您怎么能忍受得住……"说完身影便彻底地消失。女演员表情惊讶，随即扔下酒杯奔向窗口。

年轻的侍者已经躺在楼下的水泥地上，血从他的头部慢慢溢出。女演员悲伤至极，窗帘继续飘动，歌声更加凄婉而悲凉。不知过了多久，她独自一人坐在椅子上，老侍者的身影突然从窗口处出现，他对女演员说：

> "您能重回这里，经理很高兴，他还记得您喜欢紫罗兰，他非常仰慕您，他说他在巴黎听过很多次你唱歌……"

与之前年轻侍者说了同样的话，女演员悲伤地机械地摇了摇头，陷入深深的回忆中，她轻轻地说："代我谢谢他"，释然的表情中她长长地出了一口气，随即融化在白色世界中。

从走进电梯到侍者窗口消逝，这是女演员记忆中发生在这老饭店里的一段凄美的爱情故事，但短片中的现实与回忆界限模糊，亦如片中人物的故事不清晰一样，保持着谜一样的基调，在现实与虚幻的世界中自由穿梭。不过导演谢加却认为"这样才保持了神秘感"，他无限感慨后期剪辑时没有把故事讲得那么直白，而只是强化了暗示，他觉得完全没必要讲得那么明白。

短片"令人头晕的精致与美好"，透明的色调、细腻的表演、温和的节奏以及唯美的画面，都给观众留下深深的印象。

希望所有的杂质都能在纯净中融化，人们可以毫无遗憾地走完一生。

# 六、幻想的风景

# 一千五百万的价值（*15 Million Merits*）

## 英国·2011

查理·布鲁奎（Charlie Brooker）、卡纳艺·哈克（Kanay Huq）/
编剧

尤若斯·林恩（Euros Lyn）/导演

丹尼尔·卡卢亚（Daniel Kaluuya）、杰西卡·布朗·芬德利
（Jessica Brown-Findlay）/演员

45分钟/科幻

第69届艾美奖最佳电视电影奖

**剧本（节选）**

## 1. 麦德森房间

麦德森·麦德森独自一人躺在房间的床上，手里摆弄着艾
比·康送给他的折纸企鹅，拨弄了一会儿之后，便将企鹅放在了
床垫底下，床垫下还压着一瓶喝完了的静心水的纸盒子。

## 2. 电梯内

麦德森乘坐着电梯准备前往骑自行车的空间。

## 3. 骑自行车的空间

一个白人男子正汗流浃背地骑着自行车，眼前的屏幕上是化着浓妆、衣着华丽的艾比在说话。

艾　　比：我的新生活最好之处在于，能遇到很多帅哥，魅影待我很好。

白人男子看着屏幕逐渐愤怒起来，他转向身后正在扫地的工作人员。

白 人 男 子：他妈的！我给了钱的，给……了……钱……的！我没命的骑……而你……到处走吧，肥猪。找到你的猪圈，然后滚蛋吧！

一旁的麦德森面无表情，机械地踩着自行车。


## 4. 休息的空间

麦德森一个人坐在桌边，面无表情地咀嚼着手里的薯条，耳边回响着艾比之前说过的话。

艾　　比：这是我的梦想，我能住在……一个……漂亮的地方，还要……穿得全是……漂亮衣服。一切恍然如梦……


## 5. 麦德森房间

麦德森一个人坐在房间的床上，机械地对着墙上的屏幕玩着射击游戏。这时，屏幕上又跳出了色情频道的广告，他一脸嫌弃，挥挥手想要跳过广告，可是屏幕上出现了"余额不足"的字样。他侧过头，身后的屏幕上显示只剩下 839 个积分，他只能无奈地观看着屏幕上的色情广告。

**大 屏 幕 口 播**：来吧，小妞。魅影宝贝真人秀特别节目。

屏幕上还跳出了艾比之前的采访画面。

**艾　　　　比**：我猜我想成为赛尔玛一样的巨星。

**大 屏 幕 口 播**：万众瞩目之下，她走上最高人气的舞台，倾
情高歌。你猜中了开头，却猜不中结局。

大屏幕上播放着艾比参加比赛时的画面。

**色情频道评委**：我们可以让你走向成功。

**另一位男评委**：想好了吗？

**大 屏 幕 口 播**：来看她令人惊艳的桃色处女秀。

麦德森抗拒地摇着头。

**麦　德　森**：不……不……不……不……不要。

大屏幕上，艾比穿着白色的连衣裙，化着精致的妆容坐在沙
发上，一个男人向她走了过来。

**男　　　　人**：瞧瞧，谁在这呀。

**艾　　　　比**：我是艾比。

**男　　　　人**：自从你上了最高人气，便让人朝思暮想。

麦德森无法接受眼前的一切，他痛苦地捂住了自己的双眼。
这时，四周的屏幕变红并发出警告，要求他继续观看。

**麦　德　森**：不看！

**大　屏　幕**：继续观看。继续观看。继续观看。继续观看。
继续观看……

麦德森无奈之下只好睁开双眼。大屏幕上播放着艾比和男人
的画面。

**男　　人**：瞧瞧你，肤若凝脂，光洁如玉。

麦德森想要走出房间，却再一次被大屏幕警告——广告时间出口禁用。

屏幕上依旧播放着让麦德森不忍直视的画面。

**大　屏　幕**：精彩纷呈，高潮迭起，准备大饱眼福吧。

**男　　人**：张嘴，张大点，吸进去，吸进去，很好。

麦德森再也无法忍受眼前的一切，他疯狂地嘶吼，用自己的身体去撞击屏幕。

**麦　德　森**：不！不！不！不！不！不！

他像发了疯似的，一边大哭，一边不停地敲击屏幕，掀翻床垫。在他一次次猛烈的撞击下，大屏幕终于碎了，他蜷缩在角落里，急促地呼吸着。这时他看到了散落在地上的碎玻璃，他捡起了其中最长最尖锐的一片，看着自己手上上一次陪艾比参加节目时留下的图章印记，用尖锐的玻璃戳向了自己的手背。这时，他又看到了自己之前偷藏起来的静心水盒子，他似乎开始酝酿着什么。


## 6. 骑自行车的空间

麦德森独自一人来到骑自行车的空间，骑着自行车赚取积分。


## 7. 麦德森房间

麦德森一个人躺在房间的床上，面无表情地看着大屏幕上的色情广告。

**大屏幕口播**：辣妹也有失意时……

## 8. 洗漱间

麦德森小心翼翼地使用自己的积分，他只花了 1 积分，挤出米粒般大小的牙膏，开始刷牙。

## 9. 骑自行车的空间

麦德森像一个没有情感的机器一样，机械地踩踏着自行车，眼前的屏幕上，积分在一点点地变多。

## 10. 麦德森房间

麦德森疲倦万分，一头栽倒在了床上。墙上的屏幕显示积分——502944。

## 11. 吃饭的空间

几个人吃完了饭刚刚离开座位，麦德森在一旁目不转睛地盯着桌上前人吃剩下的食物，他看了一眼四周，趁周围都没有注意，快速移动到餐桌旁，大口咀嚼起桌上的食物残渣。

## 12. 骑自行车的空间

一旁的白人男子边骑车边看着屏幕上恶搞的画面发出哈哈哈的大笑，麦德森依旧平静地踩着自行车，他望了一眼自己手背上逐渐变淡的图章印记。

## 13. 麦德森房间

麦德森一个人在房间里，反复不停地练习着一些奇怪的舞蹈动作，脸上还偶尔露出为难的表情。

## 14. 吃饭的空间

麦德森坐在椅子上，他看到一个女孩来到贩卖机前买食物，贩卖机再一次出现了故障，女孩失望地离开，麦德森马上来到贩卖机前，露出开心的笑容，他用之前的方法很快便取出了女孩的食物。

## 15. 骑自行车的空间

麦德森依旧拼命地骑着自行车，屏幕上显示积分——2000000。

## 16. 麦德森房间

麦德森疲惫地躺在床上。

## 17. 骑自行车的空间

麦德森还在拼命地骑着自行车，屏幕上显示积分——4000000。

## 18. 麦德森房间

麦德森仍然独自在房间练习着自己的舞蹈。

## 19. 骑自行车的空间

此时，麦德森的积分已经累计到了5000000，他手背上的图章印记也已经消失不见。接下来的每一天，麦德森依旧是一边不断地骑着自行车赚取积分，一边练习着自己的舞蹈。终于，在他自己的努力下，积分累计到了15000000。他也终于停下了骑车的脚步。

## 20. 麦德森房间

麦德森坐在房间里，他对着大屏幕做出手势，毫不犹豫地买下了一张真人秀的入场券，屏幕上的积分也瞬间清零。麦德森将之前藏起来的玻璃碎片别在了后背。


## 21. 真人秀等候区

麦德森来到了真人秀的等候区，他走进安检门，安检人员并没有发现异常。白发女孩走了进来，开始做准备工作。随后，越来越多的人来到等候区，他们在为各自的表演做着准备，只有麦德森一人站在人群中无动于衷。一名黑衣工作人员来到等候区。

**男工作人员：** 借过，请让一让。

他向着其他表演者。

**男工作人员：** 走吧，我们去预演，到后面来，请走在我前面。

**白 发 女 孩：** 你搞错了吧？

男工作人员对着耳机说话。

**男工作人员：** 你说哪种？哦，有色人种。

男工作人员环顾四周，看到了站在中间的麦德森。

**男工作人员：** 有了。

他来到麦德森的身边。

**男工作人员：** 我们预演一下好吗？跟我去后台吧。

白发女孩看到工作人员带着麦德森准备离开，生气地对男工作人员说。

**白 发 女 孩：** 你就是个贱人。

男工作人员带着麦德森来到了另一个房间。

男工作人员：下一个。

女工作人员：站在这。什么项目，魔术师吗？

麦　德　森：表演家。

女工作人员：请你用一句完整的话对着镜头再说一遍。

麦　德　森：我是一个表演家。


22. 真人秀后台

麦德森来到了真人秀的后台。

女工作人员：上台前，得喝一盒静心水。

他掏出之前留下的静心水的空盒子。

麦　德　森：刚才让我喝过了。

女工作人员：是吗，那好。如此一来，你可以……走了。

女工作人员示意麦德森上台，麦德森扔下手中静心水的盒子，
走上了台。


23. 真人秀舞台上

麦德森站在了舞台上，台下是三名评委以及无数的虚拟观众。

男　评　委：叫什么？

麦　德　森：麦德森·麦德森。

男主的自我介绍引起了躺在房间里的白人男子的注意，大汉
从床上坐了起来。

白　人　男　子：我靠。

男　评　委：你要向我们展示什么才艺？

麦　德　森：一种秀。

男　评　委：一种秀？

麦　德　森：是的。

女　评　委：神秘莫测的男人。

男　评　委：那我们拭目以待吧。

麦　德　森：好的。

说完，麦德森就开始在台上表演起了自己的舞蹈，他的舞蹈成功引起了台下观众的注意，有人欢呼也有人喝倒彩。

白 人 男 子：你算什么鸟。

麦德森越跳越激动，他脱掉了自己外套，台下的女评委发出了惊叹，观众更是欢呼雀跃。就在这时，麦德森从后腰掏出了藏匿已久的玻璃碎片，将尖锐的一端对准自己的脖子。

麦　德　森：站住别动，我认真的，这可是大动脉，再走一
　　　　　　　步就是逼我去死。

男评委用眼神示意工作人员退下。

麦　德　森：在我说完之前谁也别来拦我，之后随你们处置。

色情频道评委：你他妈倒是死死看。在老子面前撒野，老子
　　　　　　　发誓会把你揍活，再亲手剁了你这颗猪头。

白 人 男 子：动手吧。

女　评　委：我们不妨就让他说吧。

台下观众一片欢呼：说 吧！ 说 吧！ 说 吧！ 说 吧！ 说 吧！
　　　　　　　说 吧！

男　评　委：那我们就姑且一听了，行了吧，说吧。如你所
　　　　　　　愿，我们洗耳恭听。你想说什么？你准备了一
　　　　　　　个演讲，是吧？说啊！

**麦德森：** 我没准备什么演讲，一个字都没准备，也没想过要准备……我只知道我必须到这里来，站到台上，让你们听好了，用心听，而不是像你们一贯那样，神色正经，假装在听，假装你们是真情流露而不是虚情假意。你们戴着面具，在舞台上装腔作势，而我们竭尽所能唱歌跳舞，满地打滚，在你们眼中我们都不是人，在你们眼中我们都是傀儡，不是人！傀儡越虚伪，越能得你们欢心，因为虚伪才是需求，才对胃口，我们只能接受这个，当然，还有别的，皮肉之苦，恶语相向，大家喜闻乐见，看到肥佬被吊在杆子上，我们可以笑出眼泪，也觉得理所当然，我们辛苦骑车，而这个废物却偷懒养肥，所以一万个呵呵送给他！我们脑中除了绝望别无其他，我们无所适从，除了看傀儡选秀作秀，就是买狗屎商品解闷，我们与人沟通自我表达的方式就是买狗屎，还有什么梦想呢？我们的梦想就是给电子形象买个新应用，那玩意儿都不存在！根本什么都不是！我们买的都是根本不存在的狗屎！你们给不了我们真实又美丽的东西。对吧，那会摧毁我们，我们的感官早已麻木，我很可能被真相呛死，我们受不了真正美好的东西，无论你们发现多么美好的事物都要将其撕碎，碎成一小块一小块的，然后经过夸大，经过包装，经过无数次机械化的过滤，直到一切都变成毫无意义的噱头，而我们则日复一日地蹬车，去往何处？为了什么？只为给那些大大小小的格子间和屏幕供电，去你的！归根结底就是这样，去你的！你们坐在这里，让事情越变越糟，去你的聚光灯，去你的伪善脸，我这辈子第一次拥有真实的感受，而你们这帮王八蛋又给夺走了，你们就知道吸血，就知道压榨和嘲弄，只是给这个笑柄大国多加了一个笑柄，而这都是你们造成的！我代表我自己，代表我们，代表所有人，去你妈的！

麦德森站在台上，肆无忌惮地宣泄着他的愤怒。台下观众哑口无言，一片安静，只能听见麦德森急促的呼吸声。

**男评委**：毫无疑问，刚才那是，自节目开播以来，我在这个舞台上见到的最发自肺腑的表演！

顷刻间，台下掌声雷动，观众们欢呼雀跃。

**观　众**：太棒了！

**男评委**：你！你的表达清晰有力，我想演播厅里的每一个人都赞成你的观点，尽管我们也许没有完全理解，我还是要说我们的确感受到了，我也一样。我知道在你眼里我是一个坏人，不过你听着，我了解你的立场，我喜欢你的表演。

**麦德森**：这不是表演！

**男评委**：这是真相，对吧？虽然只是你眼中的真相，但那也算是真相。你是对的，我们的生活的确缺少真实性，我很想再听到你的演说。

**麦德森**：怎么做？

男　评　委：我可以给你开一档节目，你可以继续用这种
　　　　　　风格演说。

女　评　委：我一定会看，这真是充满了激情。

色情频道评委：他说的没错，你在那一定能活，伙计。抹脖
　　　　　　子这招玩得漂亮。

男　评　委：你觉得怎么样？时长半小时，每周两次。

这一番对话再次引起了台下观众的欢呼。

观　众　们：同意！同意！同意！同意！同意！同意！
　　　　　　同意！

白　人　男　子：快同意，你这个混账。

黑发女孩在屏幕前看到这一幕，表情悲伤，眼含泪水。

女　评　委：总比蹭车强。

男　评　委：那是当然。


24. 骑自行车的空间

　　大家如同往常一样，骑着自行车赚取积分，白人男子边骑车
边看着视频。

视　频　音：我们请来了奥利弗，奥利弗 6 个月前还是清
　　　　　　洁工，但他不停地吃，一直吃到 108 公斤，
　　　　　　他今天来挑战闹翻天啦！继续吃啊！

　　白人男子一边笑着，一边挥挥手，调到下一个频道。屏幕上，
白发女孩终于站上了真人秀的舞台，在舞台上演唱着跑调的歌曲。

男　评　委：好了，别唱了。实在是糟透了，你还不如一
　　　　　　块抹布招人喜欢呢，我都不想再看到你。

女　　评　　委：我也同意，很抱歉，亲爱的，你给人的第一印象除了令人生厌就是一无是处。

色情频道评委：说的对，就算你下面装满了蜜，我也不愿意碰你。

白　发　女　孩：我是个好歌手，我会唱歌，真的，这是我命中注定的！我能唱！

白人男子再一次挥挥手，调换了频道，这一次，来到了艾比所在的色情频道。屏幕里，艾比化着浓厚的几乎快看不清脸的妆容。

男　　　　人：你喜欢这个对吧，艾比？说出来。

艾　　　　比：是的。

另一边，金发男孩正骑着车对着屏幕购买虚拟产品。屏幕上，是麦德森手持玻璃碎片在说话。

麦　　德　　森：仅上周就推出了一万五千套新的电子装扮，这就是说，在你变成死鬼之前，又多了一万五千种浪费生命的手段，况且，根本没有鬼，运气好的话，它会让你忘掉蹬车的伤痛。知道我为什么还没有把自己的脖子划开吗？我怕自己不会立刻断气，在我弥留之际，他们会想办法向半死不活的我索取两万里程作为玻璃清理的费用。

金　发　男　孩：说的对。

麦　　德　　森：总之，活下去吧，如果你别无选择。他们说，我们都是在一起的，对，没错，永别了……下周同一时间再见。

## 25. 麦德森直播空间

原来，刚刚的那一切都是麦德森在进行他的演讲直播。

直播机器发出提示音：已离线。

麦德森小心翼翼地将玻璃碎片放入一个黑色的盒子里，拿起一旁的苹果汁，倒入杯中，又看了一眼摆在桌上的一只企鹅木雕。随后，他走到了大屏幕前，屏幕上，是一片茂密的<u>丛林</u>和蓝蓝的天……

# 反乌托邦的寓言

## ——《一千五百万的价值》读解

短剧《一千五百万的价值》系英国迷你科幻系列剧《黑镜》第一季的第二集，2011年英国电视4台一推出，便在全球范围引发了热潮，甚至有中国观众称它为"神剧"。该剧究竟"神"在何处？多数观众认为是它在内容上的离经叛道。

首先，该剧是科幻剧，但和大多数科幻剧不同，它所营造的未来世界并非一个理想中的乌托邦，而是一个灰暗压抑、令人绝望的反乌托邦的世界。其次，故事内容荒诞极端，极具批判和讽刺，如第一季中第一集《天佑我主》讲的是绑匪如何利用网络舆论的影响逼迫首相与猪交媾；第二集《一千五百万的价值》讲的是被电子屏包围的人类如何被娱乐所控制；第三集《你的人生》则是说记忆芯片如何一点点摧毁夫妻感情让他们彼此仇恨的。2014年以后Netflix公司承接出品了《黑镜》的圣诞特辑与第三季，扩充了集数和时长，但剧集之间仍然存在着千丝万缕的联系，虽各有侧重但呈现的都是一个充满黑暗、荒诞和悲惨的未来，表现了科学技术对人类社会带来的负面影响，以及对高科技发展中后人类的生存状态的担忧，通过预设一个没有希望的未来世界，意在让观众看清现在。

短剧《一千五百万的价值》中展现了对未来科技的大胆想象，人们所处的是一个与外界完全隔绝的被电子屏幕包围的封闭空间，没有建筑、公路、广场等现实生活场所，也没有丰富的食物、复杂的社交圈，甚至没有家庭，人类在一个高度自动化、机械化的社会里共同生活。在强大的虚拟网络里每个人都有自己的虚拟形象，而日常生活则完全处在被监控中。人的生存之道就是日复一日地踩自行车攒积分，而获取食物、牙膏，维持电子屏的亮度等都会消耗积分，人们只有不断骑行，才能让自己活下去，才可能比别人活得更好。一旦体力耗尽就会遭受淘汰，永远成为最底层的人。

《一千五百万的价值》中的人们遵循着这样游戏规则，在相同的空间穿着相同的服装做着同样的事情，个别人感觉无所谓，大多数人表现麻木，没有人对这种荒诞局面表示质疑和反抗，似乎一切理所应当。短剧粉碎了人们对未来生活的美好想象，淋漓尽致地展示了高度自动化的社会所带来的悲观和绝望，人类一旦离开缤纷多彩的现实生活似乎走投无路，一生都将在自行车上周而复始地消耗。从这一点上来说，它的反乌托邦设定具有一定的警示和唤醒作用。

该剧是一个爱情悲剧，中心事件围绕一个人气超高的真人秀节目展开，男主人公麦德森为了帮助他喜欢的女孩艾比参加节目实现自己的梦想，主动让出一千五百万的积分给她兑换了一张入场券。可是艾比的才华并没有被认可，评委打断了她的演唱，认为她走歌手这条路是没有希望的，怂恿她成为色情女星。艾比面临艰难抉择，她在梦想与现实之间摇摆，而此时海量虚拟观众恶意的热情被点燃，他们呼喊着"do it"，艾比最终屈服。麦德森无法忍受这样的结局，他仅存的希望被毁灭，他决定报复，用了两

426

个月的时间拼命骑车积攒积分，终于站在真人秀的舞台上。麦德森拿着事先准备好的玻璃碎片以死相拼，对着评委和观众歇斯底里地大骂，说出了压抑许久的心里话：

> 你们给不了我们真实又美丽的东西。对吧，那会摧毁我们，我们的感官早已麻木，我很可能被真相呛死，我们受不了真正美好的东西，无论你们发现多么美好的事物都要将其撕碎，碎成一小块一小块的，然后经过夸大，经过包装，经过无数次机械化的过滤，直到一切都变成毫无意义的噱头，而我们则日复一日地蹬车，去往何处？为了什么？只为给那些大大小小的格子间和屏幕供电……

他痛骂评委们的伪善，痛骂娱乐的欺骗性和根本无法实现的梦想，痛骂那些旁观者们的麻木不仁，痛骂被电子屏包围的这个世界，他质疑人的生存意义和价值。麦德森痛快地说出真相，也说出了创作者的意图，说出了这个时代的病症。这是全剧的高潮部分，也是这部短剧的力量所在，因为在麦德森的身上寄托了人们的希望，他是一个头脑清醒的人，就像一个时代英雄。可悲的是麦德森的愤怒被评委们当作是一场表演，他们巧妙地化解了他的批判，提出专门给他开办一个评论节目让他在节目中继续控诉现实，这个突转太令人意外，编导如此设置不仅强化娱乐的摧残力度，同时也暴露了人性的弱点。从剧情设置上来说非常完整，一环扣一环，峰回路转，短剧所要批判的娱乐操控并主宰一切的现实生活的意图得到彰显。

巨大的诱惑面前，麦德森和艾比一样选择了服从，一个新的节目就此诞生，现场虚拟的观众们愈加疯狂，麦德森拥有了更大的、可以看得见风景的房间，他可以随时喝到果汁，再也不用辛苦地骑车，玻璃碎片成了他表演的道具，只要每天按时表演一段"骂现实"节目，就解决了所有生活难题，这似乎是一个完美的结局，但与此同时真相将永远被掩盖。

当下现实生活中，各类真人秀节目充斥着电视、网络频道，明星纷纷出镜，观众狂热地追逐，这些娱乐节目一方面满足了观众对明星的窥视欲，另一方面也为普通人一夜成名提供了舞台，形成全民娱乐的时代热潮，也造成了社会文化的粗鄙化，《一千五百万的价值》这部短剧正切中了时代的命脉。

该剧善于使用隐喻来映射现实，人物造型、生活用品、宠物均为符号，货币也非现实货币，虚拟商品高度发达，现实的物品相当有限。对现代社会等级也进行了隐喻，剧中最低等级的清洁工，是遭人歧视的对象；中间等级是主人公麦德森所处的区域，即普通大众；再上一层是"主持人"，他们拥有改变他人命运的权利。最高等级是整个系统的主宰者，是底层人接触不到的统治者。隐喻的手法在剧中比比皆是，引发观者思考。《一千五百万的价值》以科幻片独有的情境展开了对人性灵魂的拷问，艾比和麦德森两位男女主人公的行为，让每一个观看者反思，如果那人是我，我该如何选择？是选择真理还是现实与妥协？这是一个发人深思的问题，也表现出创作者对现实世界的担忧和焦虑。正如同这个系列剧的剧名"黑镜"一样，编剧兼制作人布鲁克说："'黑镜'是你在每堵墙、每张桌、每个掌心所将发现的，亦即电视机、监视器和手机冰冷的、发光的屏幕。"这隐喻，映照着每一个人。

# 埃菲尔铁塔 (*Tour Eiffel*)

## 法国·2006

西维亚·乔迈（Sylvain Chomet）/ 编剧、导演

友兰达·梦露（Yolande Moreau）、帕尔·普特纳（Paul Putner）/
演员

5分钟 / 实验

### 1. 巴黎城市　清晨

清晨时分，朝霞将天空染成了黄色，巴黎还没完全清醒过来，鳞次栉比的建筑中袅袅升起几处炊烟，埃菲尔铁塔清晰可见。

### 2. 马路中间　白天

一个小男孩戴着一副黑框眼镜，身上背着一个巨大无比的书包，站在马路中间。

**画外女摄影师**：你叫什么名字？

小男孩眼神向右一瞥。

**画外女摄影师**：别看你爸妈，看着镜头这里。你叫什么名字？

**小　男　孩**：尚克劳德。

**画外女摄影师**：尚克劳德，告诉我们你爸妈是在什么地方相遇的？

**小　男　孩**：在监狱。

**画外女摄影师**：监狱？好吧，那我们说说他们吧。

**小　男　孩**：爸爸本来很伤心，他当时没有老婆，每天早上起来都很孤单。

巨大的埃菲尔铁塔的一角，映入眼帘。

## 3. 小丑爸爸的房间　白天

一声鸡鸣，叫醒了睡梦中的小丑爸爸。小丑爸爸画着夸张的小丑妆容，胖乎乎的身材，穿着一身黑色紧身衣，脖子上系着一条红丝巾，头戴一顶红帽子。他从一个白色方台子上坐起来伸了个懒腰，简单活动一下肢体后打开一扇窗户，窗外埃菲尔铁塔清晰可见，他深深呼吸一口新鲜空气，开心至极。其实这并不是一扇真的窗户，而是墙上一张印有埃菲尔铁塔的招贴画，画上写着：巴黎，恋爱之城。

小丑爸爸依旧开心地在房间里走着。他与一只并不真实存在的小猫玩耍，给它喂食抚摸它的毛。他看到墙上一幅小男孩淘气的画像开心地笑了，看到一幅小男孩伤心的画像，瞬间自己也失落了起来。

## 4. 房间门口　白天

小丑爸爸打开一扇写着"愚蠢的哑剧演员"字样的门，从里面走了出来，但一瞬间悲伤的脸就转变为开心的笑脸。

## 5. 街道上　白天

他尽情地表演着哑剧，从地上摘下一朵玫瑰花闻着花香翩翩起舞，他开心地将玫瑰花送给收停车费的阿姨，阿姨却对他不理不睬，失落的小丑爸爸只好自己开着根本不存在的汽车离开了。

## 6. 咖啡馆门口　白天

小丑爸爸开着他的"车"停在一家咖啡馆门前，坐在了一对双胞胎姐妹的隔壁桌，两姐妹用诧异的眼神看着他。小丑爸爸完全沉浸在自己的世界中，他摊开"报纸"看了一眼，又拿起"咖啡"喝了一口，咖啡馆服务生走到他的餐桌前，他悠然地付了"小费"，接着又开着他的"车"离开了。

## 7. 公园里　白天

公园的长椅上一对情侣正在接吻，小丑爸爸径直走到他们身边坐下，模仿他们接吻的样子，情侣发现后嫌弃地离开。

## 8. 埃菲尔铁塔下　白天

一对体形肥胖的情侣散步而过，小丑爸爸便跟在后面学着他们吃力的走路步伐。一群游客有说有笑在埃菲尔铁塔下拿起相机拍照，小丑爸爸跟在身后模仿他们拍照的动作。两个黑人听着动感的音乐迈着矫健的步伐，小丑爸爸模仿着他们跳起了舞，终于，他的行为惹怒了人家，黑人男子一路向小丑爸爸追去。

9. **警察局里　晚上**

　　小丑爸爸被关进了警察局。牢房里一个罪犯大声抗议。

　　罪　　犯：（大喊）让我出去!

　　警　　官：闭嘴!

　　罪　　犯：（指着身后两个人）我不想和这两个人待在一

　　　　　　起! 妈的! 把我换到别的牢房!

10. **牢房里　晚上**

　　小丑爸爸坐在角落，另一边坐着一个服装外表和小丑爸爸极

其相似的人，那就是小丑妈妈，两人失落地叹气互相对视，小丑

爸爸将手从脸上一划，失落变成开心，小丑妈妈也重复了同样的

动作。两人瞬间开心了起来，他们在牢房里默契地跳起了舞。

　　罪犯见状，露出了惊恐的表情："救命! 让我出去!"

11. **街道上　晚上**

　　警察释放了小丑爸爸和小丑妈妈，两人在警察局外开心地

跳舞。

　　他们开着属于他们的"汽车"穿梭在城市的各个角落，游览

埃菲尔铁塔。

12. **马路中间　白天**

　　小　男　孩：我的故事讲完了。

　　正在这时两个稍大的男孩子跑过来将小男孩推倒在地。

　　男　孩　一：（欺负地）哑剧小丑的儿子!

**男　孩　二：**（跟着重复）哑剧小丑的儿子！

男孩艰难地站起来从地上捡起他的黑框眼镜，他看向一旁的爸爸妈妈期待能够得到安慰，爸爸妈妈看着眼前发生的一切满脸悲伤，片刻，他们又做出了熟悉的动作——将手向上一划，脸上露出了开心的笑容。小男孩重新戴上他的眼镜也跟着开心地笑了，他背着大书包向埃菲尔铁塔的方向跑去。

路边，小丑爸爸的"汽车"和他的"小猫"出现后又再次消失了……

# 美丽人生

## ——《埃菲尔铁塔》读解

　　《埃菲尔铁塔》(*Tour Eiffel*)是短片集《巴黎，我爱你》(*Paris, je t'aime*)中西维亚·乔迈（Sylvain Chomet）导演的短片。

　　坐落在巴黎第七区有着"铁娘子"之称的法国埃菲尔铁塔，是现代巴黎的重要标志，也是世界著名的建筑。与很多新兴建筑一样，埃菲尔铁塔建造最初也遭到很多巴黎知名人士的冷淡和反对，认为它只不过是一个损害巴黎名誉与形象的"大烛台"而已。据说当时居住在巴黎的大作家莫泊桑，每日必到铁塔二楼去吃饭，因为那是巴黎唯一一个看不到铁塔的地方。而今日，这个曾经招惹无数人排斥和厌恶的怪物，却成了法国人的骄傲，不得不让人感慨时间的效力。

　　导演西维亚·乔迈在片中让小丑爸爸和小丑妈妈在埃菲尔铁塔下寻找到了属于自己的浪漫和快乐。有着漫画情结的动画导演西维亚·乔迈，最擅长在作品中演绎小人物的悲欢离合。《疯狂约会美丽都》(*Les Triplettes de Belleville*)中失去父母亲的男孩和与之相依为命的婆婆、《魔术师》(*L'illusionniste*)中善良、贫穷的魔术师，无不有着充满孤独和坎坷的人生经历，但西维亚总能让他的人物从容又欢喜并自得其乐地描绘美好。

434

短片通过一个男孩子之口，讲述了他的小丑爸爸和小丑妈妈相遇并相恋的故事。一以贯之西维亚影片中的动画人物，被两个可爱的小丑取而代之，他们幽默、诙谐的哑剧表演构成了整个影片的表现风格。

短片开头俯视视角下巴黎城的全景，鳞次栉比的建筑中，埃菲尔铁塔格外耀眼。镜头从朝霞中的巴黎，切到马路上一个戴着黑边眼镜、背着夸张得离奇的大书包的男孩子身上，他面对着镜头像被采访似的，画外传来女摄影师的问话：

你叫什么名字？……不要看你的爸妈，看镜头。
我叫尚克劳德。……爸爸妈妈是在监狱里认识的，……爸爸本来很伤心，因为他没有老婆，每天早上起来都很孤单。

影片在一问一答中开始了，镜头从男孩子身上慢慢后移，摇向他身后的埃菲尔铁塔。

男孩的爸爸、妈妈在短片中都是小丑的装扮，他们以小丑演员的形象和夸张的哑剧动作穿梭于真实的生活中，以及以男孩的讲述引出小丑父母生活的表现方式，都使得短片形成虚幻与现实，美好与丑陋鲜明对比的表现风格，欢乐之余更显悲伤。

片中小丑爸爸居住在一个白色房间里，家徒四壁，除了可以当成床和家具的几个白色积木，屋子里便再无其他，事实上这个家更像是舞台，而小丑爸爸的生活就像一场表演。哑剧本身就是在无中生有，于虚无中描绘真实，在复杂中寻求简单，招之即来挥之即去。

故事开始，小丑爸爸给我们描绘了这样一幅美好图景：早上起床，他舒展一下身体便打开了窗，埃菲尔铁塔出现在了眼前，小丑爸爸心花怒放，美好的一天从此开始。可这一切并非真实，观众看到的只不过是白色墙壁上一张印有埃菲尔铁塔的招贴画，刚才的一切都只是假象。

小丑爸爸给他心爱的但根本不存在的猫咪喂了早饭，幸福地抚摸着它。他的快乐简单又直接，看到招贴画中淘气的男孩便开心不已，看到伤心的男孩自己也跟着无比难过，他默默打开被涂着"愚蠢的哑剧演员"字样的房门，满脸灿烂地走出了家门。小丑爸爸站在家门口，他的家在高楼间的狭小夹缝里。导演用近景、中景、全景、大全景四个镜头的跳接，把淹没在高楼大厦下小人物的渺小表现了出来。

整个片中小丑爸爸一直都如法炮制这种自欺欺人的精神胜利法，他假装从地上摘了一枝花，送给收停车费的阿姨，假装自己驾驶一辆汽车行驶在大街上，假装在路边咖啡馆边看报纸边喝咖啡，假装和自己心爱的人在公园长椅上接吻等。当他做的一切都遭受到路人的耻笑和歧视后，小丑一阵沮丧和失落，但很快他又忘却了烦恼，重新在生活中寻找到了快乐。他在埃菲尔铁塔下模仿"汉堡人"走路，自己也拿起"相机"拍照，跟在黑人青年身后跳摇滚，结果不小心惹怒了人家，为此进了监狱。

两分多钟的段落表现了小丑爸爸受挫的生活，他乐观的生活态度不仅增加了影片的悲剧色彩，又表现出他人性中的两面性。

进了监狱的小丑爸爸，在那里遇到了小丑妈妈，两位的"无中生有"将一个因酗酒闹事被关进去的家伙折磨得发了疯，他摇晃着监狱大门，拒绝和两个疯子住在一起，在他眼里小丑爸爸和小丑妈妈的行为怪异又不可理喻，这比受到法律制裁还令他不安。

一个所谓正常人的"非理性"世界和被视为疯狂的小丑世界在这个点上交叉错位了。

小丑爸爸和小丑妈妈找到了彼此，在小小的牢房里演绎"一见钟情"的浪漫，结果警察也受不了了，将他们赶了出去。

获释的小丑爸爸和小丑妈妈"驾车"行驶在巴黎街头，他们的"车"经过了美丽的塞纳河、高耸云端的埃菲尔铁塔，在午夜的霓虹灯照耀下，穿梭在浪漫、繁华的巴黎街头。

画面切回到男孩子讲述的特写镜头："这就是我爸爸妈妈的故事"，话音刚落，两个大男孩一左一右跑过来恶意地将他推倒，冲着他骂道："哑剧小丑的儿子！"这是对以"哑剧小丑"为符号的人的歧视，也是短片最深刻的思想体现，如果单纯只是小丑爸爸妈妈的故事，可能就没那么震撼了，导演从另一个侧面深度挖掘了生活的本质和人性的弱点。

男孩子艰难地从沉重的大书包下爬起来，捡起掉在地上的眼镜，不远处小丑爸爸和小丑妈妈表情沉重地看着这一切，长时间地停顿后，突然妈妈一只手从脸上划过，沉重的脸变成了一张笑脸，爸爸也随即做了同样的动作，同样也是一张笑脸，他们以这样的方式告诉男孩要乐观、勇敢地面对生活。

男孩子领会了父母的精神，笑着重新戴上了眼镜，背起大书包奔向了埃菲尔铁塔，突然，他发现路边的空地上，小丑爸爸开的那辆"汽车"以及他的"宠物猫"的身影瞬间闪现又瞬间地消失了。什么才是真实的？导演通过对比手法表现了一个欢乐与悲伤、平等与友爱、坚强与乐观的主题，短片《埃菲尔铁塔》清新纯净的画面、富有寓意的隐喻、一个寓悲伤于欢喜中的表达，让观众欢笑之余有了深深的思考。

# 阿里塔 (*Arita*)

日本 · 2002

岩井俊二（Shunji Iwai）/ 编剧、导演

广末凉子（Hirosue Ryoko）/ 演员

18 分钟 / 实验

**序场：**

屏幕渐亮。蓝色外框中是稚嫩笔触下的儿童画作。

滚动出现英文字母"ARITA"。

屏幕渐暗。

## 1. 电脑屏幕

**画外音**：我不记得是什么时候，阿里塔第一次出现在我面前的。

屏幕再次渐亮，出现有"阿里塔"形象的网页画面，与"ARITA"有关的词条出现，并缓缓向上滚动着。

**画外音**：但那一定是很早以前的事了。

网页背景不断切换，出现画有圣诞老人和圣诞树的图片。与"ARITA"相关的词条继续滚动着。

**画外音**：问题是，我从没怀疑过它的存在。即使我长大了，知道圣诞老人不存在的时候。

屏幕的画面是女孩手绘的男人和汽车，男人身旁是"阿里塔"。

**画外音**：我爸爸是做汽车部件生意的。但是他曾经告诉我他年轻的时候立志要当一名艺术家。（画面切换到另一幅作品）……这可能就是我自从还是小女孩的时候，就对画画这么感兴趣的原因吧。（又换了一幅作品）……我现在还有早期画的画。它们只是些幼稚的乱涂乱画，典型的初学者画的。……在每一幅画上面，你都可以找到阿里塔。……每个人都看得出来，它不是我画的。（画面上又出现一幅画）……这对一个孩子来说画得似乎很好。

画面连续切换，展示着女孩其他的作品。作品由早期儿童时期的乱涂乱画变得愈发细致起来。

**画外音**：时光飞逝，学我爸爸的样子，我的艺术天赋开始开花了。我三年级的时候甚至获了奖。阿里塔仍然出现在我画的每一幅画中。现在，对我这样的年纪来说，阿里塔似乎成了恶心的画了。我经常画我发明的一些卡通人物的画，每幅画里边都有阿里塔。

## 2. 书桌

女孩翻动着童年的笔记本和记事簿，每一页上都有阿里塔的身影。

**画外音**：阿里塔也出现在我其他的纸上面。（女孩打开书包，

439

往里边放着各学科的书。）……英语、数学、科学、社会学，似乎在学校用的每个笔记本上。（女孩翻动着曾经的草稿纸）……奇怪的是，阿里塔对我来说没什么特别的。我以为每个人都有自己的阿里塔，没人会刻意去考虑它的。（女孩搅拌着颜料桶图画着。）……我是说，如果有人真的在乎。人们至少有时会提起这个话题。（女孩练习着书法，作品上依旧出现了阿里塔的身影）……但是我从没听任何人说起过。

3. 家中

画面中竹席子上摆放着药片和水壶。

**画外音**：有一次，我感冒了，落了一周的课。……我的朋友娜米过来看我。给我看她在课堂上记的笔记。……我真不敢相信自己的眼睛。她的笔记本里一个阿里塔都没有！我忍不住好奇，就问她。

两个女孩子跪坐在竹席上吃着蛋糕。

**画外音**：为什么你的笔记本里没有阿里塔？……她看起来很迷惑，问我阿里塔是什么？……我对自己说，我想有些人生活中没有阿里塔。……就没再想这件事了。

4. 学校

女孩一幅绘画作品，画的是四个孩子在操场上跑步。

**画外音**：一天，在体育课期间，当每个人都到操场上的时候，我搜查了其他同学的笔记本。（女孩在教室翻看其他同学的笔记本）……发现了事情的真相，其他同学的笔记本上都没有阿里塔，只有我的有。……阿里塔有它自己的生命。

女孩的书法作品和绘画作品。还有一份数学试卷，女孩在空白处画下了阿里塔。

**画外音**：跟你一分钟后发现的阿里塔不会一样。我不知道阿里塔怎么会突然出现在纸上，它只是突然就出现了。

女孩的各种习题和笔记本上都画有阿里塔。

**画外音**：不管我多么近地看它，在我看它之前，阿里塔总是就在那里了。阿里塔不会有任何伤害。唯一的问题是，它无处不在。举例说，它甚至有勇气跑到我的考试试卷上来。（她试图用力地拿橡皮擦去试卷上阿里塔的痕迹）……我用橡皮擦也擦不掉，于是，没有办法我只好交了卷。（试卷被送到老师手中）上面到处都是阿里塔影子。但是奇怪的是，老师从来没有为这事责备过我。

女孩毕业了，她在钢琴上写着毕业祝福。

**画外音**：毕业快乐！大致上就是这样，我和阿里塔一起生活了 22 年。（她在祝福卡片的一角画上了阿里塔）

女孩正在填写一张履历表，并在空白处画上了阿里塔。

**画外音**：履历，沿着线的某个地方，阿里塔已经成了我保管得很好的秘密。我不敢告诉任何人。


5. 家中

女孩对着镜头涂着口红。

**画外音**：最近我开始跟人约会了。（他的额头突然出现了阿里塔，女孩诧异地眨着眼睛）……不能对他隐瞒任何事情。

窗台上摆放着烟灰缸，里面一支还未熄灭的香烟。一缕烟缓缓地飘着。

**画外音**：我决定让他知道我的秘密。（女孩疑惑地抚摸着额头，转身去一旁拿出一面镜子，对着镜子在额头上寻找着消失不见的阿里塔的印记）……但是，到处都找不到阿里塔了。没办法，我只有自己跟他解释了。

女孩坐在地上，缓慢地将一大块棉花糖塞进口中。

**画外音**：22年来第一次，脑海中浮现出一个问题，阿里塔到底是什么？为什么开始就叫阿里塔？它什么时候叫这个名字的？但是这个问题没有得到解答。阿里塔仍然是我的不解之谜。（她跪坐在地上，从笔记本上撕下一页，拿出打火机，将纸点燃）……我至少想知道，阿里塔究竟是不是活的。如果我把它烧着会怎么样呢？

画有阿里塔的纸张被点燃，火焰逐渐逼近阿里塔。突然，阿里塔从纸上跳了下来，发出尖叫，带着火焰跳到了女孩的身上。女孩看着四处逃窜的阿里塔，陷入恐惧中。她躲避着阿里塔，阿里塔却带着火焰在女孩身上上蹿下跳。女孩拍打着，躲避着。阿里塔在女孩房间奔跑着，直到化为灰烬。女孩慢慢走近书柜，拿出一本笔记本，翻看着试图寻找阿里塔的痕迹。

窗台上摆放着点燃阿里塔的花盆和一个洋娃娃。

**画外音**：一个月过去了，阿里塔总是蜷缩在那里。（笔记本上阿里塔蜷缩着）……它已经死了吗?

女孩坐在角落的沙发上，手中拿着打火机时不时地摁着。她望着蹿动着的火苗发呆。

**画外音**：我真的杀死了那可怜的东西吗? 天呐! 我做了什
么? 心中充满了内疚。我感到非常失落，就好像丢
了魂似的。没人知道灵魂是什么样子的，所以就不
可能认识你自己的魂魄。即使它出现在你的面前。
可能。只是可能。阿里塔就是我的灵魂。或许那天
我点火的时候，我的灵魂就烧成了灰烬。部分原因
是我的男朋友无缘无故就把我甩了。阿里塔停止跳
动后整整一个月，我都是头昏眼花，无精打采的。

女孩再次翻开笔记本。

**画外音**：后来有一天，阿里塔又回到了生活中。但是新的阿
里塔，跟它早期时毫无共同之处。

笔记本上的阿里塔瘦弱无神。女孩拿起笔继续画着。

**画外音**：我画了一个阿里塔，放到不动的画的旁边。但是它
动都不动。我把阿里塔分成两半，让它容易行动，
但是它毫无动起来的迹象。（笔记本上的阿里塔被分
成两半）……不像过去那样忙碌。它只是站在那里，
毫无表情。……阿里塔真的死了吗? 它真是我的灵
魂吗? 我没了灵魂，怎么可能继续生存呢?（女孩把
画笔扔进了垃圾桶）……太害怕了，什么都不敢写。
太害怕了，甚至连笔都不敢拿。

女孩重新回到电脑前，她敲击着电脑键盘。

**画外音**：我决定给自己买一台电脑。我学会在因特网上使用
搜索引擎。我输入的第一个单词就是——阿里塔。
（电脑网页搜索栏输入了"阿里塔"）……就这样，
我进入了你的网址。

网页上出现了许多词条，都与阿里塔相关或者直接便是
"ARITA"。

**画外音**：很奇怪，发现那么多人，他们也跟我自己一样，知
道并且跟阿里塔一起生活，我感觉仿佛找到了一种
回到过去 22 年生活的方法。

女孩坐在电脑前继续寻找着阿里塔存在和痕迹。

**画外音**：但是说了自己这么多，我仍然有很多问题要问。首
先一个，如果听起来很傻的话请原谅。但是。

女孩瞪大眼睛看向前方。

**画外音**：阿里塔究竟是什么呢？

# 青春残酷寓言

## ——《阿里塔》读解

这部由岩井俊二导演，广末凉子主演的《阿里塔》（*Arita*），收录在《果酱短片集》（*Jam Films*）里，这是由正活跃于日本影坛的七位导演联合摄制的系列短片，每部片长大约在 15 分钟左右，这些短片风格迥异，代表了日本当代新锐导演的水准。

《阿里塔》是一部具有强烈奇幻色彩的作品，整个故事都由一个女孩的独白来讲述。

我不记得阿里塔第一次出现在我的面前是什么时候了，那一定是很久以前的事了。但我从来没有怀疑过阿里塔的存在，即使在我成年以后知道圣诞老人并不存在的时候。

这是一个喜欢画画的女孩，在她信手涂画的东西里面总是有一只长鼻子的小怪兽，似鸟非鸟，女孩叫它"阿里塔"。她记不清楚"阿里塔"从何而来，总之，这个形象仿佛自己的影子，伴随她长大。

有一次上体育课，我趁同学们在操场的时候搜查了他们的笔记本。我发现其他同学的笔记本上都没有阿里塔，原来只有我有。

原来这个世界上有阿里塔的，只有她一个人，她为自己第一次拥有这个秘密而兴奋不已。阿里塔几乎无处不在，女孩的课本上、考试试卷上，都有它的踪迹，奇怪的是老师并没有因此而责备过她。大学毕业，女孩开始跟人约会，在她对镜梳妆的时候，阿里塔竟然跑到了她的额头上，擦也擦不掉，她决定把这个秘密告诉对方。

阿里塔是谁，它从哪里来？它有生命吗？它会疼吗？她从笔记本里撕下一页有阿里塔的纸，用打火机点燃了它。阿里塔被烧着了，它痛苦地尖叫着上蹿下跳，最后钻进一本厚厚的旧笔记里，没有了声响。女孩翻开那本笔记，所有的阿里塔都变了，变得黑黑细细的人形，蜷缩在那里，一动不动。

　　我的心中充满了内疚，失落，好像丢了魂似的。没人知道灵魂是什么样子，所以就不可能认识自己的魂魄，即使在它出现在你面前的时候。可能，只是可能，阿里塔就是我的灵魂，或许那天我点火的时候，我的灵魂就被烧成了灰烬。

女孩在蜷缩的阿里塔旁边画了一个新的，可是它不会动，再也不像过去那么调皮，仿佛是死掉了。女孩后来买一台电脑，她学会了上网，在 Google 里输入的第一个单词就是"阿里塔"，结果她发现在这里竟然有很多人，他们都知道阿里塔，但是他们和她一样，都不知道阿里塔是谁。

我一直在说自己的事情，其实我也有很多事情要问你，首先——抱歉要问这么基本的事情——阿里塔究竟是什么呢?

女孩充满疑惑的面孔定格，影片到这里，戛然而止。

阿里塔究竟是什么，这个问题不难回答，岩井俊二的这部短片可谓是一部青春寓言，"阿里塔"象征着童年到青年这一年龄变化而消失的梦幻之符号，少年不识愁滋味，当女孩试图探究"阿里塔"的秘密，其实，已经到了该面对"成长"这一命题的时刻，童年即将逝去，却无力挽留，每个人都只好与心中的"阿里塔"作别了。

作为青春片的圣手，岩井俊二在这部短片中，延续了他一贯的细腻、唯美、感性、略带忧伤的风格，对情绪节奏的控制游刃有余，堪称佳构。

在叙事上，《阿里塔》采用了独白的方式，全片没有对话，完全是主人公自述，第一个镜头是电脑上的网页界面，在这个虚拟的"阿里塔"社区里，女孩开始讲述自己与阿里塔相伴22年的经过，独白一直持续到片子的最后一个镜头。因为是"发帖体"，语言平实、随意，贴近观众。这种个人化的表达起到的效果是，迅速直入观众内心，唤起人将女孩的感受与自身经验对照，从而得到共鸣。

《阿里塔》的另一个突出特点是，以非生活化的想象创造真实。在现实世界，"阿里塔"这样的事物当然是不存在的，它不过是导演创造出的一个艺术形象，但影片以假乱真，以虚为实，运用了成人童话的套路，成功地使观众"就范"于这种与现实稍有脱节的设置，并沉浸其中，与主人公一起惊奇、一起疑惑、一起思考。

短片《阿里塔》对诗化表达的追求也使它在影像与情绪上笼

罩着斑斓与柔美的意蕴，手绘的笔记、真人与动画的结合、滤镜的柔化处理增添故事的吸引力和童话气氛。影片以开头就是轻柔的钢琴声，很好地营造出温情的怀旧感，整个片子的前半部，只是通过展示一幅幅儿童画、课本上的"阿里塔"、小学生的鞋子、吃点心的小手、书包等形象来讲述故事，充满童趣。女孩第一次正面出现，是她对"阿里塔"是活的还是死的产生疑问之时，这里，也是全片最用力的地方。在决定点燃"阿里塔"之前，镜头里，侧身席地跪坐的女孩只是缓缓地、两次将棉花糖整个吞进口中，此时，略带忧伤的钢琴音再度响起。这是一个很唯美的固定长镜头，女孩的身体没有任何动作。当图画被火烧焦，"阿里塔"忽然变成了可以飞翔的小动物，它四处乱撞，发出人听不懂的叫声，整个过程持续了整整两分钟，"阿里塔"最后钻进书页，女孩陷入深深的自责与无尽的内疚之中。

阿里塔真的死了吗？它真是我的灵魂么？我没了灵魂，怎么可能继续生存呢？

经过如此痛苦与残酷的烧灼，童心已逝，只剩下茫然。影片剪辑节奏的控制非常成功，将观众带入那种惘然若失却哀而不伤的情绪之中。

岩井俊二曾说："电影要表现的，就是各种说不出来的东西。"所谓不可言说，便只能心领神会了，短片《阿里塔》以飘忽不定的旋律、朦胧波动的光影，为寻找童心、思考生命的人们搭建了一座炫目的城堡。

# 电影观念的颠覆者

——世界电影短片创作趋势初探

短片是电影艺术中一个具有相当历史的类型，创作、传播短片正成为近年来国际电影界的一个热门现象。所谓的"短"，并无一定之规，从一分钟到半小时不等，都可能成为一部短片的精彩旅程。虽然篇幅明显不及长片，但优秀的短片作品，其震撼力、感染力并不逊色。

一般而言，对电影类型的划分多是从内容出发，如警匪片、歌舞片、爱情片等等，以长短来区别只是一种篇幅体量的标明，然而，当我们认真审视那些风格迥异的短片佳作之后，便会改变这样的认识，短片之体格，确有其独树一帜之处。

所谓麻雀虽小，五脏俱全，与长片相比，短片既然能够独立存在，它在情节的完整性、主题的鲜明性以及表现手法的全面性方面均无问题，有着自己独特的美学价值，因此，有必要对短片的概念加以廓清。

众所周知，电影史上最初的作品便是一些短片，如《卢米埃尔工厂的大门》《水浇园丁》《月球旅行记》等，这是由当时的技术条件决定的。作为一种全新的娱乐样式，没有人规定它应该多长，我们今天在影院中所欣赏的电影的长度，是当电影发展成为具有独特技术、叙事规范化之后约定俗成的。当前世界电影的短片，作为一种类型，则是在长片的美学成型之后才真正出现的。作为一种选择，它不是被动的短小。所以，20世纪初那些令人目瞪口呆的作品虽然也有艺术与技术上的追求，却并非我们这里所说的学术意义上的短片。

在电影诞生最初的几十年，短片在美国得到了发展，每个大的电影公司都有负责短片生产的部门，但那时的短片往往是作为正片的"加片"存在的。在二战时的欧洲，如法国，制片人也对短片发生了兴趣，因为它可以保证电影人在资金缺乏的情况下继续从事职业活动，并可以较小的成本发现、培养年轻人才。有人甚至说：只有短片代表真正的电影。[1]

一种规则的确立往往与市场需求相关，最初，短片不过是片商或艺术家偶一为之的小玩意儿，当被观众接受后，它便成为一种常规的类型。奥斯卡奖项的设置与评选无疑是世界电影的一个风向标，前四届没有电影短片的评比，短片的列入是从第五届（1931—1932）开始的，当年的获奖短片包括动画片《花儿和树林》、喜剧片《百音盒》、真人真事片《箭鱼摔跤》。历经数十载，如今，奥斯卡奖的最佳真人短片奖（Best Live Action Short Film）仍然是广受关注的一个奖项。奥斯卡的短片门槛非常高，在一类电影节得过奖的短片才能送选。电影时间长度在40分钟以内，用

---

[1]　见夏尔·福特：《法国当代电影史（1945—1977）》，中国电影出版社1991年版，第164、173页。

35 mm 或 70 mm 的胶片或是非录像带公开放映过。每年，美国电影艺术与科学学院公布最佳真人短片初选名单，约有 10 部短片入围，它们来自上百部作品，这 10 部短片将争夺 3—5 个提名名额，最后只有一部影片可以夺冠。① 奥斯卡的短片评选对推动美国乃至世界短片的发展功不可没。

20 世纪 90 年代以来，一些国际组织如联合国及其分支机构、电影节、大都市纷纷邀请国际知名导演进行命题创作，出现了《巴黎，我爱你》《地铁故事》《每人一部电影——戛纳 60 年》《11 分 9 秒 01》等一批广受影迷追捧的短片集萃。全球范围内的优秀短片集中于此，各异的文化背景下产生的各具魅力的故事令人心驰神往，这也是近年来短片热的一个重要因素。2019 年国内的院线上映了主题创作短片集《我和我的祖国》，由七位国内知名导演拍摄的七部短片组成，票房可观，反响不错。

近年来互联网和社交媒体的广泛应用，"微电影"在中国应运而生，与传统短片不同的是微电影主要通过新媒体平台传播，它是一种商业需求与影视技术革新相结合的产物，是较传统短片更短、更灵活的一种类型，时长从几分钟到 30 分钟都有，内容涉及传统文化、商业信息、青春情感、幽默搞怪等主题，有独立成篇也有系列化的，深受年轻人的喜爱。同时各种名目繁多的微电影节也相继出现。

在电影艺术教学中，短片是被频繁使用的一种形态，未来的电影工作者以这种低成本的训练来锤炼自己的技术。短片无拘无

① 见奥斯卡官方网站 http://www.oscars.org/。

束，便于驾驭，使得他们可以天马行空，进行各式各样的实验，一些人入行后，仍不愿意轻易放弃这个类型。

纵观近二十年的世界短片创作与生产，正由一个简单的长片压缩为短片，或作为长片"横截面"、碎片存在的样式，逐渐成为具有独特文体感，多元化美学品格的电影大家族新的成员。

短片在题材与表现上并未因其短小而受到任何限制，从历史到现实、从生活哲理到政治隐喻，短片的内容包罗万象，因为要在有限的时间长度内完成表达，短片也形成了它独特的美学，即叙事的浓缩化、影像的象征化、表达的杂糅化、主题的多义性等，这些都帮助它成为电影观念的颠覆者。

## 一、叙事的浓缩化

短片美学的形成基于"短"，一个短字，是它全部的出发点，因其短，无法过多铺陈，故事必须单刀直入，呈现的不过是生活一个切片而已。但短小并不等同于单薄、简单，就仿佛中国古典诗歌的绝句，虽只四句，却可通过起承转合这样几个环节，呈现出跌宕起伏、短小精悍的艺术效果。如唐代诗人元稹的《行宫》："寥落古行宫，宫花寂寞红。白头宫女在，闲坐说玄宗。"清人沈德潜评价道："只四语，已抵一篇《长恨歌》矣"。[①] 白居易的《长恨歌》是长达千字的鸿篇，元稹这首小诗总共不过二十个字，当然不可能像前者那样铺张渲染，只能将一段轰轰烈烈的历史高度

---

① 　沈德潜选注：《唐诗别裁集》，上海古籍出版社 1979 年版，第 628 页。

浓缩，加以典型化的处理，从而让读者自己去回味咀嚼。

从叙事技巧上说，短片与绝句有异曲同工之妙。获得 2006 年奥斯卡最佳真人短片奖的《超市不眠夜》(*Cash back*)，是一部有关人类对"时间"肆意想象的片子。美院学生本，因为失眠，无处消耗比别人多出的时间，到超市去打工。超市的夜晚无聊又漫长，每个员工面对枯燥单调的工作都创造出自己一套消磨时间的招数，本凭借意念奇迹般地冻结了时间，他同时也有了某种随心所欲的超人神力。影片全长 17 分钟，以超常的想象力，惊艳的画面，控制适度的节奏，娴熟、流畅的剪辑技巧，夸张、另类又不失分寸的镜头语言，表达了耐人寻味的哲学思考。这部短片大获成功后，导演西恩·埃利斯 (Sean Ellis) 在原故事的基础上又将其拍成了一部长片作品。无独有偶，获 2008 年奥斯卡最佳真人短片提名的《在夜晚》(*At night*) 后来也被导演将 39 分钟的短片扩充为 96 分钟的长片，显然，这需要增添新的人物、情节，但如果不是短片本身具备完整的结构与扎实的故事、思想内核，气球吹到后来，爆炸是难以避免的。

还有一些短片，在对时空关系的把握上更加极致，匈牙利导演伊什特万-萨博 (Istvan Szabo) 的《十分钟后》(*Ten Minutes After*) 便是这样一部佳作。全片几乎依靠一个镜头完成，表现了十分钟内，妻子从深爱丈夫的女人成为刺杀丈夫的凶手，这巨大的反差以及偶然的细节却造成猝然而轻易的崩溃。导演仿佛一个旁观者，将现实中的悲剧展示给人们。命运的无常，生活的脆弱，令人唏嘘。这种感悟虽然长片也能够成功表现，但短片却显得得心应手，给人震撼。

## 二、影像的象征化

象征是电影重要的视觉语言，马塞尔·马尔丹将象征分为三类：造型的象征、戏剧性的象征、意识形态的象征。[①] 在长片中，象征的手法只是局部的，而短片创作却往往将一类或几类象征贯穿始终，作为几乎是绝对唯一的、不可替代的依赖。

英国导演安德里亚·阿诺德（Andrea Arnold）创作的短片《黄蜂》（Wasp）获得 2005 年奥斯卡最佳真人短片奖。短片讲述了一位单身妈妈带着四个孩子艰难度日，某日偶遇以前的男友，两人重续前缘约定当晚去酒吧约会，她向男友隐瞒了自己的母亲身份，却一时间又找不到人照顾孩子，无奈之下只好带着四个孩子去赴约。这位年轻的母亲在酒吧内扮演的是单身女孩的形象，酒吧外还要照顾四个饥饿的孩子，为了谎言能够继续，她在酒吧内外来回奔跑，最后因为一只黄蜂的出现，她的谎言被戳穿的尴尬故事。短片中黄蜂曾出现过四次，它是一个麻烦制造者，它除了是剧情突转的大推手外，某种程度上也起到了象征的作用，一个苦于禁闭、乐于自由、充满茫然而又慌乱的冒险者，这正是母亲这个人物的写照。

"电影里象征的运用，在于依靠一种比单纯领会明显的内容更能启发观众的画面。"[②] 短片导演为了使自己的作品更能深入人心，

---

① 见马塞尔·马尔丹：《电影作为语言》，中国社会科学出版社 1988 年版，第 96—98 页。
② 同上。

常常通过极端的视觉形象来结构故事。获得 2002 年奥斯卡最佳真人短片提名的奥地利电影《复印店》(*Copy Shop*) 只有 12 分钟，导演通过匪夷所思的复印行为，展现了对人类社会的深刻思考和终极关怀。在复印店工作的中年男人每天重复单调的生活，起床、洗脸、梳头、上班、复印……有一天他不小心将手放在了复印机上，手掌被清晰地影印下来，随后他的生活开始错乱起来。复印机源源不断印出他的生活，他自己也不断地被复制。"复制人"侵占了他的家、街道、复印店以及他的整个生活，惊恐万分的男人拔掉复印机的电源逃离，而成批的"复制人"却如影相随，最后他从高空坠下，彻底结束了这场荒谬的复制。这部颇具象征主义风格的影片从头至尾没有一句台词，全片黑白色调，主客观镜头流畅自由地穿梭，晃动的画面，粗糙的画质和凌乱的逻辑，无不透露着人类在荒诞世界中的自我迷失与自我毁灭。而机器复印的声音被放大使用，则形成影片的听觉主力，配合复印机工作的光影画面，有一种强烈的撕碎感，而急促的音乐又造成了情绪上的不安。

### 三、表达的杂糅化

最近十年来，短片向多种风格融合成为一个明显的趋势，这与观众不断更新的欣赏口味密切相关，也是电影观念愈加多元的表现。表达的杂糅化成为许多短片创作者的美学选择。

美国导演雅奇米·贝克 (Joachim Back) 的《新客房》(*The New Tenants*)，讲述一对同性恋情侣搬入新家的第二天早上短短几小时的时间里，在房间先后接待了四个邻居，但这四个人都莫名其妙在他们的房间死于非命，他们目睹了全部杀人过程，当一切结束，两人在血泊中相拥起舞。《新房客》故事有些随心所欲，不受故事"前因后果"、人物"来龙去脉"的传统技法所限，而是以新奇的创作思维，形成全片的故事情节怪异化，表现手法风格化，镜头语言非常规化的艺术效果，有着自己独特的美学，无论从内容还是表现手法都很难将其归类。这样一部复杂风格的电影，所给人的冲击与震撼是可以想象的。

在杂糅化的美学选择之下，不少短片表现出晦涩的剧情设计趋向与浓厚的实验色彩，对人生、社会等终极问题进行"微言大义"的影像解构，日本导演岩井俊二的《阿里塔》(*Arita*) 具有很强的代表性。全片18分钟，是一部具有强烈奇幻色彩的作品，整个故事都由一个女孩的独白来讲述。这是一个喜欢画画的女孩，她信手涂画在课本上、试卷上的东西里面总是有一只长鼻子的小怪兽，女孩叫它"阿里塔"。她记不清楚阿里塔从何而来，总之，这个形象仿佛自己的影子，伴随她长大。大学毕业，女孩开始跟人约会，在她对镜梳妆的时候，阿里塔竟然跑到了她的额头上，擦也擦不掉。阿里塔是谁，它从哪里来？它有生命吗？它会疼吗？她从笔记本里撕下一页有阿里塔的纸，点燃了它。阿里塔被烧着了，它痛苦地尖叫着上蹿下跳，最后钻进一本厚厚的旧笔记里，变成黑黑细细的人形，蜷缩着，一动不动。女孩由此醒悟："可能，阿里塔就是我的灵魂，或许那天我点火的时候，我的灵魂就被烧成了灰烬。"

"阿里塔"显然是不存在的虚拟之物，岩井俊二以假乱真，用独白的方式讲述了一部青春寓言，影片没有对话，完全是主人公在网站上的"发帖"。全片在影像与情绪上笼罩着斑斓与柔美的意蕴，手绘的笔记、真人与动画的结合、滤镜的柔化处理增添故事的吸引力和童话气氛。整个短片前半部，只是通过展示儿童画、小学生的鞋子、吃点心的小手、书包等形象来讲述故事，充满童趣。而作为真人的女孩第一次正面出现，已经是片子过半之时。

早在20世纪70年代，美国电影理论家斯坦利·梭罗门就指出，现代精神等于全部有趣的现代技巧的总和，"从本质上看，现代主义主张采取一种适应现代生活观的方式来讲述电影故事"①，杂糅化的表达是短片对纷繁复杂的现代生活与光怪陆离的世相的回应，在有效综合各种表现手法方面，短片因其形制短小，具有天然的优势。

## 四、主题的多义性

主题的多义性，简言之是指一部作品的主题可以从不同的角度去把握，从而产生截然不同的释义，在视听语言、内容读解上追求多义性和探索性，是当下短片的又一个重要特征。从接受的角度来讲，"解释者可以按照自己的意愿，通过选择一定的词语，使'解释'朝任何方向发展。"②

芬兰导演阿基·郭利斯马基（Aki Kaurismaki）的短片《狗没有地狱》(*Dogs Has No Hell*)中既没有时代背景的交代，也没有大的历史事件发生，人物身份与性格也是模糊不清的。一个男人因

---

① 斯坦利·梭罗门：《电影的观念》，中国电影出版社1983年版，第257—258页。

② 威廉·卜燕荪：《朦胧的七种类型》，中国美术学院出版社1996年版，第2页。

火车晚点躺在铁轨上睡觉而遭到惩罚，从收容所出来，拿着合伙人退还的资金到酒吧找女友，希望她和自己一起去西伯利亚，两人仅相遇了十分钟，买了结婚戒指，一同踏上开往莫斯科的列车，这就是《狗没有地狱》的全部情节。但是这个简单的爱情故事被阿基·郭利斯马基演绎得"走了样"，在极端个性化视觉语言包裹下隐藏着政治隐喻和嘲讽。观众不知道剧中男主人公从看守所出来，带上女友踏上开往莫斯科的列车相伴终生以外，还有什么其他特别的任务，但整部影片无时无刻不让人感觉到它的弦外之音。所有出场人物都带着一种双重情绪，他们心事重重，眼神中充满了警觉、戒备、提防和怀疑。有人将这部短片称为政治寓言，暗示经历俄芬战争之后，莫斯科对芬兰人来说却是有着复杂情感的地方，所以"去往莫斯科"对芬兰人来说寓意深长。也有人认为它讲述了简单的爱情故事。不过创作者并没有给出明确的结论，而是让观众结合各自的生活经验、文化背景对影片内容作出各自解释，这就是主题多义性的妙处，能够多层次多方面反映人生与社会。

不少导演喜欢用短片形式来实验自己的某些观念，表达自己在商业电影中很难抒发的情绪，除了由于短片相对投资较小、风险较低以外，更主要的是短片是一个可控的类型，由此造就了更多短片的主题带有多义性和朦胧性特征。

德国导演汤姆·提克威（Tom Tykwe）的短片《尾声》（*Epilog*）可算是《罗拉快跑》（*Run Lola Run*）三百六十度"环视叙事"的胚胎，在这部短片中讲述的是一对夫妻，丈夫偷听到妻子与情人的电话后，两人发生了争执，愤怒之下丈夫将妻子一枪打死。转瞬，故事重演了一遍，结局则是妻子开枪将丈夫打死。就故事本身而言非常简单，但之所以备受关注，还是因为"环视叙事"这样一种形式，片中采取大量推移、交替主观、俯视移动和环型移动的镜头。导演异想天开地让剧中人靠着意念可以随意移动沙发、垃圾桶、电话和床，给人一种梦幻的感觉，很有点超现实主义的味道，看上去很奇特，至于为什么如此设计，个中原委也许只有创作者自己才能搞得明白。

"影像符号的丰富内涵使影像语言有了多义性的特点，而多义性的特点，又使影像的阅读效果，并不拘泥于简单的能指和所指的对应和匹配而有了广阔的联想空间，每个人都可以发挥自己的主动性挖掘出自己的感受和体会。"[①] 仁者见仁，智者见智，主题的隐蔽、多义，使作品更具吸引力。多义性成为许多短片的自觉追求。

无论是长片还是短片，所有的表现手段，说到底还是为创作者表达对世界、人生的态度服务的。进入21世纪，世界电影潮流呈现出新的特征，互联网的兴起与新兴娱乐媒体的出现改变了大众的娱乐方式，也对短片创作产生影响。即便在还缺乏短片力作的中国，短片也正从一种专业教学方式成为独立的艺术样式，诞生了类似"微电影"这样的与艺术短片有交集的、更多依托视频网站传播的影像类型，可以想见，一个短片艺术风起云涌的阶段即将到来。

技术革命时代，受众需要更加新鲜的视觉传达，即使是主题性创作、公益平台上所呈现出短片集锦也要符合短片基本的美学

---

① 张舒予：《视觉文化概论》，江苏人民出版社2003年版，第155页。

范式。此外，短片的繁荣，还需要学术研究、赛事催生与市场的撬动，20世纪的许多电影节，如里尔国际短片和纪录片电影节、莱比锡国际纪录片和短片电影节、克拉科夫短片电影节、毕尔巴鄂国际纪录片和短片电影节、韦斯卡国际短片电影节等都以促使优秀短片更多地在电影院作商业性发行放映为己任，[1] 但迄今为止，除了一些大牌导演的短片无传播之虞，一般短片的生存与发展仍不容乐观。

"短句时时得，何人细细论？"与短片创作的热潮相比，对短片艺术的研究却鲜见，开展对短片创作、生产与消费的学术探讨有助于丰富、拓展电影艺术理论研究，使更多的人更好地把握这一艺术形式，从而促进中国电影短片创作，也是一件迫切需要开展的工作。

（刊载于《电影新作》2013年第1期。）

---

① 见陈振兴编：《国际电影节概况》，中国电影出版社1984年版。

# 后　记

　　新年伊始，《外国经典影视短剧鉴赏》的撰写终于完成。教学工作繁忙，占去大量精力，短片的遴选和剧本的整理只能见缝插针，整体工作量估计不足，最终还是超过了预想的时间。

　　本书所论及的影视短片起于 20 世纪 90 年代，讫于 2011 年，包括了这二十年间的 35 部影视作品，从 3 分钟到 30 分钟不等，一定程度上体现了这一阶段短片艺术的发展。当然，每年生产的影视短片是个庞大的数字，即便以地区而言，也不是一本书可以容纳的。所选的短片有些是大家比较熟悉的，有些会是陌生的，同文学作品的"选本"一样，选择的标准当然与编选者的好恶有关，但还是尽可能挑选目力所及的优秀作品，并照顾到风格的多样化、地区、年代的均衡，目的也是避免偏颇。

　　《外国经典影视短剧鉴赏》是对一个时期各国影视短片的记录和剖析。不过，在影像面前，文字往往苍白无力，其中是否生动、准确，则有待读者检验了。多年前我发表的一篇短片研究论文也附在书后，提供给想进一步研究短片艺术的读者参考。

　　需要说明的是，本书中的剧本并非出自编剧之手的原始的短片剧本，而是根据影片成片所呈现的场景、画面一一记录而成的，除去人物对白完全依照影片，每一场景的描述尽可能做到客观，但即便如此，整理者的主观意识也还会左右文字的表达，所以严格上来说这并不属于一度创作。因为种种原因，这些短片的剧本向未见于书刊，梳理它是为了帮助观者对这些短片有更深的了解、体味，从这方面来说还很有意义的。

本书中的一些片目，我曾在课堂上为本科生和研究生解析，它们独特的叙事方式以及灵活多变的风格样式，都为短片教学起到了帮助作用。书中剧本部分的整理是我带领几位研究生共同完成的，郭净池、王超艺、黄浩翔、闻人佳仪、王文雅做了艰难又有趣味的剧本"重写"工作，我们经过多次讨论，确定了文风和样式，中间又数度修改，最后由我进行了统稿。读解部分是我独立完成的。因涉及作品众多，一时无法联络到全部的版权方，如有问题请联系上海戏剧学院编辑学研究中心。

感谢陆军教授的信任！有幸参与系列丛书的撰写工作，受益匪浅。感谢姚扣根教授的鼓励！感谢编辑赵蔚华女士的认真与负责，本书才能如期顺利出版。

张晓欧

2021 年 1 月 11 日于上海碧璁山房